설득

이 도서의 국립중앙도서관 출판시도서목록(CIP)은 서지정보유통지원시스템 홈페이지(http://seoji.nl.go.kr)와
국가자료공동목록시스템(http://www.nl.go.kr/kolisnet)에서 이용하실 수 있습니다
(CIP제어번호: CIP2010002667)

세계문학전집
044

Jane Austen : Persuasion

설득

제인 오스틴 장편소설

원영선 · 전신화 옮김

문학동네

일러두기

1. 주석은 모두 옮긴이주이다.
2. 본문 중 고딕체는 원서에서 이탤릭체로 강조한 부분이다.

차례 ▌

1

서머싯셔 켈린치 홀의 월터 엘리엇 경이 재미 삼아 읽는 책은 준남작* 명부뿐이었다. 그는 이 책을 읽으며 한가로이 시간을 때우기도 하고 울적한 기분을 달래기도 했다. 개국 원년에 하사받은 몇 안 되는 작위를 들여다보고 있노라면 그의 마음속에는 경탄과 존경의 감정이 저절로 솟구쳤다. 또한 책장을 넘기며 지난 백 년 동안 무수히 새로 생겨난 작위를 보다보면, 집안일 때문에 언짢아졌던 감정도 자연스레 동정심과 경멸감으로 바뀌곤 했다. 다른 내용이 다 시들하게 느껴질 때조차 항상 흥미롭기만 한 부분이 있었으니, 그건 바로 자신의 집안 내력이었다. 그가 그리도 애지중지하는 책에서 으레 펼쳐보는 대

---

* 귀족인 남작과 기사 계급 사이에 해당하는 세습 작위.

목은 이러했다.

켈린치 홀의 엘리엇

월터 엘리엇. 1760년 3월 1일 출생. 글로스터 주, 사우스 파크의 향사(郷士) 제임스 스티븐슨의 영애 엘리자베스와 1784년 7월 15일에 혼인. 1801년 작고한 아내와의 사이에서 1785년 6월 1일 엘리자베스 출생, 1787년 8월 9일 앤 출생, 1789년 11월 5일 아들 사산, 1791년 11월 20일 메리 출생.

애초에 인쇄업자의 손에서 나온 글은 정확히 이러했다. 그러나 월터 경은 여기에 자신과 가족의 신상에 관한 기록을 적어 넣어 나름대로 손을 보았다. 메리가 출생한 날짜 뒤에는 '1810년 12월 16일, 서머싯셔, 어퍼크로스의 향사 찰스 머스그로브의 아들이자 상속인 찰스와 혼인'이라는 문구를 추가했고, 자신이 아내를 잃은 정확한 날짜를 끼워 넣기도 했다.

그 뒤를 이어 이 유서 깊고 명망 있는 가문의 형성과 내력이 평이하게 기술되어 있었다. 거기에는 체셔에 처음 정착하게 된 경위가 나와 있었고, 더그데일의 책*에 언급된 사실을 인용하는 부분도 있었다. 엘리엇 가문이 주의 행정수장과 의회 선거구 대표를 세 번 연속 역임했으며, 찰스 2세에 대한 충성을 인정받아 즉위 첫 해에 준남작 작위를

---

* 윌리엄 더그데일의 『영국 남작 명부』(1675~1676).

수여받았다는 내용이었다. 심지어 이들 선조들과 혼인한 메리와 엘리자베스 들의 이름까지 전부 나와 있었다. 모두 합쳐 12절지 두 장에 달하는 기록의 마지막 부분엔, 가문의 문장(紋章)과 함께 '서머싯 지방의 종가 영지인 켈린치 홀'이라는 문구도 있었다. 그리고 대미를 장식하는 건 역시나 월터 경의 친필로 씌어 있는 다음과 같은 글귀였다.

차기 상속인, 월터 경 2세의 증손, 향사 윌리엄 월터 엘리엇.

용모와 지위에 대한 허영심, 그것이야말로 월터 엘리엇 경의 인물됨을 말해주는 전부였다. 젊은 시절 눈에 띄게 외모가 수려했던 그는 쉰네 살의 나이에도 여전히 멋진 모습이었다. 그는 웬만한 여자보다 더 자신의 외모에 신경을 썼다. 새로 작위를 받은 귀족의 시종이 자신의 위상에 만족해한들 월터 경만은 못할 터였다. 그에게 멋진 외모는 준남작 작위에 버금가는 축복이었다. 이렇듯 이중의 천복을 누리는 '월터 엘리엇 경' 자신이야말로 그가 최고의 존경과 헌신을 바쳐야 할 불변의 대상인 셈이었다.

월터 경이 자신의 외모와 지위에 애착을 가질 만한 합당한 이유가 하나 있기는 했다. 그 덕에 그는 과분할 만큼 고결한 성품을 지닌 아내를 맞아들일 수 있었던 것이다. 분별 있고 상냥한 레이디 엘리엇은 훌륭한 여성이었다. 젊은 열정에 빠져 월터 경과 결혼을 했다는 사실만 빼면 이후 그녀의 판단력과 품행은 전혀 나무랄 데가 없었다. 그녀는 십칠 년 동안 남편의 잘못을 받아주거나 무마해주고 덮어주기도 하면서, 월터 경이 진정 존경받을 만한 인물이 될 수 있도록 애썼다.

세상에서 가장 행복하지는 않을지라도, 자신이 맡은 일과 친구들 그리고 아이들을 통해 사는 보람도 충분히 찾을 수 있었다. 하늘의 부름을 받아 그들을 떠나게 된 그녀의 마음이 무거웠던 것도 그 때문이었다. 열여섯 살 첫째와 열네 살 둘째를 비롯한 세 딸은 어미가 남기고 떠나야 할 가슴 아픈 유산이었고, 어리석고 허세 많은 아비의 권위와 가르침을 믿고 맡기기엔 너무 무거운 책임이었다. 하지만 그녀에겐 아주 가까운 친구가 한 명 있었다. 그 친구는 분별 있고 믿을 만한 여성이었고, 그녀와 가까운 곳에 살기 위해 켈린치 마을에 정착했을 만큼 깊은 정을 나눈 사이였다. 레이디 엘리엇으로서는 이 친구의 배려와 조언에 의지할 수밖에 없었다. 따라서 자신이 그간 애써 가르쳐왔던 바른 원칙과 가르침을 세 딸이 잊지 않고 살아갈 수 있도록 최선을 다해 도와달라는 당부를 그 친구에게 남겼다.

주변 사람들의 예상이 어땠는지는 모르지만 이 친구와 월터 경은 결혼하지 않았다. 레이디 엘리엇이 세상을 떠난 지 십삼 년이 흘렀지만 그들은 여전히 근처에 사는 이웃이자 가까운 친구였고, 한 사람은 홀아비, 다른 한 사람은 과부인 채로 살고 있었다.

레이디 러셀은 연륜 있고 차분한 성품에 재산까지 상당했고 그런 그녀에게 재혼 생각이 없다는 사실을 군이 해명할 필요는 없을 것이다. 세상 사람들이란 재혼하지 않은 여성보다는 재혼한 여성에 대해 이러쿵저러쿵 말이 많은 법이다. 하지만 월터 경이 계속 독신으로 지낸다는 사실에는 설명이 필요하다. 세간에 알려진 바에 따르면, 월터 경은 좋은 아버지답게 (남몰래 한두 번 말도 안 되는 구애를 했다가 낙심한 적이 있지만) 사랑하는 딸들을 위해 독신으로 사는 것을 자랑으로 여겼다. 그는 맏딸을 위해서라면 정말이지 무엇이든 포기할 마음도 있었다. 실제로 그럴 만한 일은 없었지만 말이다. 맏딸인 엘리자베스는 열여섯 나이에 어머니가 가졌던 권한과 지위를 모두 물려받았다. 미인인 데다 아버지를 많이 닮은 그녀는 그 영향력이 늘 대단했고, 아버지와 사이도 좋았다. 반면 다른 두 딸은 찬밥신세였다. 메리는 찰스 머스그로브 부인이 된 덕에 겉으로나마 좀더 나은 대우를 받았다. 하지만 앤은 아버지에게도 언니에게도 하찮은 존재에 불과했다. 앤은 기품 있고 온화한 성정을 지니고 있었다. 제대로 된 판단력을 가진 사람이라면 당연히 그런 그녀를 귀히 여겼을 테지만 현실은 그렇지가 않았다. 그녀의 말은 무시당했고, 그녀의 편의는 항상 뒷전이었다. 그녀는 그저 앤일 뿐이었다.

레이디 러셀에게는 단연코 앤이 가장 사랑스럽고 소중한 대녀이자 아끼는 친구였다. 그녀는 세 자매 모두를 사랑했지만, 앤을 볼 때만 그들의 어머니가 되살아난 듯한 느낌을 받았다.

몇 년 전까지만 해도 앤은 아주 예쁜 아가씨였다. 하지만 활짝 폈던 그녀의 젊음은 일찍 사그라지고 말았다. 앤의 아버지는 그녀가 한창일 때조차(섬세한 얼굴에 부드러운 검은 눈은 정말이지 자신과는 전혀 닮지 않은 모습이었으므로) 탐탁지 않게 여겼다. 그러니 이제 시들고 야위어버린 그녀의 모습에서 봐줄 만한 게 있을 턱이 없었다. 자신이 즐겨 읽는 명부에서 앤의 이름을 볼 날이 있을 거라곤 크게 기대해본 적이 없었다. 하지만 이젠 아예 그런 기대조차 접어야 할 형편이었다. 메리 역시 고작해야 돈 많은 지방 명망가와 연을 맺은 탓에, 그쪽 집안에 온갖 영예를 안겨주고도 이쪽에 득이 된 건 하나도 없었다. 그러니 같은 수준의 집안과 인연을 맺는 일은 엘리자베스의 몫이 될 수밖에 없었다. 언젠가는 엘리자베스가 가문에 어울리는 결혼을 해줄 것이었다.

스물아홉 나이의 여성이 십년 전보다 더 예쁜 경우가 가끔 있기는 하다. 일반적으로 말해 병이 들거나 걱정거리가 있지 않은 한, 스물아홉은 매력을 잃어버릴 나이는 아니다. 엘리자베스가 바로 그런 경우였다. 그녀는 십삼 년 전과 다름없이 여전히 아름다운 엘리엇 양이었다. 사정이 그러하니 월터 경이 엘리자베스의 나이를 잊는 것도 어쩌면 이해할 만한 일인지도 모른다. 아니, 최소한 다른 사람들이 모두 젊은 시절의 모습을 잃어가는 반면 자신과 엘리자베스는 여전히 한창때의 모습 그대로라고 생각한다 해도, 그런 월터 경을 완전히 바보로만 여길 수는 없을지도 모른다. 나머지 가족과 친지 모두가 늙어가고 있다는 걸 그도 뻔히 알고 있었다. 초췌하게 변해가는 앤과 투박해져가는 메리, 하나같이 볼썽사나워지는 이웃들의 얼굴, 거기다 레이디 러셀의 눈가에 급속히 늘어나는 주름살이 그의 심기를 어지럽힌 지는 꽤 오래되었다.

엘리자베스가 아버지만큼 자신에게 만족하고 있던 건 아니었다. 어린 나이라고 보기 힘들 정도로 꿋꿋하게 모든 일을 관장하고 지시하며 켈린치 저택의 안주인 역할을 해온 세월이 어언 십삼 년이었다. 십삼 년간 그녀는 안주인의 영예를 누리며 살아왔다. 집안의 법도를 정하고, 사륜마차까지 앞장서 걷는 역할을 했으며, 지방 사교모임에서 응접실과 만찬실에서 걸어나올 때도 언제나 그녀는 레이디 러셀 바로 다음 자리에 섰다. 서리 내리는 겨울이 열세 번이나 돌고 도는 동안,

몇 안 되는 이웃지간에 근사한 무도회가 열릴 때면 항상 그녀가 첫 춤으로 막을 열었다. 열세 번의 봄이 돌아오고 꽃이 필 때마다 아버지와 함께 런던을 방문하여 몇 주간 넓은 세상을 즐기기도 했다. 그녀는 이 모든 것을 고스란히 기억하고 있었다. 자신의 나이가 스물아홉이라는 사실을 의식하고 있었고, 그로 인해 이따금씩 회한과 불안감을 느꼈다. 여전히 예전과 같은 미모를 유지하고 있다는 사실에 더없이 만족하면서도, 더이상 안심할 수 없는 나이가 되어감을 느끼고 있었다. 앞으로 일이 년 내에 준남작 정도 혈통의 적당한 남자가 청혼할 거란 확신만 있어도 좋으련만. 그렇게만 된다면 어릴 때처럼 즐거운 마음으로 저 책 중의 책, 준남작 명부를 다시 집어들 수도 있을 텐데. 하지만 지금은 그러고 싶지 않았다. 늘 자신의 출생날짜만 보일 뿐, 막내 여동생의 결혼 이후로는 아무런 결혼 기록이 없는 이 책이 그녀에겐 눈엣가시였다. 아버지가 옆에 있는 탁자 위에 그 책을 펼쳐놓고 나가기라도 하면, 얼굴을 돌린 채로 책장을 덮어 치워버린 게 한두 번이 아니었다.

게다가 그 책에서 자신의 집안 내력 부분을 보면 항상 실망스러운 기억이 떠올랐다. 그녀의 아버지가 너그러운 마음으로 상속권을 인정해준 차기 상속인, 향사 윌리엄 월터 엘리엇이 바로 그녀를 실망시킨 주인공이었다.

아주 어린 소녀였을 적부터 엘리자베스는 그와 결혼하기로 작정을 했었다. 남동생이 생기지 않을 경우, 그가 미래의 준남작이 된다는 사실을 알게 된 직후였다. 그녀의 아버지 역시 항상 그런 생각을 드러내곤 했다. 그와 어린 시절부터 알고 지낸 건 아니었다. 그렇지만 레이디 엘리엇이 세상을 뜬 후 얼마 지나지 않아 월터 경이 나서서 그와 친분을 터보려고 했다. 월터 경의 요청에 그가 성의 있는 화답을 한 것은 아니었다. 하지만 젊은 청년에게 있음직한 겸손한 사양이려니 생각한 월터 경은 계속 그와 알고 지내려고 애썼다. 그러던 어느 해 봄, 이제 막 활짝 피어나던 엘리자베스는 런던 나들이에서 엘리엇 씨와 처음으로 맞닥뜨렸다.

당시만 해도 엘리엇 씨는 풋풋한 젊은이였고, 마침 법률 공부를 시작하던 참이었다. 엘리자베스는 그가 아주 마음에 들었고, 그를 염두에 두고 세워두었던 모든 계획도 다시금 탄력을 받았다. 그를 켈린치 홀에 초대했고, 그해 내내 그에 대한 얘기를 하며 방문을 기다렸다. 그러나 엘리엇 씨는 끝내 오지 않았다. 이듬해 봄 런던에서 다시 그를 보았을 때도 그는 여전히 호감 가는 청년이었다. 그들은 재차 그를 독려하며 초대하고 기다렸지만, 이번에도 그는 오지 않았다. 그런데 그 뒤에 그의 결혼 소식이 들려왔다. 그는 엘리엇 가의 후계자로 선택된 삶에 운을 걸어보는 대신, 낮은 신분의 돈 많은 여자와 결혼하여 경제적 독립을 얻었던 것이다.

월터 경은 이를 괘씸히 여겼다. 그런 결정은 가문의 최고 어른인 자신과 상의했어야 마땅하다고 생각했기 때문이다. 그토록 공공연히 그와 친근히 지내는 모습을 보인 뒤였으니 더더욱 그러했다. "왜냐하면 우리가 함께 있는 걸 사람들이 보았을 게 틀림없거든." 월터 경은 말했다. "태터솔 경마 경매장에서 한 번, 그리고 하원의 로비에서 두 번이었을 게야." 그가 불쾌한 심기를 전했지만, 엘리엇 씨는 그다지 신경 쓰지 않는 것이 분명했다. 엘리엇 씨는 아무런 사과도 하지 않았다. 월터 경이 그를 가문에서 인정할 가치가 없는 인간이라고 여기는 만큼이나, 그 역시 그런 인정을 받으려고 애쓸 마음이 없다는 태도를 견지했다. 결국 그들 사이의 친분은 그렇게 끝이 나고 말았다.

그 뒤로 여러 해가 흘렀지만, 엘리자베스는 엘리엇 씨에 얽힌 이 당혹스럽기 짝이 없는 일을 생각하면 여전히 화가 났다. 사람 자체에도 호감을 느꼈고, 아버지의 후계자인 까닭에 더욱더 그를 마음에 들어했었다. 엘리엇 가문에 대한 그 대단한 자부심으로 봤을 때도 그 사람만이 월터 엘리엇 경의 장녀에게 걸맞은 상대였다. 세상의 준남작을 다 둘러봐도 그만큼 자신과 어울린다고 인정할 만한 짝은 없을 것이었다. 하지만 엘리엇 씨는 너무 형편없이 처신했다. 현재(1814년 여름) 엘리자베스는 세상을 떠난 엘리엇 씨의 아내를 위해 검은 상장(喪章)을 달고 있었지만, 그렇다고 그를 재고해볼 가치가 있는 사람으로 인정할 수는 없었다. 첫번째 결혼의 불명예는 어쩌면 그냥 넘어갈 수도 있었다. 첫 아내와의 사이에 후사가 없으니, 그러한 불명예가 대대로 이어지리라 생각할 이유도 없었다. 그가 더 심한 행동을 하지만 않았더라면 말이다. 그런데 오지랖 넓은 친구들이 여느 때처럼 나서서 알려준 바에 따르면, 그가 집안 사람들 모두에 대해 너무나도 무례한 말을 했다는 것이다. 심지어 자신이 속한 혈통과 이후 물려받게 될 작위에 대해서도 모욕적인 언사를 서슴지 않았다고 했다. 그건 용서할 수 없는 일이었다.

엘리자베스 엘리엇의 생각과 감정은 이러했다. 우아하지만 단조롭고 풍요롭지만 공허한 그녀의 삶에, 이러한 근심과 마음의 동요가 그나마 변화를 주는 셈이었다. 이런 감정들은 지루하고 단조로운 시골

구석의 삶에 흥미를 주었고, 밖에 나가 시간을 보낼 쓸 만한 습관도 없고 집에서 소일할 재능이나 취미도 없는 그녀의 공허함을 채워주었다.

그러나 지금은 이 같은 감정 말고도 그녀가 골몰해야 할 또다른 걱정거리가 시작되고 있었다. 아버지가 금전적인 곤란을 겪는 일이 늘어나고 있었다. 아버지가 준남작 명부를 집어드는 것도, 상인들이 내놓는 고액의 청구서와 재산 관리인 셰퍼드 씨의 언짢은 암시를 머릿속에서 몰아내기 위함임을 그녀는 알고 있었다. 켈린치 영지에서 나오는 재산은 꽤 되었지만, 월터 경이 자신의 지위에 합당하다고 여기는 생활을 감당할 만큼은 아니었다. 레이디 엘리엇 생전에는 규모에 맞게 절제하고 절약하는 생활을 한 덕에 그의 씀씀이가 수입을 넘지 않았다. 하지만 아내의 죽음과 함께 그 같은 분별은 모두 없어져버렸고, 그후로는 수입보다 지출이 많은 생활이 계속되고 있었다. 그가 지출을 줄이는 건 불가능했다. 그로서는 월터 엘리엇 경의 지위에 꼭 필요하다고 여기는 일만 했기 때문이다. 하지만 그의 잘못이 아니라 하더라도 빚은 무섭게 늘어갔고, 시도 때도 없이 빚 얘기를 듣게 되었다. 딸에게는 사정을 숨기려 해보았지만 그조차도 소용없는 일이 되고 말았다. 지난해 봄 런던에 갔을 때 그는 넌지시 얘기를 꺼냈고 심지어 이런 말까지 했다. "지출을 줄여볼 수 있을까? 얘야, 혹시 지출을 줄일 만한 항목이 있겠니?" 공정히 말하자면, 엘리자베스라고 해서 어떻게 해야 할지 생각해보지 않은 건 아니었다. 여자들이 놀라면 으레 그러듯이 그녀 역시 문제를 심각하게 받아들였고, 이런저런 궁리 끝에 두 가지 절약안을 내놓았다. 불필요한 자선을 줄이고, 응접실을 새로 꾸미려던 일도 그만두자는 것이었다. 그리고 이런 편법에 더해, 앤에게 선물을 주는 연례행사를 없애자는 그럴듯한 생각까지 해냈다. 그러나 이러한 조치는 그 자체로는 적절한 것이었는지 몰라도 문제의 심각성에 비추어보면 턱없이 부족했다. 결국 월터 경도 얼마 안 가 실상을 털어놓을 수밖에 없었다. 엘리자베스로서도 더이상은 효과적인 방안이 없었다. 아버지와 마찬가지로 그녀 또한 자신의 불행한 처지가 부당하다고 느꼈다. 두 사람 모두 체면이 깎이거나 용납할 수 없을 만큼 편의를 포기하면서까지 지출을 줄일 방도를 짜낼 위인이 못 되었던 것이다.

월터 경이 임의로 처분할 수 있는 영지는 얼마 되지 않았다. 하지만 영지 전부를 마음대로 할 수 있다 하더라도 달라질 건 없었다. 자신이 권한을 가진 소유지를 저당 잡히긴 했지만, 팔아치울 정도로 체면을 구기고 싶은 마음은 전혀 없었다. 그럴 수는 없었다. 그 정도까지 자신의 이름을 더럽힐 생각은 추호도 없었다. 켈린치 영지는 그가 물려받은 그대로 온전하게 물려주어야 했다.

그들은 믿을 만한 두 친구, 레이디 러셀과 가까운 읍내에 사는 셰퍼드 씨를 청하여 조언을 듣기로 했다. 아버지와 딸, 두 사람 모두 이 곤경을 해결하고 지출을 줄이면서도 자신들의 취향이나 자존심에 손상이 가지 않을 만한 묘책을 둘 중 누군가가 마련해줄 것이라 기대하는 듯했다.

2

셰퍼드 씨는 예의 바르고 신중한 변호사였다. 월터 경에 대한 자신의 견해나 영향력이 어떠하든 간에, 그는 다른 누군가가 대신 나서서 언짢은 얘기를 꺼내주었으면 했다. 그는 내놓을 만한 의견이 전혀 없다며 양해를 구하고, 대신 레이디 러셀의 훌륭한 판단을 무조건 지지하고 권하는 역할만을 하게 해달라고 간청했다. 모두가 인정하는 그녀의 식견이라면, 그 자신도 최선책이라 여길 만한 결정적인 대책을 권고해주시리라 믿어 의심치 않는다는 것이었다.

이 문제를 놓고 레이디 러셀은 노심초사 골몰했다. 그녀는 순발력이 있다기보다는 사리분별에 강한 사람이었다. 이 경우엔 두 가지 중요한 원칙이 상충했으므로, 어떤 결정을 내린다는 게 그녀로서도 여간 어려운 일이 아니었다. 그녀는 도리를 중시하고 엄격하게 원칙을 고수하는 사람이었다. 하지만 분별력 있고 올곧은 성품의 사람이라면 누구나 그럴 수 있듯이, 그녀 역시 월터 경의 마음을 다치게 하고 싶지 않았다. 게다가 그녀는 엘리엇 가문에 걸맞은 생활에 대해 다분히 귀족주의적인 생각을 가지고 있었고, 가문의 평판도 염려했다. 한편으로 그녀는 또한 인정 많고 관대하며 덕망 있는 성격이었고 남들에게 깊은 애정을 쏟을 줄 알았다. 그러나 다른 한편 예법과 품행에 관해서는 한 치의 오차도 허용하지 않을 만큼 엄격하고, 올바른 행실의 표본이라 여겨질 만큼 예절이 몸에 밴 사람이기도 했다. 폭넓은 교양을 갖추고 있어 대체로 이성적이고 일관성 있는 편이었지만, 가문을 따지는 문제에서만큼은 편견이 심했다. 사회적 계급과 지위를 중시한 나머지, 지체 높은 이들의 결함은 제대로 보지 못하는 경향이 있었던 것이다. 자신은 고작 기사 작위를 가진 남자의 미망인이었으므로, 그녀로선 당연히 준남작의 지위에 합당한 예우를 다해야 했다. 월터 경은 그녀의 오랜 지인이자 친절한 이웃이었고 너그러운 지주였다. 게다가 그는 둘도 없는 친구의 남편인 동시에 앤을 비롯한 세 자매의 아버지가 아닌가. 하지만 이 모든 걸 차치하고라도, 그는 준남작 월터 경이라는 사실만으로도 지금 겪고 있는 어려움에 대해 깊은 동정과 배려를 받을 만한 자격이 있었다.

지출을 줄여야 한다는 데는 의심할 여지가 없었다. 그러나 레이디 러셀은 가능한 한 월터 경과 엘리자베스가 겪을 괴로움을 줄이면서 그 일이 진행되기를 간절히 바랐다. 규모 있는 지출 계획을 세우고 정확한 계산을 마친 후, 그녀는 다른 사람들은 전혀 생각지 못한 일을 했다. 바로 앤의 의견을 물었던 것이다. 다른 가족들은 앤이 이 문제에 관심이 있으리라고 생각도 못 한 것 같았다. 그리하여 레이디 러셀은 마침내 월터 경 앞에 지출삭감안을 내놓았다. 앤과 상의한 뒤 어느 정도 그녀의 의견을 반영해 작성한 안이었다. 앤의 개선책은 모두 체면보다는 성실성을 중시했다. 그녀는 더욱 강력한 조처와 철저한 개선, 그리고 빠른 부채 청산을 원했고, 공명정대한 일처리 외에는 아무것도 개의치 않는 결연한 의지를 바랐다.

"네 아버지가 이 모든 걸 하시도록 설득할 수만 있다면 많은 일이 해결되겠지." 레이디 러셀이 서류를 훑어보며 말했다. "이런 규제를 실행하면 칠 년 뒤에는 빚을 청산할 수 있을 거야. 켈린치 홀의 명망이 이런 비용절감 때문에 손상되진 않으니 안심하셔도 된다고 그분과 엘리자베스를 설득할 수 있다면 좋겠구나. 월터 엘리엇 경이 원칙 있는 사람답게 행동하시는 거지. 분별 있는 사람들 눈에도 이렇게 하는 것이야말로 진정한 위엄을 지키는 일일 테니 말이다. 사실 그분이 하실 일은 이 나라에서 첫째가는 여러 가문이 해온 일이고, 또 마땅히 해야 할 일이 아니겠니? 그분 경우라고 남다를 것도 없지. 우리가 자신의 고통을 최악이라 느끼는 건 그 특수성 때문이란다. 우리 자신의 품행을 판단할 때도 늘 마찬가지고. 우리의 설득이 성공했으면 정말 좋겠구나. 우린 진지하고 단호해야만 해. 어쨌든 빚은 진 사람이 갚아야 하는 거니까. 집안의 최고 어른이자 신사인 네 아버지의 기분도 맞춰드려야 하지만, 그보다 훨씬 중요한 건 정직한 사람으로서 지켜야 할 도리겠지."

앤은 아버지가 바로 그러한 원칙에 따라 행동해주기를, 그리고 친지들도 그렇게 아버지에게 권해주기를 바랐다. 모든 지출을 철저히 줄여 신속하게 빚을 청산하는 일이 무엇보다 시급한 의무이며, 그 정도의 노력도 안 한다면 품위를 운운할 수도 없다고 그녀는 생각했다. 앤이 보기에 그것은 꼭 해야 할 일이자 의무였다. 그녀는 레이디 러셀의 영향력을 높이 평가하고 있었다. 자신의 양심에 따라 극도의 절제를 요구하는 제안을 한 마당에, 반쪽짜리 개선안이든 철저한 개선안이든 그들을 설득하는 일이 힘들기는 마찬가지일 것이었다. 그녀가 아는 두 사람은 사두마차의 말 두 필을 내놓든 네 필 전부를 내놓든, 마찬가지로 괴로워할 인물들이었다. 그런 점에서 본다면 레이디 러셀의 삭감목록은 전체적으로 너무 약한 게 사실이었다.

휠씬 더 엄격한 앤의 요구를 제시했다면 어떻게 받아들여졌을까 하는 생각은 그다지 중요하지 않았다. 레이디 러셀의 방안 역시 성공을 거두지 못했던 것이다. 월터 경에게 그것은 참을 수도, 참을 이유도 없는 제안이었다. "뭐라고! 삶의 모든 낙을 내동댕이치란 말인가! 여행, 런던, 하인, 마차, 만찬을? 온통 줄이고 절제하라는 말뿐이군. 작위 없는 신사만도 못하게 살라니! 안 되지, 그렇게 치욕적인 조건으로 켈린치 홀에 남아 있느니 이곳을 떠나고 말겠어."

'켈린치 홀을 떠난다'는 말을 덥석 문 사람은 셰퍼드 씨였다. 월터 경이 지출을 줄여야 하는 사태에 그의 이해관계도 얽혀 있었다. 그가 판단하기에도 거처를 옮기는 것 말고는 달리 방법이 없었다. "가장 핵심적인 부분에 대한 얘기가 나왔으니 말씀인데," 셰퍼드 씨가 말문을 열었다. "저도 어르신 생각에 전적으로 동의한다는 말씀을 드리고 싶군요. 친절한 접대와 오랜 품격으로 정평이 나 있는 이 집에 사시는 한, 월터 경께서 생활방식을 크게 바꾸시기는 힘들어 보입니다. 다른 곳에서라면 월터 경께서도 독자적인 판단을 하실 수 있을 겁니다. 경께서 선택하시는 가풍이 무엇이든 그에 따라 삶의 방식을 맞추어가신다면, 모든 사람으로부터 우러름을 받으실 테니까요."

월터 경은 켈린치 홀을 떠나기로 마음먹었다. 그리고 의심과 망설임으로 며칠을 더 보낸 후, 어디로 옮길 것인가라는 중대한 문제를 결정지었다. 그렇게 해서 이 중대한 변화의 초안이 마련되었다.

바스와 런던, 그리고 지금 사는 동네의 다른 집이라는 세 가지 선택안이 제시되었다. 앤은 마지막 안으로 결정되기를 간절히 바랐다. 이웃한 곳의 작은 집이라면 레이디 러셀과 계속 왕래할 수도 있고, 메리의 집과도 여전히 가까운 거리였다. 더구나 가끔은 켈린치의 관목숲과 잔디를 보는 기쁨도 누릴 수 있을 것이라는 야심찬 기대도 있었다. 하지만 앤의 운명이 늘 그래왔듯이 그녀의 의향과는 정반대의 결정이 났다. 그녀는 바스를 싫어했고 자신과는 맞지 않는다고 생각했다. 그런데 바로 그곳에서 살게 될 운명이었던 것이다.

월터 경은 처음에 런던을 더 마음에 두고 있었다. 그러나 그의 런던 생활에 확신을 가질 수 없었던 셰퍼드 씨는, 노련하게 월터 경을 설득하여 런던 대신 바스를 선택하도록 유도했다. 이런 어려움에 당면한 신사에게는 바스가 훨씬 더 안전한 곳이었다. 그곳이라면 월터 경도 상대적으로 적은 비용으로 지체 높은 어른 행세를 할 수 있을 터였다. 셰퍼드 씨는 바스의 두 가지 실질적인 이점을 강조했다. 바스는 켈린치에서 팔십 킬로미터밖에 안 되니 거리상 편리한 위치이고, 레이디 러셀이 매년 일정 기간 겨울을 나는 곳이었다. 결국 처음부터 바스를 염두에 두고 있었던 레이디 러셀이 매우 만족스러워할 만한 결정이 내려졌다. 월터 경과 엘리자베스는 바스에 살게 된다고 해서 사회적 지위나 오락거리를 잃진 않으리라는 사실을 받아들였다.

레이디 러셀은 사랑하는 앤의 소망을 저버릴 수밖에 없었다. 자신이 살던 동네의 작은 집으로 거처를 옮길 만큼 월터 경이 스스로를 낮추리라고 기대하는 건 무리였다. 앤도 예상보다 큰 굴욕감을 느꼈을 텐데, 월터 경의 감정은 그야말로 끔찍했을 것이다. 그녀가 보기에 앤이 바스를 싫어하는 것은 편견이고 오해였다. 어머니가 세상을 떠난 후 앤이 삼 년간 바스의 학교에서 지냈던 상황 탓이었다. 그 이후 단 한 번 그녀와 함께 그곳에 머물렀던 겨울에도 앤의 기분은 그다지 좋지 않았다.

요컨대 레이디 러셀은 바스를 좋아했고, 따라서 다른 사람들도 모두 그럴 거라고 믿고 싶어했다. 앤의 건강이 문제라면 더운 시기에는 켈린치 별채에서 함께 지내면 될 것이다. 사실 바스로 가면 앤의 건강에도 기분전환에도 좋을 것이 틀림없었다. 앤에게는 집을 떠나 사람들에게 자신을 선보일 기회가 너무 없었다. 활기가 부족한 앤이지만 사람이 많은 곳에 가면 나아질 것이었다. 레이디 러셀은 앤이 더 많은 사람들에게 알려지기를 바랐다.

같은 동네의 다른 집에서 산다는 방안을 탐탁지 않게 여기던 월터 경이 바스로 마음을 굳히게 된 데는 또다른 이유가 있었다. 처음 계획을 세울 때부터 은근슬쩍 끼어든 조건 때문이었다. 월터 경이 자신의 집을 떠날 뿐 아니라, 다른 사람에게 그 집을 임대한다는 것이었다. 그건 월터 경보다 의지가 강한 사람일지라도 의연하게 견뎌내기 어려운 시련이었다. 따라서 켈린치 홀을 임대하게 되더라도 그 사실은 절대 입 밖에 내서는 안 될 중대한 비밀이어야만 했다.

월터 경은 그의 저택을 세놓는다는 계획이 세상에 알려지는 치욕을 견딜 수 없었다. 언젠가 한번 셰퍼드 씨가 '광고'라는 말을 꺼냈다가 다시는 입에 담을 엄두도 못 내고 있었다. 월터 경은 어떤 방식이든 저택을 먼저 내놓는다는 생각 자체를 일축해버렸고, 그럴 의향이 있다는 암시를 주는 것조차 허용하지 않았다. 만에 하나 집을 세주게 된다면, 더할 나위 없이 훌륭한 신청자가 나타나 자연스럽게 부탁을 하고, 자신이 제시하는 조건에 따라 호의를 베푸는 방식이라야 했다.

자신이 원하는 일을 확신시켜주는 근거는 어찌나 쉽게 눈에 띄는 법인지! 레이디 러셀은 월터 경 가족이 거처를 옮기게 되어 더없이 기뻐할 만한 또다른 이유를 찾아냈다. 최근 엘리자베스와 가깝게 지내는 친구가 맘에 들지 않았던 레이디 러셀은 두 사람의 교제를 중단시키고 싶었다. 셰퍼드 씨의 딸인 이 친구는 순조롭지 못했던 결혼생활을 끝낸 뒤, 두 아이까지 혹으로 달고 친정에 돌아와 있었다. 그녀는 영리한 데다 다른 사람의 호감 사는 법을 잘 아는 젊은 여성이었다. 어쨌든 그러한 그녀의 능력이 적어도 켈린치 홀에서는 통하는 듯 보였다. 레이디 러셀은 두 사람의 우정이 경우에 어긋난다고 생각하고 엘리자베스에게 거리를 두라는 암시를 주었다. 그럼에도 불구하고 엘리엇 양에게 어찌나 잘 보였던지, 그녀는 이미 한 차례 이상 켈린치에서 묵어갔던 것이다.

사실 레이디 러셀은 엘리자베스에게 아무런 영향력을 발휘하지 못했다. 그녀가 엘리자베스를 사랑하는 듯 보이는 건 그러려고 애썼기 때문이지, 엘리자베스가 사랑을 받을 만한 사람이기 때문은 아니었다. 엘리자베스도 겉으로만 신경 쓰고 귀담아 듣는 척했을 뿐, 실제로 레이디 러셀의 말을 따른 적은 한 번도 없었다. 레이디 러셀은 앤만 빼고 런던 나들이를 가는 것이 이기적이고 부당하며 가문의 평판에 먹칠을 하는 행동이라고 알아듣게 설명하고, 앤을 데려가도록 여러 차례 간곡하게 말을 하기도 했다. 또한 수많은 사소한 문제에서 자신의 더 나은 판단과 경험을 따르도록 조언도 했다. 그러나 그녀의 노력은 언제나 허사로 돌아가곤 했다. 엘리자베스는 자기 방식만을 고집했다. 그래도 유독 클레이 부인과의 교제에 대한 문제만큼 엘리자베스가 고집을 부리며 레이디 러셀의 의견을 거스른 적은 여태껏 없었다. 그녀는 애정과 신뢰를 받아 마땅한 동생을 가까이 하는 대신, 거리를 두고 예의만 지키면 될 사람을 택하려 들었다.

레이디 러셀이 보기에 클레이 부인은 사회적 지위가 한참 떨어질 뿐 아니라 인물됨이 매우 위험스럽기까지 한 친구였다. 그렇기에 거처를 옮겨 클레이 부인을 떼어내고, 엘리엇 양이 좀더 격에 어울리는 다양한 사람들과 가까이 지내도록 하는 것이 무엇보다 중요했다.

3

"월터 경, 드릴 말씀이 있습니다만," 어느 날 아침 켈린치 저택에서 셰퍼드 씨가 신문을 내려놓으며 말했다. "지금 상황이 아주 유리하게 돌아갑니다. 이번 평화조약으로 돈 많은 해군 장교들이 육지로 들어오면 그 사람들 모두 살 집이 필요할 테니 말입니다. 다양한 임차인들, 아주 책임감 있는 임차인들을 만날 다시없는 기회입니다, 월터 경. 그들은 전쟁중에 굉장한 재산을 모았다고들 합니다. 돈 많은 제독이 이곳으로 온다면……."

"그 사람은 운수대통한 게지, 내가 할 말은 그것뿐이네, 셰퍼드." 월터 경이 대답했다. "켈린치 홀에서 살게 된다는 건 상을 받는 것에 진배없지. 이전에 받았던 그 어떤 상보다 큰 상일 거야, 그렇지 않나, 셰퍼드?"

재치 있는 말에는 웃어주어야 한다는 걸 알고 있는 셰퍼드 씨는 웃으며 덧붙였다.

"월터 경께 외람된 말씀을 드리자면, 사업적인 면에서 해군 신사들은 거래하기가 좋습니다. 그들이 사업하는 방식을 조금은 알고 있으니 드리는 말씀인데, 그 사람들은 대단히 후한 편이어서 어디서도 그만한 임차인을 만나지 못할 겁니다. 월터 경, 그래서 제가 드리고 싶은 말씀은, 경의 의중에 대해 소문이 났다면 말입니다만─그럴 수도 있겠다고 생각되는 것이, 세상 사람들의 관심이나 호기심을 피해 무슨 행동을 하거나 계획을 세우는 일이 얼마나 어려운지 아시지 않습니까. 게다가 사회적 지위에는 부담이 따르는 법이니까요. 저 존 셰퍼드로 말하자면 아무도 눈여겨보는 사람이 없으니 그 어떤 가족사도 감출 수 있겠지만, 월터 엘리엇 경의 경우엔 보는 눈이 있어서 쉽지 않은 일이지요. 그래서 감히 말씀드리자면, 우리가 그렇게 조심했음에도 불구하고 소문이 났다 해도 전 별로 놀라지 않을 겁니다. 만일 그렇다면 틀림없이 집을 구하는 사람들이 나타날 텐데, 그중에서도 부유한 해군 장교에게 특히 관심을 가질 만하다는 거지요. 감히 덧붙이자면, 제가 언제든 두 시간이면 달려올 수 있으니 경께서 손수 응대하시는 수고를 덜어드릴 수 있습니다."

월터 경은 그저 고개만 끄덕였다. 그러나 조금 후엔 자리에서 일어나 방 안을 왔다갔다하면서 빈정거리듯 말했다.

"내 생각으론, 해군 신사들 중에 이런 집을 보고 놀라지 않을 사람은 거의 없을 거라네."

"틀림없이 주위를 두리번거리며 자신들의 행운에 감격하겠지요."

마차를 타고 켈린치에 오는 것이 건강에는 최고라며 아버지를 따라왔던 클레이 부인이 말했다. "하지만 선원이 바람직한 임차인이라는 아버지 말씀엔 저도 같은 생각이랍니다. 그쪽 사람들을 꽤 알고 지냈거든요. 후하기도 하지만 모든 일에 그렇게 깔끔하고 신중할 수가 없답니다! 경께서 소유하고 계신 이 값진 그림들을 두고 가셔도 아무 문제가 없을 거예요. 저택 안팎에 있는 모든 것들을 훌륭하게 관리할 테니까요! 정원이나 관목숲도 지금과 마찬가지로 잘 관리해줄 거고요. 엘리엇 양, 당신의 예쁜 화단도 소홀히 하지 않을 테니 염려 놓으세요."

"그런 문제들에 관해서라면," 월터 경이 냉정한 목소리로 말을 이었다. "만에 하나 집을 세놓는다 해도 거기 딸려갈 특권에 대해서는 마음을 정하지 않았다네. 딱히 임차인에게 특전을 베풀 생각도 없고. 물론 사냥터는 개방할 생각이지. 그 정도 규모라면 해군 장교든 누구든 본 적이 없을 게야. 하지만 유원지 사용에 어떤 제한을 둘지 정하는 건 다른 문제지. 내 관목숲에 사람들이 수시로 드나든다는 건 영 마땅치가 않아. 엘리엇 양한테도 화단에 대해 단단히 조심시키라고 일러두어야겠어. 분명히 말해두지만, 해군이든 육군이든 켈린치 홀의 임차인이라고 해서 특혜를 줄 생각은 별로 없다네."

짧은 침묵이 흐른 뒤, 셰퍼드 씨가 용기를 내어 입을 열었다.

"이런 일에는 지주와 임차인 사이의 모든 문제를 간단명료하게 매듭지어주는 관례라는 게 있습지요. 월터 경, 경의 권리를 잘 지켜드릴 테니 안심하십시오. 그 어떤 임차인이든 정당한 권리 이상을 주장하지 않도록 제가 잘 처리하겠습니다. 감히 말씀드리지만, 빈틈없이 이권을 지키는 문제라면 월터 엘리엇 경이라 하더라도 존 셰퍼드의 반만큼도 따라오기 어려우실 겁니다."

바로 그때 앤이 말을 꺼냈다.

"해군은 우리를 위해 큰일을 해준 사람들이에요. 그러니 어떤 집에 살든 적어도 다른 직업의 사람들이 누리는 편의와 혜택 정도는 모두 똑같이 누릴 권리를 주장할 수 있다고 생각해요. 해군은 열심히 일한 대가로 안락한 삶을 누린다는 걸 인정해야 한다는 거지요."

"지당하신 말씀입니다. 정말 그렇지요. 앤 양의 말씀이 맞다마다요." 이렇게 셰퍼드 씨가 맞장구를 치자, 그의 딸도 한마디 거들었다. "오, 맞는 말이에요." 그러나 곧바로 월터 경의 말이 이어졌다.

"그 직업도 나름의 쓸모가 있지. 하지만 내 친구 중 누군가가 그런 직업을 가졌다면 유감스러울 게야."

"정말요!" 셰퍼드 씨가 놀란 표정을 지으며 대답했다.

"그렇다네. 그 직업은 두 가지 점에서 거슬리거든. 그 직업이 탐탁지 않은 큰 이유가 두 가지 있다는 얘길세. 첫째는, 내세울 것 없는 집안 출신이 과분한 수훈을 세워서 아버지와 할아버지 대에는 꿈도 못꾸었던 영예를 얻는 수단이 된다는 거지. 둘째는, 그 일이 사람의 젊음과 원기를 아주 끔찍하게 망가뜨리기 때문이네. 배를 타는 사람은 어느 누구보다 더 빨리 늙지. 내 평생 그런 일을 보아왔거든. 해군에서는 말일세, 자기 아버지가 말을 걸기조차 꺼려했던 자의 아들이 출세하는 치욕스러운 꼴을 봐야 한다네. 게다가 그 자신도 너무 일찍, 역겨우리만치 겉늙어버리지. 그럴 위험이 다른 어떤 직종보다 해군에 더 많다는 게야. 지난봄 런던에 갔을 때 하루는 두 사람을 만났는데, 방금 한 얘기를 단적으로 보여주는 경우더구먼. 세인트아이브스 남작이라고. 다들 잘 알다시피 이 사람 부친은 입에 풀칠하기도 힘든 시골 목사라네. 그런데도 내가 이 사람에게 자리를 내줘야 하다니. 볼드윈 제독이라는 자도 있었는데, 상상을 초월할 정도로 비참한 용모의 남자였지. 얼굴은 마호가니 색에 거칠고 투박하기가 이루 말할 수 없는 데다 잔뜩 주름지고 골이 파이고, 한쪽에 아홉 가닥 흰머리털이 남아 있는 정수리에 분가루를 살짝 문질러놓은 모양이라니. '맙소사, 저 노인은 도대체 누군가?'라고 옆에 있던(배질 몰리 경이었지, 아마) 친구에게 물었지. 배질 경이 큰 소리로 대답하더군. '노인이라니! 볼드윈 제독이야. 저 사람 나이가 몇이나 된다고 생각하는 건가?' 그래서 내가 그랬지. '예순, 아니면 아마도 예순둘쯤?' 그러자 그 친구가 말하는 거야. '마흔일세, 딱 마흔.' 내가 얼마나 놀랐을지 상상을 해보게나. 볼드윈 제독을 쉽게 못 잊을 거야. 배 타는 생활이 어떤 결과를 낳는지 그보다 참혹한 예를 본 적이 없어. 하지만 뱃사람은 어느 정도는 다 똑같다고 볼 수 있지. 그 사람들 모두 험한 생활을 하고 온갖 기후와 날씨에도 노출되다보니 봐주지 못할 몰골이 되는 거라고. 볼드윈 제독 같은 나이가 되기 전에 머리를 맞고 즉사하지 않는 게 불쌍할 정도라니까."

"그러시면 안 되죠," 클레이 부인이 소리 높여 말했다. "너무 가혹하세요. 그 가여운 사람들에게 조금은 자비로운 마음을 가져주세요. 우리가 모두 잘생긴 외모를 타고나는 것은 아니잖아요. 바다가 외모에 도움이 안 되고, 선원들이 겉늙는다는 건 사실이에요. 저도 그런 일을 자주 보아왔으니까요. 그 사람들은 일찍 젊음을 잃어버리죠. 그렇지만 다른 직업도, 아마 대부분의 직업이 마찬가지 아닌가요? 현역의 육군 병사라고 나을 건 전혀 없잖아요. 심지어 몸을 덜 쓰는 일에서도 육체가 아닌 정신의 노고는 있게 마련이니, 시간이 흐르면서 자연스레 늙어가는 경우는 드물지요. 변호사는 늘 근심거리에 찌들어 살고, 의사는 시도 때도 없이 호출을 받아 궂은 날씨에도 길을 나서야 하죠. 심지어 목사는……" 그녀는 목사에 적절한 얘기가 무엇일까 궁리하느라 잠시 말을 멈추었다. "목사들도 병균이 들끓는 방에 들어가 건강과 외모를 해치는 걸 무릅쓰고 일해야 하니까요. 사실 이런 생각을 한 지는 오래되었는데, 모든 직업이 그 나름대로 꼭 필요하고 고귀한 건 사실이지만, 건강과 멋진 외모를 한껏 누리는 것은 특별한 사람들만의 몫이라고 믿어요. 그건 직업을 갖지 않아도 되고, 시골에서 자기 좋은 시간에 자기 하고 싶은 일을 정해진 방식대로 하면서, 돈을 더 벌려고 괜한 고생을 하지 않아도 물려받은 재산으로 살아갈 수 있는 그런 사람들만의 몫이라는 거죠. 한창때가 지나서도 조금도 풍채가 허물어지지 않는 경우를 다른 부류의 사람들에게선 본 적이 없거든요."

임차인이 될지도 모를 해군 장교에게 월터 경이 호의를 갖게 하려고 애썼던 셰퍼드 씨는 선견지명이 있었던 듯했다. 처음으로 저택을 임차하겠다고 나선 이가 바로 크로프트 제독이란 사람이었다. 셰퍼드 씨는 얼마 뒤 톤턴에서 열린 지방 분기법정에 참석했다가 그를 만났는데, 알고보니 런던의 소식통으로부터 미리 귀띔을 받았던 사람이었다. 그가 켈린치로 달려와 전한 소식에 따르면, 서머싯셔 출신인 크로프트 제독은 꽤나 많은 재산을 모은 뒤 고향에 정착하고 싶어했다. 그 때문에 톤턴에 내려와 광고에 난 가까운 집을 몇 군데 둘러보았지만 마음에 드는 집을 찾지 못했다. 그러다가 우연히 (셰퍼드 씨가 예측했던 대로 월터 경의 사정은 비밀로 유지되지 못했다) 켈린치 홀을 세놓을지도 모른다는 이야기를 듣게 되었다. 그는 셰퍼드 씨와 집주인의 관계를 알게 되자 자기소개를 하고서 집에 대해 이것저것 물었다. 또한 한참이나 얘기를 나누는 동안에도 말로만 들었을 뿐인 저택에 큰 관심을 보였다고 했다. 그렇게 분명하게 자기 생각을 얘기하는 것만 봐도 제독은 모든 면에서 최고의 자격을 갖춘 책임감 있는 임차인이 틀림없다는 것이었다.

"그런데 크로프트 제독은 어떤 사람이지?" 월터 경이 냉랭한 어투로 미심쩍다는 듯이 물었다.

셰퍼드 씨는 그가 신사 집안의 사람임을 보증하며 출신 지역을 언급했다. 잠시 침묵이 흐른 뒤, 앤이 덧붙여 말했다.

"그분은 백색함대의 해군 소장이에요. 트라팔가 해전에 참가했고 그 후로는 동인도에 있었지요. 수년간 그곳에 주둔했었다고 알고 있어요."

"그렇다면 그 사람 얼굴도 내 제복의 소맷단이나 어깨 망토만큼 오렌지색이겠군." 월터 경이 말했다.

셰퍼드 씨는 서둘러 크로프트 제독이 매우 원기 왕성하고 잘생긴 사람이며, 분명 햇볕에 약간 그을긴 했지만 심한 정도는 아니라고 월터 경을 안심시켰다. "그분은 생각이나 행동이 나무랄 데 없는 신사였습니다. 안락한 가정을 꾸밀 집이면 된다며 조건에도 전혀 까다롭지 않고, 되도록 빨리 집에 들어가 살고 싶어하더군요. 편하게 살려면 그에 걸맞은 돈을 내야 한다는 것과, 이만한 품격을 갖춘 가구 딸린 집을 얻으려면 집세를 얼마나 내야 할지도 잘 알고 있었습니다. 그러니 월터 경께서 더 많은 금액을 요구하시더라도 놀라지 않을 겁니다. 장원에 대해서도 문의했는데, 수렵권을 허락해주신다면 당연히 좋아하겠지만 그렇다고 딱히 그 조건을 내건 것도 아니었습죠. 가끔 총을 들고 나가기는 하지만 실제로 사냥을 하지는 않는다더군요. 정말 신사다운 분이었습니다."

셰퍼드 씨는 임대문제에 대해서도 달변을 토했다. 결혼은 했지만 자식이 없는 제독의 가족사항을 강조하면서, 임차인으로 안성맞춤이라는 거였다. 안주인이 없으면 집관리가 부실해서, 아이들이 많은 경우와 매한가지로 가구가 망가질 위험이 있다는 얘기였다. 그는 크로프트 부인을 직접 만난 사실도 언급했다. 제독과 함께 톤턴에 온 그녀는 자신과 제독이 집 문제를 이야기하는 내내 같이 있었다고 했다.

"부인은 품위 있는 말씨에 고상하며 사리도 밝아 보였습니다." 셰퍼드 씨가 말을 이어갔다. "집과 임차조건, 그리고 세금에 관해 제독보다 더 많은 질문을 했지요. 부인은 사업상의 문제에 대해서도 제독보다 더 정통한 듯했습니다. 월터 경, 게다가 부인은 남편 못지않게 이 고장에 연고가 있다고 합니다. 전에 이곳에 살았던 어떤 신사의 누님이랍니다. 부인이 직접 그렇게 말씀했다니까요. 몇 년 전에 몽크포드에 살았던 신사인데, 이런! 그분 이름이 뭐였더라, 지금 당장 기억이 나지 않네요, 얼마 전에 들었는데. 얘야, 퍼넬러피, 날 좀 도와주렴, 몽크포드에 살았던 그 신사의 성함 말이다. 크로프트 부인의 동생인데."

그러나 클레이 부인은 엘리엇 양과 얘기에 열중하느라 그의 말을 듣지 못했다.

"자네가 누구를 말하는지 모르겠군, 셰퍼드. 트렌트 지사 시절 이후로 몽크포드에 거주하는 신사라고는 생각나는 사람이 없는걸."

"맙소사! 정말 이상하네! 좀 있으면 내 이름까지 잊어버리겠네. 그렇게 잘 알던 이름이고, 얼굴도 잘 알고, 백번쯤 본 신사인데…… 절 찾아와 동네 사람의 무단침입에 관해 상의했던 기억도 납니다. 농장 일꾼 한 명이 과수원에 침입해 울타리를 망가뜨리고 사과를 훔치다 잡힌 일이었습니다. 나중엔 제 의견과는 달리 원만한 타협안에 응했지만 말입니다. 정말 이상한 일일세!"

잠시 기다렸다가 앤이 말을 꺼냈다.

"웬트워스 씨를 말씀하시는 건가봐요."

연신 고마워하며 셰퍼드 씨가 말을 이어갔다.

"맞습니다! 웬트워스 씨가 바로 그분 이름입니다! 몇 년 전에 이삼 년간 몽크포드의 목사로 계셨죠. 1805년쯤 그곳으로 왔는데, 월터 경, 그분을 기억하시겠지요?"

"웬트워스라고? 아, 그래, 웬트워스 씨, 몽크포드의 목사였던. 자네가 신사라고 해서 혼동한 걸세. 난 자네가 재산 많은 사람을 말하는 거라 생각했거든. 웬트워스 씨는 별볼일 없는 사람이었다고 기억하는데. 전혀 연고도 없고 스트래퍼드 가와는 아무 상관없는 사람이었지.* 우리 귀족들 이름이 어쩌다 이리 흔해졌는지 알다가도 모를 일이야."

크로프트 부부의 인척관계가 월터 경에게 아무런 감흥을 주지 못한

---

* '웬트워스'는 스트래퍼드 백작 가문에서 쓰는 성이다.

다는 사실을 감지하고 셰퍼드 씨는 더는 말을 꺼내지 않았다. 대신 이들 부부의 나이며 가족 수 그리고 재산 같은, 누가 뭐라 해도 장점인 사항들에 대해 열변을 토했다. 그들이 켈린치 홀을 얼마나 높이 평가하는지, 이 집에 세들어 살기를 얼마나 간절히 바라는지 등을 열거하면서 마치 이들이 월터 경의 임차인이 되는 일을 최고의 행복이라고 여기는 것마냥 이야기를 했다. 이런 것들이 월터 경으로부터 합당한 임차인으로 평가받는 비법이라면, 그걸 알아본 것은 분명 남다른 감식력이라 할 만했다.

어쨌든 셰퍼드 씨의 노력은 성공을 거두었다. 월터 경은 여전히 자기 집을 임차하려는 사람을 곱지 않은 눈으로 보았다. 만만치 않은 임대조건이라 할지라도, 그 집에 들어와 살 수 있게 허락받는 것만으로도 그들에게는 더없는 복일 거라 생각했기 때문이다. 그러나 결국엔 그도 셰퍼드 씨의 말에 넘어가 계약을 진행하도록 허락했을 뿐 아니라, 톤턴에 남아 있던 크로프트 제독을 만나 집을 보러 올 날짜를 정하도록 위임까지 했다.

월터 경은 그리 현명하지는 않지만 세상물정에 어둡지도 않았다. 중요한 문제 전반에 있어 크로프트 제독 이상으로 흠잡을 데 없는 임차인이 나설 가능성이 없다는 것쯤은 알고 있었다. 거기까지 생각이 미치자 그의 허영심을 달래줄 작은 사실이 추가로 눈에 들어왔다. 그것은 바로 제독의 신분, 너무 높지도 않으면서 딱 적당한 그의 사회적 지위였다. '크로프트 제독에게 내 집을 세주었습니다'라는 말은 꽤 괜찮게 들렸다. 그냥 아무개 씨에게 세를 놓았다는 것보다 훨씬 나았다. (아마도 이 나라에서 몇몇 사람을 제외하고는) 무슨무슨 씨 하는 작자들은 항상 어떤 설명이 필요하기 마련인데, 제독이라면 그 나름으로 빠지지 않는 지위지만 준남작에 비할 정도는 아니었다. 그들 사이의 모든 거래와 교유에서 월터 엘리엇 경이 언제나 윗사람 노릇을 하게 될 게 틀림없었다.

이 집 안에서 엘리자베스와 상의하지 않고 처리할 수 있는 일은 아무것도 없었다. 그러나 그녀 역시 집을 옮기고 싶은 마음이 커져서, 지금 나선 사람으로 정하고 빠르게 일을 진행하는 것이 기쁘기만 했다. 따라서 그녀는 결정을 더디게 할 말은 한마디도 꺼내지 않았다.

셰퍼드 씨는 전권을 위임받았다. 여기까지 일이 마무리되자, 의논 내내 귀를 곤두세우며 듣고 있던 앤은 곧장 방을 나섰다. 상기된 뺨을 찬 공기로 식혀야 했다. 그러고는 자신이 좋아하는 관목숲 길을 따라 걸으며, 부드러운 한숨 소리와 함께 중얼거렸다. "이제 몇 달 뒤면, 그이가 이곳을 걷게 되는지도 몰라."

4

'그이'가 몽크포드의 전임 목사보 웬트워스 씨라고 의심할 만도 하지만, 실은 그 동생인 웬트워스 대령이었다. 산토도밍고 해전에서 공을 세워 지휘관이 된 웬트워스 대령은, 곧바로 전속 배치가 되지 않자 1806년 여름 서머싯셔로 왔다. 부모님이 모두 안 계셨으므로 그는 혼자 몽크포드에 집을 얻어 반년간 그곳에서 지냈다. 그 당시 대령은 지적이고 재기 넘치며 기백 있는 그야말로 멋진 젊은이였고, 앤 또한 상냥함과 기품, 교양, 감수성을 두루 갖춘 정말 아리따운 아가씨였다. 남자는 마침 할 일이 없던 차였고 여자 역시 마음 줄 남자가 없었으니, 두 사람이 가진 매력의 반만 있었다 해도 서로에게는 충분했을 상황이었다. 그러니 이렇듯 넘치는 장점을 지닌 두 사람의 만남이 허사로 돌아갈 리 없었다. 그들은 서서히 가까워졌지만 일단 서로를 알게 되자 급속히 깊은 사랑에 빠졌다. 그리하여 남자는 사랑을 고백하며 청혼했고, 여자는 청혼을 받아들였다. 두 사람 중 누가 더 상대에게 이상형이었는지, 혹은 누가 더 행복했는지를 가려내기는 어려웠으리라.

잠시 동안 두 사람은 더할 나위 없이 행복한 나날을 보냈다. 그러나 그 시간은 너무도 짧았다. 곧 문제가 생기고 말았다. 두 사람이 허락을 구했을 때, 월터 경은 승낙을 미루거나 절대 안 된다는 말을 하지는 않았다. 대신 그는 경악과 냉정함, 침묵 등 온통 부정적인 태도로 일관했고, 딸에게 아무 지참금도 주지 않겠다는 단호한 뜻을 밝혔을 뿐이었다. 그는 이 결합을 매우 치욕적으로 여겼다. 월터 경처럼 드러내놓고 자존심을 내세우며 심한 말을 하지는 않았지만, 레이디 러셀 역시 이 결합을 너무도 불행한 일로 받아들였다.

태생과 미모, 품성 중 무엇 하나 빠질 데 없는 앤 엘리엇이 열아홉 살에 자신을 내던지다니. 상대는 자기 자신 말고는 내세울 것 하나 없는 인물이었다. 앞날이 불확실한 직업에 운을 거는 것 말고는 달리 재산을 모을 희망도 없고, 승진을 보장해줄 인맥도 없었다. 그런 젊은이에게 말려들다니! 실로 자신을 내던지는 일이 아닐 수 없다는 생각에 레이디 러셀은 가슴이 미어지는 것 같았다. 아직 어린 데다 남들에게선 보일 기회도 별로 없었던 앤 엘리엇을, 재산도 연줄도 없는 생판 모르는 젊은이가 채가다니! 아니, 앤이 그런 사람 때문에 피로와 근심에 찌들어 젊음마저 잃게 될 곤궁한 삶으로 굴러떨어지게 되다니! 그럴 수는 없는 일이었다. 친구로서 정당한 간섭이든 아니면 엄마 못지 않은 애정과 권한을 가진 사람으로서 의사표현이든, 무슨 수를 써서라도 그것만은 막아야 했다.

웬트워스 대령은 재산이 없었다. 그가 하는 일에서 운이 좋았던 편이긴 했지만, 쉽게 번 만큼 쉽게 돈을 썼으므로 모아놓은 재산이라곤 아무것도 없었다. 그러나 그는 곧 부자가 될 것이라는 확신에 차 있었다. 생명력과 열정으로 충만했던 그는 조만간 배를 얻고 적당한 주둔지에 배치되기만 하면 원하는 모든 것을 얻게 되리라 믿었다. 그는 항상 운이 좋았고 앞으로도 그럴 거라고 자신했다. 열정으로 가득 찬 자신감은 그 자체만으로도 강력한 힘을 발휘했고, 재기 넘치는 표현으로 인해 더욱 매력적으로 보였다. 앤에게는 그걸로 충분했다. 하지만 레이디 러셀의 생각은 전혀 달랐다. 웬트워스 대령의 낙천적인 기질과 배짱 좋은 성품이 그녀에겐 아주 다르게 보였던 것이다. 그녀가 보기에 그건 오히려 엎친 데 덮친 격으로, 위험스러운 성격까지 더한 꼴이었다. 재기 넘치는 데다 제멋대로라니! 레이디 러셀은 재치 있는 젊은이를 좋아하지 않았고 경솔하다 싶은 건 무엇이든 끔찍하게 여겼다. 두 사람의 결합은 모든 면에서 강력히 반대할 만한 것이었다.

이렇게까지 격렬한 반대는 앤이 감당할 수 있는 것 이상이었다. 젊고 순한 그녀였지만 아버지의 반감쯤은 능히 이겨낼 수 있었을지도 몰랐다. 언니가 옆에서 다정한 말 한마디, 위로의 눈길 한 번 주지 않았다 하더라도 말이다. 하지만 항상 믿고 따랐던 레이디 러셀의 충고는 정말이지 뿌리치기 힘들었다. 레이디 러셀은 시종일관 확고한 생각과 부드러운 태도로 그녀를 설득했다. 따라서 앤도 결국엔 이 약혼이 경솔하고 사리에 맞지 않으며, 성공의 여지도 없고 그럴 가치도 없는 잘못된 결정이라고 믿기에 이르렀다. 그러나 앤이 단지 이기적인 조심성 때문에 약혼을 파기하기로 결심한 건 아니었다. 자기 자신보다도 그를 위한 결정이라 생각하지 않았다면, 아마도 웬트워스 대령을 포기하진 않았을 것이었다. 이별, 마지막 이별의 비참함 속에서도 가장 큰 위안이 되어준 것은 그것이 신중한 결정이며, 그의 행복을 우선시한 자기희생이라는 믿음이었다. 이별의 아픔에 더해 그의 비난까지 감당해야 했던 그녀에겐 생각할 수 있는 모든 위안거리가 필요했다. 그는 전혀 납득할 수 없다며 뜻을 굽히지 않았고, 억지로 약혼을 파기하는 건 부당한 처사라고 강변했다. 그렇게 해서 웬트워스 대령은 결국 그 지역을 떠나고 말았다.

두 사람이 만나서 헤어질 때까지의 기간은 몇 달이 채 되지 않았다. 그러나 이 일로 인해 앤이 겪어야 했던 고통의 몫은 몇 달이 지나도 끝나지 않았다. 앤의 애착과 회한은 젊은 시절 누려야 할 모든 즐거움에 기나긴 먹구름을 드리웠고, 그로 인해 일찍 시들어버린 생기와 젊음은 오래도록 회복될 줄 몰랐다.

이 가슴 아픈 작은 사건이 끝난 지도 칠 년이 넘었다. 시간은 많은 것을, 어쩌면 그에게 가졌던 특별한 감정마저도 거의 무뎌지게 해주었다. 하지만 너무 시간에만 의지한 게 문제였다. 장소를 바꿔본다든지 새로운 남자를 만나 인간관계를 넓혀보는 식의 도움은 받지 못했던 것이다. 켈린치에서 만난 남자들 중 추억 속의 프레더릭 웬트워스에 견줄 만한 사람은 아무도 없었다. 가장 자연스럽고도 행복한 치유제가 되었을 두번째 사랑이 있을 법한 나이였다. 그러나 그녀처럼 섬세한 마음결과 엄격한 취향을 가진 사람에게 어울리는 상대를 주변에서 찾는 건 불가능했다. 그녀가 스물두 살 되던 해에, 한 청년의 구애를 받아 성을 바꿀 뻔한 일도 있었다. 하지만 그 역시 나중엔 좀더 쉽게 마음을 여는 동생 쪽으로 눈을 돌리게 되었다. 레이디 러셀은 앤의 거절을 매우 애석해했다. 찰스 머스그로브는 소유지나 지위로 보아 이 고장에서는 엘리엇 가 다음가는 집안의 장남이었고, 훌륭한 성품과 용모를 지닌 젊은이였다. 앤이 열아홉 시절이었다면 레이디 러셀도 그보다 더 좋은 조건을 바랐을지도 몰랐다. 하지만 그 당시 앤의 나이는 이미 스물둘이었다. 따라서 레이디 러셀은 그녀가 부친의 집에서 겪는 차별과 부당한 대우에서 벗어나 자기 집 근처에 자리잡게 된다면 그것으로도 크게 기뻐할 일이라고 생각하게 되었던 것이다. 그러나 이번엔 앤이 아무런 상의 없이 혼자 결정을 내렸다. 자신의 신중한 판단력에 아무런 의심이 없는 레이디 러셀로서는 과거를 되돌리고 싶은 생각이 추호도 없었다. 다만 그녀도 이제 슬슬 불안을 느끼고 있을 뿐이었다. 그녀가 보기에 앤은 따스한 애정과 가정적인 성향을 지니고 있었다. 그러나 재능과 경제력을 겸비한 사람이 나타나서 그런 앤의 마음을 움직이고 가정을 꾸리게 되리라는 희망은 거의 포기할 지경에 이르렀다.

　앤의 결정에 영향을 미친 그 일에 대해서는 두 사람 모두 언급을 피했으므로, 그간 마음이 바뀌었는지 아니면 여전히 그대로인지 서로 알 길이 없었다. 그러나 이제 앤은 스물일곱 살이었고, 다른 사람의 영향을 받았던 열아홉 살 때와는 전혀 다른 생각을 품고 있었다. 레이디 러셀을 원망하지 않았지만, 그렇다고 그녀의 뜻에 따랐던 자신을 탓하지도 않았다. 하지만 만일 자신과 비슷한 처지의 젊은 사람이 상담을 해온다면, 확실하지도 않은 미래의 행복을 위해 당장 눈앞에 뻔히 보이는 괴로움을 감수하라는 조언은 하지 않을 생각이었다. 집안의 반대가 있었을 뿐 아니라 불안정한 그의 직업으로 인해 온갖 근심, 지연, 실망이 예상되는 어려운 상황이었다. 하지만 그녀는 이제 그를 포기하지 말고 약혼을 유지했다면 훨씬 더 행복했을 거라고 생각하게 되었다. 그 모든 걱정과 불안은 남들도 으레 겪는 문제였을 것이다. 그러나 설사 그들이 그 이상의 것을 지고 가야 했을지라도 결과는 마찬가지였을 터였다. 그 이후 벌어진 일들의 결과를 굳이 감안하지 않는다 해도, 이성적으로 따져 추측했던 것보다 오히려 더 빨리 성공이 찾아왔을 거라고 앤은 굳게 믿었다. 웬트워스 대령의 낙관적인 기대와 확신은 그대로 입증되었다. 마치 그의 비범함과 열정이 탄탄한 앞길을 예견하고 지휘하는 것만 같았다. 약혼이 파기된 뒤 그는 곧 배치를 받았고, 그가 그녀에게 말했던 모든 일이 이루어졌다. 공을 세워 일찌감치 사령관 자리에 올랐을 뿐더러 연이어 적함을 포획했다고 들었으니, 지금쯤은 틀림없이 상당한 재산까지 모았으리라. 해군 명부와 신문이 유일한 근거이긴 했지만 그가 부자라는 사실은 분명했다. 게다가 마음이 쉽게 변치 않는 그의 성품을 생각하면 그가 결혼했다고 믿을 이유도 없었다.

신중을 기하기 위해 걱정만 앞세우는 건 인간의 노력에 대한 모독이며 신의 섭리에 대한 불신이 아닌가. 그러니 일찍 찾아온 열렬한 사랑과 미래에 대해 낙관적인 믿음을 가지는 게 옳지 않은가. 이렇게 감동적인 연설을 토해내는 앤 엘리엇이 될 수도 있었을 것을! 아니, 최소한 그녀의 마음만은 이러한 소망으로 가득했다. 어려서는 신중하게 행동하도록 강요받은 그녀가 나이 들면서 로맨스를 배웠으니, 부자연스러운 시작에 따른 자연스러운 결과가 아니었을까.

앤은 이 모든 상황을 기억하고 그때의 감정을 간직하고 있었다. 따라서 웬트워스 대령의 누이가 켈린치에서 살게 될 것 같다는 이야기를 들었을 땐, 지난날의 고통이 다시 살아나는 듯한 기분이 들 수밖에 없었다. 그러한 생각으로 흔들리는 마음을 진정하기 위해 무수히 숲길을 오가며 한숨을 쉬어야 했다. 다 어리석은 일이라고 몇 번을 되뇐 후에야 비로소 그녀는 크로프트 부부의 임차 건에 대한 줄기찬 논의를 끔찍하게 여기지 않을 만큼 신경을 단련할 수 있었다. 그러나 가까운 사람들 중 유일하게 과거의 비밀을 알고 있는 세 사람의 도움도 컸다. 이들은 하나같이 무심하다 못해 아예 아무것도 모르는 것처럼 행동했고, 마치 지난 일에 대한 그 어떤 기억도 거부하는 듯했다. 아버지나 엘리자베스와는 달리, 레이디 러셀이 좋은 뜻으로 그랬다는 건 앤도 잘 알고 있었다. 그래서 그녀의 침착한 태도에 담긴 배려가 고맙기도 했다. 하지만 그 의도가 무엇이든 이들 사이에 형성된 모든 것을 잊었다는 듯한 분위기 자체가 무엇보다 중요했다. 실제로 크로프트 제독이 켈린치 홀을 임차하게 되자, 앤은 주변 사람들 중 이들 셋만이 과거의 일을 알고 있다는 사실에 다시 한번 기뻐했다. 이들 중 아무도 입도 벙긋하지 않으리란 걸 그녀는 믿어 의심치 않았다. 또한 웬트워스 대령의 주변 인물 중에서 짧게 끝나버린 두 사람의 약혼을 아는 사람이라곤 그와 함께 살았던 형뿐이라는 믿음도 있었다. 그 형은 오래전에 이 고장을 떠났고 사리에 밝은 사람이며 당시 미혼이었으므로, 아무에게도 발설했을 리 없다고 믿고 싶었던 것이다.

그의 누나인 크로프트 부인은 당시 남편을 따라 영국을 떠나 있었고, 앤의 동생 메리 또한 그 일이 벌어지는 내내 학교에 머물고 있었다. 어떤 이는 자존심 때문에, 또 어떤 이는 배려하는 마음으로 그리했겠지만, 어쨌든 그 뒤 이 일에 관련된 얘기를 입 밖에 낸 사람은 아무도 없었다.

레이디 러셀이 여전히 켈린치 마을에 살고 있고, 오 킬로미터밖에 떨어지지 않은 곳에는 메리가 있으니 언젠가 크로프트 부부와 인사를 나누게 될 것이 분명했다. 하지만 지난 일에 대해서 모두가 함구하는 덕분에, 크로프트 부인과의 만남을 특별히 거북스러워할 필요는 없으리라고 앤은 기대해보았다.

5

크로프트 제독 부부가 켈린치 홀을 보러 오기로 한 날 아침이 되었다. 앤은 아무 일도 없는 듯 여느 때와 마찬가지로 레이디 러셀의 집까지 산책을 나갔고, 모든 얘기가 끝날 때까지 자리를 피해 있었다. 그녀가 아쉽게도 제독 부부를 만날 기회를 놓친 것은 너무도 자연스런 일이었다.

양쪽 다 이번 만남에 매우 만족스러워했으므로 모든 일은 일사천리로 진행되었다. 두 안주인 모두 일을 성사시키는 방향으로 이미 마음을 먹고 있던 터라 상대방의 예의바른 태도만이 눈에 들어왔다. 두 신사도 마찬가지였다. 제독은 월터 경이 예의범절의 귀감이라는 것을 익히 들어 알고 있다고 셰퍼드 씨에게 말했으며, 그 말을 전해듣고 우쭐해진 월터 경은 최상의 세련된 예절을 보여주리라 생각하고 있던 참이었다. 게다가 그처럼 화통하고 악의 없는 익살과 솔직하고 순박한 도량까지 보여준 제독이 월터 경의 마음을 움직인 건 당연지사였다.

저택과 부지, 가구 모두 크로프트 부부의 맘에 들었고 월터 경도 크로프트 부부가 맘에 들었으니, 계약 조건과 시기는 물론 모든 것이 누구에게나 만사형통이었다. 일체의 이견이 없었으므로 '본 계약서는 다음과 같은 사실을 명시한다'는 조항을 수정할 필요도 없었다. 셰퍼드 씨의 서기들은 곧장 일에 착수했다.

월터 경은 자신이 만난 해군 중 제독이 가장 외모가 뛰어난 사람이라고 주저없이 단언했다. 심지어 자신의 하인에게 그의 머리 손질을 시킬 수만 있다면 어디를 데리고 다녀도 부끄럽지 않을 거라는 말까지 했다. 마차를 몰아 장원을 가로질러 돌아가는 길에 제독 역시 진심 어린 호의를 드러내며 아내에게 말했다. "여보, 난 이 거래가 쉬이 성사될 거라 믿고 있었다오. 톤턴에서 들은 바와 달리 준남작이 그리 경천동지할 위인은 아닌 모양이오. 해가 되는 사람도 아닌 듯하고." 결국, 서로가 엇비슷한 칭찬을 교환한 셈이었다.

크로프트 부부는 미카엘 축일에 이사를 들어오기로 했고, 월터 경은 그 전달에 바스로 거처를 옮기기로 했다. 그에 필요한 준비를 다 하려면 지체할 시간이 없었다.

그들이 새 집을 선택하는 일에 앤의 도움을 구한다거나 의견을 반영할 리 없다는 사실을 레이디 러셀은 잘 알고 있었다. 그래서 그녀는 그렇게 서둘러 앤을 떠나보내고 싶지 않았다. 크리스마스를 지낸 후 자신이 직접 바스로 데려갈 수 있도록 앤이 이곳에 남아 있기를 원했던 것이다. 그런데 레이디 러셀 자신은 선약 때문에 몇 주간 켈린치를 비우게 될 상황이라 남아달라고 선뜻 권할 수도 없는 처지였다. 앤으로 말하자면 9월 바스의 내리쬐는 햇볕 속에서 더위를 견뎌야 할 일을 생각하니 두려움이 앞섰다. 게다가 너무나 달콤하고도 처연한 이곳 가을의 분위기를 채 만끽하기도 전에 떠나야 한다는 사실도 가슴이 아팠다. 그러나 이런저런 상황을 고려할 때 이곳에 남아 있기를 바랄 수는 없었다. 가족과 함께 떠나는 것이 가장 옳고 현명한 일이며, 고통을 최소화하는 길이었다.

그런데 앤에게 다른 임무가 주어졌다. 메리의 건강에 문제가 생겼던 것이다. 툭하면 어딘가 몸이 편치 않은 메리는 그럴 때마다 큰 병이라도 난 양 수선을 떨었고, 조금만 문제가 생겨도 늘 앤을 불러대곤 했다. 그런데 이번에는 가을 내내 단 하루도 몸 성할 날이 없을 것 같다는 선견지명까지 생긴 모양이었다. 그녀는 앤더러 바스에 가지 말고 어퍼크로스 코티지*로 와서 자신이 원하는 만큼 함께 있어달라고 부탁을, 아니 부탁이라기보다는 요구를 했다.

"앤 없이는 안 될 것 같아"라는 것이 메리의 이유였고, 엘리자베스는 이렇게 응답했다. "그러면 앤이 남는 게 낫겠구나. 바스에서는 아무도 앤을 필요로 하지 않을 테니."

앤은 이곳에 남기로 흔쾌히 동의했다. 예의 없는 방식이나마 도움이 된다며 찾아주는 것이 아무 도움도 안 된다며 내치는 것보다는 나았다. 또한 자신이 도움이 된다고 생각해주는 게 기뻤고, 뭔가 해야할 임무가 있다는 사실이 반가웠다. 물론 그 임무의 현장이 시골, 그

---

* 저택보다 규모가 작은 전원풍의 집.

것도 자신의 소중한 고향이라는 사실 역시 싫지 않았다.

메리의 초대로 레이디 러셀의 고민은 말끔히 해결되었다. 따라서 앤은 레이디 러셀과 동행하게 될 때까지 바스에 가지 않기로 하고, 그 동안 어퍼크로스 코티지와 켈린치 별채에 번갈아가며 머물기로 했다.

여기까지는 모든 일이 완벽하게 잘 풀려나갔다. 그런데 켈린치 홀에 관한 계획 중 한 부분이 어긋나는 바람에 레이디 러셀을 펄쩍 뛰게 한 일이 벌어졌다. 클레이 부인이 월터 경 일행과 동행하여 바스로 간다는 것이었다. 그것도 엘리자베스가 처리해야 할 일을 도와줄 가장 유용하고 비중 있는 인물이라는 명목이었다. 레이디 러셀은 그런 방안을 고려했다는 사실 자체가 몹시 안타까웠고 어이가 없다가, 가슴이 아프다가, 두렵기까지 했다. 더구나 앤을 쓸모없는 사람 취급하면서 클레이 부인은 큰 도움이 된다고 여기다니, 그러한 처사로 인해 앤이 받을 모욕을 생각하면 더욱더 견딜 수 없는 심정이었다.

앤 자신은 이런 식의 모욕에 익숙해져 있었다. 하지만 이번 일이 경솔했다는 점에 대해서는 레이디 러셀 못지않게 절실히 느끼고 있었다. 오랫동안 아버지를 묵묵히 지켜봐왔고, 종종 그렇게 많이 알고 싶지 않다고 바랄 만큼 그에 대해 잘 알고 있는 앤이었다. 따라서 그녀가 아는 아버지의 성격에 비춰보았을 때, 이러한 친분으로 인해 가족들에게 지극히 심각한 사태가 벌어질 가능성이 충분하다는 사실을 감지할 수 있었다. 현재로서는 아버지에게 그런 생각이 있다고 말하기는 힘들었다. 클레이 부인이 자리에 없을 때면 아버지는 번번이 그녀의 주근깨며 뻐드렁니, 그리고 볼품없는 손목을 심하게 흉보곤 했다. 하지만 부인은 젊었고, 전체적으로 분명히 예쁜 편이었다. 게다가 눈치가 빠르고 언제나 남을 기분 좋게 하는 수완이 있었다. 이러한 면모는 단순히 외적인 매력보다 훨씬 더 위험천만했다. 그 위험성을 통감하고 있던 앤은 그냥 지나칠 수 없었다. 언니가 그 사실을 알아차리도록 애를 써봐야겠지만 성공하리라는 기대는 거의 하지 않았다. 그러나 불행한 사태가 벌어져 자신보다 언니가 훨씬 더 딱한 처지에 놓이게 될 경우, 왜 아무런 경고도 하지 않았냐며 책망할 구실을 주지는 않을 생각이었다.

앤이 꺼낸 말은 언니의 화를 돋우었을 뿐이었다. 엘리자베스는 어떻게 그런 어처구니없는 의심을 할 수 있는지 모르겠다며 분개했다. 또한 아버지나 클레이 부인 모두 자신들의 처지를 너무나 잘 안다는 걸 자기가 보증하겠다는 말도 했다.

"클레이 부인은 말이지," 그녀가 흥분한 어조로 말했다. "자신의 주제를 절대 잊지 않을 사람이야. 내가 그녀를 더 잘 아니까 하는 말인데, 결혼에 대해 특히나 까다로운 생각을 갖고 있거든. 처지와 신분이 차이 나는 결혼에는 다른 사람들보다 더 강력하게 반대하는 편이고. 아버지로 말하자면 우리를 위해 이렇게 오랜 세월 혼자 지내셨잖니. 그런 분을 이제 와서 의심할 필요가 있다고 생각하다니. 클레이 부인이 아주 미인이라면 그렇게 많은 시간을 함께 보내는 게 잘못일지도 모르지. 아버지가 그렇게 수치스러운 결혼을 하실 가능성이 조금이라도 있다는 건 아니지만, 괴로워하게 되실 수도 있으니까. 하지만 가엾은 클레이 부인은 그 모든 장점에도 불구하고 웬만큼 예쁘다는 소리조차 들어본 일이 없잖아! 가엾은 클레이 부인이 우리와 함께 지낸다고 해도 절대 아무 일 없을 거라고 난 생각해. 누가 들으면, 부인의 박복한 외모에 대해 아버지가 하시는 말씀을 네가 들은 적이 없다고 생각하겠구나. 너도 오십 번 정도는 그 얘기를 들었을걸. 그 뻐드렁니며 주근깨라니! 난 아버지만큼 주근깨를 싫어하진 않아. 주근깨가 조금 있지만 얼굴이 크게 망가지지 않은 경우를 알거든. 하지만 아버지는 주근깨를 정말 혐오하시잖니. 아버지가 클레이 부인의 주근깨를 보고 뭐라 하시는 걸 너도 틀림없이 들었을 거야."

"사근사근한 태도 때문에 외모의 결함쯤은 점차 눈에 거슬리지 않게 될 수 있지." 앤이 말했다.

"내 생각은 달라." 엘리자베스가 대답했다. "사근사근한 태도가 미모를 돋보이게 할지는 몰라도, 절대 평범한 얼굴을 바꿀 수는 없거든. 하여간 이 문제에선 다른 누구보다도 내가 훨씬 더 잃을 게 많은 사람이야, 그러니 네가 나한테 충고할 필요는 없어."

앤은 할 만큼 했으니 일이 끝났다는 사실에, 그리고 뭔가 도움이 될 희망이 전혀 없지는 않다는 것에 기뻐하기로 했다. 엘리자베스가 그런 의심을 불쾌하게 여길지라도 주의를 기울이기는 할 테니까.

사두마차의 마지막 임무는 월터 경과 엘리엇 양, 그리고 클레이 부인을 태우고 바스로 가는 일이었다. 일행은 아주 기분 좋게 출발했다. 소식을 듣고 슬픔에 잠긴 소작인이나 일꾼들이 나와 있을지도 모른다는 생각에, 월터 경은 아량을 베풀어 인사라도 해줄까 준비하고 있었다. 같은 시간 앤은 쓸쓸하면서도 차분한 심정으로 앞으로 일주일간 머물기로 한 별채로 걸음을 옮기고 있었다.

그녀의 벗 또한 그녀만큼이나 기분이 울적했다. 레이디 러셀은 이런 식으로 가족이 헤어져야 하는 상황이 너무도 가슴 아팠다. 그녀가 엘리엇 집안의 체면을 자신의 일인 양 중요하게 여기기 때문이었고, 하루가 멀다 하고 왕래하던 것이 몸에 배어 켈린치 홀 자체가 소중해진 탓이기도 했다. 주인이 떠난 영지를 바라보니 마음이 아팠고 새 주인의 손에 넘어갈 걸 생각하니 더더욱 가슴이 미어졌다. 이처럼 변해버린 마을을 보며 울적하고 쓸쓸해진 기분에서 벗어나기 위해, 그리고 크로프트 제독 부부가 처음 도착할 때 자리를 피해 있기 위해 그녀는 앤을 보낼 즈음에는 자신도 집을 떠나야겠다고 마음먹었다. 그리하여 두 사람은 동시에 거처를 옮기게 되었다. 레이디 러셀은 여행을 떠나는 길에 어퍼크로스 코티지에 들러 앤을 내려주었다.

어퍼크로스는 몇 해 전까지만 해도 옛 영국의 모습을 고스란히 간직한 보통 크기의 시골 마을이었다. 이곳에는 자작농이나 소작인의 집들과 달리 외관이 멋진 두 채의 집이 있었는데, 그중 하나가 높은 담과 큰 대문에 고목이 우거져 있는 크고 고풍스러운 이 마을 향사의 저택이었다. 다른 한 집은 아담하고 단출한 목사관이었다. 잘 손질된 정원이 집을 둘러싸고 있었고, 여닫이창 주위로는 포도나무와 배나무가 자랐다. 원래는 농가였는데, 향사의 아들이 결혼해서 살 별관으로 개축하여 코티지가 된 집이었다. 지금은 어퍼크로스 코티지로 불리는 이곳은 베란다와 프랑스 풍 창문 등 예쁜 치장을 한 외관 덕분에, 사백 미터쯤 더 가면 나오는 본가의 변함없는 위풍과 규모 못지않게 여행자의 눈길을 끌 만했다.

종종 이곳에 머무르곤 했던 앤은 어퍼크로스의 생활방식을 켈린치의 그것만큼이나 잘 알고 있었다. 본가와 아들네 가족은 늘 함께 어울리며 서로의 집을 드나들었다. 따라서 그녀가 혼자 있는 메리를 보고 의외라 여긴 것도 무리는 아니었다. 혼자 있던 메리가 몸도 안 좋고 기분도 별로일 것은 불을 보듯 뻔했다. 그녀는 타고난 자질에서는 만 언니보다 나았지만 앤 같은 분별력이나 성품을 갖지는 못했다. 몸상 태가 괜찮고 기분도 좋은 데다 적당한 대접을 받는 동안은 명랑하고 유쾌한 편이었다. 하지만 뭔가 언짢은 일이라도 생기면 그녀의 기분 은 완전히 엉망이 되곤 했다. 메리는 혼자 시간을 보내는 방법을 몰랐 다. 또한 엘리엇 가 특유의 거만함을 제법 이어받은 터라, 온갖 불평 에 더해 자신이 부당하고 소홀한 대접을 받는다고 믿는 경향이 있었 다. 외모가 두 언니들보다 못해 한창때조차도 기껏해야 '참한 아가 씨'라는 말을 들었던 그녀였다. 그런 메리가 지금은 예쁘게 꾸며진 아 담한 응접실에서, 한때는 우아한 가구였으나 네 번의 여름을 나고 두 아이들의 시달림을 받아 서서히 낡아가고 있는 빛바랜 소파에 누워 있었다. 방에 들어서는 앤을 맞으며 그녀가 말했다.

"그래, 드디어 왔네! 언니를 아주 못 보는 게 아닌가 하던 참이었 어. 몸이 너무 안 좋아서 말하기도 힘들 지경이야. 아침 내내 개미 한 마리 못 봤다구."

"아프다니 안됐구나." 앤이 대답했다. "지난 목요일에 보낸 편지에 는 괜찮다고 하더니!"

"그랬지, 웬만하면 참고 지내려고 했지. 내가 항상 그렇잖아. 그때 도 괜찮은 게 아니었어. 그런데 오늘 아침 내내 평생 이렇게 아픈 적 은 없다고 생각할 정도였다니까. 혼자 있을 만한 상태가 아니었어, 정 말이야. 갑자기 무시무시한 발작이라도 일어나 호출용 벨도 못 울린 다고 생각해봐! 그런데, 레이디 러셀은 잠깐 들르지도 않으신 거야?

올여름엔 우리 집에 세 번도 채 오지 않으셨는데."

적당한 말로 대답을 한 앤은 남편의 안부를 물었다. "아휴! 찰스는 사냥하러 나갔어. 일곱시 이후론 얼굴도 못 봤다니까. 내가 얼마나 아픈지 얘기했는데도 기어이 가겠다잖아. 그리 오래 나가 있지는 않을 거라더니 돌아오질 않네, 벌써 한시가 다 되어가는데. 정말이지 언니, 그 긴 오전 내내 사람 그림자도 못 봤다니까."

"아이들은 같이 있었지?"

"응, 걔들이 떠드는 소리를 견뎌낼 수 있는 동안은. 하지만 애들이 너무 통제불능이라 전혀 도움이 안 돼. 꼬마 찰스는 내 말은 한마디도 안 듣지, 월터도 형 못지않게 점점 나빠지는걸 뭐."

"자, 이제 금세 좋아질 거야." 앤이 명랑하게 대꾸했다. "내가 오면 항상 거뜬하게 낫잖니. 본가에 계신 분들도 안녕하시지?"

"그분들 얘기라면 할 말이 없어. 머스그로브 씨 말고는 오늘 아무도 못 만났으니까. 그분도 잠시 들러 창문 너머로 몇 마디 하신 것밖에는 없어. 말에서 내리지도 않으셨어. 내가 얼마나 아픈지 말했는데도 누구 하나 근처에 얼씬거리는 사람이 없었어. 머스그로브 자매도 마음이 내키지 않았던 모양이야, 하기 싫은 일은 절대 안 하는 사람들이잖아."

"아마도 오전이 다 가기 전에 볼 수 있을지도 몰라. 아직 이른 시간이네."

"정말이지, 보고 싶지도 않아. 말도 너무 많은 데다 지나치게 웃어대서 내가 너무 힘들어. 아! 언니, 나 정말 몸이 너무 안 좋아! 목요일에 오지 않고 이제야 오다니, 정말 너무해."

"메리, 네가 잘 있다는 소식을 보냈던 걸 기억하렴! 아주 명랑한 어조로 아무 문제없으니 서두를 필요 없다고 했던 걸 말이야. 그러니 레이디 러셀이 떠나실 때까지 함께 있고 싶어하는 내 마음을 네가 알고 있나보다 했지. 그분 일 말고도 난 정말 바빴단다. 너무 할 일이 많아서 켈린치를 더 일찍 떠나기는 정말 힘들었을 거야."

"저런, 도대체 언니가 할 일이란 게 뭐가 있었지?"

"정말이지 여러 가지였어. 당장 다 기억해내기도 어려울 정도지만, 몇 가지는 얘기해줄 수 있어. 아버지가 가지고 계신 책과 그림 목록의 사본을 만들었고, 매켄지와 함께 정원에도 여러 번 나갔어. 엘리자베스의 화초 중에서 어떤 것을 레이디 러셀께 드려야 하는지 확인해두어야 하니까. 또 내가 정리해야 할 자질구레한 것들도 많았지. 책과 악보도 분류해두어야 했고, 짐마차에 뭘 싣기로 했는지 듣지 못한 탓에 짐도 다시 싸야 했어. 그리고 메리, 훨씬 더 괴로운 일이 한 가지 남아 있었단다. 교구의 집집마다 다니면서, 말하자면 작별인사를 해야 했으니까. 마을 분들이 그러기를 바란다고 들었거든. 이런 일들을 다 하느라 시간이 많이 걸렸어."

"아, 그랬구나"라는 대꾸를 하고는 잠시 후, 메리가 말을 이었다. "그런데 어제 풀스 가에서 열린 만찬에 대해서는 물어보지도 않네."

"그럼, 너도 갔구나? 네가 만찬을 포기할 수밖에 없었겠다 싶어서 물어보지 않았지."

"물론, 갔지! 어제는 몸이 아주 좋았거든. 오늘 아침까지는 아무 문제도 없었어. 내가 가지 않았다면 그게 이상한 거지."

"그 정도로 몸이 괜찮았다니 나도 기쁘구나. 만찬은 즐거웠길 바라."

"특별한 건 없었어. 만찬에 뭐가 나올지, 누가 오는지는 항상 미리
아니까. 그리고 우리 소유의 마차가 없다는 건 아주 불편한 일이야.
머스그로브 어른들이 날 태워주셨는데, 자리가 꽉 차더라구! 두 분 다
체구가 워낙 커서 자리를 좀 많이 차지해야 말이지! 머스그로브 씨는
항상 앞쪽에 앉으시거든. 그러니 난 헨리에타, 루이자와 함께 뒷좌석
에 끼어서 가야 했고. 오늘 이렇게 아픈 것도 다 그 탓일 거야."

앤이 좀더 참을성 있게 억지로라도 명랑한 분위기를 유지하려고 애
쓴 덕분에, 메리의 몸도 거의 다 나아가는 듯했다. 소파에서 일어나
앉을 수 있게 된 메리는 저녁 무렵에는 털고 일어날 수 있으면 좋겠다
는 말을 했다. 그러고는 무심결에 방 저쪽 끝으로 걸어가 꽃다발을 정
리했고, 그다음엔 냉육 요리를 먹더니, 충분히 좋아졌다며 산책을 나
가자고 했다.

나갈 채비를 하고 그녀가 물었다. "우리 어디로 갈까? 본가 사람들
이 오기 전에 언니가 먼저 찾아가는 건 싫겠지?"

"그런 일이라면 조금도 이의가 없는걸." 앤이 대답했다. "머스그로
브 부인이나 두 따님같이 잘 아는 사람들과 그런 격식을 차릴 생각은
없어."

"아! 그래도 가능한 한 빨리 그들이 언니를 찾아와 인사하는 게 도
리잖아. 내 언니니까 그에 합당한 대접을 해야지. 하지만 우리가 가서
잠시 만나고 오는 것도 괜찮을 거야. 그러고 나서 산책을 하면 기분도
좋을 거고."

앤은 항상 그런 식의 왕래가 무척이나 분별없는 행동이라고 여겨왔

지만 굳이 말리려는 노력은 그만둔 지 오래였다. 양쪽 모두 서로에게 끊임없이 무례를 범했지만 이젠 어느 쪽도 그러지 않고는 지낼 수 없게 된 것처럼 보였기 때문이다. 결국 두 사람은 본가를 찾았고, 반짝 반짝 윤이 나는 마루에 작은 카펫을 깔아놓은 사각형의 고풍스러운 응접실에 이제 반시간째 앉아 있었다. 응접실은 그랜드피아노, 하프, 꽃 받침대, 작은 탁자 등 두 딸의 물건이 사방에 들어차면서 점차 어수선한 분위기로 바뀌어가는 중이었다. 아! 판자를 대어놓은 벽에 걸린 저 초상화 속의 주인공들, 저 갈색 우단 옷을 입은 신사들과 푸른색 공단 의상의 숙녀들이 지금 벌어지는 일을 지켜보고 있다면, 그리고 질서 정연했던 응접실이 이렇듯 엉망이 된 것을 알고 있다면! 그러고 보니 왠지 초상화 속의 인물들이 놀란 표정으로 쳐다보는 것만 같았다.

머스그로브 가 사람들도 자신들의 집처럼 변화되어가는, 아니 어쩌면 개선되어가는 중이었다. 아버지와 어머니는 옛 영국 스타일을, 젊은 세대는 새로운 스타일을 따랐다. 머스그로브 부부가 교육을 많이 받았거나 세련된 어른들은 절대 아니었다. 하지만 그들은 친절하고 선량했으며 손님에게도 극진했다. 반면 자식들의 생각과 예절은 좀더 현대식이었다. 형제자매는 많았지만 그중 성인은 찰스를 제외하고는 헨리에타와 루이자 둘뿐이었다. 열아홉과 스무 살 난 이 젊은 아가씨들은 엑서터의 학교에서 그렇고 그런 소양을 모두 쌓고 집으로 돌아온 뒤, 다른 수많은 젊은 여성들과 마찬가지로 행복하고 즐겁게 유행을 따르며 사는 것이 삶의 목표인 양 지내고 있던 참이었다. 이들은 온갖 멋을 부린 옷차림에 얼굴도 예쁜 편이었고, 몹시도 생기발랄한 데다 몸가짐은 스스럼없고 싹싹했다. 한마디로 머스그로브 자매는 집 안에서는 소중한 여식이었고, 밖에서는 모든 사람들의 총애를 받는 존재였다. 앤은 이 두 사람이 자기가 아는 이들 가운데 가장 행복하다고 늘 생각했다. 그러나 사람이란 타인과 자신을 바꾸고 싶은 마음을 달래줄 나름의 우월감을 갖고 있게 마련이다. 앤 또한 마찬가지였다. 이들 자매의 즐거움을 다 준다 해도, 자신이 가진 더 교양 있고 격조 높은 정신세계를 포기하고 싶지는 않았다. 다만 꼭 한 가지 부러운 점이 있다면 그것은 이들 자매가 더할 나위 없이 서로를 아끼고 이해하며 조화롭게 지낸다는 사실이었다. 이는 앤이 자신의 언니나 동생과 가져보지 못한 관계였다.

두 사람은 진심어린 환대를 받았다. 본가에서 받은 대접에 소홀한 점은 없어 보였다. 사실 앤이 알기로도 본가 사람들 쪽에서 무슨 잘못을 하는 일은 거의 없었다. 즐겁게 이야기를 나누다보니 어느새 반시간이 지나갔다. 메리는 머스그로브 자매에게 함께 산책을 하자고 했다. 그리하여 그들이 다같이 길을 나섰을 땐, 그렇게 하는 것이 당연한 일인 듯 느껴졌다.

6

다른 곳으로 거처를 옮겨 그곳 사람들과 지내다보면 대화나 의견, 사고방식이 완전 딴판인 세상을 보게 되는 일이 종종 생긴다. 원래 살던 곳에서 오 킬로미터밖에 안 되는 장소도 예외는 아니었다. 앤이 이번 어퍼크로스 방문에서 새롭게 그러한 사실을 알게 된 건 아니었다. 사실 어퍼크로스에 머물 때마다 항상 느끼던 바였다. 켈린치 홀에서라면 모두가 알고 있고 큰 관심사로 여겨질 만한 일이, 이곳에서는 알려지지도 않았거나 무시되곤 했다. 그래서 그녀는 엘리엇 가의 다른 사람들도 그런 경험을 할 수 있었으면 하고 바랐다. 그러나 이런 모든 경험에도 불구하고 앤은 다시금 교훈을 얻을 때가 왔음을 겸허히 받아들여야 했다. 어울리던 무리를 벗어나면 자신이 얼마나 하찮은 존재가 되는지를 다시금 깨달아야 했던 것이다. 켈린치의 두 집이 몇 주

동안이나 골몰했던 문제를 가슴에 담고 동생 집에 왔을 때, 앤은 그래도 이곳 사람들이 궁금해하고 위로해주리라 예상했다. 하지만 정작 머스그로브 부부는 서로 입을 맞춘 듯이 이런 말을 건넸을 뿐이었다. "그래서, 앤 양, 월터 경과 언니가 떠나셨다구요. 그분들이 바스의 어느 지역으로 이사하실 거라 생각하세요?" 그러고는 딱히 대답을 바라지도 않는 눈치였다. 두 젊은 아가씨들은 이렇게 덧붙였다. "겨울엔 우리도 바스에 가면 좋겠어요. 하지만 아빠, 가게 되면 꼭 좋은 곳에 머물러야 해요. 아빠가 가시던 퀸 스퀘어는 절대 안 돼요!" 그리고 메리는 불안한 마음이 드러나는 어조로 이렇게 덧붙였다. "세상에, 모두 바스에 가서 행복하게 지내는 동안 나 혼자 퍽이나 잘 지내겠군요!"

결국 앤이 할 수 있는 일은 레이디 러셀 같은 친구와 진심으로 마음을 나눌 수 있다는 축복에 더욱더 감사하고, 앞으로는 그 같은 자기 망상에 빠지지 말아야겠다고 다짐을 하는 것뿐이었다.

머스그로브 부자는 자기들 소유의 사냥감을 보호하기도 하고 잡아 없애기도 하면서 시간을 보냈고, 말과 사냥개, 신문에도 관심을 쏟았다. 반면 여자들은 살림살이와 이웃사촌, 옷과 춤, 음악 같은 공통의 관심사에 몰두했다. 앤은 어떤 소집단이든 저마다의 이야깃거리를 갖는 게 당연하다는 사실을 받아들였고, 오래지 않아 자신도 새로 옮겨 온 이 공동체에 어울리는 일원이 되기를 바랐다. 어퍼크로스에서 적어도 두 달간 머물 터였다. 따라서 어퍼크로스 방식에 맞추어 모든 걸 생각하고 기억하며 상상하는 것이 마땅한 의무라 여겨야 하리라.

두 달의 시간이 두려운 건 아니었다. 메리는 엘리자베스만큼 쌀쌀맞거나 매정하지 않았고, 그녀의 말을 전혀 귀담아듣지 않는 것도 아니었다. 코티지에서 생활하는 동안 그녀가 편안하게 지내는 데 장애가 될 만한 다른 요소는 없었다. 제부와도 늘 잘 지내는 편이었다. 조카들은 엄마만큼이나 그녀를 좋아했고 엄마보다 그녀의 말을 훨씬 잘 따랐다. 그애들은 그녀에게 흥미와 즐거움의 대상이자 힘들지만 유익한 일거리였다.

찰스 머스그로브는 예의 바르고 상냥했다. 그는 생각이나 성격 면에서는 분명 아내보다 월등히 나은 편이었지만 재능이나 품격, 대화 내용으로 보자면 더 나을 것도 없는 인물이었다. 지금은 그와 사돈지간이지만, 예전으로 돌아가 같은 상황에 처한다고 해도 가슴을 쓸어내릴 만한 일이 있을 법한 상대는 아니었다. 물론 좀더 어울리는 짝과 혼인했다면 그의 인품도 훨씬 나아졌을지 모른다. 제대로 된 분별력을 가진 여성을 만났더라면 지금보다는 더 위엄 있는 성품과, 좀더 쓸모 있고 도리에 맞으며 품격을 갖춘 생활태도나 취미를 갖게 되었을지도 몰랐다. 그 점에선 앤의 생각도 레이디 러셀과 같았다. 그러나 지금 그는 사냥에만 열을 올렸고, 그 외의 시간엔 책을 보거나 다른 유익한 일을 해볼 생각조차 없이 허송세월만 하고 있었다. 매우 유쾌한 성격의 소유자인지라 이따금씩 우울해지는 아내의 기분에도 전혀 영향을 받지 않는 듯 보였다. 아내가 말도 안 되는 행동을 해도 잘 참아내서 때로는 앤이 경탄할 정도였다. 빈번한 작은 불화에도 불구하고(양쪽 모두의 이야기를 들어주어야 하는 탓에 가끔은 앤이 원하지 않는 역할을 해야 했지만), 대체로 메리와 찰스 머스그로브는 행복한 부부라고 할 만했다. 돈이 더 필요하고, 아버지에게서 후한 금일봉을 간절히 바란다는 점에서는 늘 한마음 한뜻인 부부였다. 하지만 으레 그렇듯이 이 문제에서도 찰스가 메리보다 나았다. 메리는 시댁에게 바라는 만큼 도와주지 않는다며 그것을 수치스러운 일이라 생각했지만, 그는 항상 자기 아버지를 두둔했다. 아버지도 달리 돈 들어갈 데가 많으며 마음대로 돈을 쓰실 권리가 있다는 것이었다.

아이들 양육에 대한 그의 이론은 단연 월등했고 그 이론을 실천하는 데서도 그다지 나쁘지 않았다. "메리의 간섭만 아니라면 애들을 훨씬 잘 다룰 수 있을 겁니다." 찰스가 종종 이렇게 말할 때 앤은 그의 말이 맞다고 생각했다. 반면 메리가 "찰스가 애들을 응석받이로 만들어놔서 말을 듣질 않아"라며 남편을 책망할라치면 맞장구를 쳐줄 마음이 조금도 들지 않았다.

그곳에 머물면서 앤이 가장 불편하게 느낀 점은 양쪽 집안 모두에게서 지나친 신임을 받는 나머지 서로의 은밀한 불평을 너무 많이 들어야만 한다는 사실이었다. 메리가 그녀의 말을 어느 정도 귀담아듣는다는 걸 알고, 머스그로브 가 사람들은 끊임없이 그녀가 할 수 있는 이상의 일을 부탁하거나 힘을 써달라고 넌지시 말을 건넸다. "메리는 자기가 항상 아프다고 상상하는데 그러지 않도록 얘기 좀 해주셨으면 합니다." 찰스가 이렇게 부탁하는가 하면, 기분이 우울해진 메리는 또 이렇게 말을 했다. "찰스는 내가 죽어가는 걸 봐도 별일 아니라고 생각할걸. 정말이지, 언니라면 내가 진짜 아프다는 걸 그 사람한테 납득시킬 수 있을지도 몰라. 말하는 것보다 훨씬 더 아프다는 걸 말이야."

메리가 이렇게 주장할 때도 있었다. "할머니가 늘 아이들을 보고 싶어하지만 본가에 보내기가 싫어. 어찌나 애들 하자는 대로 다 하시는지, 게다가 몹쓸 음식이나 단것을 주셔서 애들이 집에 돌아오면 하루

종일 탈이 나서 보채거든." 그런가 하면 머스그로브 부인은 앤과 단둘이 있을 기회가 생기자마자 이렇게 말했다. "오! 앤 양, 앤 양처럼 아이들 다루는 법을 찰스 부인이 조금이라도 알고 있다면 얼마나 좋을까요. 아이들이 앤 양과 있을 때는 딴판이지만, 보통 때는 정말 응석받이들이죠! 앤 양이 동생에게 아이들 다루는 법을 알려주지 못한다는 건 딱한 일이에요. 내 손주라서 하는 말이 아니라 아주 건강하고 참한 애들이랍니다, 그 가엾은 어린것들요. 하지만 찰스 부인은 아이들을 어떻게 다루어야 하는지 전혀 모르나봐요. 아이고, 때로는 어찌나 말썽을 부리는지! 앤 양, 정말 걔들을 집에서 자주 봐주고 싶어도 그러질 못한다니까요. 내가 아이들을 더 자주 부르지 않는다고 찰스 부인이 언짢게 생각하는 걸 알아요. 하지만 앤 양도 알다시피 매 순간 '이거 하지 마라, 저거 하지 마라' 제재를 하거나, 아니면 몸에 안 좋을 만큼 과자를 줘야 간신히 말을 듣는 아이들을 데리고 있는 건 몹시 힘든 일이지요."

메리는 이런 얘기를 하기도 했다. "머스그로브 부인은 당신 하인들이 모두 착실하다고 믿으셔. 거기에 이의를 달았다간 심각한 반역죄가 되고 말걸. 그렇지만 하나도 보태지 않고 얘기하는 건데, 그 집 고참 가정부하고 세탁부는 맡은 일은 하지 않고 온종일 마을을 쏘다니거든. 어딜 가나 마주칠 정도라니까. 정말 우리 집 육아실에 갈 때마다 두 번에 한 번 꼴은 그 사람들이 왔다간 티가 난다구. 제마이머가 세상에서 제일 믿음직하고 착실하니 망정이지, 안 그랬으면 나쁜 물이 들었을 거야. 제마이머 말로는 함께 산책이나 나가자고 늘 꼬드긴다지 뭐야." 한편 머스그로브 부인의 얘기는 이러했다. "며느리 일에는 절대 간섭하지 않는다는 게 제 원칙이랍니다. 별 소용없다는 걸 아니까요. 하지만 앤 양, 내가 찰스 부인네 보모를 과히 좋게 보지 않는다는 점만은 말해야겠어요. 앤 양이 바로잡아줄 수 있을지도 모르니까요. 그 하녀에 대해 이상한 얘기가 나돌거든요. 항상 나돌아다니고, 내가 보기로는 자기가 여염집 아가씨인 양 어쩌나 옷을 잘 입고 다니는지, 어떤 하인이든 그 근처만 가도 신세를 망치고 말 거예요. 찰스 부인이 그 여자애를 믿는다는 건 알아요. 내가 이런 언질을 주는 건, 앤 양이라도 잘 지켜볼 수 있지 않을까 해서랍니다. 뭔가 잘못된 걸 발견하면 주저없이 말해주세요."

다시 메리의 불만으로 돌아가면, 본가에서 다른 가족들과 만찬을 할 때 머스그로브 부인이 자신의 지위에 맞는 상석을 주지 않으려 한다는 것이었다. 메리는 자기 자리를 뺏을 만큼 부인이 자기를 만만하게 생각하는 이유를 도무지 모르겠다고 했다. 어느 날 앤이 머스그로브 자매와 산책을 하면서 지위, 지위 높은 사람, 지위에 대한 시샘 등을 이야기하던 끝에 자매 중 하나가 이렇게 말했다. "터무니없이 자기 자리를 주장하는 사람들이 있다는 말을 **당신**에겐 주저없이 할 수 있어요. 당신이 자리에 연연하지 않고 무심하다는 건 세상 사람들이 다 아니까요. 하지만 누군가가 메리에게 그렇게 고집 부리지 말라고 언질을 주었으면 해요. 특히 엄마의 자리를 차지하려고 그렇게 나서지 않으면 정말 좋겠다고요. 메리에게 엄마보다 상석을 차지할 권리가 있다는 걸 의심하는 사람은 없어요. 그렇지만 항상 상석을 요구하진 않는 게 더 도리에 맞는 일이죠. 엄마가 조금이라도 신경을 쓴다는 얘기는 아니지만, 그런 일이 많은 사람들의 눈길을 끄는 건 사실이니까요."

이 모든 문제를 앤이 어떻게 해결해야 했을까? 참을성 있게 들어주고 불만을 일일이 달래주며 서로에게 상대방의 입장을 변명해주는 것이 그녀가 할 수 있는 전부였다. 그녀는 가까운 이웃 간에 필요한 관용을 모두에게 넌지시 상기시켰고, 메리에게 도움이 될 만한 점에 관해선 다들 확실히 알아듣도록 얘기해주었다.

다른 모든 면에서는 앤의 방문은 순탄하게 흘러갔다. 켈린치에서 오 킬로미터나 떨어진 곳으로 자리를 옮기고 환경과 관심사가 바뀐 덕분에 앤의 기분도 한결 나아졌다. 앤이 늘 말상대가 되어준 뒤론 메리의 아프다는 불평도 줄어들었다. 코티지에서 딱히 더 큰 애정과 신임을 받는 건 아니었으므로, 날마다 본가와 왕래하는 것도 성가시기보다는 다행스러웠다. 아침마다 만나고 저녁시간에도 거의 떨어져 지낸 적이 없으니, 두 집안의 왕래가 지나치다 싶은 건 분명했다. 하지만 늘 제자리를 지키고 있는 머스그로브 부부나 웃고 떠들며 노래 부르는 두 딸이 없었다면, 두 집안이 그렇게 잘 지낼 순 없었을 거라는 생각도 들었다.

앤의 연주 솜씨는 머스그로브 가의 두 자매보다 훨씬 나았다. 그러나 그냥 인사치레로나 자매가 잠시 쉬는 동안이 아니면, 자신의 연주에 관심을 가져주는 사람이 없다는 것쯤은 앤도 잘 알고 있었다. 노래나 하프에 특별히 솜씨가 있는 것도 아니고, 옆에 앉아 연주를 들으면서 흐뭇해하는 다정한 부모님이 계신 것도 아닌 처지이니 당연한 일이었다. 앤은 자신의 연주를 듣고 기뻐하는 것이 그녀 자신뿐임을 알고 있었다. 그런 느낌이 전혀 새로울 건 없었다. 짧은 기간이었지만 사정이 달랐던 적도 있긴 했다. 하지만 그때를 제외하고는 열네 살에 사랑하는 어머니를 여원 이후로 누군가 그녀의 연주를 들어준다거나, 정당한 평가와 진정한 감식안으로 격려해주는 호사를 누려본 적이 없었다. 음악 속에서 앤은 항상 자신이 이 세상에 혼자임을 느끼곤 했다. 머스그로브 부부는 부모 마음에 딸들의 연주가 대견스러운 나머지 다른 이의 연주에는 전혀 무관심했지만, 그런 머스그로브 부부를 보며 앤은 자신의 비참함보다는 오히려 두 자매를 위해 큰 기쁨을 느꼈다.

본가 식구에 다른 손님이 합세하는 경우도 가끔 있었다. 얼마 안 되는 이웃들은 누구나 머스그로브 가를 방문했다. 만찬을 여는 횟수나 방문객의 수도 다른 어떤 집안보다 많았다. 초대받거나 우연히 들른 손님들로 늘 북적대니, 인기에서만큼은 최고의 집안이라 할 만했다.

딸들은 춤에 열광했다. 그 때문에 저녁 모임이 예정에도 없는 작은 무도회로 마무리되기도 했다. 어퍼크로스에서 걸어갈 수 있는 거리에 사촌 가족이 살고 있었는데, 그리 유복하지 못했던지라 여흥을 즐기는 일은 모두 머스그로브 가에 의존하고 있었다. 그들은 수시로 찾아왔고 놀이와 춤이라면 종류와 장소에 상관없이 합세했다. 앤은 적극적인 참여보다는 연주자의 자리를 훨씬 선호했으므로 컨트리 춤곡을 연주하면서 그 시간을 함께했다. 머스그로브 부부의 눈에는 이러한 친절이야말로 그 무엇보다 앤의 음악적 재능을 돋보이게 하는 것이었다. 그들은 종종 이렇게 칭찬하기도 했다. "앤 양, 훌륭해요! 정말 멋지군요! 놀라워요! 그 작은 손가락이 날아다니는 것 같군요!"

그렇게 첫 삼 주가 지나고 미카엘 축일이 돌아왔다. 이제 앤의 마음은 다시 켈린치로 향했다. 소중한 집이 다른 사람 손에 넘어가 소중한 방과 가구, 관목숲과 전망에 새 주인의 눈길이 머물고 손길이 닿았으리라! 9월 29일이 되자 앤은 다른 생각을 할 수 없었다. 그래서 이사 날짜를 적어두었던 메리가 그날 저녁 이렇게 외쳤을 때는 앤도 그 마음에 공감할 정도였다. "세상에! 크로프트 부부가 켈린치로 오는 날이 오늘 아니야? 이제야 생각나서 다행이네. 정말 기분 우울해지는걸!"

크로프트 부부는 해군다운 신속함으로 집을 접수했고 방문객을 맞을 준비도 마쳤다. "내가 얼마나 힘든지 아무도 모를 거야. 되도록 켈린치 방문을 미루면 좋겠어"라며 메리는 그런 일을 해야 하는 자신의 처지를 한탄했지만, 안절부절못하다가 결국엔 아침 일찍 마차로 데려다달라고 찰스를 설득했다. 그리고 정작 켈린치 홀을 다녀온 후에는 입으론 심란하다고 하면서도 오히려 편안하고 생기 있어 보였다. 앤은 자신이 타고 갈 마차편이 없다는 사실에 진심으로 고마워했다. 하지만 그녀 또한 크로프트 부부를 만나고 싶었으므로, 그들이 답례 방문을 왔을 땐 마침 집에 있게 되어 기뻤다. 그들이 왔을 때 집주인은 나가고 없었지만 앤과 메리는 함께 집에 있었다. 그러고는 어쩌다 보니 메리 옆에 앉게 된 제독이 아이들에 대해 기분 좋은 말을 하는 동안 크로프트 부인의 대접은 앤의 몫이 되었다. 따라서 앤은 크로프트 부인의 모습에 동생과 닮은 구석이 있는지, 얼굴 윤곽이 아니라면 목소리나 생각, 말투 같은 데라도 닮은 점이 있는지 잘 살펴볼 수 있었다.

크로프트 부인은 키가 크거나 뚱뚱하지는 않았지만, 각이 지고 꼿꼿하며 강건해 보이는 체형 덕분에 위엄 있는 모습이었다. 거의 남편

만큼이나 바다생활을 많이 한 탓에 풍파에 시달리고 얼굴이 붉게 그을려, 서른여덟의 실제 나이보다 세상을 더 오래 산 듯 보였다. 하지만 빛나는 검은 눈에 고른 치아를 가진 얼굴은 전체적으로 보기 좋았다. 그녀의 행동거지는 자기 자신이나 자기가 하는 일에 대해 의심도 망설임도 없는 듯 솔직하고 여유롭고 당당했다. 그러면서도 상스러운 느낌이나 까다로운 기미는 전혀 없었다. 앤은 켈린치와 관련된 일에서도 줄곧 그녀가 자신을 많이 배려한다는 느낌이 들어 기뻤다. 특히 맨 처음 서로를 소개하는 짧은 순간, 앤에 대해 선입견을 가질 만한 뭔가를 크로프트 부인이 알고 있다거나 의심하는 기색이 전혀 보이지 않아 안심이 되었다. 마음이 놓인 앤은 용기백배하여 크로프트 부인을 대면할 수 있었다. 그런데 크로프트 부인이 갑자기 이렇게 말했다.

"동생이 아니라 당신이었군요, 제 동생이 이곳에 있을 때 알고 지냈던 분이."

순간 그녀는 충격을 받지 않을 수 없었다. 얼굴을 붉힐 나이는 이미 지났기를 바랐지만, 아직 감정을 느끼지 못할 나이가 되지는 않았던 것이다.

"아마도 제 동생이 결혼했다는 소식은 듣지 못했겠지요." 크로프트 부인이 덧붙여 말했다.

그제야 앤은 제대로 대답할 수 있었다. 이어진 크로프트 부인의 말을 듣고 두 웬트워스 씨 중 누구를 말한 건지 분명해지자, 두 사람 중 어느 쪽이었다 해도 이상하게 들리지 않도록 대답해서 다행이라고 생각했다. 따져보면 크로프트 부인이 말한 사람이 프레더릭이 아니라

에드워드인 건 너무도 당연했다. 자신이 그런 걸 잊었다는 사실이 부끄러웠지만 앤은 이내 적절한 관심을 보이면서 옛 이웃의 근황을 물었다.

나머지 시간은 별탈 없이 평온하게 흘러갔다. 그런데 크로프트 부부가 자리를 뜨려는 순간, 제독이 메리에게 하는 말이 들렸다.

"크로프트 부인의 동생이 곧 이곳으로 올 예정입니다. 그 친구 이름은 알고 계시지요?"

그때 마침 아이들이 열렬히 달려들었고, 마치 오랜 친구를 대하듯 제독에게 매달리며 가지 말라고 떼를 썼다. 그 바람에 그의 말은 더이상 이어지지 못했다. 제독이 겉옷 주머니에 넣어 데려가겠다며 아이들을 어르는 데 정신이 팔려서 방금 꺼낸 말을 기억해내고 마무리할 여유가 없었다. 앤은 계속 같은 동생을 말하는 게 틀림없다고 애써 자신을 달래는 도리밖에 없었다. 그러나 정말로 확신할 수는 없는 상황이었다. 앤은 여기 오기 전에 크로프트 부부가 들렀던 본가에서 이 문제가 거론되었는지 알고 싶어 안절부절못했다.

그날 저녁 본가 식구들이 코티지에 오기로 되어 있었다. 걸어서 오기에는 너무 추운 계절이었으므로 마차 소리가 들리겠거니 기다리고 있던 차에, 막내 머스그로브 양이 혼자서 들이닥쳤다. 오늘 저녁은 코티지 식구들끼리 지내야 한다는 암담한 소식과 함께 사과의 말을 전하러 왔다는 것이었다. 메리는 곧장 불쾌한 감정을 드러낼 태세였지만, 하프를 실어 오느라 마차에 자리가 없어 여기까지 걸어서 왔다는 루이자의 말에 기분을 풀었다.

"그 이유를 말해드릴게요, 전부 다요." 루이자가 말을 이었다. "오늘 밤 아빠와 엄마의 기분이 썩 좋지 않다는 걸 알려드리려고 이렇게 온 거예요. 엄마가 특히 심하세요. 불쌍한 리처드 생각이 아주 많이 나는가봐요! 그래서 하프를 가져오는 게 좋겠다고 한 거죠. 엄마는 피아노보다 하프를 더 좋아하시니까. 엄마 기분이 왜 그렇게 안 좋은가 하면, 오늘 아침 크로프트 부부가 방문했을 때 (나중에 여기에도 오시지 않았나요?) 우연히 웬트워스 대령이라고, 크로프트 부인의 동생 얘기가 나왔거든요. 공을 세웠다나 뭐라나, 하여간 그 사람이 영국으로 돌아오게 되어서 곧장 제독 부부를 보러 온다고 해요. 그런데 그분들이 가신 다음에 웬트워스인지 뭔지가 바로 가엾은 우리 리처드가 탔던 배의 함장 이름이었다는 걸 엄마가 기억해낸 거예요. 언제 어디서인지는 모르겠지만 죽기 한참 전이었나봐요, 불쌍한 오빠! 리처드가 보낸 편지며 유품을 찾아서 확인하고는, 바로 그 사람이 맞다고 하셨어요. 엄마는 온통 그 일과 불쌍한 리처드 생각뿐이세요! 그러니 그렇게 침울한 생각을 하지 않으시도록 우리가 있는 힘껏 즐겁게 해드려야죠."

이 슬픈 한 편의 가족사에 얽힌 이야기의 전말은 이러했다. 불행히도 머스그로브 가에는 어찌해볼 도리가 없을 만큼 말썽 많은 아들이 하나 있었다. 다행히 스무 살이 되기 전에 그는 세상을 떴다. 가족들이 그를 바다로 보내버린 이유는 그가 뭍에 있는 동안 통제불능에다 멍청하기까지 했기 때문이었다. 가족들이 그를 그다지 좋아하지 않은 건 어제 오늘의 일이 아니었고, 그의 행동으로 보면 그럴 만하기도 했다. 그는 소식을 전하는 일이 거의 없었고 그를 안타깝게 생각하는 가족도 없었다. 그러다가 이 년 전, 그가 외국에서 죽었다는 소식이 어퍼크로스에 전해졌다.

누이들은 이제 그를 '불쌍한 리처드'라 부르며 온갖 성의를 다 보이고 있었다. 하지만 사실 그는 살아서나 죽어서나 자기 이름의 약칭으로 불리는 것 이상의 대접을 받을 수 없는 인물이었다. 그는 그저 머리 나쁘고 무정한 데다 아무 짝에도 도움이 안 되는 딕 머스그로브일 뿐이었다.

그는 여러 해 동안 바다에 나가 지냈다. 해군 사관후보생, 그중에서도 특히 어떤 함장도 곁에 두고 싶어 하지 않는 사관후보생들이 그러하듯, 그 역시 여러 함대를 전전하며 근무했다. 그러던 중 프레더릭 웬트워스 대령이 이끄는 프리깃 전함* 라코니아호에 승선하여 육 개월을 머물게 되었다. 이 라코니아호에서 웬트워스의 권유로 써보낸 편지 두 통이 그가 집을 떠나 있는 동안 부모에게 보낸 유일한 편지였다. 아니 좀더 정확히 말하자면, 그것은 그가 사심 없는 마음으로 써보낸 유일한 편지인 셈이었다. 다른 편지도 있었지만 모두 돈을 보내달라는 사연뿐이었으니 말이다.

이 두 통의 편지에서 그는 웬트워스 대령을 칭찬하고 있었다. 그러나 가족들은 그런 일에는 거의 신경을 쓰지 않았고 사람이나 배의 이름도 무심하게 보아넘긴지라, 당시에는 별다른 인상을 받지 않았다. 사정이 이러하니 오늘따라 갑자기 머스그로브 부인이 웬트워스라는 이름을 아들과 연관 지어 기억해냈다는 건 그야말로 어쩌다 일어나는 기이한 정신적 각성 같은 것이었다.

---

* 주로 경계 임무를 맡았던 19세기 유럽의 목조 군함.

머스그로브 부인은 편지를 찾아내 자신이 짐작했던 사실을 모두 확인했다. 아들이 세상을 떠난 지 한참의 세월이 흘렀고, 그의 잘못에 대한 기억마저도 이미 희미해진 후였다. 하지만 이제 와서 새삼스럽게 편지를 읽고 보니 큰 충격을 받을 수밖에 없었다. 그녀는 아들이 죽었다는 소식을 처음 접했을 때보다 더 큰 슬픔에 휩싸였다. 그녀만큼은 아니어도 머스그로브 씨 또한 충격을 받았다. 이들 부부는 코티지에 도착하자 제일 먼저 그 이야기부터 다시 들려주고 싶어했고, 그 뒤론 유쾌한 벗들로부터 위로를 받아야 했다.

쉴새없이 웬트워스 대령 얘기를 듣는 일은 앤의 정신력을 시험하는 새로운 종류의 시련이었다. 가족들은 끊임없이 그의 이름을 입에 올렸다. 지난 세월의 일을 이리저리 짜맞춰보더니 급기야 클리프턴에서 돌아온 후 한두 번 만난 기억이 있는 바로 그 웬트워스 대령일지도 모르며, 아마도 그럴 것이라는 사실을 밝혀내기도 했다. 또한 그가 멋진 청년이었다는 말을 하며 그때가 칠 년 전이었는지 팔 년 전이었는지 궁금해하기도 했다. 그러나 앤은 견뎌내야 했다. 어차피 그가 이곳으로 오게 된 이상 이런 일에 무감각해지는 법을 배울 수밖에 없었다. 그는 아주 빠른 시일 내에 도착할 듯이 보였다. 웬트워스 대령은 가엾은 딕을 육 개월 동안이나 밑에 두고 돌봐준 사람이었다. 딕은 엉성한 맞춤법으로 '학습에 대해 너무 까다로운 점만 빼면 멋지고 당당한 사람'이라고 그를 크게 칭찬하기도 했다. 머스그로브 부부는 그의 친절에 진심으로 감사하며 그의 성품을 높이 평가할 수밖에 없었다. 따라서 웬트워스 대령이 도착했다는 소식을 듣는 즉시 먼저 인사를 청하여 가까이 지내야겠다고 결심을 굳힌 것은 당연한 일이었다.

이렇게 결심을 하고 나니 그들의 저녁시간도 한결 편안하게 흘러
갔다.

7

　며칠 지나지 않아 웬트워스 대령이 켈린치에 도착했다는 소식이 전해졌다. 곧장 그를 방문하고 돌아온 머스그로브 씨는 그에 대한 칭찬을 아끼지 않았다. 대령이 다음 주말 크로프트 부부와 함께 어퍼크로스의 만찬에 오는 것으로 약속이 잡혔다고 했다. 머스그로브 씨는 더 일찍 날짜를 잡아 고마움을 표시할 수 없어 못내 아쉬워했다. 한시라도 빨리 웬트워스 대령을 집으로 초대해서 지하 저장실에 보관되어 있는 최고의 술을 대접하고 싶었지만, 일주일이나 기다려야 했던 것이다. 그러나 그 일주일이 앤에게는 짧게만 느껴졌다. 일주일 후에 그들은 만날 수밖에 없으리라. 앤은 이내 일주일만이라도 무사히 지낼 수 있기를 마음속으로 빌었다.

　머스그로브 씨의 정중한 방문에 이어 웬트워스 대령도 아주 빠르게 답례 방문을 왔다. 그런데 그가 본가를 방문한 반시간 남짓한 바로 그 동안, 자칫하면 앤도 그곳을 방문할 뻔했다! 바로 그 시간 그녀는 메리와 함께 본가에 가려고 나서던 참이었다. 나중에 안 사실이지만, 낙상사고를 당한 큰아이가 집으로 실려 오지 않았다면 영락없이 그를 만날 수밖에 없었을 상황이었다. 아이의 사고로 인해 본가에 가려던 예정은 무산되었다. 이후로 아이 때문에 몹시 걱정을 하는 와중에도, 앤은 그와 마주칠 뻔했던 얘기를 무심히 들어 넘길 수가 없었다.

아이는 쇄골이 탈구되고 등에도 상처가 나서 크게 우려할 만한 상태였다. 심란했던 그날 오후, 앤은 모든 일을 한꺼번에 처리해야만 했다. 약제사를 부르고 아이 아버지를 찾아 사고 소식을 알렸다. 아이의 엄마가 충격으로 이성을 잃지 않도록 격려했고 하인들을 단속했다. 그러면서 막내를 밖으로 내보내고 아파하는 가엾은 아이를 보살피고 달래야 했다. 그외에도 본가에 알려야 한다는 사실을 기억해내고 곧장 연락을 취했다. 그 결과, 겁에 질려 이것저것 물어볼 뿐 별 도움이 되지 못하는 손님들을 맞이해야만 했다.

제부가 돌아오고서야 앤은 처음으로 한시름 놓을 수 있었다. 메리를 가장 잘 돌볼 수 있는 사람이 그이기 때문이었다. 두번째 위안은 약제사의 도착이었다. 그가 와서 아이를 진찰하기 전까지는 아무것도 확신할 수 없었기에 더 걱정스러운 상황이었다. 큰 부상이라고 짐작은 했지만 어느 부위인지는 알지 못했다. 약제사 로빈슨 씨는 곧 쇄골을 제자리에 맞추어 넣었다. 그는 상처 부위를 이리저리 만지고 문질러본 후 심각한 표정을 지으며 아버지와 이모에게 낮은 목소리로 뭔가 말했다. 그러나 그들 모두 최상의 경과를 기대했고 꽤 편안해진 마음으로 저녁식사도 할 수 있게 되었다. 그런데 집으로 돌아가기 직전, 조카의 상태가 아닌 다른 얘기를 할 수 있을 만큼 여유가 생기자 두 젊은 고모가 웬트워스 대령의 방문 얘기를 꺼냈다. 그와 같이 있는 동안 정말 즐거웠으며, 그들이 아는 어떤 남자보다 훨씬 잘생겼고 호감이 가더라고 했다. 저녁까지 먹고 가라는 아빠의 말에 대령은 처음에는 안 된다고 했다가, 내일이라도 와달라며 엄마 아빠가 재차 간청하자 그러겠다는 약속을 했다는 것이다. 그의 대답에 따라 그들이 얼마나 기뻐하다 서운해하다 다시 기뻐했는지 모른다며, 자신에게 그런 호의를 베푸는 이유를 잘 안다는 듯 그가 기분 좋게 내일을 기약하더라는 말까지 덧붙였다. 그러면서 두 자매는 그가 정말 내일 올 것이라는 말을 재차 강조했다. 한마디로 말해, 외모는 물론 모든 언행에서도 더없이 우아한 그의 모습에 둘 다 홀딱 반해버린 것이다. 어머니 아버지가 자리를 뜨고 나서도 오 분 동안이나 뒤에 남아 이야기를 한 후, 사랑의 감정과 환희에 벅차서 달려가는 두 자매는 분명 어린 찰스가 아닌 웬트워스 대령 생각으로 가득한 듯했다.

어둑해질 무렵 아버지와 함께 다시 아이의 상태를 보러 왔을 때도 두 자매는 똑같은 이야기를 신이 나서 반복했다. 대를 이을 손자에 대한 걱정에서 벗어나자 머스그로브 씨 또한 딸들의 말이 맞다고 거들며 찬사를 늘어놓았다. 그는 웬트워스 대령과의 만찬 약속을 취소할 일이 없기를 바란다면서, 코티지 식구들이 아이를 놔두고 그를 만나러 올 수 없는 것이 유감이라고 했다. "오! 안 돼요, 그 어린것을 혼자 두고 가다니요." 방금 전까지도 걱정이 이만저만이 아니었던 아이의 부모는 생각할 수도 없는 일이라며 펄쩍 뛰었다. 앤 역시 그 상황을 모면할 수 있음에 기뻐하며 열심히 말을 거들었다.

그런데 찰스 머스그로브도 시간이 좀 지나자 가는 쪽으로 마음이 기울기 시작하는 모양이었다. "아이의 경과도 좋고 하니 웬트워스 대령과 인사라도 하고 싶은걸. 아마 저녁때 합류할 수 있을지도 모르겠소. 저녁식사는 하지 않더라도 산책 삼아 반시간 정도 들렀다 올 수는 있겠지." 그러나 곧장 아내의 강력한 반대에 부딪혔다. "오, 찰스, 절대로 안 돼요! 당신이 집을 비운다는 건 있을 수 없는 일이라구요. 생각해봐요, 만일 무슨 일이라도 생기면 어쩔 거예요!"

아이는 잠을 잘 잤고 다음날에도 경과가 좋았다. 척추의 손상 여부는 시간이 지나봐야 확실해지겠지만, 로빈슨 씨의 소견으로는 더이상 위험한 징후는 보이지 않았다. 따라서 찰스 머스그로브는 더이상 집 안에 갇혀 지낼 필요가 없다고 생각하기 시작했다. 침대에 누워만 있는 아이를 조용히 달래주는 일만 남았는데, 아빠가 할 일이 뭐가 있겠냐는 것이었다. 그가 보기에 이런 것은 여자들 일인 데다, 아무 도움도 안 되면서 꼼짝 않고 집 안에만 있는 건 아주 어리석은 일이었다. 또한 웬트워스 대령과 인사를 나누었으면 하는 아버지의 뜻을 거스를 아무런 이유도 없으니, 가는 게 도리에 맞았다. 결국 사냥에서 돌아온 그는 곧바로 옷을 갈아입고 본가의 만찬에 가겠다고 배짱 좋게 공언을 하기에 이르렀다.

"아이의 상태는 더할 나위 없이 양호한 편이오." 그가 말했다. "방금 전 아버지에게 가겠다고 했더니 옳은 판단이라고 하셨고. 처형이 당신과 함께 있으니 괜찮을 거라 생각해. 당신이야 아이 곁을 떠나고 싶지 않겠지만, 나는 아무 도움이 되지 않는다는 걸 알잖소. 무슨 문제가 생기면 앤이 사람을 보내 나를 부르면 될 거요."

일반적으로 남편과 아내라는 사람들은 서로 반대해봐야 별 소용이 없을 때를 잘 아는 법이다. 메리 역시 남편의 말투에서 가기로 마음을 굳혔으니 말려도 소용이 없을 것임을 알았다. 따라서 남편이 방을 나갈 때까지 아무 말도 하지 않다가, 앤과 둘만 남게 되자마자 들으라는 듯이 말을 하기 시작했다.

"그렇지! 언니하고 나만 남아서 번갈아가며 아픈 아이를 돌봐야 한다는 거지. 저녁 내내 아무도 우리 근처에는 얼씬거리지 않을 테고! 내 이럴 줄 알았지. 내 팔자가 항상 이렇지 뭐! 뭔가 성가신 일이 생기면 남자들은 항상 빠져나가고 말거든. 찰스도 여느 남자들하고 다를 게 없어. 너무 매정해! 가엾은 아들을 팽개치고 가다니 정말 매정하기 짝이 없지 뭐야. 아이의 경과가 좋다고? 경과가 좋은지, 아니면 반시간 후에 갑자기 상태가 나빠질지 자기가 무슨 수로 안다는 거야? 찰스가 그렇게 정이 없을 줄은 몰랐어. 자기는 나가 즐기고, 나는 엄마라는 이유로 꼼짝도 못 하고 있어야 한다는 거잖아. 하지만 정말이지, 나야말로 아이 주위에 있으면 안 되는 사람인걸. 나는 엄마라서 더 예민할 수밖에 없으니까 말이야. 그런 일은 감당 못해. 어제 내가 얼마나 정신이 없었는지 언니도 봤잖아."

"하지만 그건 네가 갑작스럽게 놀라는 바람에, 충격 탓에 그랬던 거야. 그런 일은 다시 없을 거야. 이제 어려운 일은 없을 거라 장담할게. 로빈슨 씨가 지시한 사항들도 내가 확실하게 알고 있으니 염려하지 마. 메리, 네 남편의 행동은 그리 이상하게 볼 일이 아니야. 병간호는 남자들 일이 아니니까. 네 남편의 영역이 아니라는 거지. 아픈 아이는 엄마의 몫이잖니. 대체로 엄마의 애정이 더 큰 법이니까."

"내 아이를 아끼는 마음에선 나도 여느 엄마 못지않을 거야. 하지만 내가 병실에서 찰스보다 더 쓸모 있는 사람인지는 모르겠어. 아픈 아이한테 줄곧 잔소리하고 야단만 치는 일은 못 하겠거든. 오늘 아침에 언니도 봤잖아, 내가 조용히 하라고 하면 애가 발길질하는 거 말이야. 내 신경줄로는 그런 일을 감당할 수 없다니까."

"하지만 그 가엾은 아이를 놔두고 가면 저녁 내내 네 마음이 편할까?"

"응, 애 아빠도 할 수 있는데 나라고 왜 안 되겠어? 조심성 많은 제마이머도 있는데! 제마이머가 시간마다 사람을 보내 아이의 경과를 알려줄 수 있을 거야. 찰스가 아버님께 우리 모두 갈 거라고 말하는 편이 좋았을 텐데. 어린 찰스에 대해선 나도 애 아빠만큼 안심하고 있거든. 어제 기겁했던 건 사실이지만, 오늘은 경우가 아주 다르잖아."

"글쎄, 연락하기에 너무 늦은 게 아니라면 너도 네 남편하고 함께 가는 건 어떨까. 어린 찰스는 내가 봐줄게. 내가 아이랑 있으면 두 어른도 잘못된 일이라고 생각진 않으실 거야."

"진심이야?" 메리가 눈을 반짝이며 외치듯 물었다. "어머! 정말 좋은 생각이야, 정말 훌륭해. 집에 있어도 도움이 안 되니 안 가는 것보단 가는 게 낫지, 안 그래? 집에 있으면 괴롭기만 할 뿐이니까. 정작 엄마의 마음을 모르는 언니가 최고 적임자인걸. 어린 찰스는 언니 말은 잘 듣잖아. 한마디만 해도 그대로 하는 아이니까. 제마이머한테만 남겨두고 가는 것보단 훨씬 나을 거야. 아! 진짜 나도 가야겠어. 찰스하고 마찬가지로 나 역시 갈 수만 있다면 가는 게 도리이기도 하고.

시댁 분들도 내가 웬트워스 대령과 알고 지내기를 무척 바라고 계시거든. 앤, 정말 멋진 생각이야! 찰스한테 가서 말하고 당장 채비해야겠어. 무슨 문제가 생기면 그 즉시 우리를 부르면 돼, 알지? 갑자기 놀랄 일은 없겠지만 말이야. 언니도 알다시피 우리 귀한 아이의 상태에 마음이 놓이지 않는다면 내가 갈 리가 있겠어?"

바로 다음 순간 메리는 남편의 옷방 문을 두드리고 있었다. 앤 또한 이층으로 뒤따라 올라갔으므로 두 사람의 대화를 다 들을 수 있었다. 메리가 격앙된 목소리로 말을 꺼냈다.

"찰스, 나도 당신과 함께 가기로 했어요. 집에 있어봐야 당신처럼 별 도움이 안 되거든요. 집에 갇혀 종일 같이 있다고 해서 애를 얼러 싫어하는 일을 하게 할 수 있는 것도 아니구요. 앤이 집에 남아 봐주기로 했어요. 앤이 먼저 그러겠다고 했다니까요. 나도 당신과 갈 수 있으니 정말 잘된 일이잖아요. 화요일 이후론 본가에서 저녁식사를 하지 못했으니 말예요."

"정말 고마운 일이군." 찰스가 대답했다. "당신이 간다니 나도 기쁘지만, 앤 혼자 집에 남아 아픈 우리 아이를 돌본다는 건 아무래도 너무 심한 일 같은데."

이쯤에서 앤이 직접 나서 집에 남고 싶은 이유를 설명했다. 진심에서 우러나오는 그녀의 말을 듣고, 찰스도 마음 편한 쪽으로 생각을 돌려 그렇게 하자고 했다. 그는 앤이 혼자 남아 저녁을 먹게 된다는 사실에도 더이상 가책을 느끼지 않았다. 아이가 밤까지 깨지 않고 잘 듯싶으면 저녁때라도 오는 게 어떻겠냐며, 자기가 직접 데리러 오겠다고 했다. 하지만 앤은 단호히 거절했다. 이렇게 해서 잠시 후 앤은 즐거운 마음으로 함께 집을 나서는 동생 부부를 배웅하게 되었다. 두 사람이 누리게 된 행복이 아무리 기묘하게 짜맞춰진 것일지라도 집을 떠나 즐거운 시간을 갖기를 바라는 마음이었다. 혼자 남은 그녀는 여러 가지 생각을 하며 마음을 위안했다. 어쩌면 앞으로도 내내 이렇게 위안을 찾는 일이 그녀의 몫일 것이었다. 그녀는 아이에게 자신이 가장 도움이 될 것을 알고 있었다. 프레더릭 웬트워스가 고작 일 킬로미터도 안 떨어진 곳에서 다른 사람들의 호감을 얻고 있다 한들, 그것이 그녀에게 무슨 의미가 있단 말인가!

앤은 그녀와의 재회에 대한 그의 감정을 알고 싶었다. 아마 무관심하지 않을까, 그런 상황에서 무관심할 수 있다면 말이다. 무관심하거나 내켜하지 않거나 둘 중 하나일 게 분명했다. 그가 자신을 다시 보고자 했다면 지금까지 기다릴 필요도 없었을 것이다. 일이 잘 풀려 그가 꼭 필요로 하던 경제력을 일찌감치 얻었으니, 만나려고 마음만 먹었다면 이미 오래전에 그리했을 게 분명했다. 앤 자신이 그의 처지였다면 두말할 필요도 없이 그리했을 테니까.

동생 부부는 새로 알게 된 사람은 물론 만찬 전반에 아주 흡족해하며 돌아왔다. 음악과 노래, 웃음과 이야기까지 모든 것이 더할 나위 없이 흥겨웠다고 했다. 웬트워스 대령의 행동거지는 나무랄 데가 없었고 솔직담백하고 스스럼 없었으며, 다들 서로 잘 아는 사이 같았다는 것이다. 그는 다음날 아침 찰스와 사냥을 나가기로 했다. 아침식사도 같이 하기로 했는데, 그가 코티지로 오는 것은 아니었다. 처음엔 코티지로 오면 어떨까 했지만 대신에 본가로 와달라고 초대를 받았다. 그도 아이 때문에 힘든 찰스 머스그로브 부인에게 폐가 될까 염려

하는 듯이 보였다. 그 와중에 어찌어찌하다보니 찰스가 아버지 집으로 가서 그를 만나 아침식사를 하는 걸로 마무리되었다.

앤은 그의 뜻을 이해했다. 웬트워스 대령은 그녀와 마주치는 일을 피하고 싶었을 것이다. 지나가는 말로 그녀의 안부를 물었다지만, 그건 전에 조금 알고 지내던 사람에게 할 법한 인사치례 정도였다. 앤이 그랬듯이, 그 역시 두 사람이 마주쳐 서로 소개받는 일을 피하기 위해 안면이 있는 사이임을 밝혀두려는 정도의 의도였을 것이다.

코티지의 아침 시간은 본가에 비해 항상 늦게 시작되었다. 다음날 아침에도 어찌나 차이가 났던지, 메리와 앤이 아침식사를 채 시작하기도 전에 찰스가 들이닥쳤다. 그들은 이제 막 떠날 참인데 자신은 개들을 데리러 들렀고, 누이동생들도 웬트워스 대령과 함께 이리로 오는 길이라고 했다. 동생들이 메리와 아픈 아이를 보러 온다고 하자, 웬트워스 대령도 실례가 안 된다면 잠시 들러 안주인께 안부인사를 드리겠다고 했다는 것이다. 아이의 상태가 실례 운운할 정도는 아니니 괜찮다고 하는데도 웬트워스 대령이 굳이 부탁하는 바람에 손님이 온다는 사실을 알려주러 이렇게 뛰어왔다는 얘기였다.

이 같은 배려에 기분이 좋아진 메리는 웬트워스 대령을 기쁘게 맞이했다. 그 순간 앤의 머릿속엔 오만 가지 생각이 밀려들었다. 그 와중에 그나마 가장 위안이 된 것은 그것이 곧 끝나리라는 생각이었다. 그리고 그것은 곧 끝이 났다. 찰스가 말을 마치고 이 분쯤 지나자 일행이 나타나더니 곧장 응접실로 들어왔다. 앤과 웬트워스 대령의 시선이 스치듯 마주쳤고, 한쪽이 고개를 숙이자 다른 한쪽이 답례하는 의례적인 인사로 이어졌다. 그리고 앤은 그의 목소리를 들었다. 그는 메리와는 정중한 대화를 나누었고 머스그로브 자매들과는 친근한 어투로 뭔가를 이야기했다. 방 안이 꽉 찬 느낌이었다. 방 안이 사람들과 목소리로 가득 찬 것만 같았지만 그것도 잠시일 뿐이었다. 찰스가 창가에 모습을 보이고 모든 채비가 끝나자, 그들의 손님은 인사를 하고 자리에서 일어났다. 머스그로브 자매도 갑자기 사냥 가는 사람들을 마을 어귀까지 걸어서 배웅하겠다며 따라나섰다. 방이 텅 비자, 앤은 가까스로 아침식사를 마치려 애썼다.

'끝났어! 끝난 거야!' 떨리는 심정으로 안도하며 앤은 스스로에게 이르고 또 일렀다. '가장 힘든 일은 지나간 거야!'

메리가 뭔가 말을 했지만 그녀는 귀 기울일 수가 없었다. 끝내 그를 보았고, 두 사람은 만나고야 말았다. 또다시 두 사람은 같은 방 안에 있었던 것이다!

그러나 곧 앤은 정신을 차려 감정을 다스리려 애썼다. 팔 년이었다. 모든 것을 단념한 지 어언 팔 년의 세월이 흘렀다. 세월에 묻혀 희미해져버린 줄 알았던 가슴떨림을 다시금 느끼다니, 얼마나 말도 안 되는 일인가! 팔 년 세월에 무슨 일인들 생기지 않았을까? 온갖 사건과 변화, 단절, 망각, 팔 년이면 이 모든 일이 일어나고도 남을 세월이 아닌가! 과거를 잊는 건 너무도 당연하고, 또 너무도 확실한 일이었다! 그 세월이 그녀가 살아온 생애 중 삼 분의 일이나 되는 시간일지라도 말이다.

하지만 안타까워한들 어찌하랴! 냉정을 찾으려는 이 모든 노력에도 불구하고, 그녀는 지난 기억이 고스란히 담긴 마음에 팔 년이란 세월은 아무것도 아닐 수 있음을 알아버렸다.

이제 그의 마음을 어떻게 읽어내야 하는 걸까? 나를 피하고 싶었던 걸까? 그리고 다음 순간, 앤은 그런 질문을 하는 자신의 어리석음을 자책했다.

그러나 그 어떤 지혜를 동원해도 막을 수 없었던 또다른 질문에 대해서는 그리 오래 마음을 졸이지 않아도 되었다. 머스그로브 자매가 되돌아와 방문을 마치고 떠난 뒤 메리가 전한 말 덕분에, 자연스럽게 그 답을 얻었기 때문이었다.

"앤, 나한테 그렇게도 마음을 써주던 웬트워스 대령이 언니한테는 별로 친절하지 않던걸. 우리 집에 다녀가고 나서 헨리에타가 언니에 대해 물었더니 '너무 변해서 못 알아볼 정도였다'고 했다지 뭐야."

메리는 평소에도 언니의 감정에 그다지 신경 쓰지 않았지만, 지금 자신이 어떤 상처를 주고 있는지를 전혀 알아차리지 못하는 듯했다.

'알아보지 못할 정도로 변했다니!' 앤은 마음 깊은 곳에서 올라오는 굴욕감을 말없이 삼키며 그 말을 기꺼이 받아들였다. 의심할 여지 없이 맞는 말이었다. 하지만 그의 모습은 변함이 없었기에, 혹은 변했다 하더라도 나쁜 쪽으로 변한 것은 아니었기에 똑같은 말로 앙갚음을 해줄 수도 없었다. 그가 그녀를 어떻게 생각하든 상관없었다. 앤도 이미 인정하고 있었고, 달리 생각할 수도 없는 사실이었다. 아니, 그녀의 젊음과 생기를 앗아간 그 세월은 그의 매력을 손상시키기는커녕, 오히려 빛나고 당당하며 남자다운 풍모를 더해주었을 뿐이었다. 앤의 눈에 그는 과거의 프레더릭 웬트워스 그대로였다.

'알아보지 못할 만큼 변해버렸다!' 이 말은 그녀의 마음에 남아 지워지지 않았다. 그러나 앤은 곧 그 말을 들어서 다행이라고 생각하기 시작했다. 그 말로 인해 정신이 들었고 떨림을 가라앉혔으며 마음을 다잡았으니, 이제 그녀도 더 행복해질 수 있을 것이다.

프레더릭 웬트워스가 그런 말을, 아니 그 비슷한 말을 한 건 사실이었다. 하지만 자신의 말이 앤의 귀에까지 들어가리라고는 미처 생각하지 못했다. 앤의 얼굴이 전보다 못하게 변했다고 생각하고 있다가, 누군가 자신의 생각을 물어온 순간 느낀 대로 말해버렸던 것이다. 그는 앤 엘리엇을 용서하지 못한 상태였다. 앤은 그에게 잘못을 저질렀으며 그를 버리고 실망시킨 사람이었다. 하지만 그보다 더 견딜 수 없었던 건, 그런 행동에서 드러난 그녀의 나약한 성격이었다. 매사에 단호하고 자신감 있는 성품의 그로서는 정말이지 참을 수 없는 것이었다. 앤은 다른 사람의 뜻에 따라 그를 저버렸다. 그것은 도가 지나친 설득의 결과였고, 나약함과 소심함의 결과였다.

그는 너무나도 열렬히 앤을 사랑했고, 그녀와 헤어진 이후로도 그녀만 한 여자를 만나지 못했다. 얼마간 궁금한 마음이 드는 건 어쩔 수 없다 해도 앤과 다시 만나고 싶은 마음은 추호도 없었다. 그에 대한 그녀의 영향력은 영영 사라져버리고 말았다.

현재 그의 목표는 결혼이었다. 부자가 되어 뭍으로 돌아왔으니, 적당히 마음이 동하기만 하면 그 즉시 정착을 하리라 굳게 마음먹은 터였다. 그리고 그는 실제로 주변을 둘러보고 있었다. 자신의 냉철한 사고와 예리한 취향이 허용하는 한 최대한 빨리 사랑에 빠질 요량이었다. 그의 마음을 사로잡아준다면 머스그로브 가의 두 딸 중 어느 쪽이든 좋았다. 간단히 말해 누구든 붙임성 있고 젊은 여성이 나타나면 당장 마음을 줄 생각이었다. 단, 앤 엘리엇은 제외였다. 물론 이것은 그 자신만이 아는 단 하나의 예외조항이었다. 그래서 그는 이런저런 추측을 하는 누이의 말에 이렇게 대답했던 것이다.

"그래요, 소피아. 바보 같은 결혼을 하려고 만반의 준비를 하고 왔어요. 열다섯에서 서른까지 어떤 여성이든 원하기만 하면 나를 차지할 수 있지요. 약간의 미모에다 미소 몇 번 지어주고, 해군에 대해 몇 마디 칭찬만 해주면 난 이미 넘어간 상태일 겁니다. 이것저것 가릴 만큼 여자들을 만나보지 못한 뱃사람에게 그 정도면 충분하지 않을까요?"

동생이 누이의 반박을 예상하면서 한 말이라는 것을 그녀도 알고 있었다. 그의 도도하게 빛나는 눈에는 자신의 까다로운 취향에 대한 자신감이 깃들어 있었다. 그러나 막상 좀더 진지하게 원하는 여성상을 얘기하는 동안 그의 머릿속에는 앤 앨리엇에 대한 생각이 떠나지 않았다. '다정다감하면서도 강인한 성품'이 그가 원하는 전부였던 것이다.

"그런 사람이 제가 원하는 여자예요." 그가 말했다. "물론 조금 모자라도 봐줄 수는 있지만 너무 많이는 안 되죠. 이런 제가 어리석다 하시면, 전 기꺼이 어리석은 사람이 되겠습니다. 이 문제에 관해서라면 웬만한 남자보다 더 많이 생각해보았으니까요."

8

그날 이후 웬트워스 대령과 앤은 자주 마주치게 되었다. 앤이 더 이상 아픈 아이를 구실로 자리를 피할 수 없게 되자, 두 사람은 곧 머스그로브 댁의 만찬에 함께 자리하게 되었다. 그것을 시작으로 다른 만찬과 모임 들이 이어졌다.

옛 감정이 다시 살아났는지 어땠는지는 따져봐야 할 문제겠지만, 양쪽 다 지난 시절의 기억으로 되돌아간 것은 분명했다. 그 시절을 떠올릴 수밖에 없었다. 어떤 이야기를 하거나 설명을 하던 중에 그는 두 사람이 결혼을 약속했던 해의 연도를 언급하기도 했다. 직업과 성격 탓에 그가 말을 하게 되는 경우가 많았다. 두 사람이 처음으로 자리를 함께한 저녁에도 그는 '그때가 1806년이었을 겁니다' '그건 제가 바다로 나갔던 1806년 이전의 일이었지요'라는 식으로 말을 했다. 목소리가 떨린 것도 아니었고 말을 하면서 눈길이 자기 쪽을 향했다고 생각할 근거도 전혀 없었다. 그러나 그의 성품을 잘 알고 있는 앤은 그 역시 자신만큼이나 지난날의 기억을 떠올리지 않을 수 없으리라 느꼈다. 그녀만큼 고통을 느낄 거라고 생각할 수는 없었다. 하지만 그 역시 비슷한 생각을 떠올리고 있음이 분명했다.

의례적인 인사 이외에 그들이 직접 접촉하거나 대화하는 일은 없었다. 한때는 서로에게 그토록 소중한 존재였는데! 이제 아무것도 아니라니! 지금 어퍼크로스 응접실을 한가득 메우고 있는 사람들만큼 많은 사람들이 모인 파티에서도 끊임없이 서로의 이야기에만 귀기울이던 시절이 있었다. 각별히 애정이 넘치고 행복한 크로프트 제독 부부를 제외한다면(결혼한 부부들 사이에서조차 또다른 예외를 찾을 수는 없었으므로) 앤과 웬트워스 대령 두 사람만큼 완벽한 연인은 없었다. 그들은 진정 마음이 통하는 연인이었다. 취미도 비슷했고, 언제나 같은 생각을 했으며, 서로의 애정 어린 표정을 너무나도 아끼는 사이였다. 하지만 이제 그들은 남남이 되어버렸다. 아니, 가까워질 수조차 없으니 남남보다도 못했다. 두 사람의 관계는 앞으로도 계속 소원해져갈 것이었다.

그의 이야기에서 앤은 예전 그대로의 목소리를 들었고, 예전 그대로의 성품을 알아보았다. 모인 사람들 모두 해군에 관해서 아는 바가 별로 없었으므로 많은 질문이 이어졌다. 특히 두 머스그로브 자매는 다른 사람들은 눈에 들어오지도 않는 듯, 그에게 선상생활이며 하루 일과와 업무, 음식 등에 대해 많은 질문을 퍼부었다. 자매는 물건의 배치와 숙소에 대한 그의 설명에 매우 놀라워했고, 그는 그런 그들을 놀림거리로 삼았다. 그 모습에 앤은 자신의 지난날을 떠올렸다. 자신에게도 그들처럼 아무것도 모르던 시절이 있었다. 그녀 또한 처음에는 선상의 해군들이 먹을 것도, 먹을 것을 조리할 요리사도, 시중들 하인도, 그리고 식사 때 쓸 칼과 포크마저 없이 산다고 생각했냐며 핀잔을 들었던 것이다.

그들의 대화를 들으며 이런저런 생각에 빠져 있던 앤은 옆에서 속삭이는 소리에 정신이 들었다. 머스그로브 부인이 애절한 안타까움에 복받쳐 참지 못하고 이렇게 말을 꺼냈던 것이다.

"아! 앤 양, 우리 가엾은 아이가 하느님의 보살핌으로 아직까지 살아 있었다면 지금쯤 저기 저분처럼 되었을 거예요."

앤은 떠오르는 미소를 거두며 머스그로브 부인의 마음이 편해지도록 다정하게 이야기를 들어주었고, 그러느라 몇 분간 다른 사람들의 대화를 놓치게 되었다. 그러고는 다시 신경이 쓰일 수밖에 없는 쪽으로 관심을 돌렸을 때 그녀의 눈에 들어온 것은, 머스그로브 자매가 방금 가져온(어퍼크로스 집안이 처음으로 구입한 그들 소유의) 해군 명부였다. 그들은 웬트워스 대령이 지휘했던 전함들의 이름을 찾겠다며 함께 앉아 열심히 책을 들여다보고 있었다.

"대령님의 첫번째 전함이 애스프호라고 하셨죠. 저희가 찾아볼게요."

"거기에 그 배 이름은 없을 겁니다. 너무 낡고 파손이 심해서요. 제가 그 배의 마지막 지휘관이었습니다. 그 뒤 전함으로는 쓸 수 없게 되어 국내선으로 일이 년 정도 탈 수 있는 상태라고 보고했지요. 저는 바로 서인도제도로 전속되었구요."

두 아가씨들은 놀라워할 뿐이었다.

"해군본부의 사람들은 종종 그런 일을 즐겨 한답니다. 전함으로 쓸 수 없는 배에 몇 백 명씩 사람을 태워 바다로 내보내는 거죠. 보낼 사람은 많으니까요. 밑바닥에 가라앉거나 말거나 상관없이 바다에 나가고자 하는 사람이 수천이에요. 그런 사람들 중에 없어도 아쉽지 않을 무리를 가려내는 것은 불가능한 일이지요."

"저런저런!" 제독이 큰 소리로 말했다. "요새 젊은이들 말하는 본새라니! 한창때의 애스프호로 말하자면 범선 중에서도 최고였는걸. 예전에 만들어진 범선 중에서도 그만 한 배를 볼 수 없을 정도였지. 그 배를 지휘할 수 있던 자네는 복받은 게야! 그 당시 자네보다 더 잘나가던 장교 스무 명 이상이 그 배를 신청했을 거란 걸 자네도 알고 있을 텐데. 어떤 배든 간에 그 정도의 배경을 가지고 그렇게 빨리 얻을 수 있었다면 정말 운이 좋은 친구인 게지."

"제가 운이 좋았다는 건 잘 알고 있습니다, 제독님." 웬트워스 대령이 진지한 어조로 대답했다. "그 배에 임명을 받아서 더할 나위 없이 만족했지요. 그때 저의 최대 목표는 바다로 나가는 것이었어요. 지상 최대의 목표였지요. 뭔가 할 일이 필요했으니까요."

"물론 그랬겠지. 자네 같은 젊은 친구가 반년이나 뭍에 머물면서 무슨 할 일이 있었겠나? 아내가 없는 남자라면 곧 다시 바다로 나가고 싶어지게 마련이지."

"그렇지만, 웬트워스 대령님," 루이자가 목소리를 높이며 말했다. "애스프호에 승선하고 나서 그렇게 오래된 배라는 걸 알았을 땐, 분명 화가 나셨을 텐데요."

"배의 상태에 대해서는 그전부터 잘 알고 있었습니다." 미소 띤 얼굴로 그가 말했다. "새로울 건 전혀 없었지요. 까마득히 오래전부터 아는 사람 절반가량이 돌려가며 빌려 입은 코트가 한 벌 있다고 생각해보세요. 어느 비 오는 날 루이자 양이 빌려 입을 차례가 되었을 때 그 코트의 모양이나 튼튼한 정도에 대해 새로이 알게 될 점이 없는 것과 마찬가지죠. 아! 애스프호는 제게 소중한 옛 친구 같은 존재였어요. 그 배는 제가 원하는 모든 일을 해주었답니다. 그럴 거라는 걸 저도 알고 있었지요. 저와 함께 바다 밑으로 가라앉지만 않는다면 뭔가를 이루어내도록 해줄 걸 알고 있었던 겁니다. 그 배를 타고 항해하는 동안 날씨가 나빴던 날은 채 이틀도 되지 않았어요. 신이 날 정도로 많은 사략선(私掠船)을 포획했죠. 그리고 이듬해 가을 귀향길에 올랐을 땐, 바라던 대로 프랑스 프리깃 전함과 맞닥뜨리는 행운도 얻었죠. 배를 이끌고 플리머스 항으로 들어왔는데, 그때도 운이 아주 좋았습니다. 사운드 만에 들어선 지 여섯 시간도 되지 않아 폭풍우가 몰아치기 시작해서 나흘 밤낮으로 계속되었으니까요. 그 불쌍하고 낡은 애스프호를 타고는 이틀도 버티지 못했을 겁니다. 프랑스 배와 교전을 한 뒤였으니 더더욱 그랬겠지요. 아마도 이십사 시간 뒤엔 신문 한귀퉁이의 짤막한 부고란에 '용감한 웬트워스 대령'이라고 제 이름을 올리는 신세가 되었을 겁니다. 작은 범선에서 목숨을 잃었으니 저를 기억해주는 사람은 아무도 없었겠지요."

앤은 남몰래 혼자 몸서리를 쳤다. 반면 머스그로브 자매들은 연민과 공포의 비명을 지르며 자신들의 감정을 숨김없이 드러냈다. "그렇다면 아마도," 머릿속의 생각을 밖으로 내뱉듯 나직한 목소리로 머스그로브 부인이 말했다. "라코니아호로 가신 게 그때겠군요. 거기에서 가엾은 우리 아이를 만나셨구요. 오, 찰스, 얘야," 부인은 아들을 자기 쪽으로 부르며 말을 이었다. "가엾은 네 동생을 처음 만난 곳이 어디 였는지 웬트워스 대령께 여쭤보렴. 난 항상 잊어버리는구나."

"제가 알아요, 어머니. 지브롤터였어요. 지브롤터에서 병이 난 딕이 전임 상관의 추천으로 웬트워스 대령에게 전속되었던 거예요."

"아! 하지만 찰스, 웬트워스 대령께 말씀드려라. 내 앞에서 가엾은 딕 얘기를 꺼려하실 필요는 없다고. 대령님처럼 훌륭한 분께 딕 얘기를 들을 수 있다는 건 기쁜 일이니까."

웬트워스 대령이 딕 이야기를 꺼낼까봐 노심초사하던 찰스는 대답 대신 고개만 끄덕이고서 다른 데로 가버렸다.

머스그로브 자매는 이제 라코니아호를 찾기 시작했고, 웬트워스 대령은 자기가 찾아주겠다며 그 귀한 명부를 손에 받아들었다. 그는 배의 이름과 등급, 현재의 용도, 폐기 상태 등이 나와 있는 부분을 다시 한 번 소리 내어 읽은 후, 이 배 역시 세상에서 둘도 없는 친구였다고 덧붙였다.

"아! 라코니아호와 함께 정말 즐거운 시절을 보냈습니다! 그 배를 타고 정말 빨리도 돈을 벌어들였어요. 저와 제 동료 둘이서 서인도제 도에서 순풍에 돛단 듯이 멋진 항해를 했지요. 누나, 그 불쌍한 하빌 말이에요. 그 친구가 얼마나 애타게 돈을 벌고 싶어했는지 누나도 알 잖아요. 저보다 더 지독했죠. 그에겐 아내가 있었으니까요. 정말 훌륭한 친구지요! 하빌이 기뻐하던 모습을 절대 잊지 못할 거예요. 아내 때문에 그만큼 절실했던 거지요. 이듬해 여름 지중해에서 다시 행운을 만났을 때, 그에게도 똑같은 행운이 찾아오길 빌었습니다."

"그리고 대령님이 그 배의 함장이 되신 날은 우리에게도 분명 행운의 날이었지요." 머스그로브 부인이 말했다. "우리도 대령님이 하신일을 절대 잊지 않을 거예요."

감정에 복받쳐 잠긴 목소리였다. 웬트워스 대령은 그녀가 하는 말을 미처 다 듣지 못한 것 같았다. 게다가 미처 딕 머스그로브를 떠올리지 못했던지, 그다음 말이 이어지길 기다리는 듯 어정쩡한 표정을 짓고 있었다.

"오빠 얘기예요." 두 딸 중 하나가 속삭였다. "엄마가 가엾은 리처드생각을 하고 계신가봐요."

"불쌍한 것!" 머스그로브 부인의 말이 이어졌다. "대령님 밑에 있는 동안엔 그 아이도 아주 착실해져서 편지도 잘 보내곤 했었지요! 아! 대령님 곁을 떠나지만 않았어도 좋았을 텐데! 웬트워스 대령님, 정말이지 그 아이가 대령님을 떠난 게 한이 되는군요."

이 말을 들은 웬트워스의 얼굴에 순간 어떤 표정이 스쳐지나갔다. 앤은 그의 눈에 얼핏 반짝이는 눈빛과, 잘생긴 입꼬리가 슬쩍 말려올라가는 것을 놓치지 않고 보았다. 머스그로브 부인의 바람과는 달리정작 그는 딕 머스그로브를 떼어버리려고 애썼던 것이 분명했다. 이렇듯 웃지 못할 상황을 속으로 즐기는 듯한 표정이 그의 얼굴에 스쳐지나갔던 것이다. 그러나 앤만큼 그를 잘 알지 못하는 사람이라면 알아채지 못할 정도로 순식간에 지나간 일이었다. 바로 다음 순간 그는완전히 평정을 되찾고 진지한 표정을 지었다. 그는 곧바로 앤과 머스그로브 부인이 앉아 있는 소파로 와서 부인 옆에 자리를 잡고는, 낮은 목소리로 그녀의 아들에 대해 이야기를 시작했다. 깊은 연민을 보이며 가식 없이 예의를 다해 대화하는 그의 모습에는, 자식을 생각하는 부모의 자연스럽고도 진실된 마음에 대한 속 깊은 배려가 엿보였다.

그들은 사실 같은 소파에 앉아 있었다. 머스그로브 부인이 기다렸다는 듯 그에게 옆자리를 내주었기 때문이다. 두 사람은 단지 머스그로브 부인만을 사이에 두고 있었다. 부인은 실로 튼실한 장막이었다. 꽤나 넉넉한 체구를 자랑하는 머스그로브 부인의 풍채는 연약하고 섬세한 감정보다는 신나고 호탕한 기분을 나타내기에 훨씬 더 적합해 보였다. 부인은 앤의 우수 어린 표정과 가녀린 몸의 떨림을 완전히 가로막고 앉아 두 사람 사이의 가림막이 되어주고 있었다. 하지만 웬트워스 대령의 자제력 또한 높이 살 만한 것이었다. 살아 있을 땐 아무에게도 사랑받지 못했던 아들의 운명을 슬퍼하며 머스그로브 부인이 그 큰 몸집으로 쏟아내는 한탄에 귀 기울이며 내내 그렇게 앉아 있었으니 말이다.

신체 크기에 비례하는 슬픔의 양이 있는 것은 물론 아니다. 크고 몸집 좋은 사람이라고 해서 이 세상에서 가장 우아한 자태를 가진 사람만큼 절실히 마음의 고통을 느끼지 말란 법은 없다. 그러나 온당한 생각이든 아니든 간에 이성을 가진 사람이라면 선심 쓰듯 넘어가기 어렵고, 고상한 취미를 가진 사람이라면 차마 봐줄 수 없으며, 조롱거리를 찾는 사람이라면 덥석 달려들 법한 어울리지 않는 조합이 있는 것이다.

제독은 뒷짐 진 자세로 몸을 풀기 위해 방 안을 두세 바퀴 돌고 있다가, 그만하라는 아내의 말에 이번에는 웬트워스 대령에게 다가갔다. 대화를 끊고 있다는 사실도 알아차리지 못한 듯 그는 자기 생각에만 골몰한 채 이야기를 꺼냈다.

"프레더릭, 지난봄 자네가 리스본에서 일주일만 더 있었더라면 레이디 메리 그리어슨과 따님들을 태우고 항해하라는 요청을 받았을걸세."

"그랬나요? 그럼 일주일 더 있지 않았던 게 천만다행이군요."

제독은 여성에 대한 공손함이 부족하다며 그를 타박했다. 웬트워스 대령은 몇 시간 정도 무도회를 열었거나 방문을 받은 경우만 제외하곤 여자들을 배에 태우는 일은 절대 하고 싶지 않다고 공언했다. 그는 이렇게 자신을 변호했다.

"제가 자신을 모르는 게 아니라면 그건 제게 여성을 예우하는 마음이 부족해서가 아닙니다. 오히려 선상에서 그 어떤 노력이나 희생을 감수한다고 해도 여성에게 합당한 편의를 제공하는 것은 불가능하다는 생각 때문이에요. 제독님, 여성이 누려야 할 온갖 안락함을 **중요하**게 여기는 저 같은 사람한테 예우하는 마음이 부족하다고 할 수는 없지요. 저는 여성이 배에 탔다는 얘기를 듣는 것도, 배에 탄 모습을 보는 것도 싫습니다. 여자들만 있는 가족을 제가 지휘하는 배에 태우는 일은 가능하면 없도록 할 생각입니다."

이 같은 말에 그의 누나가 곧장 응수했다.

"오, 프레더릭! 네가 그런 말을 하다니 믿을 수가 없구나. 쓸데없이 고상한 척하는 말이라니! 배를 탔을 때도 영국 땅에 있는 그 어떤 최고의 집에서만큼이나 편안하게 지낼 수 있는 게 여자들이란다. 나도 대부분의 여자들만큼은 선상생활을 해봤지만, 전함보다 더 시설이 좋은 곳은 본 적이 없어. 심지어 켈린치 홀에서도." 그녀는 앤에게 다정하게 고개를 숙여 보이고는 말을 계속했다. "내가 지내본 대부분의 배에서 늘 누렸던 것 이상으로 편하고 안락하게 지냈다고 할 수는 없단다. 전부 다섯 척이나 되는데도 말이야."

"적절한 예가 아니군요." 동생이 대답했다. "누나는 남편과 함께 지냈고, 배에 타고 있는 유일한 여성이었어요."

"하지만 너도 하빌 부인이랑 그녀의 여동생, 조카, 그리고 세 명의 아이들을 태우고 포츠머스에서 플리머스까지 데려간 적이 있잖니. 그때는 너의 그 지극히 세심하고 특별한 예우가 다 어디로 갔던 거지?"

"저의 우정에 모두 묻혀버렸죠. 소피아, 형제나 다름없는 동료의 아내라면 전 할 수 있는 한 도울 거예요. 하물며 하빌과 관련된 일인데 무엇이든 못 할까요. 하빌이 원하기만 한다면 세상 끝까지 가서라도 데려올 겁니다. 하지만 그렇다고 제가 그 일 자체를 좋은 일이라 여긴다고는 생각하지 마세요."

"그분들 모두 더할 나위 없이 편안하셨을 테니 염려 마라."

"그랬다 하더라도 그 일이 좋게 생각되지는 않을 것 같은데요. 그 정도 숫자의 여자들과 아이들이 배 위에서 편안함을 누릴 권리는 없다는 거죠."

"아니, 프레더릭, 말도 안 되는 얘기를 하는구나. 모든 사람이 너 같은 생각을 갖고 있다면 우리처럼 남편을 따라 항구를 옮겨다녀야 하는 가엾은 뱃사람의 아내는 어떻게 되는 거지?"

"제 생각과 관계없이 하빌 부인과 그 가족을 플리머스로 모셔다드렸잖아요."

"그렇지만 네가 고상한 신사인 양 그렇게 말하는 건 마음에 들지 않아. 모든 여자들이 이성적인 존재가 아니라 고상한 귀부인인 것처럼 얘기하고 있잖아. 우리들 중 누구도 한평생 순탄하게만 사는 걸 기대하지는 않는단다."

"아, 여보." 제독이 말을 꺼냈다. "저 친구한테도 아내가 생기면 말이 달라질 거요. 처남이 결혼을 하고, 그리고 다음 전쟁 때까지 우리가 운좋게 살아 있으면 그땐 처남도 나와 당신, 그리고 다른 많은 사람들이 해왔던 대로 행동하는 걸 보게 될 거요. 그때가 되면 저 친구도 누구든 자기 아내를 데려와주는 사람에게 감사하게 될 테지."

"그래요, 두고보자구요."

"이제 더 할 말이 없군요." 웬트워스 대령이 목소리를 높였다. "결혼한 사람들이 '너도 결혼하면 생각이 달라질 거다'라고 몰아붙이면, 전 '아니요, 절대 그러지 않을 겁니다'라고 할 수밖에 없죠. 그들이 다시 '아니, 그럴걸'이라 말하면 거기서 일단락이 나는 거지요."

말을 마친 웬트워스 대령이 일어나 자리를 옮겼다.

"여행을 정말 많이도 하셨겠군요, 부인!" 머스그로브 부인이 크로프트 부인에게 말을 건넸다.

"네, 결혼생활 십오 년 동안 꽤 한 셈이죠. 하지만 저보다 더 많이 다닌 여자들도 많아요. 저는 대서양을 네 번 건넜고 동인도제도에도 한 번 다녀왔어요. 한 번뿐이었지요. 거기 말고도 우리나라 근처 여기저기 코크와 리스본, 지브롤터 같은 데를 가봤어요. 지브롤터 해협 너머로는 안 가봤고 서인도제도에는 가본 적이 없답니다. 아시다시피 버뮤다나 바하마 같은 곳을 서인도제도라고 부르지는 않으니까요."

평생 그런 곳을 무슨 이름이로든 불러본 적이 없는 머스그로브 부인이었으니, 반박할 거리가 있을 리 없었다.

"제가 장담하지만, 부인." 크로프트 부인이 다시 이야기를 이어갔다. "전함의 시설을 능가할 만한 것은 없답니다. 급이 높은 전함 얘기예요. 물론 프리깃 범선 같은 경우엔 비좁은 편이지만, 생각 있는 여자라면 거기서도 더할 나위 없이 잘 지낼 수 있지요. 제 평생 가장 행복했던 시간이 바로 배를 타고 지낸 때였다고 말할 수 있어요. 남편과 함께였으니 두려워할 일이 없었지요. 정말 고마운 일이에요. 다행히 건강한 체질을 타고난 데다 특별히 안 맞는 기후도 없었으니까요. 바다에 나가 처음 스물네 시간만 조금 불편한 걸 넘기면 그후론 멀미가 뭔지 모를 정도로 멀쩡했구요. 정신적으로나 육체적으로 정말 괴로웠던 때가 딱 한 번 있었어요. 내가 몸이 안 좋구나 느끼고 뭔가 위험하다 싶었던 유일한 경우였지요. 제독이(그 당시엔 크로프트 대령이었지만) 북해에 나가 있는 동안 저 혼자 딜에서 겨울을 보내던 때였어요. 시도 때도 없이 가슴이 덜컥 내려앉더군요. 혼자 무엇을 할지, 남편의 다음 소식이 언제 올지 모르니 온갖 불평거리를 만들어냈던 거죠. 하지만 남편과 함께 있는 동안엔 아무 괴로움도 없었고 아주 사소한 불편함도 느끼지 못했답니다."

"네, 물론이죠. 정말 그렇구말구요. 아, 저도 같은 생각이에요, 크로프트 부인." 머스그로브 부인이 열렬히 맞장구를 쳤다. "떨어져 지내는 것만큼 나쁜 일이 없지요. 제 생각도 부인과 같아요. 저도 그게 어떤 건지 아니까요. 머스그로브 씨도 늘 지방 순회재판에 다니는데, 재판이 끝나고 저 양반이 무사히 돌아오면 얼마나 반가운지 모른다니까요."

그날 밤은 춤으로 마무리되었다. 춤을 추자는 제안이 나오자 앤은 여느 때와 마찬가지로 피아노 반주를 맡았다. 피아노 앞에 앉아 있으려니 가끔 눈물이 나기도 했다. 하지만 그래도 뭔가 할 일이 있다는 사실이 기뻤고, 자신이 눈에 띄지 않기만을 바랄 뿐이었다.

파티는 즐겁고 떠들썩했으며, 그중에서도 가장 신이 난 듯 보인 사람은 다름아닌 웬트워스 대령이었다. 만인의 주목과 예우를 받고 특히 모든 젊은 여성들의 관심을 독차지했으니, 그의 기분이 한껏 들떠 있는 건 당연했다. 전에 말한 적 있는 머스그로브 가의 사촌인 헤이터 자매들도 여지없이 그와 사랑에 빠지는 영예를 얻을 수 있었다. 헨리에타와 루이자로 말하자면 그에게 홀딱 빠져서 언제나처럼 매우 사이 좋은 모습만 아니었다면 완전히 경쟁자로 보일 지경이었다. 이같이 만인의 열렬한 총애를 받는 그가 조금 우쭐해한들 놀랄 사람이 있을까?

앤이 이런 생각에 골몰해 있는 와중에도 그녀의 손가락은 실수도 의식도 없이 기계적으로 움직이며 반시간 동안 음악을 연주하고 있었다. 한 번쯤, 그가 바라보는 시선을 느끼기도 했다. 아마도 그녀의 변해버린 모습을 보며 한때 자신을 사로잡았던 얼굴의 흔적이나마 더듬고 있었으리라. 그리고 또 한 번쯤, 그가 그녀의 이야기를 하고 있다는 것도 알 수 있었다. 상대방이 대답하는 소리를 듣고서야 알게 된 것이지만 엘리엇 양은 춤을 추지 않느냐고 그가 질문했음이 분명했다. 그 대답은 이러했다. "오! 전혀요. 춤은 완전히 포기한걸요. 대신 피아노 연주를 하지요. 싫증 한 번 내지 않고 연주하거든요." 또 한 번은 그녀에게 말을 걸기도 했다. 춤이 끝나서 앤이 연주하던 자리를 비웠을 때, 그가 머스그로브 자매에게 어떤 곡조를 들려준다며 그 자리에 앉았다. 앤이 무심코 그쪽으로 돌아오는데 그녀를 본 그가 곧바로 일어서며 깍듯이 예의를 차려 이렇게 말했다.

"실례했습니다, 여긴 당신 자리지요." 앤이 곧장 단호하게 부인하며 물러섰지만, 그는 다시 자리에 앉으려 하지 않았다.

앤은 그런 표정과 말을 더는 접하고 싶지 않았다. 그의 차가운 정중함과 딱딱한 예절은 그 무엇보다도 참을 수 없는 것이었다.

9

크로프트 부인과 제독의 총애를 듬뿍 받는 웬트워스 대령은 켈린치를 제집처럼 여기며 원하는 기간만큼 머물 수 있었다. 처음 도착했을 때는 곧장 슈롭셔에 사는 형 집으로 갈 생각이었으나 어퍼크로스의 매력에 빠져 일정을 미뤘다. 그를 반기며 친근하게 기분을 맞춰주는 그곳의 모든 것들은 정말이지 뿌리치기 힘들었다. 어르신들은 환대해주고 젊은 사람들은 다정하게 대해주었으므로, 그곳에 그냥 머물기로 결심을 할 수밖에 없었다. 에드워드 형의 아내가 더할 나위 없이 훌륭하고 매력적이라는 말도 당분간은 확인을 미루어야 했다.

어느새 그는 어퍼크로스를 거의 매일 방문하다시피 했다. 머스그로브 가족과 그는 특히 아침나절에 더 흔쾌히, 그리고 더 자주 만났다. 그 시간이면 그의 집에 말동무할 사람이 아무도 없었다. 크로프트 제독 부부는 매일같이 함께 밖으로 나가 새로운 소유지의 목초와 양들을 둘러보는 재미에 빠져 살았다. 그래서 누군가가 그들의 외출에 끼어들었다간 고역을 치를 정도로 여기저기 나돌아다니기도 하고, 새로 산 이륜마차를 타고 멀리 나가버리기도 했다.

이제껏 머스그로브 가 사람들과 그 식솔들이 웬트워스 대령을 대하는 태도는 한 가지뿐이었다. 그들은 어디서든 한결같이 열렬하게 그를 찬양했다. 그런데 이들의 관계가 가까워지기 시작할 즈음 찰스 헤이터라는 자가 돌아왔다. 그는 이 상황에 적잖이 심란스러워하며 대령을 훼방꾼으로 여겼다.

사촌들 중 맏이인 찰스 헤이터는 다감하고 호감 가는 청년이었다. 웬트워스 대령이 나타나기 전까지만 해도 그는 헨리에타와 무척 가까운 사이인 듯했다. 성직 품계를 받은 그는 인근에 부재 목사보 자리를 하나 얻어, 어퍼크로스에서 겨우 삼 킬로미터 떨어진 부친의 집에 기거하고 있었다. 그런데 잠시 집을 비울 일이 생겼고, 그 때문에 이 중요한 시기에 연인에게 관심을 쏟으며 지켜보지 못하게 되었던 것이다. 그가 돌아왔을 땐 뼈아프게도 그녀의 태도가 확연히 달라졌고 웬트워스 대령이 등장했다는 것을 알게 되었다.

머스그로브 부인과 헤이터 부인은 자매지간이었다. 각자 물려받은 돈이 있었으나 결혼으로 인해 두 사람의 사회적 지위는 크게 달라졌다. 헤이터 씨에게도 재산은 있었지만 머스그로브 씨의 재산엔 비할 바가 못 되었다. 따라서 머스그로브 가는 그 지방의 최상류층에 속한 반면, 헤이터 가는 그보다 낮은 지위에 있었다. 어른들은 비사교적이고 세련되지도 못한 생활방식을 고수했고, 자식들의 교육 또한 변변치 않았다. 사정이 그러하니 헤이터 가의 젊은이들은 어퍼크로스 가의 연줄이 아니었다면 무슨 계층에 끼지도 못할 형편이었다. 그러나 집안의 장남만은 당연히 예외였다. 그는 학자이자 신사가 되기를 선택했고, 다른 가족들보다는 월등히 나은 예의범절과 교양을 갖추게 되었다.

두 집안은 늘 사이가 좋았다. 우월감을 가지고 사촌들을 가르치려 드는 머스그로브 자매만 뺀다면, 두 집안 어느 쪽에도 거드름을 피우거나 시기하는 사람은 없었다. 머스그로브 부부는 찰스 헤이터가 헨리에타에게 관심을 쏟는 걸 알았지만 반대하진 않았다. '좋은 혼처랄 수는 없지만 헨리에타가 좋다면야' '헨리에타가 그를 좋아하는 듯이 보이니까'라는 생각이었다.

웬트워스 대령이 오기 전만 해도 분명 그렇게 생각하던 헨리에타였지만, 그가 온 이후 사촌 찰스는 까맣게 잊은 듯했다.

앤이 지켜본 바로는 웬트워스 대령이 두 자매 중 누구를 더 좋아하는지 아직 알 수 없었다. 둘 중 헨리에타가 더 예쁘다면 루이자는 더 활발한 성격이었다. 하지만 그가 얌전한 성격과 쾌활한 성격 중 어느쪽에 끌릴지 지금으로선 알 수 없는 상황이었다.

상황을 잘 보지 못하는 탓인지, 아니면 두 딸과 주변 청년들의 분별력을 전적으로 신뢰해서인지는 모르겠지만, 머스그로브 부부는 그저 모든 일이 되어가는 대로 두고보는 중인 듯했다. 그러나 걱정이라곤 하나 없는 본가에 비해 코티지의 사정은 달랐다. 아들 내외는 이 일에 대해 더 궁금해하며 이런저런 추측을 했다. 웬트워스 대령이 머스그로브 자매와 네댓 번 정도밖에 어울리지 못한 상태에서 찰스 헤이터가 재등장했을 무렵, 앤은 대령이 어느 쪽을 더 좋아한다고 생각하는지 메리와 제부가 늘어놓는 얘기를 들어야만 했다. 찰스는 루이자에게, 메리는 헨리에타에게 한 표를 던졌다. 하지만 대령이 둘 중 어느쪽과 결혼하든 지극히 기쁜 일이라는 데는 의견의 일치를 보았다.

찰스는 대령을 '이제껏 만나본 남자들 중 최고로 마음에 든다'고 평했다. "그가 말하는 걸 들은 적이 있는데, 전쟁으로 번 돈이 최소한 이만 파운드는 된다는군. 순식간에 벌어들인 재산이지. 게다가 앞으로 전쟁이 또 일어난다면 재산이 더 생길 테고. 웬트워스 대령은 그 어떤 해군 장교 못지않게 성공할 사람이 분명해. 아무렴! 내 누이들 중 어느 쪽이 되었든 최고의 혼처일 거요."

"그렇고말고요." 메리가 대답했다. "맙소사! 그분이 큰 공을 세우기라도 하면! 준남작 작위라도 받게 되면! '레이디 웬트워스'란 말은 아주 근사하게 들리잖아요. 헨리에타에게는 정말 멋진 일이 될 거예요! 그렇게 되면 그녀가 내 상석을 차지할지도 모르죠, 그걸 사양하진 않을걸요! 프레더릭 경과 레이디 웬트워스라! 하지만 그래봐야 새로 받은 작위에 불과하고, 난 새로 생긴 작위는 대단치 않게 여기는 사람이니까."

메리는 헨리에타가 대령의 상대라 생각하는 쪽이 더 마음에 들었다. 찰스 헤이터의 주제넘은 생각이 헛수고가 되기를 바랐기 때문이다. 그녀는 헤이터 집안사람들을 극도로 경멸했다. 자신이나 아이들을 위해서도, 그들과 친척인 것도 모자라 혼인으로까지 엮이는 건 정말 불행한 일이었다.

"정말이지," 그녀가 말했다. "그 사람은 헨리에타에게 어울리는 짝이 절대 아니에요. 여태껏 머스그로브 가문이 맺어온 혼맥을 생각해봐도 아가씨가 그렇게 자신을 내던져서는 안 되죠. 어느 처녀든 가족 중에 **가장 중요한** 이들의 마음에 들지 않거나 폐가 될 남자를 굳이 고를 권리는 없는 거예요. 그런 몹쓸 친척을 가져본 적이 없는 사람들한테 그러면 안 되는 거죠. 도대체, 찰스 헤이터가 어떤 사람인데요? 시골 목사보에 불과하잖아요. 어퍼크로스의 머스그로브 양에겐 가장 어울리지 않는 상대라니까요."

그러나 이 대목에서 남편의 생각은 달랐다. 자신의 사촌을 생각하는 마음도 있었지만, 그 자신이 장남이었던 찰스 머스그로브는 장남의 눈으로 상황을 바라보고 있었다.

"메리, 그건 말도 안 되는 소리요." 그가 대답했다. "헨리에타에게 아주 좋은 혼처랄 수는 없겠지만, 찰스가 일이 년 안에 스파이서 가를 통해 주교로부터 뭔가를 얻을 가능성도 적지 않지. 그리고 찰스가 장남이라는 사실도 기억해야 해. 외숙부님이 돌아가시게 되면 그 친구도 꽤 근사한 재산을 소유하게 될 거요. 톤턴 부근의 농장을 제외하고도 윈스럽 영지는 이백오십 에이커에 달하고, 이 지방에선 최고랄 수 있는 땅이야. 그 집안에서 찰스가 아닌 다른 사람이라면 헨리에타에게 충격적인 혼처겠지, 그야말로 있을 수 없는 일이고. 찰스니까 가능하다는 거요. 성품 좋고 괜찮은 친구니까. 윈스럽이 손에 들어오기만 하면 찰스는 그곳을 전혀 다른 곳으로 만들 거고 사는 방식도 아주 달라질 게요. 그런 영지를 갖게 되면 아무도 그를 깔볼 수 없게 되겠지. 평생 소유권이 보장된 훌륭한 영지거든. 아니, 오히려 헨리에타가 찰스 헤이터보다 못한 사람과 결혼하게 될지도 모르는 일이오. 그러니 헨리에타가 그와 결혼하고 루이자가 웬트워스 대령과 맺어질 수 있다면 나로선 대만족일 거요."

"자기 좋을 대로 말하라지 뭐." 찰스가 방을 나가자마자 앤을 향해 메리가 소리쳤다. "그렇지만 헨리에타가 찰스 헤이터랑 결혼한다면 충격일 거야. 그건 아가씨한테도 아주 안 좋은 일이지만 나한테는 훨씬 더 나쁜 일이거든. 그러니 웬트워스 대령님이 하루라도 빨리 아가씨의 머리에서 찰스에 대한 생각을 싹 지우셨으면 해. 하긴, 벌써 그렇게 된 게 분명해. 어젠 찰스 헤이터에게 신경도 쓰지 않던걸. 언니도 와서 봤으면 좋았을걸. 웬트워스 대령이 루이자와 헨리에타 둘 다 좋아한다니 말도 안 돼. 헨리에타를 훨씬 더 좋아하는 게 분명하다니까. 찰스는 뭘 보고 그렇게 믿는지 몰라! 어제 언니도 우리하고 같이 있었으면 좋았을 텐데. 그랬다면 언니가 누구 말이 맞는지 결정해줄 수 있었을지도 모르잖아. 일부러 반대할 작정이 아니라면 언니도 나랑 같은 생각을 했을 거라고 믿어."

머스그로브 가의 만찬에 가면 이 모든 일을 살펴볼 수 있었을 것이다. 그러나 앤은 두통이 있는 데다 어린 찰스의 상태도 좋지 않다고 핑계를 대며 집에 머물렀다. 단지 웬트워스 대령을 피할 생각 때문이었다. 하지만 이제 조용한 저녁시간을 선호하는 이유가 한 가지 더 생겼다. 심판관이 되어달라는 부탁을 피해야 했던 것이다.

웬트워스 대령의 의향에 대한 앤의 생각으로 말하자면, 그가 헨리에타와 루이자 둘 중 누구를 좋아하는가보다 더 중요한 것이 있었다. 어느 한쪽의 행복을 위험에 빠뜨리거나 그 자신의 명예를 손상시키는 불상사가 생기지 않도록 되도록이면 빨리 그가 마음을 정하는 일이었다. 둘 중 누굴 택하든 분명 그에게 다정하고 상냥한 아내가 될 법했다. 반면 찰스 헤이터에게는 동정심이 앞섰다. 악의 없이 가볍게 행동하는 처녀를 보면서 마음 아팠고, 그로 인한 찰스의 가슴앓이에 공감할 수밖에 없었다. 헨리에타가 자신의 감정을 잘못 안 것이었다면, 찰스 또한 가능한 한 빨리 그녀의 달라진 마음을 깨닫기를 바랄 뿐이었다.

사촌의 행동을 접한 찰스 헤이터의 마음은 적잖이 심란했고 굴욕감 또한 컸다. 헨리에타는 꽤 오랫동안 그에게 관심을 보여왔다. 그러니 최근의 단 두 번 대면으로 지난날의 모든 희망을 접고 어퍼크로스에 얼씬도 않을 정도로 완전히 그녀에게서 멀어질 수는 없는 노릇이었다. 하지만 웬트워스 대령 같은 자가 그 원인일지 모른다니 심상치 않은 변화였다. 그는 단 두 주간 떠나 있었을 뿐이었다. 떠날 당시만 해도 조만간 현재의 목사보 자리를 내놓고 대신 어퍼크로스의 자리를 얻게 될 전망에 한껏 부풀어 있었다. 헨리에타 역시 그에 못지않은 관심을 갖고 있는 듯했다. 사십 년 이상 자신의 직무를 열심히 수행해온 교구 목사 셜리 박사님은 이제 기력이 약해져 그 일을 다 감당하기 어려운 상태였다. 그러니 목사보를 고용할 생각을 하실 만도 했다. 박사님이 여유가 되는 한 많은 보수를 주실 것이고, 찰스 헤이터에게 그 자리를 약속해주실 거라는 얘기도 했었다. 그가 하는 모든 말이 그녀의 마음을 울리는 듯 보였다. 그렇게 되면 십 킬로미터나 떨어진 곳으로 가는 대신 어퍼크로스로 와서, 어느 모로 보나 더 좋은 자리를 얻어 훌륭하신 셜리 박사님 밑에서 일할 수 있었다. 더구나 건강을 해칠 정도로 무리하시는 셜리 박사님의 노고도 덜어드릴 수 있으니, 좋은 점이 한둘이 아니었다. 심지어 루이자가 보기에도 근사한 일이었으니 헨리에타에게는 이루 말할 수 없을 정도였다. 아! 그런데 돌아와보니 안타깝게도 그 모든 일에 대한 그녀의 열성은 온데간데없이 사라져버렸다! 그가 방금 전에 셜리 박사와 나눈 대화를 전하는데도 루이자는 전혀 귀를 기울이지 않았다. 그녀는 창가에서 밖을 내다보며 웬트워스 대령을 찾고 있었다. 헨리에타조차 반쯤 건성으로 듣고 있을 뿐, 이 협상 때문에 애를 태우고 걱정했던 지난 일은 까맣게 잊은 듯했다.

"네, 저도 정말 기뻐요. 자리를 얻게 될 거라고 늘 생각했어요. 늘 확실하다고 생각했죠. 그럴 것 같지는 않았는데…… 한마디로 셜리 박사님은 분명 목사보가 필요하고, 당신은 그 자리를 약속받은 거잖아요. 루이자, 대령님이 오시는 거야?"

앤이 가지 않았던 머스그로브 가의 만찬이 있은 지 얼마 되지 않은 어느 날 아침이었다. 웬트워스 대령이 코티지의 거실로 들어섰는데, 마침 그곳에는 환자처럼 소파에 누워 있는 어린 찰스와 앤만 남아 있었다.

그는 앤 엘리엇과 단둘이 있는 것이나 마찬가지라는 사실을 발견하고 놀란 나머지 평소의 침착함을 잃은 듯했다. 움찔 놀란 그는 겨우 이렇게 말할 수 있을 뿐이었다. "머스그로브 자매가 여기 있는 줄 알았습니다. 여기 있을 거라고 머스그로브 부인이 말씀하셨지요." 말을 마친 그는 창가로 걸어가 마음을 진정시키고 어떻게 처신해야 할지 생각하려 애썼다.

"두 사람은 제 동생과 함께 이층에 있어요. 아마 곧 내려들 올 거예요." 앤이 대답했다. 물론 그녀 역시 당황할 수밖에 없었다. 아이가 뭔가를 해달라며 부르지 않았다면, 그녀는 그 순간 방에서 나가 자신과 웬트워스 대령 모두에게 곤란한 이 상황을 벗어나려 했을 것이다. 계속 창가에 서 있던 그가 예의를 차려 차분하게 말했다. "아이의 상태가 호전되기를 바랍니다." 그러고는 다시 침묵이었다.

그녀는 소파 옆에 무릎을 꿇고 앉아 아픈 아이의 말을 들어주고 있을 수밖에 없었다. 그렇게 몇 분이 지나자 다행히도 누군가 현관 홀을 가로질러 걸어오는 소리가 들렸다. 이 집의 가장이었으면 좋겠다는 마음으로 앤은 고개를 돌렸다. 그러나 눈에 들어온 것은 사태를 진정시켜줄 법하지 않은 인물, 찰스 헤이터였다. 웬트워스 대령을 본 그는 아마도 앤을 보았을 때의 대령만큼이나 달갑지 않은 기색이었다.

앤은 고작 이렇게 말을 건넬 수 있었다. "안녕하세요? 앉아 계시겠어요? 곧 모두 내려올 거예요."

웬트워스 대령은 분명 좀더 대화를 나누어볼 요량인 듯 창가를 떠나 다가왔다. 그러나 찰스 헤이터는 곧바로 탁자 옆자리에 앉아 신문을 집어들며 대령의 시도를 묵살했다. 웬트워스 대령도 창가로 되돌아가고 말았다.

잠시 후 또다른 인물이 등장했다. 두 살이긴 하지만 제 나이보다 몸집이 크고 조숙해 보이는 둘째아이였다. 밖에 있는 누군가가 문을 열어주자 망설임 없이 안으로 들어선 아이는, 소파에 뭐가 있는지 궁금한 듯이 곧장 그쪽으로 다가가더니 아무 물건이나 닥치는 대로 자기거라며 떼를 썼다.

거기엔 먹을 것은 없었으므로 아이는 대신 놀이거리라도 찾을 수밖에 없었다. 하지만 앤이 아픈 형을 성가시게 굴지 못하도록 하자, 이번엔 무릎을 꿇고 있는 이모에게 매달리기 시작했다. 찰스를 돌보느라 정신이 없던 앤은 매달린 아이를 떼어낼 수가 없었다. 그만 하라고 말도 해보고 달래도 보았으나 소용없었다. 용케 아이를 밀쳐내기도 했지만 아이는 오히려 더 재미있어하며 곧바로 그녀의 등에 기어올랐다.

"월터," 앤이 말했다. "어서 내려온. 진짜 말썽꾸러기구나. 이모 정말 화낸다."

"월터," 찰스 헤이터가 소리쳤다. "말 안 들을래? 이모가 말하는 거 안 들리니? 이리 온, 월터, 사촌 찰스에게 와야지."

그러나 월터는 꿈쩍도 하지 않았다.

바로 다음 순간, 앤은 자신이 아이한테서 풀려났음을 느꼈다. 그녀의 머리를 심하게 누르고 있던 아이를 누군가가 떼어내고 있었다. 그 누군가가 그녀의 목을 꽉 쥐고 있던 작지만 억센 손을 풀어내고 단호히 아이를 데려간 후에야 비로소, 앤은 웬트워스 대령이 그리했다는 것을 알 수 있었다.

그 사실을 깨달은 앤은 감정에 복받쳐 할 말을 잃었다. 고맙다는 말조차 할 수 없었다. 간신히 어린 찰스를 돌보면서도 제정신이 아니었다. 친절하게 그녀를 구해준 그의 행동, 묵묵히 그녀를 도와주던 그의 태도, 그리고 그 순간의 온갖 세세한 점들을 생각하느라 머릿속이 뒤죽박죽이었다. 그러나 그가 아이를 데리고 일부러 떠들썩하게 노는 소리가 들려오자 모든 것이 분명해졌다. 그는 감사의 말을 원치 않으며, 그녀와 대화하고 싶지 않다는 의사표시를 하고 있었던 것이다. 그녀는 혼란스럽고 괴로운 감정에 휩싸였다. 때마침 내려온 메리와 머스그로브 자매에게 아픈 아이를 맡기고 방을 나갈 때까지도 마음을 가다듬지 못했다. 그녀는 그냥 남아 있을 수가 없었다. 마침내 네 남녀가 모두 모였으니, 이들의 사랑과 질투가 엇갈리는 모습을 관찰할 기회가 될 수도 있었다. 하지만 그곳에 남아 지켜볼 엄두가 나지 않았다. 찰스 헤이터가 웬트워스 대령에 대해 감정이 좋지 않은 것은 분명했다. 웬트워스 대령이 나서서 상황을 해결하자 찰스 헤이터가 짜증 섞인 어조로 뱉은 말이 아직도 뇌리에 남아 있었다. "내 말을 들었어야지, 월터. 이모를 성가시게 하지 말라고 했잖니." 자신이 했어야 마땅한 일을 대령이 해버린 것에 언짢아하는 그의 마음을 읽을 수 있었다. 그러나 자신의 감정을 추스르기 전에는 찰스 헤이터건 누구건 다른 이의 감정에 신경 쓸 여력이 없었다. 앤은 이토록 안절부절못하며 사소한 일에 동요하는 자신이 부끄러웠다. 하지만 사실이 그런 걸 어찌하랴. 혼자 사색에 잠겨 한참을 보낸 후에야 비로소 그녀는 마음의 평정을 찾았다.

10

네 남녀를 관찰할 기회는 얼마든지 있었다. 얼마 지나지 않아 앤이
나름대로 판단을 할 수 있을 만큼 네 사람 모두와 함께하는 자리가 많
아졌다. 그러나 메리 부부 어느 쪽도 만족시킬 만한 판단은 아니었으
므로, 집에서는 자신의 생각을 입 밖에 내지 않는 지혜를 발휘했다.
굳이 말하자면 웬트워스 대령은 루이자를 더 좋아하는 듯했다. 하지
만 자신의 기억과 경험에 비추어 판단했을 때, 그 어느 쪽도 사랑하지
않는다는 생각이 드는 건 어쩔 수 없었다. 상대를 사랑하는 건 두 자
매 쪽이었다. 사랑이라기보다는 열에 들뜬 숭배의 감정으로 보이긴
했지만 말이다. 그래도 그 결말은 사랑일지도 모르며, 아마도 결국엔
그렇게 될 것이 분명했다. 찰스 헤이터는 자신이 무시당하고 있음을
아는 듯했다. 헨리에타 역시 두 남자 사이에서 갈등하는 듯한 모습을

보이기도 했다. 그들이 서로에게 무슨 짓을 하고 있는지, 또 그들의 행동이 어떤 불행한 사태를 초래할 수 있는지 보여줄 힘이 있었으면 하고 앤은 간절히 바랐다. 어느 누구도 간계를 부리는 사람은 없었다. 자신이 누군가의 가슴을 아프게 하고 있음을 웬트워스 대령이 전혀 모르고 있다는 사실이 그나마 앤에게 가장 큰 위로가 되었다. 그의 태도에 승리감이랄까, 어쭙잖은 도취감 같은 것은 없었다. 아마 찰스 헤이터가 진작부터 헨리에타에게 관심을 두고 있었다는 얘기는 들어본 적도, 생각해본 적도 없을 터였다. 그에게 잘못이 있다면 두 여성이 보이는 호감을 동시에 받아들인(받아들인 것이라고 표현할 수밖에 없으니까) 것뿐이었다.

찰스 헤이터는 얼마간 애를 써보더니 물러서려는 듯이 보였다. 그는 삼 일 동안이나 어퍼크로스에 나타나지 않았다. 심지어 늘 오던 만찬 초대도 거절했으니, 눈에 띄는 변화라 하지 않을 수 없었다. 바로 그날 커다란 책들 사이에 파묻혀 있는 찰스 헤이터를 발견한 머스그로브 씨는 뭔가 잘못되었다고 확신했고, 아내와 함께 조카의 지나친 학구열에 대해 근심스러운 얼굴로 이야기를 나누기에 이르렀다. 메리는 헨리에타가 그를 확실하게 거절하기를 바랐으므로 실제로 그리했을 거라 믿어버렸고, 찰스는 내일은 그가 올 거라는 믿음을 버리지 않았다. 앤은 단지 그가 현명하게 처신한다고 생각했을 뿐이었다.

그 무렵의 어느 날 아침, 찰스 머스그로브와 웬트워스 대령은 사냥을 나가고 코티지의 두 자매는 앉아서 일을 하며 조용한 시간을 보내고 있는데, 본가의 두 자매가 찾아와 창밖에 서 있는 것이 보였다.

날씨 화창한 11월의 어느 날이었다. 작은 정원을 가로질러온 머스그로브 자매는 지나다가 잠시 들렀고 **멀리** 산책을 가는 중이라며, 메리는 별로 같이 가고 싶지 않을 거라고 말했다. 그러나 잘 걷지 못하는 사람 취급을 받자 메리는 샘이 나는지 곧장 이렇게 응수했다. "아, 아니요, 나도 정말 같이 가고 싶은걸요, 내가 오래 걷는 걸 얼마나 좋아하는데요." 머스그로브 자매의 표정을 본 앤은 그것이야말로 그들이 원치 않는 일임을 알 수 있었다. 아무리 내키지 않고 번거로울지라도 모든 일을 서로에게 알리고 같이 해야 직성이 풀리는 이 집안의 가풍이 그저 감탄스러울 따름이었다. 앤이 나서서 메리를 말려보았으나 허사였다. 상황이 이렇게 되었으니 앤도 함께 가자는 머스그로브 자매의 진심 어린 청에 응하는 편이 낫겠다는 판단이 들었다. 중간에 동생과 함께 돌아오면 머스그로브 자매의 계획에 방해가 되는 일을 줄일 수 있을 거란 생각에서였다.

"내가 오래 걷기를 싫어한다고 생각하는 이유를 모르겠어." 이층으로 올라가며 메리가 말했다. "다들 내가 잘 못 걷는다고 여긴다니까! 하지만 막상 우리가 따라나서지 않으면 기분 나쁘게 생각할 거면서. 이렇게 일부러 찾아와 같이 가자는데 어떻게 안 간다고 하겠어?"

그들이 막 떠나려는데 남자들이 돌아왔다. 데리고 나갔던 강아지가 사냥을 망치는 바람에 일찍 돌아왔다는 것이다. 시간과 기운이 남아돌고 기분까지도 산책하기에 안성맞춤이었던 그들은 선뜻 일행에 합류하기로 했다. 이렇게 될 것을 예상했다면 앤은 집에 남았을 터였다. 그러나 다른 한편 흥미롭기도 하고 호기심도 없지 않았기에, 그녀는 이제 되돌리기엔 늦어버렸다고 생각하기로 했다. 이렇게 해서 여섯 명의 일행은 머스그로브 자매가 안내자 역할을 자처하며 지정한 방향으로 다 함께 길을 나섰다.

앤은 아무에게도 방해가 되고 싶지 않았다. 들판을 가로질러 난 좁은 길에 들어서면서 일행이 나뉘자, 그녀는 메리 부부 옆에 남기 위해 애썼다. 한 해의 마지막 미소가 황갈색 나뭇잎과 시든 관목 울타리 위에 드리운 풍경을 볼 수 있으니, 이런 날 밖에 나와 산책하는 것만으로도 기뻐해야 했다. 저물어가는 가을날의 정취를 노래한 수많은 시구 중 몇 구절을 암송하는 것으로도 충분하리라. 섬세한 감수성을 지닌 이들의 마음에 마르지 않는 영감이 되어주고, 시인이라면 누구나 감흥에 젖어 절절한 시행 몇 줄쯤은 뽑아내는 계절이 바로 가을 아니던가. 그녀는 이렇게 사색에 잠겨 시구를 떠올리는 일에 마음을 쏟으려고 애썼다. 그러나 웬트워스 대령과 머스그로브 자매의 말소리가 들려오자 얘기를 엿듣지 않을 수 없었다. 별다른 얘기는 없었다. 친하게 지내는 젊은이들 사이에서 으레 오갈 법한 발랄한 한담에 불과했다. 대령은 헨리에타보다는 루이자와 더 많은 얘기를 나누었다. 확실히 언니보다는 루이자가 그의 관심을 끌 만한 말을 많이 했다. 루이자의 활약이 점점 더 두드러지는 가운데, 그녀가 한 말 중 앤의 귀를 사로잡는 대목이 있었다. 화창한 날씨에 감탄의 말을 연신 터뜨리던 웬트워스 대령이 덧붙였다.

"제독님과 누나에게도 찬연한 날씨겠군요! 오늘 아침엔 멀리까지 마차를 몰고 가겠다고 했지요. 이쪽 어귀로 온다고 했으니 어쩌면 여기 언덕 어딘가에서 인사하게 될지도 모르겠습니다. 오늘은 또 어디서 마차가 뒤집혔을지 궁금하군요. 아! 꽤나 자주 있는 일입니다. 하지만 누나는 별일 아니라 여기죠. 마차 밖으로 튕겨나가든 말든 상관

않는답니다."

"어머나! 과장이 심하시다는 거 알아요!" 루이자가 목소리를 높여 말했다. "하지만 그게 사실이라면 저라도 똑같이 할 것 같은데요. 누님이 제독님을 사랑하시는 것만큼 저도 누군가를 사랑하게 된다면 그 사람과 항상 함께 있고 싶어요. 어떤 것도 우리 두 사람을 갈라놓을 수 없을 테니까요. 다른 누군가가 안전하게 모는 마차를 타느니, 차라리 그 사람이 모는 마차를 타고 가다 전복사고를 당하는 편을 택하겠어요."

열의에 찬 말이었다.

"그렇습니까?" 똑같이 열띤 어조로 그가 소리쳤다. "경의를 표합니다!" 그리고 둘 사이엔 잠시 침묵이 흘렀다.

앤은 아까처럼 시구를 떠올리는 데 곧바로 몰입할 수 없었다. 저무는 한 해와 더불어 행복도 기울어감을 적절히 비유하고, 이제는 모두 사라져버린 젊음과 희망, 그리고 봄날의 심상으로 가득한 아름다운 단시를 기억해낼 수 있다면 모를까. 그럴 수 없다면 아름다운 가을 정경은 잠시 접어두어야 할 것 같았다. 다른 길로 가자는 얘기에 퍼뜩 정신이 든 앤이 말했다. "그건 윈스럽으로 가는 길 아닌가요?" 아무도 듣지 못한 건지 그녀의 말에 대답하는 사람은 없었다.

그들은 윈스럽이나 그 근방까지 갈 요량이었다. 가끔 집 주변을 거니는 젊은이들을 만날지도 모르는 일이었다. 일행은 넓은 공유지를 가로지르는 완만한 언덕길을 팔백 미터쯤 올라갔다. 쟁기가 지나간 자리를 따라 새로 생긴 고랑에서는 우울한 시적 감흥에 빠져드는 달콤함을 물리치고 다시 봄을 맞이하려는 농부의 의지가 느껴졌다. 어퍼크로스와 윈스럽을 가르는 가장 높은 언덕 꼭대기에 이르니 반대편 언덕 아래에 자리잡은 윈스럽의 전경이 눈에 들어왔다. 나지막하고 볼품없는 집 한 채가 헛간과 농가 건물로 둘러싸여 있는, 아름답지도 않고 위엄도 없는 윈스럽의 모습이 눈앞에 펼쳐졌다.

메리가 소리쳤다. "맙소사! 여긴 윈스럽이잖아. 전혀 몰랐네! 이제 돌아가는 게 좋겠어요. 너무 피곤하네요."

헨리에타도 사람들을 의식하고서 민망해하던 참이었다. 따라서 길을 따라 걷고 있거나 문에 기대 있을 줄 알았던 사촌 찰스가 보이지 않자 곧바로 메리의 말에 따를 태세였다. 그런데 찰스 머스그로브가 반대하고 나섰다. "그럴 수는 없지." 루이자 또한 "안 돼요, 안 돼"라며 좀더 강하게 외치더니 헨리에타를 옆으로 데려가 설득하느라 열을 올리는 것 같았다.

한편 찰스는 이렇게 가까이 온 김에 이모님을 찾아뵙겠다는 뜻을 확실하게 밝혔다. 그는 아내의 눈치를 살피면서도 분명한 어조로 함께 가자고 했다. 그러나 이 문제에서만큼은 메리도 완강했다. 피곤할 테니 윈스럽에서 잠시 쉬다 가면 어떻겠냐는 남편의 말에 그녀는 딱 잘라 대답했다. "싫어요! 그럴 순 없어요! 앉아서 쉬기는커녕, 언덕길을 다시 올라오려면 훨씬 더 힘들 거예요." 한마디로, 그녀의 태도와 표정만 봐도 가지 않겠다는 뜻이 분명했다.

논쟁과 상의 끝에 찰스와 두 여동생이 합의를 본 모양이었다. 그와 헨리에타가 잠시 뛰어가서 이모와 사촌들을 만나고 오는 사이, 나머지 일행은 언덕 위에서 기다리자는 것이었다. 계획을 주도한 사람은 루이자인 듯했다. 그녀가 헨리에타와 계속 무언가를 얘기하며 언덕 아래 저만치 내려가자, 메리는 이때다 싶은지 비웃는 듯한 얼굴로 주위를 둘러보며 웬트워스 대령에게 말했다.

"저런 친척이 있다는 건 정말 불쾌한 일이에요! 분명히 말씀드리지만, 이제까지 살면서 저 집에 두 번 이상 가보질 않았어요."

그는 그 말에 동의한다는 듯 억지로 미소를 지어 보이더니 곧장 경멸스러운 눈빛을 던지며 뒤돌아섰다. 앤은 그 표정의 의미를 너무나 잘 알고 있었다.

남은 일행이 자리잡은 곳은 쾌적한 언덕 기슭이었다. 루이자가 돌아왔고, 울타리 계단참에 편한 자리를 잡은 메리는 일행이 자기 주위에 서 있는 동안엔 기분이 좋은 상태였다. 그런데 옆쪽으로 늘어서 있는 관목숲을 따라 나무열매를 줍는다며 루이자가 웬트워스 대령을 이끌고 가버렸다. 두 사람이 사라져버리고 소리도 들리지 않게 되자 메리의 기분도 덩달아 나빠졌다. 그녀는 자리에 대해 불평하기 시작했다. 그러더니 루이자가 어딘가 훨씬 더 좋은 자리를 찾은 게 틀림없으니 누가 뭐라든 자기도 더 좋은 자리를 찾겠다며 기어이 길을 나섰다. 두 사람이 지나간 문으로 가봤지만 아무도 보이지 않았다. 앤은 해가 잘 들고 축축하지 않은 비탈 쪽에 좋은 자리를 찾아 메리를 앉혔다. 두 남녀 또한 틀림없이 관목숲 어딘가에 있을 것이었다. 그러나 메리는 잠시 앉아 있더니 그 자리가 마음에 들지 않는다고 했다. 루이자가 다른 곳에 더 좋은 자리를 찾은 게 틀림없으니, 그녀를 따라잡을 때까지 가보겠다고 고집을 부렸다.

많이 지쳐 있던 앤은 기꺼이 자리에 앉아 있던 참이었다. 그런데 바로 그때, 뒤쪽의 관목숲에서 웬트워스 대령과 루이자의 목소리가 들려왔다. 숲 한가운데로 난 손질되지 않은 도랑을 따라 되돌아오는 모양이었다. 얘기를 하면서 두 사람이 가까이 다가오고 있었는데, 먼저 또렷이 들려온 것은 루이자의 목소리였다. 뭔가 열심히 얘기하는 중인 듯했다. 앤이 처음 들은 말은 이러했다.

"그래서 가게 한 거죠. 그런 터무니없는 말에 눈치를 보느라 가지 않는다니 참을 수가 없었어요. 말도 안 돼! 제가 옳다고 결심했던 일을 그런 사람이, 아니 어느 누구든, 잘난 척하며 간섭한다고 포기할 것 같아요? 아니요, 제 사전에 그렇게 쉽게 설득당한다는 말은 없어요. 전 한다고 마음먹으면 하는 사람이에요. 헨리에타도 오늘은 윈스럽에 가려고 완전히 마음을 먹었던 것 같았거든요. 그런데 얼토당토않게 남의 말에 휘둘려 포기할 뻔했죠!"

"당신이 아니었으면 언니는 그냥 돌아갈 뻔했군요?"

"말하기도 부끄럽지만, 그랬을 거예요."

"당신 같은 생각을 가진 사람을 곁에 두었으니 언니는 행복한 분이군요. 얘기를 듣고 보니, 지난번 그 사람과 함께 있었을 때 제가 생각했던 것이 맞군요. 이젠 무슨 일인지 모른 척할 필요도 없을 것 같습니다. 단순히 아침 문안차 이모댁을 방문한 게 아니었군요. 중대한 문제를 놓고 꿋꿋하게 이겨낼 굳은 마음이 필요한 상황에서 언니가 그처럼 사소한 간섭도 물리치지 못한다면 두 사람 모두에게 남는 건 비통함뿐일 겁니다. 언니는 상냥한 분이지요. 하지만 **당신**은 결단력 있고 심지 굳은 성품을 지녔군요. 언니의 바른 처신이나 행복을 바란다면 당신이 가진 기백을 언니에게 한껏 불어넣어주십시오. 물론 늘 그래오셨겠지만. 우유부단해서 남의 말에 잘 흔들리는 성격의 최대 단

점은 그 어떤 영향력도 절대적일 수는 없다는 사실이죠. 아무리 좋은 인상이라도 얼마나 갈지 장담할 수 없어요. 그 누구라도 마음을 흔들 수 있을 테니까요. 행복해지고 싶은 사람은 굳은 심지를 가져야 한다고 말하고 싶습니다. 여기 있는 나무열매를 보세요." 윗가지에서 열매 하나를 따며 그가 말했다. "좋은 예로, 이 예쁘고 윤이 나는 열매는 본디 가진 단단함 덕분에 그 모든 가을 폭풍우를 견뎌내고 살아남았지요. 상처난 데나 약해진 부분이라곤 없습니다. 이 열매로 말할 것 같으면," 장난스럽게 엄숙한 목소리를 내며 그가 말을 이어갔다. "많은 형제 열매들이 땅에 떨어져 발아래 짓밟히는 동안에도 자기만은 개암나무 열매로서 누릴 수 있는 모든 행복을 누리고 있는 겁니다." 그러고는 다시금 진지한 어조로 돌아와 말했다. "제가 아끼는 모든 분들이 굳은 마음을 가졌으면 하는 게 저의 가장 큰 소망입니다. 루이자 머스그로브가 인생의 11월에서 아름답고 행복한 삶을 영위하길 바란다면, 지금처럼 강한 마음을 소중히 간직하기를……"

그가 말을 마쳤지만 대꾸는 없었다. 이토록 의미심장한 얘기를 이토록 열성적이고 진지하게 풀어놓은 뒤였으니, 루이자가 선뜻 대답할 수 있었다면 오히려 놀라웠을 것이다. 앤은 루이자가 어떤 기분일지 상상이 갔다. 그녀 자신은 모습을 들킬까봐 꼼짝도 못 하고 있었다. 그녀가 나지막한 호랑가시나무 덩굴 뒤에 숨어 있는 동안 두 사람은 계속 걸어갔다. 말소리가 들리지 않을 만큼 멀어지기 전에, 루이자가 다시 말을 꺼냈다.

"메리는 여러모로 좋은 사람이긴 하지만," 그녀가 말했다. "그 터무니없는 오만함, 엘리엇 가문의 자존심 때문에 가끔 너무 화가 날 때가 있어요. 메리는 엘리엇 가문의 자존심이 너무 지나쳐요. 우리는 찰스가 대신 앤과 결혼했더라면 하고 바란답니다. 오빠가 앤과 결혼하고 싶어했던 건 아시죠?"

잠시 멈칫하더니 웬트워스 대령이 말했다.

"그녀가 오빠를 거절했다는 말씀인가요?"

"아! 네, 맞아요."

"그게 언제였죠?"

"정확히는 모르겠어요. 헨리에타와 제가 학교에 있을 때였으니까요. 하지만 메리와 결혼하기 일 년 전쯤이었을 거예요. 앤이 오빠를 받아줬으면 좋았을 텐데. 우리 모두 앤을 훨씬 더 좋아했을 거예요. 엄마 아빠는 그 훌륭하신 친구, 레이디 러셀 때문에 앤이 오빠를 거절한 거라고 늘 말씀하세요. 찰스가 레이디 러셀의 마음에 들 만큼 학식이 있고 책을 좋아하지 않아서 그런 게 아닐까 생각하신 거죠. 그래서 오빠의 청혼을 거절하도록 앤을 설득했다고요."

말소리가 점점 멀어져 앤은 더이상 알아들을 수 없었다. 그녀는 감정이 복받쳐 꼼짝할 수 없었다. 몸을 움직일 수 있게 되기까지 복잡한 감정들을 다스려야만 했다. 속담에 나오는 엿듣는 사람의 운명과는 전혀 달랐다. 자신을 비방하는 말을 들은 건 아니었지만 가슴 아픈 얘기를 많이 들었으니 말이다. 웬트워스 대령이 그녀의 성품을 어떻게 생각하는지 알 것 같았다. 그의 태도에는 더도 덜도 아닌, 딱 그 정도의 감정과 호기심이 엿보였다. 그러니 그녀의 마음도 크게 동요할 수밖에 없었다.

그녀는 마음을 진정시키자마자 메리를 뒤따라가 찾아냈고 계단참

옆의 원래 자리로 돌아왔다. 곧이어 일행이 모두 다시 모이고 다같이 길을 나서게 되자 앤은 그나마 마음이 놓였다. 사람들 속에 파묻혀 혼자 아무 말 없이 있고 싶은 기분이었다.

예상대로 찰스와 헨리에타는 찰스 헤이터를 데리고 돌아왔다. 앤으로서는 자세한 내막을 알 길이 없었다. 웬트워스 대령 역시 아무 얘기도 듣지 못한 듯했다. 하지만 신사는 한 발 물러났고 숙녀는 한결 부드러운 태도였다. 다시 함께 있게 되어 두 사람이 무척이나 기뻐하고 있다는 데는 의심의 여지가 없었다. 헨리에타는 약간 민망한 듯 보였지만 기분이 아주 좋은 것 같았고, 찰스 헤이터는 더할 나위 없이 행복한 모습이었다. 두 사람은 일행이 어퍼크로스를 향해 길을 나선 순간부터 서로에게만 관심을 쏟았다.

어느 모로 보나 이제 웬트워스 대령은 루이자의 차지였다. 그보다 더 분명한 일은 없을 정도였다. 일행이 갈라져야 할 때마다, 혹은 그렇지 않을 때조차 그들은 다른 두 남녀 못지않게 꼭 붙어 나란히 걸어갔다. 길게 이어진 목초지에서는 모두 지나갈 수 있을 정도로 길이 넓었는데도 끼리끼리 나뉘어 세 무리가 만들어졌다. 앤은 어쩔 수 없이 그중 가장 활기 없고 제멋대로인 무리에 속하게 되었다. 찰스와 메리 일행에 끼게 된 앤은 너무 피곤했던 탓에 찰스가 내민 팔에 기꺼이 몸을 의지했다. 찰스는 그녀에게는 상냥했지만 아내에게는 화가 많이 나 있었다. 그의 말을 듣지 않으니 인과응보라는 듯, 툭하면 메리의 팔을 놓아버리고 지팡이로 관목 울타리의 쐐기풀 머리를 쳐냈다. 그때마다 메리는 불평을 하며 자신이 법도를 따르느라 관목 울타리 쪽에 서서 홀대를 받는다는 둥, 반대편에 있는 앤만 편하다는 둥 신세한

탄을 늘어놓았다. 결국 그는 양팔을 다 놓아버리고 얼핏 본 족제비를 쫓는다며 가버렸고, 아예 그들 곁으로 돌아오지 않았다.

도로에 인접하여 길게 펼쳐진 목초지를 따라 걷던 일행은 목초지가 끝나는 곳에서 길을 건너야 했다. 그들이 막 출구에 도착했을 때, 저만치부터 소리를 내며 달려오던 마차와 맞닥뜨리게 되었다. 알고 보니 그것은 크로프트 제독의 이륜마차였다. 제독 부부는 예정대로 마차를 몰고 나갔다가 되돌아오는 길이었다. 젊은 사람들이 얼마나 먼 산책길에 나섰는지를 듣자 제독 부부는 친절하게도 숙녀 한 분을 태워주겠다고 했다. 그들도 어퍼크로스를 지나가니 걷는 거리를 일 킬로미터 넘게 줄여줄 수 있을 거라고 했다. 모두에게 한 제안이었고, 모두가 사양하는 분위기였다. 머스그로브 자매는 전혀 피곤하지 않다고 했다. 메리는 남보다 먼저 그런 청을 받지 못해서인지, 아니면 말한 필이 끄는 마차에 세번째 승객으로 끼어 간다는 것이 루이자가 말한 그 엘리엇 가의 자존심으론 견딜 수 없는 일이어서였는지 모르겠지만 기분이 상한 것 같았다.

다시 걷게 된 일행은 길을 건너 반대편 계단참을 넘어가고 있었다. 제독도 다시 말을 움직여 떠나려는 참이었는데, 웬트워스 대령이 순식간에 관목 울타리를 넘어가서 누나에게 무언가 말하는 것이 보였다. 그리고 다음에 벌어진 일은 그가 무슨 얘기를 했는지 짐작케 해주었다.

"엘리엇 양, 지쳐 보이시네요." 크로프트 부인이 말했다. "저희가 댁까지 모셔다드리게 해주세요. 보세요, 세 명이 너끈히 탈 수 있는 공간이랍니다. 우리가 당신 같기만 하면 넷도 앉을 수 있을 거예요. 사양하지 마시고, 어서 타세요."

앤은 여전히 길에 서 있었다. 반사적으로 거절하려고 했지만 말을 잇지 못했다. 제독도 아내의 말을 거들며 간곡히 청했고, 두 사람 모두 거절은 받아들이지 않을 태세였다. 그들이 최대한 몸을 붙여 한쪽 구석에 앤을 위한 자리를 만들자, 웬트워스 대령이 아무 말 없이 돌아서 묵묵히 그녀가 마차에 올라타는 걸 도와주었다.

그랬다, 그가 한 일이었다. 마차에 탄 앤은 그가 거기에 자신을 앉혔다는 사실을, 그의 의지와 손이 그렇게 했다는 사실을, 그녀가 피곤한 것을 눈치채고 쉬게 해주려는 마음에서 그리했다는 사실을, 전부 느낄 수 있었다. 이 모든 일로 그가 어떤 마음을 품고 있는지 분명해지자 그녀는 주체할 수 없는 감정에 사로잡혔다. 이 작은 사건은 지나간 모든 일을 완결 짓는 것만 같았다. 앤은 그를 이해했다. 그녀를 용서하지 못하면서도 냉담하게 대할 수도 없었으리라. 지난 일로 그녀를 탓하고 부당할 만큼 크게 분개하고 있으면서도, 그녀는 안중에도 없고 다른 사람에게 애정을 갖게 되었으면서도, 여전히 그녀가 힘들어하는 모습을 보면 도움을 주고 싶어하는 것이다. 그것은 지난날 가졌던 감정의 편린이었고, 대놓고 인정하진 못하는 순수한 우정이었으며, 그가 지닌 따뜻하고 친절한 마음의 증거였다. 이런 생각을 하는 동안 그녀의 마음은 온통 뒤죽박죽이 되어, 자신이 기쁜 건지 고통스러운 건지 분간할 수 없었다.

앤은 동승한 분들이 친절하게 말을 거는데도 한동안 자신이 무슨 말을 하는지도 모른 채 대꾸하고 있었다. 거친 길을 반이나 지나왔을 때야 비로소 그녀는 정신을 차려 그들이 하는 말에 귀 기울일 수 있었다. 그녀는 그들이 '프레더릭' 얘기를 하고 있음을 알아차렸다.

"분명 두 아가씨 중 한 명을 고르려는 거요, 소피." 제독이 말했다. "그렇지만 어느 쪽인지는 모르겠소. 이만하면 충분히 두 사람을 따라다닌 셈이니 마음을 정하는 게 좋을 거요. 그렇지, 평화시니까 가능한 일이지. 지금이 전시였다면 진즉에 해결을 보았을 테지요. 엘리엇 양, 우리 뱃사람들은 전쟁중에는 그리 긴 시간을 들여 구애할 여유가 없답니다. 여보, 내가 당신을 처음 보고 나서 노스 야머스의 우리 숙소에 같이 앉게 되기까지 며칠이나 걸렸더라?"

"여보, 그 얘기는 안 하는 게 좋겠어요." 크로프트 부인이 기분 좋게 대답했다. "우리가 얼마나 빨리 서로의 마음을 확인했는지 엘리엇 양이 들으면 우리가 행복한 부부일 리 없다고 생각할 거예요. 저야 오래전부터 당신이 어떤 사람인지 알고 있었지만요."

"글쎄, 나도 당신이 아주 예쁜 아가씨란 걸 익히 듣고 있었지. 우리가 그 밖에 뭘 더 기다렸어야 하지? 난 뭐가 됐든 그렇게 오래 재는 건 딱 질색이오. 프레더릭도 너무 까다롭게 굴지 말고 아가씨들 중 하나를 켈린치로 모시고 왔으면 좋겠소. 그래야 우리한테도 얘기 상대가 생길 텐데. 둘 다 아주 좋은 아가씨들이더구먼. 나는 누가 누군지 구분이 안 되던걸."

"명랑하고 꾸밈없는 아가씨들이지요." 크로프트 부인은 좀더 덤덤한 어조로 칭찬했다. 앤은 부인의 날카로운 안목이라면 두 자매 모두 동생에게 걸맞지 않은 상대라고 여길 수도 있겠다 싶었다. "게다가 아주 훌륭한 집안이기도 하지요. 더 좋은 집안과 사돈 맺기는 어려울 거예요. 여보, 저기 저 말뚝요! 저 말뚝에 부딪치겠어요."

그러나 부인 스스로가 태연하게 고삐를 잡아 방향을 바꾸었으므로 일행은 다행히 위험을 피할 수 있었다. 그 후에도 이따금씩 부인이 때 맞춰 손을 내밀어 그들이 웅덩이에 빠지거나 분뇨 수레에 부딪치는 일을 막았다. 이들이 마차 모는 방식을 지켜보면서 앤은 이것이 바로 이들 부부가 사는 방식이려니 생각하며 웃음 지었다. 그러는 사이 어느덧 안전하게 코티지에 도착해 있었다.

11

레이디 러셀이 돌아올 때가 가까워지고 날짜까지 정해졌다. 그녀가 다시 자리를 잡으면 함께 지내기로 했으므로 앤은 켈린치로 하루빨리 옮겨가기를 고대했고, 그렇게 되면 자신의 평안에 어떤 변화가 생길지에 대해서도 생각하기 시작했다.

그곳에 가면 웬트워스 대령과 같은 마을에서, 그것도 팔백 미터도 채 안 되는 거리에 살게 되는 것이다. 같은 교회에서 자주 마주쳐야 하고, 두 집안도 틀림없이 서로 왕래하게 될 것이었다. 그녀에겐 불리한 상황이었다. 반면 그가 어퍼크로스에서 많은 시간을 보낸다는 것을 감안하면 다르게 생각해볼 여지도 있었다. 켈린치로 옮겨가더라도 그에게 가까워지는 게 아니라 오히려 멀어지는 것일 수 있었다. 여러 가지를 고려할 때, 가엾은 메리를 떠나 레이디 러셀과 같이 지내면 가정환경의 변화 못지않게 이 미묘한 문제에서도 자신에게는 득이 되리라 믿는 앤이었다.

그녀는 켈린치 홀에서 웬트워스 대령과 마주치지 않기를 바랐다. 두 사람이 함께했던 지난날의 추억이 깃든 방에서 그를 보면 너무나 고통스러우리란 생각 때문이었다. 그러나 더욱 간절한 바람은, 레이디 러셀과 웬트워스 대령이 어디서도 마주치지 않는 것이었다. 두 사람은 서로를 좋아하지 않았고, 그런 그들이 다시 알고 지낸다고 좋은 결과로 이어질 리 없었다. 더구나 자신과 웬트워스 대령이 함께 있는 걸 보면 레이디 러셀이 어떻게 생각할지도 알 수 없었다. 지나치게 침착한 그에 비해 그녀 자신은 그렇지 못할 게 분명했다.

어퍼크로스를 떠날 날을 기다리면서 이런 걱정에 잠긴 한편으로 앤은 이곳에 머물 만큼 머물렀다고 생각했다. 어린 찰스에게 도움이 되었다는 사실 덕분에 여기서 지낸 두 달의 시간을 즐거운 기억으로 간직할 수 있겠지만, 이제 아이도 점점 건강해져가니 그녀가 남아 있을 명분이 없었다.

그러나 어퍼크로스 방문은 그녀가 전혀 상상하지 못했던 방식으로 끝을 맺었다. 지난 이틀 내내 보이지도 않고 소식도 없던 웬트워스 대령이 다시 나타나 그간 무슨 일이 있었는지 자초지종을 설명했다.

그의 친구인 하빌 대령으로부터 어렵사리 편지를 받았는데, 그가 가족과 함께 겨울을 나기 위해 라임에 머물고 있다는 소식을 전해왔다는 것이었다. 서로 삼십 킬로미터도 채 되지 않는 가까운 거리에 살면서도 그 사실을 까맣게 모르고 있었던 셈이었다. 이 년 전에 심각한 부상을 입은 후로 하빌 대령은 늘 건강이 좋지 않았다. 웬트워스 대령은 한시라도 빨리 그를 만나고 싶은 마음에 곧장 라임으로 달려가 거기서 꼬박 하루를 머물렀다고 했다. 연락도 없이 사라진 이유를 알고 그를 용서한 사람들은 그의 우정에 진심 어린 경의를 표하는 한편 친구에게도 열렬한 관심을 보였다. 또한 웬트워스 대령이 라임 주변의 아름다운 시골 정경을 실감나게 묘사하자 그 이야기에 완전히 매료되었고, 다들 라임을 꼭 봐야겠다며 여행 계획을 세우기에 이르렀다.

젊은 사람들은 모두 라임을 보고 싶어 야단이었다. 웬트워스 대령 자신도 다시 간다고 얘기를 하는 데다, 어퍼크로스에서 겨우 이십칠 킬로미터 떨어진 곳이고, 11월이었지만 날씨도 전혀 나쁘지 않았다. 결정적으로 누구에게 뒤질세라 열렬하게 목소리를 높이던 루이자가 이미 가기로 마음을 먹은 상태였다. 그녀는 자신이 원하는 대로 하는 즐거움에 더해, 이제 자기만의 방식을 고수하는 것이 자신의 장점이라는 생각으로 무장하고 있었다. 그녀는 여행을 여름까지 미루자는 부모님의 생각도 완전히 무시한 채 계획을 밀어붙였다. 그렇게 해서 찰스, 메리, 앤, 헨리에타, 루이자 그리고 웬트워스 대령 일행은 라임으로 가게 되었다.

처음엔 대충 아침에 갔다가 저녁에 돌아오자는 식의 얘기가 나왔다. 그러나 이 계획은 말에게 무리가 되므로 머스그로브 씨가 허락할 리가 없었다. 합리적으로 따져보았을 때 시골길 사정을 감안하여 가고 오는 일곱 시간을 제하고 나면, 11월 중순의 하루 동안 새로운 곳을 감상할 시간은 얼마 남지 않으리라는 결론이 났다. 그래서 그들은 거기서 하룻밤을 지내고 다음날 저녁식사 시간에 맞추어 돌아오기로 했다. 이 수정안은 꽤 괜찮은 것 같았다. 그들은 모두 이른 아침식사

시간에 맞추어 본가에 모인 후 정시에 출발했다. 그러나 네 명의 숙녀를 태운 머스그로브 씨의 사륜마차와 웬트워스 대령을 태운 찰스의 이륜마차가 라임으로 들어가는 긴 언덕을 내려가 가파른 마을길로 들어섰을 즈음에는 이미 정오가 훨씬 지나 있었다. 그날은 햇빛과 온기가 사라지기 전에 주변을 둘러볼 시간밖에 없을 게 분명했다.

여관에 숙소를 정하고 저녁식사를 주문한 뒤 남은 일은 당연히 곧장 바닷가로 내려가는 것이었다. 너무 늦은 계절에 찾아온 때문인지 라임에는 관광지다운 다양한 볼거리와 즐거움은 없었다. 숙소들은 문을 닫았고 투숙객들도 거의 떠나서 주민들 말고는 남아 있는 가족이 거의 없었다. 건물 자체도 그다지 봐줄 만한 것이 없었던지라, 그곳에 처음 온 사람들의 시선은 당연히 마을의 빼어난 지형으로 향했다. 물가로 내달리는 듯한 중심도로, 성수기에는 해수욕 기구와 사람들로 활기를 띠었을 운치 있고 아담한 만(灣), 그 언저리를 에워싼 콥의 산책로와 풍경, 그곳의 오랜 절경과 그 현대식 개조물들, 그리고 마을 동쪽으로 아름답게 병풍처럼 펼쳐진 기암절벽 등이 눈에 들어왔다. 라임에 들어서자마자 눈앞에 펼쳐지는 경관을 처음 대하면 누구나 그 매력에 이끌려 이곳을 샅샅이 보고 싶어질 것이다. 만약 이곳에 처음 오는 사람인데도 그런 마음이 들지 않는다면, 그는 참으로 이상한 사람임에 틀림없을 것이다. 라임과 인접한 차머스에는 높은 구릉지대와 드넓은 전원이 펼쳐지고, 깊은 절벽을 뒤에 두른 채 다소곳이 들어앉은 만의 모래사장에는 나지막한 바위 조각이 흩어져 있었다. 하염없이 상념에 젖은 채 밀물과 썰물을 구경하며 앉아 있기에 더할 나위 없는 장소였다. 게다가 다채로운 수목종을 자랑하는 유쾌한 업라임 마을이, 그리고 무엇보다도 낭만적인 암벽 사이 초록의 협곡에 들어앉은 피니가 있었다. 그곳에 흩뿌린 듯 펼쳐진 수풀림과 탐스럽게 자란 과수는 최초로 절벽 일부가 무너져내려 지금 같은 평지를 만든 후 여러 세대가 지났음을 보여주고 있었다. 그곳 경관은 명성 높은 와이트 섬의 비슷한 풍광을 뛰어넘을 만큼 경이롭고 아름다웠다. 라임의 진가를 알려면 이 장소들을 보고 또 봐야 하리라.

쓸쓸하고 음울해 보이는 숙소들을 지나 계속 아래로 내려가던 어퍼크로스 일행은 곧 해변가에 도착했다. 바다를 감상할 줄 아는 이들이 바다에 도착하면 당연히 그러하듯이, 그들도 그렇게 한참을 서성이며 바라보기만 하다가 콥으로 향했다. 콥을 구경할 목적이었지만 마침 웬트워스 대령도 그곳에 볼일이 있다고 했다. 아득히 오래된 낡은 방파제 발치 근처의 작은 집에 하빌 가족이 살고 있기 때문이었다. 웬트워스 대령은 친구 집에 들르기 위해 방향을 돌렸고, 다른 이들은 가던 길을 계속 걸었다. 그는 콥에서 일행과 합류할 계획이었다.

그들은 경탄하고 탄복하느라 시간 가는 줄도 몰랐다. 웬트워스 대령이 세 사람과 동행하여 뒤따라오는 모습이 보였을 때, 루이자조차 그와 헤어진 지 오래되었다는 사실을 느끼지 못하고 있었을 정도였다. 동행한 세 사람은 이미 모두가 들어 잘 알고 있던 하빌 대령 부부와 그들과 함께 머물고 있다는 벤윅 대령이었다.

벤윅 대령은 얼마 전까지 라코니아호의 중위였던 사람이었다. 그에 대해서라면 지난번 웬트워스 대령이 라임에 다녀왔을 때 얘기해준 적이 있었다. 자신이 매우 아끼는 훌륭한 장교이자 청년이라는 것이었다. 웬트워스 대령의 열렬한 칭찬 덕분에 일행은 모두 그에게 좋은 인상을 갖고 있었다. 게다가 그의 개인사까지 알려지자 그는 모든 숙녀들의 관심을 한 몸에 받았다. 벤윅 대령은 하빌 대령의 여동생과 약혼한 사이였는데, 지금은 그녀를 잃고 큰 슬픔에 빠져 있었다. 두 사람은 그가 진급을 하고 재산을 모을 때까지 한두 해 기다리던 중이었다. 그는 중위로서 포상금을 얻어 돈도 벌었고 **마침내** 승진도 했다. 그러나 패니 하빌은 살아서 그 소식을 듣지 못했다. 그해 여름 그가 바다에 나가 있는 동안 세상을 떠났던 것이다. 웬트워스 대령이 보기에 가엾은 벤윅은 이 세상 어떤 남자보다 깊은 애정을 패니 하빌에게 바쳤고, 참담하게 뒤바뀐 현실에 그 누구보다 깊이 가슴 아파했다. 벤윅 대령은 매우 감성적인 데다 조용하고 진지하며 수줍은 성격이었다. 또한 책을 읽거나 가만히 앉아서 하는 일을 좋아하는 성품 탓에 그가 느끼는 고통은 더욱 깊을 수밖에 없었다. 그에 대한 이야기의 끝을 맺자면, 그 사건으로 혼인의 연을 맺을 수는 없게 되었지만 그와 하빌부부의 우정은 오히려 더 돈독해진 듯했다. 벤윅 대령은 이제 아예 그들과 함께 살고 있었다. 하빌 대령은 자신의 취향과 건강, 재산 등을 감안하여 비싸지 않은 바닷가 집을 골라 반년 예정으로 세를 얻었다. 장엄한 풍광을 갖춘 겨울철 라임의 한산한 은신처는 벤윅 대령의 마음 상태에도 딱 맞는 듯했다. 일행은 모두 벤윅 대령에게 큰 연민과 호의를 느꼈다.

'그렇다 해도,' 그들이 대령 일행에게 다가가는 동안 앤은 속으로 생각했다. '나보다 슬프지는 않을 거야. 그의 장래가 영영 시들어 버렸다고는 생각하지 않아. 나보다 젊으니까. 실제 나이가 젊진 않더라도 감정은 그렇겠지. 남자이니 더 젊은 셈이기도 하고. 그는 다시 기

운을 차리고, 다른 누군가를 만나 행복해질 거야.'

모두가 마주하여 서로 소개를 주고받았다. 하빌 대령은 피부가 거
뭇하고 키가 컸으며, 분별 있고 자애로운 얼굴에 다리를 약간 절었다.
이목구비는 뚜렷했지만 건강이 좋지 못한 탓에 웬트워스 대령보다 훨
씬 더 나이 들어 보였다. 벤윅 대령은 보기에도 그랬고 실제 나이도
세 남자들 중 가장 어렸는데, 다른 두 남자에 비해 왜소했다. 예상대
로 그는 정감 있는 얼굴에 우수 어린 분위기를 풍기며 대화에서 물러
나 있었다.

하빌 대령은 웬트워스 대령에 견줄 만한 예의범절을 갖추지는 못했
지만 솔직하고 따뜻하며 정중한, 완벽한 신사였다. 하빌 부인은 남편
만큼 세련되지는 않아도 선량한 마음씨에서는 똑같아 보였다. 웬트
워스 대령의 친구라는 이유만으로 일행 전체를 친구로 받아들이는 그
들의 모습은 더없이 따뜻했다. 게다가 극진한 환대의 표시로 모두 함
께 저녁식사를 하자고 간곡히 청했다. 저녁식사를 이미 여관에 주문
해놓았으니 양해해달라고 하자 부부는 결국 마지못한 듯 받아들였다.
하지만 그러면서도 라임으로 친구들을 데려올 땐 당연히 저녁식사를
함께 해야 한다는 걸 미처 생각지 못한 웬트워스 대령에게 섭섭해하
는 듯 보일 정도였다.

이 모든 것에는 웬트워스 대령에 대한 극진한 애정이 담겨 있었으
며, 이처럼 보기 드물게 따뜻한 환대에는 마음을 사로잡는 마법과 같
은 힘이 있었다. 그것은 으레 주고받는 초대나 격식을 차리고 과시하
려는 만찬 방식과는 전혀 달랐다. 앤은 웬트워스 대령의 동료 장교들
을 알아갈수록 자신의 마음이 편치 않으리라 느꼈다. '이들 모두 나의

친구가 되었을지도 모르는데'라는 생각이 들었던 것이다. 그녀는 자꾸만 가라앉으려는 기분을 다독이려 애를 써야만 했다.

콥을 떠나는 길에 일행 모두는 새로운 친구들과 함께 하빌 대령의 집에 들렀다. 그 집의 방들이 어찌나 작던지, 그야말로 진심에서 우러나서가 아니고서는 이렇게 많은 사람을 초대할 엄두를 내지 못했으리라 여겨질 정도였다. 잠깐이지만 속으로 몹시 놀랐던 앤은 하빌 대령이 고안해낸 기발한 물건들과 근사한 가구 배치 솜씨를 보면서 곧 기분이 즐거워졌다. 실공간을 가능한 한 효율적으로 활용하고 부족한 가구를 보완하며, 다가올 겨울 바람에 대비해 창문과 문을 단속하기 위한 고안이었다. 방 안을 꾸민 물건들도 다양했다. 일상적인 필요를 위해 집주인이 마련해놓은 흔하디흔한 생필품이 있는가 하면, 그것들과 대조를 이루는 귀하고 진기한 품목들도 보였다. 희귀한 원목으로 솜씨 좋게 제작한 가구 몇 점과 먼 외국 방문길에 들여온 물건들이었다. 이렇게 꾸며진 방을 구경하며 앤은 단순한 즐거움 이상의 감정을 느꼈다. 그의 직업과 연관된 이 모든 것들, 노동의 결실, 일과 직결된 생활 방식, 그리고 그 안에서 영위되는 안정적이고 행복한 가정의 모습에서 앤은 흐뭇함 이상의 뭔가를, 아니, 어떤 아쉬운 마음마저 들었다.

하빌 대령 자신은 책을 많이 읽는 사람이 아니었다. 그러나 그는 벤윅 대령이 모아둔 장정본들을 진열할 수 있도록 솜씨 좋게 자리를 마련하고, 아주 예쁜 선반을 만들어 꾸며놓았다. 다리를 절어서 과도하게 몸을 움직일 수는 없었지만 유용하면서도 기발한 착상을 하면서 집 안에서 늘 부지런히 일거리를 찾는 듯했다. 그는 도안을 그리고 나무를 잘라내고 광택을 내며 접착하는 일체의 작업을 했다. 아이들에게 장난감을 만들어주었고, 그물 뜨는 바늘과 밧줄걸이를 새롭게 개량했으며, 다른 할 일이 없으면 방의 한쪽 구석에 있는 큰 고기잡이 그물을 손보려고 자리에 앉았다.

집을 나서면서 앤은 커다란 행복을 남겨두고 간다는 생각이 들었다. 앤 옆에서 걷고 있던 루이자도 해군의 친절과 우애, 솔직함, 그리고 올곧은 성격에 대해 존경과 기쁨이 넘치는 말을 쏟아내고 있었다. 선원들이야말로 영국의 다른 어떤 남자들보다 더한 품격과 온정을 지닌 게 틀림없고, 어떻게 살아야 하는지 알고 있으며, 존경과 사랑을 받을 자격이 있는 사람들이라며 목소리를 높였다.

그들은 돌아와서 옷을 갈아입고 저녁식사를 했다. 계획대로 진행되었으므로 문제될 일이 없었다. 여관 주인은 '성수기도 완전히 지났고 라임의 주요 도로도 차단되어 함께 어울릴 만한 다른 투숙객이 없다'며 거듭 미안해했다.

이즈음 앤은 웬트워스 대령과 함께하는 자리에서 자신이 애초에 상상했던 것 이상으로 덤덤해졌음을 깨닫게 되었다. 이제 한 테이블에 앉아서 의례적인 말을 주고받는 정도는(그들은 결코 이 선을 넘지 않았으므로) 아무렇지도 않은 일이 되었다.

날이 너무 어두워져 숙녀들은 내일이나 돼야 다시 만날 수 있을 터였지만, 하빌 대령은 저녁에 숙소로 들르겠다고 약속을 했다. 그런데 그가 자신의 친구까지 대동하고 나타난 것은 뜻밖의 일이었다. 다들 벤윅 대령이 낯선 이들 틈에서 불편해한다고 느꼈기 때문이다. 분명 그의 감정상태로는 일행의 홍겨운 분위기에 어울리기 힘들 텐데도 용케 다시 올 용기를 낸 모양이었다.

방 한쪽에서 웬트워스와 하빌 대령이 대화를 주도하며 지난날의 일화로 좌중을 사로잡고 흥을 돋우는 사이, 그들로부터 따로 떨어져 벤윅 대령을 상대하는 일은 앤의 몫이 되었다. 그녀의 성품상 그에게 말을 걸지 않을 수 없었다. 벤윅 대령은 수줍음을 많이 탔고, 곧잘 혼자만의 상념에 빠지기도 했다. 하지만 앤의 부드러운 태도와 상냥한 표정은 이내 효력을 발휘했다. 처음에 어렵사리 애쓴 보람이 있었다. 주로 시에 국한되기는 했지만 그는 책을 보는 안목이 상당한 젊은 청년임이 분명했다. 앤은 최소한 하루 저녁만이라도 그가 자신의 관심사에 대해 마음껏 이야기할 수 있도록 해주고 싶었다. 그와 함께 지내는 친구들이 그런 얘기에는 관심 없어 했으리라 짐작했기 때문이다. 앤은 또한 고통을 이겨내려고 노력해야 하는 의무와 그에 따른 보상에 대한 얘기로 자연스럽게 대화를 이끌어 그에게 실질적인 도움이 될 수 있기를 바랐다. 벤윅 대령은 숫기는 없어도 과묵한 편은 아닌 듯했고, 오히려 평소에 자제해왔던 감정을 터뜨리게 되어 기쁜 듯이 보였다. 그들은 시에 대해, 그리고 시의 황금기를 구가하고 있는 현 시대에 대해 이야기했다. 최고의 시인들에 대한 의견을 짧게나마 나누었으며 「마미온」과 「호수의 여인」 중에서 어느 시가 더 좋은지, 「이단자」와 「아비도스의 신부」는 어떻게 평가할지,* 그리고 '이단자'란 말**을 어떻게 발음해야 할지 결정을 보기도 했다. 그는 스콧 경이 선사한 가장 감미로운 시편과, 바이런이 절망적인 고뇌를 격정에 넘쳐 묘사한 대목을 모두 가슴에 새겨두고 있었다. 가슴 아픈 심정이나 비참함

---

* 각각 19세기 영국 작가 월터 스콧과 바이런의 대표시들.
** The Giaour.

에 황폐해진 감정을 형상화한 다양한 시구를 전율하듯 읊는 그의 모습은 마치 자신의 감정을 알아달라고 하는 것만 같았다. 앤은 결국 용기를 내어 그가 늘 시만 읽진 않았으면 한다고 말을 꺼냈다. 시의 불행한 운명은 온전하게 시를 향유하는 사람에게 늘 위험이 따른다는 데 있으며, 시를 제대로 평가하기 위해서는 강렬한 감정이 꼭 필요하긴 하지만 그렇기에 오히려 절제하면서 음미해야 한다는 그녀의 생각을 말해주고 싶었다.

벤윅 대령은 그의 상황을 넌지시 빗대어 한 말을 듣고 고통스러워하기보다는 오히려 즐거워하는 듯 보여, 그녀는 과감하게 말을 이어나갔다. 정신적으로는 자신이 연장자라 생각해서 앤은 하루 독서량에서 산문의 비중을 좀더 높여보면 어떨지 권하기도 했다. 벤윅 대령은 좀더 구체적으로 말해달라고 부탁했고, 그녀는 당대 최고 도덕가들의 작품과 가장 빼어난 서간집, 고난을 겪은 훌륭한 인물들의 회고록을 예로 들었다. 도덕적이고 종교적인 인내에서 가장 강력한 본보기를 보여주는 책들, 지극히 고매한 교훈을 담고 있어 읽는 이의 마음을 일깨우고 강건하게 해줄 만한 책들 중에서 그 순간 떠오른 것들이었다.

벤윅 대령은 앤의 말을 주의 깊게 들었고, 그 안에 담긴 앤의 배려에 고마워하는 듯했다. 자신처럼 큰 슬픔을 겪는 이에게 효력이 있을지 의문이라는 듯 머리를 가로젓고 한숨을 내쉬면서도, 그녀가 추천한 책들의 이름을 받아 적고 꼭 구해서 읽겠다고 약속했다.

저녁시간이 끝나자 앤은 자신이 라임에 와서 처음 만난 젊은 청년에게 인내와 체념을 권고하고 있다는 생각에 웃음 지을 수밖에 없었다. 좀더 진지한 마음으로 다시 생각해보니, 수많은 도덕가와 설교자들과 마찬가지로 자신 역시 들춰보면 스스로도 제대로 실천하지 못한 일에 번지르르한 말만 앞세웠던 건 아닌지 염려스럽기도 했다.

12

 다음날 아침, 일행 중 가장 일찍 일어난 앤과 헨리에타는 아침식사 전에 바다로 산책을 나가기로 했다. 그들은 모래톱으로 나가 상쾌한 남동풍이 평평한 해변으로 파도를 몰고 오는 장관을 구경했다. 멋진 아침 바다와 청량한 바닷바람이 주는 기쁨에 한 목소리로 경탄을 거듭한 다음 두 사람은 한동안 말이 없었다. 불현듯 다시 말을 꺼낸 쪽은 헨리에타였다.

 "아, 정말 그래요! 아주 드물게 예외가 있긴 하지만, 바다 공기는 항상 몸에 좋은 게 확실해요. 셜리 박사님이 지난해 봄에 앓고 난 후 큰 효과를 보신 게 분명하거든요. 한 달간 라임에 머무르셨던 것이 백약보다 나았다고 말씀하셨어요. 바닷가에 있으면 다시 젊어지는 기분이 든다고요. 그러고 보니 그분이 아예 바닷가에서 살지 못한다는 게 안타까울 뿐이에요. 어퍼크로스를 완전히 떠나 라임에 정착하시는 편이 좋을 텐데. 그렇죠, 앤? 그렇게 하시는 게 그분에게도 셜리 부인에게도 최선이라 생각하지 않으세요? 이곳엔 셜리 부인의 사촌들이 있고 또 아는 사람들도 많으니까 지루하지 않게 지내실 수 있고, 다시 발작이 일어날지도 모르니 가까이에 의사가 있는 곳을 좋아하실 게 틀림없어요. 셜리 박사님 내외분처럼 평생 봉사하며 살아오신 훌륭한 분들이 어퍼크로스 같은 곳에서 여생을 허비하며 사신다니 정말 서글픈 일이잖아요. 그곳에선 우리 가족 말고는 세상과 담 쌓고 지내시는 거 같거든요. 친구분들이 말씀을 드리면 좋겠어요. 정말 그래야 한다니까요. 연배로 보나 인품으로 보나 허가서 받는 데 어려움은 없으실 텐데, 문제는 교구를 떠날 결심을 하시겠느냐는 거죠. 그분 사고방식이 무척 깐깐하고 엄격하시거든요. 지나칠 정도로 깐깐하시죠. 앤도 그렇다고 생각하지 않아요? 아무리 당신 직분이라지만, 다른 사람에게 맡겨도 잘해낼 수 있는 일을 건강까지 해쳐가며 한다는 건 아무래도 의심이 지나치신 게 아닐까요? 게다가 라임이면 고작 이십칠 킬로미터 떨어진 곳이니, 뭔가 사람들이 불평할 만한 문제가 생겨도 다 전해들을 수 있는 거리잖아요."

이 이야기를 들으면서 앤은 몇 번이나 속으로 미소를 지었다. 그러고는 어제 한 젊은 청년에게 그랬듯이 한 젊은 아가씨의 마음을 알아주고 도우려는 마음으로 이야기를 거들었다. 하지만 이런 얘기에 그저 적당히 맞장구를 쳐주는 것 말고 딱히 해줄 말이 뭐가 있었을까? 그러다보니 합리적이고 도리에 맞을 만한 얘기를 다 해주게 되었다. 그녀는 셜리 박사가 쉬어야 한다는 주장에 공감해주었고, 의욕적이고도 모범이 될 만한 젊은 주재 목사보를 두는 게 매우 바람직하다고 찬성했다. 심지어 주재 목사보가 기혼자인 경우의 이점까지 슬쩍 내비치는 친절도 베풀었다.

"레이디 러셀이 어퍼크로스에 살면서 셜리 박사님과 친하게 지내신다면 얼마나 좋을까요." 상대의 반응에 한껏 기분이 좋아진 헨리에타가 말했다. "레이디 러셀은 누구에게나 최고로 영향력 있는 여성이라면서요! 무엇이든 설득 못 할 일이 없는 분인 듯해요! 전에도 말했듯이 저는 그분이 무서워요. 워낙 아는 게 많으시니까 무서운 거죠. 그렇지만 그분을 정말 존경한답니다. 어퍼크로스에도 그런 이웃이 있다면 좋을 텐데."

앤은 헨리에타의 공손한 어조에 미소를 지었다. 이런저런 일이 일어나고 헨리에타의 새로운 관심이 더해지면서, 자신의 친구가 머스그로브 가족 중 누군가의 호감을 얻게 되었다는 사실에 기분이 좋았다. 그러나 의례적인 대답과 함께 그런 사람이 어퍼크로스에도 하나 있으면 좋겠다는 말을 하고는 서둘러 이야기를 마쳐야 했다. 루이자와 웬트워스 대령이 그들을 향해 걸어오는 모습이 보였기 때문이다. 두 사람도 아침식사가 준비될 만한 시간까지 산책을 하러 나온 모양이었다. 그러나 곧 루이자가 가게에서 뭔가 살 것이 생각났다며 다 함께 마을로 돌아가자고 제안했다. 모두 그녀의 뜻에 따를 뿐이었다.

그들이 해변 위쪽으로 난 계단에 도착했을 때, 마침 계단을 내려오려던 한 신사가 예의 바르게 뒤로 물러서며 길을 내주려고 멈춰 섰다. 그들은 계단을 올라 신사를 지나쳐갔다. 그를 막 지나치려는데 앤의 얼굴이 그의 시선을 붙잡았다. 그녀를 바라보는 그의 눈에는 진심 어린 경탄의 빛이 어려 있었고, 앤 역시 그의 시선을 알아차리지 않을 수 없었다. 무척 반듯하고도 어여쁜 얼굴, 살갗을 스치며 부는 청량한 바람 덕분에 막 피어나는 싱그러운 젊음이 되살아난 듯한 모습, 생기를 띠며 반짝이는 눈, 이 모든 것들로 인해 그녀는 정말 아리따워 보였다. (완벽하게 신사다운 몸가짐의) 그 신사는 그녀에게 완전히 넋을 잃은 게 틀림없었다. 신사의 눈빛을 눈치챈 듯, 웬트워스 대령도 그 순간 앤을 돌아보았다. 그의 시선이 스치듯 앤에게 머물렀다. 반짝이는 눈빛을 머금은 그 시선은 마치 '저 사람이 당신에게 반했나봅니다. 그리고 지금 이 순간 저 역시 앤 엘리엇다운 모습을 다시 보고 있습니다'라고 말하는 것만 같았다.

루이자가 일을 보는 동안 함께 있던 일행은, 조금 더 거리를 거닐다가 여관으로 돌아왔다. 얼마 후 자신의 방에서 나와 서둘러 식당으로 향하던 앤은 옆방에서 나오던 신사와 거의 부딪칠 뻔했다. 바닷가에서 마주친 바로 그 신사였다. 이미 앤은 그도 외부인일 거라고 짐작했고, 돌아오는 길에 두 여관 근처에서 어슬렁거리는 인상 좋은 마부가 눈에 띄었을 때는 그의 하인일 거라고 생각했다. 주인과 하인 둘 다 상복 차림이라는 사실도 그런 짐작을 거들었다. 이제는 그가 그들과 한 여관에 묵고 있다는 사실도 확인한 셈이었다. 비록 짧은 순간이었지만 이 두번째 만남에서도 앤의 아름다움에 매료된 듯한 그의 표정을 읽을 수 있었다. 즉각 예의를 차리며 길을 비켜주는 태도로 보아 지극히 예의 바른 신사라는 사실 또한 분명했다. 그는 서른 정도 되어 보였고, 잘생기지는 않았지만 호감 가는 얼굴이었다. 앤은 그가 누구인지 알고 싶어졌다.

아침식사를 거의 마칠 무렵, 마차 소리에(그들이 라임에 온 뒤 거의 처음으로 들은) 일행의 절반이 창가로 몰려갔다. "어느 신사의 이륜마차인데 마구간에서 정문으로 돌아나오는 중이에요. 누군가 떠나는 모양이고, 상복을 입은 하인이 마차를 몰고 있네요."

'이륜마차'라는 말에 찰스 머스그로브가 자기 마차와 비교라도 하려는지 자리에서 벌떡 일어났고, '상복을 입은 하인'이라는 말은 앤의 호기심을 불러일으켰다. 여섯 명 모두가 창가에 모여 내다보니, 마차의 주인이 여관 식솔의 인사와 배웅을 받으며 문을 나선 뒤 마차에 올라 떠나가는 것이 보였다.

"아!" 즉시 웬트워스 대령이 앤을 흘끗 바라보며 외쳤다. "아까 봤던 바로 그 신사로군요."

머스그로브 자매도 그의 말에 맞장구쳤고, 모두 친절하게도 언덕을 오르는 마차가 보이지 않을 때까지 지켜보다가 아침 식탁으로 돌아왔다. 곧이어 시중 드는 하인이 방으로 들어왔다.

"여보게," 웬트워스 대령이 바로 물었다. "방금 떠난 신사의 이름을 말해줄 수 있겠나?"

"예, 어르신. 엘리엇 씨라고 하십니다. 재산이 상당한 신사분이지요. 어젯밤에 시드머스에서 오셨는데, 저녁식사를 하시면서 마차 소리를 들으셨으리라 생각됩니다만, 크루컨에 들렀다가 바스와 런던으로 가는 길이라고 하셨습니다."

"엘리엇!" 하인의 재빠른 대답에도 불구하고 말이 채 끝나기도 전에 일행은 서로 얼굴을 쳐다보며 그 이름을 되풀이했다.

"맙소사!" 메리가 외쳤다. "우리 사촌이 틀림없어. 우리 가문의 엘리엇 씨가 분명하다니까! 찰스, 앤, 그렇지 않아? 봤다시피 상복을 입고 있으니 우리 엘리엇 씨가 틀림없지 뭐야. 어떻게 이런 신기한 일이! 우리와 한 여관에 묵다니! 앤, 아버지의 상속인, 우리가 알고 있는 엘리엇 씨가 분명하지 않아? 이봐요." 메리는 하인에게 시선을 돌리며 말했다. "혹시 그분이 켈린치 가문 사람이라는 얘기를 그 하인한테 못 들었나요?"

"아니요, 부인, 특정한 가문을 언급하지는 않았습니다. 다만 자기 주인이 매우 부유한 신사이고 장차 준남작이 되실 거라고 했습니다."

"거봐! 그렇다니까!" 메리가 신이 나서 외쳤다. "내가 말한 대로잖아! 월터 엘리엇 경의 후계자! 그분이 맞다면 그 말이 나올 줄 알았다니까. 틀림없이 하인이 어딜 가나 떠벌릴 만한 얘기니까. 그래도 앤, 얼마나 신기한 일인지 생각해봐! 그분을 좀더 자세히 봤으면 좋았을걸. 진즉에 누군지 알았다면 소개를 받을 수도 있었을 텐데. 서로 인사를 나누지 못했다는 게 정말 아쉽네! 그분이 엘리엇 가의 사람처럼 생긴 것 같아? 말을 보느라 그분은 거의 못 봤지 뭐야. 그래도 어딘가 엘리엇 가문다운 데가 있었던 것 같아. 문장(紋章)이 눈에 띄지 않았다는 게 이상해! 아! 차체에 외투가 걸려 있어서 문장을 가렸던 거야. 맞아, 그렇지 않고서는 내가 못 봤을 리 없잖아. 제복도 그렇고. 하인이 상복 차림만 아니었다면 제복만 보고도 알아볼 수 있었을 거야."

"이 놀라운 상황을 모두 종합해보면," 웬트워스 대령이 말했다. "당신이 사촌과 인사하지 못한 건 신의 섭리라고 여겨야겠군요."

기회가 생길 때마다 앤은 메리에게 조용히 말을 해보려고 애썼다.

아버지와 엘리엇 씨는 이미 여러 해 동안 그런 인사를 바랄 만한 사이가 전혀 아니었다는 사실을 알려주기 위해서였다.

그러나 앤은 마음 한켠으로 남모르는 안도감을 느꼈다. 막상 사촌을 보니 켈린치의 주인이 될 그가 영락없는 신사인 데다 지각 있어 보인다는 것을 알았기 때문이다. 그렇지만 무슨 일이 있어도 그와 두번째 마주쳤던 것은 말하지 않을 생각이었다. 아침 산책에서 그와 스쳐지나갔던 일에 메리가 그다지 신경 쓰지 않아 다행이었다. 앤이 복도에서 그와 맞부딪쳐 매우 정중한 사과까지 받았다는 사실을 알면 자신은 근처에도 가보지 못했다며 무척 섭섭해할 것이 분명했다. 그런 일이 생기면 안 되니 사촌 간의 짧은 조우는 완벽한 비밀로 남아야만 했다.

"물론," 메리가 말했다. "다음번 바스에 편지 쓸 때 우리가 엘리엇 씨를 만났다고 얘기할 거지? 아버지가 그 얘기를 꼭 들으셔야 한다고 생각해. 그분에 대해 낱낱이 알려드려."

가타부타 대답하지는 않았지만, 앤은 이 일이야말로 전할 필요가 없는 정도가 아니라 숨겨야 할 일이라고 생각했다. 그녀가 알기로 여러 해 전에 아버지의 심기가 상한 일이 있었는데, 뭔가 엘리자베스도 얽혀 있는 일인 듯했다. 두 사람 모두 엘리엇 씨 얘기만 나오면 언짢아하는 기색이 역력했던 기억도 있었다. 메리는 한 번도 바스에 편지를 보낸 적이 없었다. 지체되고 내키지 않는 편지를 엘리자베스와 주고받는 수고는 늘 앤의 몫이었다.

아침식사를 마치고 얼마 지나지 않아 하빌 대령 부부와 벤윅 대령이 약속대로 라임에서의 마지막 산책을 함께 하기 위해 일행에 합류했다. 한시에 어퍼크로스로 떠나야 했으므로, 남은 시간은 되도록 모두 함께 밖에서 보내기로 했다.

일행 모두가 거리로 나서자마자 벤윅 대령이 앤 옆으로 다가왔다. 전날 저녁에 나눴던 대화가 좋았는지 그녀와 다시 이야기를 나누고 싶어하는 것 같았다. 그들은 한동안 같이 걸으면서 전날처럼 스콧과 바이런 경 얘기를 했다. 두 사람의 독자가 만나면 으레 그러하고 전날에도 그랬듯이, 그들은 두 작가의 장점에 대해 의견의 일치를 볼 수가 없었다. 그런데 무슨 이유에선지 일행 대부분이 자리를 바꾸게 되었고, 어느덧 앤의 옆에는 벤윅 대령 대신 하빌 대령이 걷고 있었다.

"엘리엇 양," 그가 목소리를 조금 낮추며 말했다. "정말 좋은 일을 하신 겁니다. 저 가엾은 친구가 그토록 많이 얘기를 하게 해주셨으니까요. 엘리엇 양 같은 말벗을 좀더 자주 만나면 좋을 텐데요. 늘 이렇게 외따로 지내는 게 저 친구한테 좋지 않다는 건 알고 있습니다. 그렇지만 어쩌겠습니까? 우리들이 떨어져 살 수는 없는걸요."

"그럼요," 앤이 말했다. "그게 불가능하다는 건 저도 충분히 이해해요. 그렇지만 아마도 시간문제가 아닐까요. 괴로운 일엔 시간이 약이란 걸 아시잖아요. 그리고 하빌 대령님, 친구분은 아직 상처를 겪은 지 오래되지 않았다는 사실을 기억하셔야 해요. 제가 알기로 겨우 작년 여름의 일인걸요."

"그렇지요, 맞는 말씀입니다." 그는 깊은 한숨을 내쉬며 말했다. "불과 6월의 일이었지요."

"아마 바로 알리지도 못했겠지요."

"8월 첫째 주에 저 친구가 희망봉에서 귀국했을 때, 그러니까 그래플러호로 발령을 받은 직후였죠. 저는 플리머스에 있었는데 그에게서 연락이 올까 노심초사하고 있었지요. 그가 편지를 여러 통 보냈지만 그래플러호는 포츠머스로 가라는 명령을 받은 상태였어요. 그리로 소식을 전하기는 해야겠는데 누가 그런 말을 할 수 있었겠습니까? 차라리 활대에 매달리는 벌을 받는 게 낫지, 저로서는 도저히 못 할 일이었어요." 그는 웬트워스 대령을 가리키며 말을 이었다. "저기 저 사람 좋은 친구 말고는 아무도 그 일을 할 수 있는 이가 없었던 거죠. 라코니아호가 그 전주에 플리머스에 입항했으니 다시 출항명령을 받을 리는 없었고, 나머지 일은 자기 운에 맡겼지요. 휴가 신청서를 내고는 답변도 기다리지 않은 채 밤낮으로 달려 포츠머스에 도착했고, 그 즉시 배를 타고 그래플러호로 가서는 한 주 동안 잠시도 저 가엾은 친구 곁을 떠나지 않았답니다. 그게 웬트워스 대령이 한 일이지요. 그가 아니었으면 누구도 가엾은 제임스를 구해내지 못했을 겁니다. 엘리엇 양, 그가 우리에게 얼마나 소중한 사람인지 짐작하시겠지요!"

그에 대해 추호의 의심도 없었던 앤은 열성적으로 동의했다. 하빌 대령은 감정이 복받쳐 견디기 힘든 모양인지 그 얘기로 돌아가지 못했고, 다시 입을 열었을 땐 전혀 다른 얘기를 시작했다.

남편의 상태로는 집보다 멀리까지 걷는 건 무리라는 하빌 부인의 의견에 따라 일행 모두는 마지막이 될 산책길의 방향을 잡았다. 그들은 부부의 집까지 동행한 후 되돌아와 귀가길에 오를 계획이었다. 이런저런 계산을 해보니 그 정도의 시간밖에 없었다. 그러나 콥 근처에 이르자 모두들 다시 한 번 그 길을 따라 걷고 싶어졌고, 이윽고 루이자도 십오 분 정도 늦는 건 큰일이 아니라며 그렇게 하자고 우겼다.

하빌 대령 부부의 집 앞에 다다른 그들은 작별인사를 나누었고, 생각해낼 수 있는 모든 초대와 약속을 다정하게 주고받으면서 헤어졌다. 벤윅 대령은 마지막 순간까지 그들과 함께할 작정인 듯했다. 일행은 그를 동반한 채 콥에 제대로 된 작별인사를 하기 위해 길을 나섰다.

벤윅 대령이 다시 앤에게로 다가왔다. 눈앞에 펼쳐진 풍경에 여지없이 바이런 경이 묘사한 '검푸른 바다' 얘기가 나왔다. 앤은 그의 이야기에 기꺼이 귀를 기울였지만, 그들은 곧 다른 데로 신경을 돌릴 수밖에 없었다.

새로 조성된 콥의 위쪽 길은 바람이 너무 거세어 숙녀들이 걷기에 불편했으므로 계단 아래 낮은 곳으로 내려가기로 했다. 층계참이 매우 가파른 탓에 모두들 차분히 조심스럽게 내려가는 데 만족하고 있었다. 그런데 루이자만은 예외였다. 그녀는 웬트워스 대령이 잡아주면 계단을 풀쩍 뛰어내리겠다고 했다. 이제까지 걷는 내내 웬트워스 대령은 루이자가 계단에서 뛰어내리는 걸 잡아주곤 했고, 그녀는 그 짜릿한 느낌이 좋았다. 이번에는 발에 닿는 바닥이 너무 단단해서 썩 내키지 않았음에도 불구하고 웬트워스 대령은 그녀가 원하는 대로 하게 해주었다. 하지만 별탈 없이 뛰어내린 그녀는 얼마나 재미있는 일인지 보여주려는 듯, 층계를 단숨에 뛰어올라가서 또다시 뛰어내릴 참이었다. 몸에 충격이 너무 클 테니 다시 하진 않는 게 좋겠다고 그가 말려보았지만 막무가내였다. 이유를 들면서 차근히 설득도 해보았지만 소용없었다. 루이자가 미소 지으며 말했다. "하기로 마음먹은걸요." 결국 웬트워스 대령이 양손을 내밀었다. 그런데 그 순간, 루이자는 간발의 차이로 이미 몸을 날리고 있었다. 그녀는 콥의 아래쪽 바닥으로 떨어졌고, 몸을 일으켰을 땐 죽은 듯이 꼼짝도 하지 않았다!

아무런 상처도, 혈흔도, 눈에 띄는 멍조차도 없었다. 그러나 그녀는 눈을 뜨지 않았고, 숨도 쉬지 않았으며, 죽은 듯한 얼굴이었다. 우두커니 서 있던 모두에게 그 순간은 공포였다!

웬트워스 대령은 무릎을 꿇고 그녀를 일으켜 팔에 안더니 그녀만큼이나 창백한 얼굴로 내려다볼 뿐, 고통에 휩싸여 아무 말도 하지 못했다. "루이자가 죽었어요! 죽었어!" 메리가 남편을 붙들면서 소리치자 이미 겁에 질려 있던 찰스도 완전히 굳어버렸다. 다음 순간, 헨리에타도 동생이 죽었다는 생각에 의식을 잃고 쓰러졌다. 벤윅 대령과 앤이 붙잡아 부축해주지 않았다면 그녀도 계단으로 굴렀을 것이었다.

"저를 도와주실 분이 아무도 없습니까?" 웬트워스 대령이 처음으로 침묵을 깨고 말했다. 마치 모든 힘이 빠져나간 듯 절망스러운 어조였다.

"웬트워스 대령님께 가보세요, 어서요." 앤이 소리쳤다. "제발 저분에게 가세요. 헨리에타는 저 혼자 부축할 수 있어요. 여긴 제게 맡기고 저리로 가세요. 루이자의 손을 문지르고 관자놀이도 문지르세요. 여기 소금*이 있어요, 이걸 가져가세요, 어서요."

벤윅 대령이 움직이자 동시에 찰스도 아내를 떼어내고 웬트워스 대령에게로 갔다. 루이자를 일으켜 양쪽에서 더욱 단단히 부축하고는 앤이 지시한 모든 것을 시도해보았지만, 아무 소용이 없었다. 웬트워스 대령이 비틀거리며 벽에 기대어 서서 더없이 참담한 목소리로 외

---

* 탄산암모늄이 주성분으로 빈혈 등의 증세에 쓰던 냄새 맡는 소금.

쳤다.

"아, 세상에! 루이자의 아버님과 어머님은!"

"의사요!" 앤이 말했다.

그 말을 듣고 정신이 번쩍 들었는지 그가 말했다. "맞아요, 맞아, 당장 의사를." 이 한마디 말과 함께 그는 당장에라도 뛰어갈 기세였다. 그때 앤이 간곡하게 말했다.

"벤윅 대령님, 대령님이 가시는 게 낫지 않을까요? 의사를 어디서 찾아야 할지 아실 테니까요."

생각할 정신이 있는 사람은 모두 그 말이 맞다고 느꼈으므로, 벤윅 대령은 순식간에(이 모든 일이 순식간에 진행되었다) 가엾게 시체처럼 누워 있는 숙녀를 오빠의 손에 맡기고 서둘러 마을로 향했다. 참담한 상태로 남아 있는 사람들로 말하자면, 웬트워스 대령과 앤 그리고 찰스, 개중에 제정신이었던 이 세 명 중 누가 가장 고통스러운지는 말하기도 어려웠다. 너무나 자상한 오빠였던 찰스는 비통하게 흐느끼며 루이자를 꼭 붙든 채 눈을 돌려 정신을 잃은 다른 여동생을 바라보거나, 흥분하여 미친 듯이 그의 도움을 청하는 부인을 속수무책으로 쳐다볼 뿐이었다.

앤은 본능적으로 정신을 차리려 애쓰며 온 힘과 열의를 다해 헨리에타를 돌보았다. 또한 그 와중에도 틈틈이 메리를 진정시키고 찰스를 격려하며 웬트워스 대령의 감정을 다독이는 등 다른 이들을 위로하려 노력했다. 찰스와 웬트워스 대령, 두 사람 다 무엇을 해야 할지 몰라 앤의 지시만을 기다리고 있는 것 같았다.

"앤, 앤," 찰스가 외쳤다. "이제 뭘 해야 하지요? 제발, 다음엔 뭘 해야 하느냐구요?"

웬트워스 대령의 시선도 그녀에게로 향했다.

"루이자를 여관으로 옮기는 게 낫지 않을까요? 그래, 맞아요, 조심스럽게 여관으로 옮겨요."

"네, 네, 여관으로." 비교적 침착한 상태였고 무슨 일이든 기꺼이 할 태세였던 웬트워스 대령은 그렇게 말을 되뇌었다. "제가 루이자를 옮기겠습니다. 머스그로브, 다른 사람들을 부탁해요."

이 무렵 사고 소식이 콥 주위 일꾼과 뱃사람 들 사이에 퍼져 사람들이 그들 주위로 모여들었다. 뭔가 필요하면 거들 요량이었지만 목숨을 잃은 아가씨를 구경할 목적이기도 했다. 아니, 처음 들은 얘기와는 달리 죽은 듯한 아가씨가 두 명이었으므로 구경거리도 두 배였다. 헨리에타는 정신이 조금 들긴 했어도 워낙 기력이 없었으므로 이 선량한 사람들 가운데 인상이 가장 나아 보이는 몇 명에게 맡겨졌다. 그 옆에는 앤이 붙어서 가고 찰스는 자기 부인을 부축하면서 일행은 그렇게 여관으로 향했다. 방금 전, 정말로 방금 전에 그리도 가벼운 마음으로 지나왔던 그 길을, 그들은 이루 말할 수 없는 심정으로 되밟아가고 있었다.

콥을 채 벗어나기 전에 그들은 하빌 대령 부부와 마주쳤다. 심상치 않은 얼굴로 집 앞을 날듯이 지나가는 벤윅 대령을 목격하고, 그들도 즉시 집을 떠나 사람들에게 물어가며 사고장소를 찾아오던 참이었다. 하빌 대령도 몹시 충격을 받았으나 곧바로 상황에 도움이 될 만한 분별력과 기력을 끌어모았고, 곧 아내와 눈빛을 교환하며 어떻게 해야 할지 결정했다. 루이자를 데리고 다같이 자기네 집으로 가서 의사가 올 때까지 기다려야 한다는 것이었다. 사양 따위는 받아들이지 않 겠다는 단호한 태도였으므로 다들 그의 말을 따라 집으로 갔다. 하 빌 부인의 지시로 루이자를 위층으로 옮겨 부인의 침대에 눕히는 동 안, 남편은 원하는 사람에게 도움을 주고 강장제와 회복제도 가져다 주었다.

루이자는 눈을 한 번 뜨더니 곧 다시 감아버렸다. 의식이 있어 보이 지는 않았으나 살아 있다는 증거였으므로 언니에게는 큰 위로가 된 것 같았다. 루이자와 한 방에 있을 만한 상태는 아니었지만, 희망과 두려움이 뒤얽힌 흥분 덕택에 다시 정신을 잃지는 않았다. 메리도 조 금씩 진정이 되어갔다.

의사는 믿기 어려울 만큼 빨리 도착했다. 진찰하는 동안 모두 공포 에 떨었지만 의사는 가망이 있다고 했다. 머리에 심각한 타박상을 입 긴 했어도 더 심한 상처에서 회복된 경우도 보았다는 것이다. 그는 밝 은 어조로 결코 절망적인 상태는 아니라고 말했다.

의사가 가망 없는 경우라고 보지 않았다는 사실, 몇 시간밖에 안 남 았다는 등의 말을 하지 않았다는 사실이 무엇보다 먼저 와 닿았다. 그 것은 일행 대부분이 바라던 것 이상이었다. 그들 모두가 다시 살아난 듯한 감격과 더불어 하늘을 향해 뜨거운 감사의 탄성을 터뜨렸다. 그 러고 나서는 잠잠해졌지만 모두들 마음 깊은 곳에서 우러나오는 기쁨 을 말없이 만끽하고 있었으리라.

웬트워스 대령은 "하느님 감사합니다!"란 말을 토해냈다. 그러고는 탁자 옆에 팔짱을 끼고 기대앉아 있다가, 마음속 깊숙이 밀려드는 수 많은 감정에 압도된 듯 얼굴을 묻었다. 마치 기도와 사색으로 마음을 가라앉히려는 것 같은 모습이었다. 앤은 그 순간 그의 모습, 그의 어조와 표정 하나하나까지 결코 잊을 수 없을 것만 같았다.

　루이자의 팔다리는 무사했다. 다친 곳은 머리뿐이었다. 이제 일행은 그들에게 닥친 일에 대처하는 최선책이 무엇일지 고민해야 했다. 그제야 그들은 이야기를 나누고 의논도 할 수 있었다. 하빌 부부에게 이토록 폐를 끼친다는 것이 내키지는 않았지만, 루이자를 지금 있는 곳에 두어야 한다는 사실에는 의심의 여지가 없었다. 그녀를 옮기는 건 불가능했다. 하빌 부부는 모든 주저의 말들을 일축했고 감사의 말조차 거의 꺼내지 못하게 했다. 그들은 다른 사람들이 채 생각지도 못한 일까지 미리 생각하여 처리했다. 벤윅 대령이 그들에게 방을 내주고 어딘가에 잘 곳을 마련하기만 하면 모든 문제가 다 해결된다는 것이었다. 그들은 집에 더 많은 사람을 재우지 못한다는 사실을 안타까워할 따름이었다. 두세 사람 정도 더 머물 공간이 없다는 사실을 차마 견딜 수 없다는 듯, 원하는 사람이 있으면 '아이들을 하녀 방으로 옮기거나 어딘가에 해먹이라도 달겠다'고 할 정도였다. 반면 머스그로브 양을 간호하는 일만큼은 하빌 부인에게 완전히 맡겨달라는 말을 할 땐 한치의 망설임도 없었다. 하빌 부인은 무척이나 노련한 간호사였고, 오래도록 같이 살아온 보모는 그녀가 가는 곳이면 어디든 따라다녀 간호에는 일가견이 있었다. 두 사람이 번갈아가며 밤낮으로 간호하면 부족함이 없으리라는 것이었다. 이 모든 제안에는 도저히 저항할 수 없는 진실과 성의가 담겨 있었다.

　찰스와 헨리에타 그리고 웬트워스 대령, 이렇게 세 사람이 의논을 해보았지만 한동안은 서로 그저 당혹스럽고 두려운 마음만 나눌 뿐이었다.

"어퍼크로스! 누군가 소식을 전하러 어퍼크로스에 가야 하는데……"

"어떻게 머스그로브 어른들께 얘기를 전할 수 있을지……"

"아침 시간이 한참 지났네요."

"예정보다 벌써 한 시간이나 지났으니 제시간에 당도하는 건 무리겠지요."

처음에는 이렇게 걱정만 할 뿐 아무런 결정도 내릴 수 없었다. 이윽고 웬트워스 대령이 정신을 차리려고 애쓰며 말을 꺼냈다.

"결정을 내려야 합니다. 지금 당장 말입니다. 일분 일초가 아까운 상황이에요. 누군가 즉시 어퍼크로스로 떠날 결심을 해야 합니다. 머스그로브, 당신과 나 둘 중 한 명이 가야 할 것 같습니다."

찰스도 같은 생각이긴 했다. 그러나 자신은 갈 수 없다는 의사를 분명히 밝혔다. 하빌 대령 부부에게 가능한 폐를 끼치고 싶지는 않지만 이런 상태의 동생을 두고 떠나다니, 오빠로서 그래서도 안 되고 그러고 싶지도 않다는 것이었다. 그렇게 해서 찰스는 제외되었다. 헨리에타도 처음에는 가지 않겠다고 했다. 그러나 오빠의 설득으로 곧 마음을 돌렸다. 남아 있다고 도움이 될까! 루이자의 병실에 있어주기는커녕 얼굴을 보기만 해도 괴로워서, 도움은 고사하고 민폐만 끼칠 것이 아닌가! 그녀도 자신이 아무런 도움이 될 수 없다는 사실을 인정할 수밖에 없었다. 그래도 여전히 마음이 내키지는 않았지만 부모님을 생각해서 그녀도 결국 마음을 접었고, 일단 가기로 작정을 하고 나니 한시라도 빨리 집에 가고 싶어졌다.

여기까지 계획이 잡혔을 즈음, 루이자의 방에서 가만히 내려오던 앤은 열린 방문 사이로 다음과 같은 대화를 듣게 되었다.

"그럼 그렇게 결정하지요, 머스그로브." 웬트워스 대령이 소리 높여 말했다. "당신이 남고 제가 헨리에타와 함께 집에 가는 것으로 하지요. 하지만 나머지 다른 분들은 어떻게 하면 좋을지…… 누군가 남아 하빌 부인을 도와드려야 한다면, 제 생각에 한 사람 이상은 어려울 것 같은데요. 부인은 물론 아이들 때문에 돌아가서야 할 테고, 앤이 남겠다면 그보다 유능한 적임자는 없을 겁니다!"

그가 자신에 대해 그렇게 얘기하는 걸 듣고 주체할 수 없는 감정에 사로잡힌 앤은 마음을 진정시키려 잠시 멈추어 섰다. 그러곤 다른 두 사람이 그의 말에 열렬히 찬성하는 소리가 난 후에야 앤은 모습을 나타냈다.

"당신이 남아주실 거라 믿습니다. 당신이 남아 간호해주셔야 해요." 웬트워스 대령이 그녀를 돌아보며 큰 소리로 말했다. 그의 붉게 상기된 얼굴과 부드러운 음성을 접하니 마치 지난날로 되돌아간 것만 같았다. 그녀의 얼굴에 깊은 홍조가 피어올랐다. 그도 퍼뜩 정신을 차리고 자리를 피하는 것이 보였다. 앤은 자신도 바라 마지않는 일이라며 기꺼이 기쁜 마음으로 남겠다는 뜻을 전했다. "저 역시 생각했던 일이고 허락해주시기를 바라던 참이었어요. 하빌 부인만 괜찮다고 하시면 제 잠자리는 루이자가 있는 방 바닥에 침대를 놓는 걸로 충분할 거예요."

한 가지만 제외하고는 모든 일이 정리된 듯했다. 시간이 늦어지면 머스그로브 부부도 무슨 일이 생긴 게 아닐까 지레 걱정을 할 테니 오히려 잘된 듯싶기도 했다. 하지만 어퍼크로스 가의 마차를 준비하려면 시간이 걸릴 테고, 그사이 두 어른이 심히 불안해할 일이 문제였다. 결국 웬트워스 대령이 여관에서 역마차를 빌려서 가고, 머스그로브가의 마차는 다음날 아침 일찍 보내주는 게 낫지 않겠냐는 제안을 했다. 그렇게 하면 밤사이 루이자의 용태를 전할 수 있는 이점도 있겠다며 찰스도 찬성했다.

웬트워스 대령은 자신이 맡은 일을 준비하기 위해 서둘러 방을 나섰고 두 아가씨도 곧 뒤를 따랐다. 그러나 그들의 계획이 메리에게 전해지는 순간 모든 평화는 막을 내리고 말았다. 앤이 아니라 자신이 가기를 바라는 건 부당한 처사라며 그녀는 너무나 격하게 화를 냈다.

"앤은 루이자랑 아무 상관도 없는 사람이지만 나는 올케잖아요. 그러니 헨리에타 대신 남을 권리가 있는 사람은 저란 말예요! 저라고 앤만큼 도움이 되지 말라는 법 있어요? 게다가 찰스도 없이 혼자 집에 가야 하다니, 남편도 없이! 싫어요, 그건 너무해요."

한마디로 그녀의 불평은 끝이 없었다. 그녀의 남편도 오래 버티지 못하고 두 손 들고 말았다. 그가 물러선 이상 어느 누구도 그녀에게 맞설 수는 없는 일이었으므로 별다른 도리가 없었다. 어쩔 수 없이 메리 대신 앤이 가야만 했다.

앤은 자기 생각만 하며 막무가내로 떼를 쓰는 메리의 뜻에 따를 수밖에 없었지만, 이번만큼 마음이 내키지 않았던 적도 없었다. 하지만 어쩔 수 없는 일이었으므로 일행은 마을을 향해 길을 나섰다. 찰스가 누이를 부축하며 걷고, 앤 옆에는 벤윅 대령이 함께했다. 서둘러 걸어가면서 앤은 그날 아침 일찍 바로 이 길에서 일어났던 소소한 일들을 잠시 떠올려보았다. '저기에서 헨리에타는 셜리 박사가 어퍼크로스를 떠나 계셔도 되지 않느냐며 이런저런 계획을 얘기했지. 조금 더 가면 엘리엇 씨를 처음 만난 곳이 나올 텐데.' 하지만 이런 생각도 잠시일 뿐, 지금은 루이자와 루이자의 안위로 여념이 없는 사람들에게 생각을 집중해야 할 때였다.

벤윅 대령은 그녀에게 더없이 세심하게 관심을 써주었다. 그날 겪은 힘든 일로 일행 모두 하나가 되었지만, 앤은 특히 그에게 더욱 호감을 느꼈다. 심지어는 이 일을 계기로 계속 알고 지내게 될지도 모른다는 생각에 기쁜 마음이 들기도 했다.

웬트워스 대령은 사륜마차를 길 아래 타기 편한 자리에 대기시켜둔 채 일행이 오는지 살피고 있었다. 두 자매가 뒤바뀐 것을 본 그의 얼굴에는 놀라움과 언짢은 기색이 역력했다. 안색이 변하면서 놀라워하는 표정이 떠올랐던 것이다. 자초지종을 설명하는 찰스의 얘기를 들으면서 얼굴에 감정이 드러나는가 싶더니 곧 자제하며 표정을 누그러뜨렸다. 그녀를 맞이하는 그의 태도에 앤은 굴욕감을 느꼈다. 아니 다른 건 몰라도, 그녀의 존재가 루이자에게 도움이 되는 한에서만 의미가 있다는 사실을 깨닫게 하는 반응인 것만은 확실했다.

앤은 침착하고 공정하게 생각하려고 애썼다. 헨리를 향한 에마의 감정*에 필적하지는 못한다 하더라도, 그를 위해서라면 온갖 열의를 다해 루이자를 보살피려고 했을 것이다. 친구라면 마땅히 해야 할 일인

---

* 매슈 프라이어의 시 「헨리와 에마」에 나오는 대목. 자신이 사랑하는 헨리를 위해 기꺼이 그의 연인을 도와주려 하는 에마의 마음가짐을 빗댄 표현.

데 그녀가 필요 이상으로 몸을 사린다는 그런 부당한 생각이 오래가지 않기만을 바랄 뿐이었다.

그러는 사이 앤은 이미 마차에 오르고 있었다. 그는 두 사람이 마차에 오르는 것을 도운 다음 둘 사이에 자리를 잡고 앉았다. 이렇듯 놀라움과 흥분으로 가득한 상황이 연달아 벌어진 가운데 라임을 떠나게 되었던 것이다. 이 긴 여정이 어찌 지나갈지, 두 사람의 태도에 어떤 영향을 미칠지, 그리고 이후 두 사람의 관계는 어떻게 될지 앤은 짐작도 할 수 없었다. 하지만 모든 일은 자연스러운 방향으로 진행되었다. 그는 헨리에타에게 온 신경을 썼다. 계속 그녀 쪽으로 몸을 돌렸고, 말을 할 때면 항상 그녀의 희망을 북돋아주고 기분을 돋워주려고 했다. 전반적으로 그는 되도록이면 차분한 목소리와 태도를 유지하려고 애를 썼다. 자신의 모든 언행을 헨리에타가 동요하지 않도록 배려하는 데 맞추고 있었던 것이다. 딱 한 번 헨리에타가 콥으로 마지막 산책을 갔을 때 일어난 경솔하고 불행한 순간에 대한 얘기를 꺼냈다. 산책 같은 건 아예 생각하지도 말았어야 했다며 그녀가 비통해하자, 그도 그만 평정을 잃고 말을 쏟아내고 말았다.

"그 일 얘기는 꺼내지 마십시오, 아무 말도 하지 마세요." 웬트워스 대령이 울부짖듯 말했다. "오, 제발! 그 치명적인 순간에 제가 그녀의 말을 따르지 않았다면! 마땅히 해야 할 일을 했다면! 하지만 어찌나 그녀가 간절하고 확고하던지! 사랑스럽고 소중한 루이자!"

앤은 지금 그가 심지 굳은 성품이 우월하고 행복해진다는 이론을 펼쳤던 자신이 옳았는가를 자문해보고 있을지, 그리고 다른 성격들과 마찬가지로 그 또한 나름의 균형과 한계가 있어야 한다는 생각을 하고 있을지 궁금해졌다. 유연한 성품도 때로는 결단력 있는 성품만큼이나 행복에 필요한 것이라고 그 또한 느끼지 않을까 싶었다.

그들의 여정은 짧았다. 낯익은 언덕과 풍경이 보이기 시작하자 앤은 깜짝 놀랐다. 빨리 마차를 달려오기도 했지만 여정의 끝에 기다리는 일이 두려워서인지 돌아오는 길이 전날의 반밖에 안 되는 느낌이었다. 그러나 어퍼크로스 부근에 닿기 전에 이미 날이 어두워지기 시작했다. 그들은 한동안 아무 말이 없었다. 헨리에타는 울다 지쳐 잠이 들었는지 숄로 얼굴을 가린 채 구석에 몸을 기대고 있었고, 마차는 마지막 언덕을 오르고 있었다. 돌연 웬트워스 대령이 말을 건넸다. 낮고 조심스러운 목소리였다.

"어떻게 하는 게 최선일지 생각해보았습니다. 헨리에타가 먼저 모습을 보이면 안 될 것 같습니다. 그녀로서는 감당하기 어려운 일일 테니까요. 제가 들어가 머스그로브 어른들께 소식을 전하는 동안 당신은 함께 마차에 남아 있는 게 낫지 않을까 싶은데, 괜찮겠습니까?"

앤이 그리하겠다고 하자 그는 필요한 대답은 다 들었다는 듯 입을 다물었다. 그러나 앤은 그가 자신의 의견을 물었다는 사실이 기뻤다. 그것은 우정의 증거이자 그녀의 판단력을 존중하는 마음의 표시였으므로 큰 기쁨이 아닐 수 없었다. 그로 인해 그가 자신을 떠나 마차를 나선 순간에도 그 뿌듯함은 줄어들지 않았다.

웬트워스 대령은 어퍼크로스에 소식을 전하는 힘든 절차를 마친 뒤에도 루이자의 부모님이 어느 정도 안정을 찾는 모습을 확인하고, 또한 부모님과 함께 있게 되자 기분이 한결 나아진 헨리에타의 상태까지 보살폈다. 하지만 이 모든 일이 끝나자 자신이 타고 온 마차로 라임에 되돌아가겠다는 의사를 밝혔고, 말이 준비되자마자 서둘러 길을 떠났다.

13

앤이 어퍼크로스에서 지내기로 한 시간도 이틀밖에 남지 않았다. 그 시간 내내 앤은 본가에 머물면서 머스그로브 부부에게 가까운 말동무가 되어주었고, 앞으로 어떻게 해야 할지 일정을 짜는 일을 거들었다. 마음이 어수선한 두 사람이 감당하기 어려웠을 법한 일이었다. 그녀는 자신이 그곳에서 더할 나위 없이 쓸모 있는 존재라는 느낌에 마음이 흐뭇했다.

다음날 아침 라임에서 이른 소식이 왔다. 루이자의 상태는 여전했고 전보다 나쁜 증세는 나타나지 않았다. 몇 시간 뒤 찰스가 와서 그 이후의 더 자세한 소식을 전했다. 그는 꽤 낙관적이었다. 빠른 치유를 바랄 순 없어도 이런 경우치고는 양호하다고 했다. 하빌 부부 이야기를 꺼낼 땐 그들의 친절에, 특히 루이자를 간호하는 하빌 부인의 노고에 말로 다할 수 없을 정도로 고마움을 느끼는 듯했다. "정말 메리가 할 일이 아무것도 없을 정도로 혼자서 모든 일을 하셨답니다. 어젯밤엔 저와 메리를 설득해서 일찍 여관으로 가게 하셨어요. 메리는 오늘 아침에도 신경이 날카로워졌죠. 제가 출발했을 때 벤윅 대령과 산책을 나갈 참이었으니 좀 나아졌으면 좋으련만. 전날 집으로 돌아가라고 했을 때 메리가 말을 들었다면 좋았을걸 하고 바랄 정도였어요. 사실 하빌 부인이 일을 도맡아 하셔서 다른 사람이 할 일이 없었거든요."

찰스는 당일 오후 라임으로 돌아갈 예정이었다. 그의 부친도 처음에는 그와 함께 갈 마음을 반쯤 먹었으나 여자들의 반대에 부딪혔다. 그가 가면 다른 이들에게 폐만 끼치고 그 자신도 더 심란해질 거라는 얘기였다. 결국 그보다 훨씬 나은 계획이 제안되고 실행되었다. 크루컨에서 이륜마차를 불러와 머스그로브 씨보다 훨씬 더 도움이 될 사람을 데리고 가는 것이었다. 바로 머스그로브 가족의 아이들을 모두 길러낸 나이 든 보모였다. 그녀는 막내로 오래도록 귀염을 받은 도련님 해리가 형들을 따라 학교에 가는 것까지 지켜본 사람이었다. 지금은 드나드는 사람마저 없는 육아실에서 양말을 깁거나, 물집이 생겼다든지 타박상을 입은 주변 사람들을 치료하며 소일하고 있었다. 따라서 그녀는 사랑스러운 루이자 양의 간호를 도우러 간다는 것에 그저 행복해할 따름이었다. 머스그로브 부인과 헨리에타도 세라를 그곳으로 보내면 좋겠다고 막연히 생각하고 있긴 했다. 하지만 앤 없이는 그토록 신속히 결정을 내리고 행동으로 옮기지 못했을 것이다.

이십사 시간마다 루이자의 경과를 전해듣는 일이 절실하던 참에, 다음날 찰스 헤이터가 와서 상세한 소식을 모두 전해주었다. 그는 라임에 오가는 것을 제 일처럼 여겼다. 그가 전해준 경과는 여전히 고무적이었다. 의식과 감각이 돌아올 때마다 차도를 보인다고 했다. 들려오는 보고마다 하나같이, 웬트워스 대령은 라임에서 꼼짝도 않는 듯하다고 전했다.

앤은 다음날 그곳을 떠날 예정이었지만 모두들 이를 만류했다. "당신 없이 무슨 일을 할까요? 우리는 서로에게 위로가 안 되는 걸요!" 이런 말을 어찌나 들었던지, 앤도 모두 함께 라임에 가도록 설득하는 게 최선이라는 생각을 하기에 이르렀다. 사실 다들 그녀에게 그러고 싶다는 속내를 비쳤던 터라 일을 성사시키는 데는 별 어려움이 없었다. 다음날 모두 가는 것으로 바로 결정이 났다. 그들은 여관이나 다른 적당한 곳에 숙소를 정하고, 사랑하는 루이자를 데려올 수 있을 때까지 머물 작정이었다. 루이자를 간호하고 있는 사람들을 돕거나, 최소한 하빌 부인이 자기 아이들을 돌보는 수고라도 덜 수 있을 듯싶었다. 한마디로 이 결정은 그들 마음에 쏙 들었고, 앤 역시 그런 제안을 하길 잘했다는 생각에 흐뭇했다. 그들이 떠날 채비를 돕고 이른 시각에 전송하면서, 그녀는 어퍼크로스의 마지막 아침을 이보다 더 보람차게 보낼 수는 없으리라 느꼈다. 그 결과 자신은 저택에 홀로 남겨진다 할지라도 말이다.

이제 남은 건 코티지의 어린 소년들과 자신뿐이었다. 두 집을 채우고 생기를 불어넣으며 어퍼크로스를 활기찬 곳으로 만들었던 사람들이 모두 떠나고 그녀만 홀로 남았다. 며칠 사이에 상황이 이렇게 달라지다니!

루이자가 회복되면 다시 모든 일이 잘될 것이다, 예전에 누렸던 것 이상의 행복이 찾아올 테니. 그녀의 마음에는 루이자가 회복하면 뒤따라올 일들에 아무 의심도 없었다. 지금은 모두 떠나버린 이 방에서 그녀 홀로 조용히 수심에 젖어 있지만, 몇 달이 지나면 온통 행복하고 즐거운 것들, 순조로운 애정 속에서 반짝이며 빛을 내는 것들로 다시 채워질 것이다. 앤 엘리엇과는 전혀 상관없는 그 모든 것들로!

부드럽고 굵은 빗줄기가 창밖으로 보이던 물체마저 거의 지워버리는 어둑한 11월의 날이었다. 그렇게 한 시간 동안 아무 일도 않고 상념에 젖은 뒤라 레이디 러셀의 마차 소리가 여간 반가운 게 아니었다. 하지만 이곳을 떠나고 싶은 마음에도 불구하고 저택을 나서면서, 코티지의 어둡고 빗물이 뚝뚝 흐르는 쓸쓸한 베란다에 작별인사를 하면서, 그리고 뿌연 유리창 너머로 마을 끝자락의 초라한 집들을 바라보면서 앤의 마음도 슬퍼졌다. 어퍼크로스를 소중하게 만들어준 많은 기억들이 떠올랐다. 한때는 날카로웠으나 이제는 무뎌져버린 고통스러운 감정들, 노여운 마음이 풀리던 순간들, 그리고 우정과 화해의 말을 속삭이던 시간들, 다시 돌아갈 수는 없지만 언제나 소중한 기억으로 남을 이 모든 것들이 담겨 있는 곳이었다. 그녀는 이제 기억만을 간직한 채 그 모든 것을 남기고 떠나야 했다.

앤은 레이디 러셀의 집을 떠난 9월 이후 한 번도 켈린치에 간 적이 없었다. 그럴 일이 없기도 했고, 그럴 기회가 생겼을 때도 어떻게든 자리를 모면하려고 했다. 첫 귀향에서 그녀는 현대식의 우아한 별채에 거처를 정하고 그곳 여주인의 눈을 기쁘게 해줄 작정이었다.

앤을 다시 만난 레이디 러셀의 표정에는 기쁨과 근심이 뒤섞여 있었다. 그녀는 어퍼크로스를 자주 드나들었던 사람이 누구인지 알고 있었다. 하지만 다행히 앤은 살도 좀 붙고 얼굴도 좋아진 듯했다. 적어도 레이디 러셀의 눈에는 그렇게 보였다. 그녀의 찬사에 기분이 좋아진 앤은 말없이 감탄하듯 자신을 바라보던 사촌을 떠올렸고, 젊음과 미모를 되찾아 제2의 전성기를 누리기를 꿈꿔보기도 했다.

대화를 나누게 되자 그녀는 곧 자신의 마음에 뭔가 변화가 있었음을 느낄 수 있었다. 켈린치를 떠나올 당시만 해도 자신에겐 너무도 중요하지만 머스그로브 가 사람들은 대수롭지 않게 여기는 듯해서 말을 꺼낼 수 없었던 일들이 이제 그리 흥미로워 보이지 않았다. 최근에는 아버지와 언니와 바스조차 잊어버렸을 정도였다. 어퍼크로스 일을 생각하느라 그들의 일은 안중에도 없던 때문이었다. 레이디 러셀은 예전에 나눴던 소망과 걱정을 다시 끄집어냈다. 캠든 플레이스에 구한 집은 마음에 들지만 클레이 부인이 여전히 함께 있어서 유감이라는 것이었다. 그러나 앤의 마음은 라임과 루이자 머스그로브, 그리고 그곳에 있는 모든 지인들 생각으로 가득했다. 하빌 부부와 벤윅 대령이 사는 집과 그들이 나누는 우정에 훨씬 더 관심이 갔고, 아버지가 캠든 플레이스에 구한 집이나 언니와 클레이 부인이 친하게 지내는 일은 뒷전이었다. 그런 속마음을 들키기라도 하면 부끄러울 것이다. 자신에게 초미의 관심사가 되어야 마땅한 이야기를 나누는 동안, 사실 앤은 레이디 러셀만큼 걱정스러운 시늉이라도 하려고 애를 써야 했다.

대화의 주제가 바뀌었을 때도 처음엔 약간 어색했다. 앤은 라임에서 일어난 사고 이야기를 해야 했다. 레이디 러셀은 전날 도착한 지 오 분도 안 되어 사건의 전모를 전해들은 터였지만, 그래도 다시 이야기를 하지 않을 수 없었다. 그녀로서는 이런저런 질문을 하고 경솔한 행동에 유감을 표하며, 그 결과를 슬퍼하지 않을 수 없었다. 결국 두 사람 모두 웬트워스 대령의 이름을 언급해야만 했다. 앤은 레이디 러셀만큼 태연할 수 없음을 의식했다. 그와 루이자의 연애에 대한 자신의 생각을 간단히 말하는 방편을 택하고 나서야 앤은 비로소 웬트워스 대령의 이름을 언급하며 레이디 러셀의 눈을 똑바로 볼 수 있었다. 그 얘기를 하고 나니 그의 이름을 입에 올리는 일이 더이상 거북하지 않았다.

레이디 러셀은 차분히 얘기를 듣고는 그들의 행복을 기원할 따름이었다. 하지만 스물셋의 나이에 앤 엘리엇과 같은 여자의 가치를 조금이나마 알아본 듯했던 남자가 팔 년 뒤 루이자 머스그로브 같은 여자에게 매력을 느끼다니. 레이디 러셀의 마음속에선 한편 화가 나면서도 기쁘고, 또 한편 기쁘면서도 경멸스러운 복잡미묘한 감정이 차올랐다.

첫 사나흘은 루이자가 조금씩 나아진다는 소식을 담은 쪽지가 한두 번 온 것 말고는 별다른 일 없이 아주 조용히 지나갔다. 그 쪽지가 어떻게 라임에서 그곳까지 전해졌는지 앤도 아는 바가 없었다. 그러나 사나흘이 지나자 레이디 러셀도 도의상 더는 나 몰라라 할 수 없었다. 처음에는 약하게 자신을 다그치다가 결국엔 확고한 어조로 이렇게 말했던 것이다. "크로프트 부인을 방문하는 게 도리지 싶구나. 정말이지 곧 가야만 하겠어. 앤, 나와 함께 그 집을 방문할 용기가 있겠어? 그건 우리 둘 모두에게 시련이 될 거야."

앤은 대답을 피하지 않았다. 아니, 오히려 자신이 느끼는 그대로 이렇게 말했다.

"분명 부인이 저보다는 더 괴로우실 거라고 생각해요. 저와 달리 변화를 받아들일 만한 시간이 없으셨잖아요. 근처에 남아 있던 덕에 저는 무덤덤해졌거든요."

이 문제에 대해서라면 앤은 할 말이 더 많았다. 사실상 앤은 크로프트 부부를 아주 높이 평가했고, 아버지가 그런 분들에게 집을 세주게 되어 운이 좋았다고 생각했다. 그들이 교구민에겐 모범이 되고 가난한 이들을 돌보며 구제에 힘쓰리란 걸 확신했다. 어쩔 수 없이 집을 내주게 되었다는 사실이 유감스럽고 부끄러웠지만, 공정하게 보자면 켈린치 홀이 자격 없는 주인보다 나은 사람들 손에 맡겨졌다고 생각지 않을 수 없었다. 이러한 확신에는 그 나름의 쓰라린 아픔이 따르게 마련이다. 하지만 덕분에 앤은 레이디 러셀이 저택을 다시 찾아 낯익은 방들을 둘러보면서 느낄 법한 아픔을 겪지는 않았다.

그러는 동안 앤은 차마 이런 생각을 할 순 없었다. '이 방들의 주인은 우리인데, 아! 어울리지 않는 사람들에게 넘어가 품격이 떨어졌구나! 유서 깊은 집안이 밀려나고 이방인들이 그 자리를 차지하다니!' 아니, 어머니가 생각나거나, 그녀가 앉아 집안일을 통솔했던 자리가 기억날 때 말고는 그런 마음을 담은 한숨조차 내쉬지 않았다.

크로프트 부인은 늘 앤이 총애를 받는다고 마음속으로 뿌듯해할 만큼 친절하게 대해주었지만, 오늘은 더더욱 세심하게 배려하며 그녀를 맞이했다.

대화의 주제는 곧 라임에서 일어난 안타까운 사고 이야기로 넘어갔다. 두 부인이 가장 최근에 들은 환자의 소식을 교환하던 중에, 어제 아침 같은 시각에 그 소식을 전해들었다는 사실이 밝혀졌다. 웬트워스 대령이 어제 켈린치에 다녀간 모양이었다. 어떻게 전해졌는지 그 경로를 알 수 없었던 쪽지는 웬트워스 대령이 (사고 이후 처음으로) 앤에게 전한 것이었다. 몇 시간 머문 뒤 라임으로 다시 돌아간 그는 현재로선 더이상 그곳을 떠날 생각이 없는 듯했다. 또한 앤은 그가 특별히 자신의 안부를 물었다는 사실도 알게 되었다. 앤 엘리엇 양의 노고가 컸다면서, 이 일로 인해 건강이 나빠지지 않았기를 바란다고 했다는 것이다. 이처럼 아낌없는 찬사는 앤에게 더할 나위 없는 기쁨을 주었다.

견실하고 분별 있는 두 여인은 확인된 사건에 대해 심사숙고한 뒤 판단을 내려야 했다. 라임에서 일어난 안타깝고 불행한 사건을 두고 논의한 후 그들의 생각은 같았다. 이 일은 무분별하고 경솔한 행동이 낳은 사건이었고, 그에 따른 결과가 심히 걱정스럽다는 점에서도 두 사람은 완벽하게 의견일치를 보았다. 루이자가 회복하는 데 시간이 얼마나 걸릴지, 회복된 다음에도 뇌진탕의 후유증을 얼마나 앓게 될지 생각하기조차 두려운 일이었다! 제독은 두 여인의 의견을 정리하여 매듭지으며 말했다.

"아, 정말 유감스러운 일이오. 젊은 청년이 연인의 머리를 깨뜨려서 애정을 표현하는 새로운 방식인가! 그렇지 않소, 엘리엇 양? 그야말로 병 주고 약 주는 셈인 게지!"

앤은 레이디 러셀의 취향에는 맞지 않는 크로프트 제독의 말투가 마음에 들었다. 그의 선한 마음과 단순한 성품을 좋아하지 않을 수 없었다.

무언가에 정신이 팔려 있다 갑자기 생각난 듯 제독이 말했다. "이곳에 와서 우리를 만나는 일이 무척 힘들었을 텐데 내 미처 생각을 못 했소. 정말 힘든 일이겠지. 이제 격식일랑 차리지 말고 원한다면 일어나 집 안을 둘러봐요."

"감사합니다만 다음 기회에 하지요. 이번엔 사양할게요."

"그럼 편할 때 언제든지 그렇게 해요. 아무 때나 관목숲으로 들어오면 될 거요. 저 문 옆으로 우산을 걸어둔 게 보이지요. 딱 맞는 장소 아니겠소? 하지만," 제독은 조심스레 말을 이었다. "당신은 그렇게 생각하지 않을지도 모르겠소. 당신네는 언제나 집사의 방에 두었으니까. 그렇지, 언제나 그런 법이지요. 어느 누구의 방식이든 좋을 수 있지만 우리 모두 자기 방식을 가장 좋아하니, 집 안을 둘러보는 게 나을지 아닌지는 스스로 결정해요."

거절해도 괜찮다는 말에 앤은 감사를 표하며 그렇게 했다.

제독은 잠시 생각한 뒤 이어서 말했다. "거의 바꾼 게 없다오! 얼마 안 되지요. 세탁실 문은 어퍼크로스에 있을 때 얘기를 드렸는데, 멋지게 개조했어요. 놀라운 건 말이오, 세상에 그렇게 불편한 문을 어떻게 그리 오래 사용할 수 있었나 하는 거라오. 월터 경께 우리가 한 일을 말씀드리고, 셰퍼드 씨가 이제껏 이 집에서 개조한 것 중 최고라고 했다는 얘기도 전해드리오. 정말 솔직히 말하자면, 몇 군데 안 되긴 하지만 바꾼 게 모두 전보다 낫다니까. 하지만 그건 다 아내 덕이지요. 나야 당신 아버지가 쓰시던 옷방의 큰 거울 몇 개를 치운 것 말고는 별로 한 일이 없다오. 아주 좋으신 양반이고 또 틀림없는 신사분이시지만, 엘리엇 양," 제독은 진지한 표정을 지으며 계속했다. "그분 연배치고는 옷에 꽤 신경을 쓰시는 분인 게 틀림없소. 거울이 그렇게나 많다니! 맙소사! 사방에서 나를 비추어대니, 원. 그래서 소피의 도움을 빌려 다른 곳으로 옮겼지요. 내 작은 면도 거울을 한구석에 놓고 나니 이제는 편하다오. 큰 거울이 하나 있지만 그 근처론 얼씬도 안 하니까."

앤은 제독의 말에 자기도 모르게 웃음이 났으나 어찌 대답해야 할지 난감했다. 그러자 제독은 자신이 예의 없이 말한 게 아닐까 우려하며 다시금 말을 이었다.

"엘리엇 양, 다음에 아버님께 편지를 쓸 때는 부디 나와 아내의 인사를 전해주고, 또 우리가 아주 편히 잘 지내며 아무런 불만도 없다고 해줘요. 거실 굴뚝에서 약간 연기가 나는 건 사실이지만 그건 바람이 북쪽에서 강하게 불 때뿐이고, 겨울에 서너 번 있을까 말까 한 일이지. 이 근처 대부분의 집을 다 가보고 판단해서 하는 얘기인데, 이곳보다 더 나은 집이 없다오. 부디 내 인사와 함께 이 말을 전해줘요. 그러면 기뻐하실 게요."

레이디 러셀과 크로프트 부인은 서로에게 큰 호감을 느꼈다. 하지만 이번 방문으로 시작된 친분은 한동안 더 진전되지 못할 운명이었다. 답례차 방문을 왔을 때 크로프트 부부는 북쪽 지방에 사는 친척을 방문하러 몇 주 집을 비울 예정이며, 아마도 레이디 러셀이 바스로 떠나기 전엔 집으로 돌아오지 못할 거라고 했다.

이제 앤이 러셀 부인과 함께 있을 때나 켈린치 홀을 방문했을 때 웬

트워스 대령을 만나게 될 위험은 없어졌다. 모든 것이 안전했으므로
그녀는 그동안의 부질없는 근심걱정을 접고 안도의 미소를 지었다.

14

머스그로브 부부가 도착한 뒤에도 찰스와 메리는 앤이 예상했던 것보다 훨씬 오래 라임에 남아 있었다. 그래도 가족 중엔 제일 먼저 집에 돌아왔고, 어퍼크로스에 돌아오자마자 곧장 앤을 방문했다. 그들이 떠나올 무렵 루이자는 일어나 앉기 시작했다. 머리가 맑아지기는 했지만 극도로 약한 상태여서 아주 작은 자극도 못 견딜 만큼 신경이 예민하다고 했다. 대체로 아주 잘 지내고 있다고 할 수 있겠지만 언제 집으로 돌아오는지는 여전히 알 수 없었다. 머스그로브 부부는 크리스마스 휴가에 학교에서 올 아이들을 맞이하러 집으로 돌아와야 했다. 그들이 루이자를 데려올 수 있으리라고 기대하기는 어려웠다.

사람들은 모두 한 숙소에 머무르고 있었다. 하빌 부인의 짐을 덜고자 머스그로브 부인은 있는 힘껏 아이들을 맡아서 돌보았고, 가져올 수 있는 건 뭐든 어퍼크로스에서 공수해왔다. 한편 하빌 부부 편에서는 매일 함께 저녁식사를 하길 원했다. 한마디로 어느 쪽이 더 사심이 없고 인심이 후한지 경쟁이라도 벌이는 듯한 상황이었다.

메리의 불평불만은 여전했다. 하지만 그토록 오래 머문 데서 알 수 있듯이, 대체로 불평할 일보다는 즐거운 일이 많은 모양이었다. 찰스 헤이터가 라임에 너무 자주 찾아오는 것은 그녀의 눈에 거슬렸다. 하빌 부부와 저녁식사를 할 때 시중드는 하녀는 한 명밖에 없었고, 처음에 하빌 부인은 줄곧 머스그로브 부인에게 상석을 주었다. 그러나 메리가 누구의 딸인지 알고 난 뒤 하빌 부인은 정중히 사과를 했다. 매일 너무도 많은 일이 벌어져 숙소와 하빌 가를 수없이 오갔으며, 뻔질나게 도서관을 들락거리면서 책을 빌려다 보았다고 했다. 결산해보면 확실히 라임이 마음에 든 모양이었다. 그녀는 또한 차머스에 다녀오고 해수욕도 했으며, 교회에 나가기도 했다. 라임의 교회에는 어퍼크로스의 교회보다 구경할 사람이 훨씬 더 많았다. 자기가 아주 도움이 된다는 느낌에다 이 모든 것이 더해지니 이 주간의 시간이 정말로 유쾌했던 것이다.

앤은 벤윅 대령의 안부를 물었다. 메리의 안색이 곧장 어두워졌다. 찰스는 웃음을 지었다.

메리가 말했다. "아! 벤윅 대령은 아주 잘 지내고 있어. 아주 특이한 젊은이라서 무슨 생각을 하는지는 모르겠지만. 우리와 함께 여기로 와서 한 이틀 지내고 가라고 청했거든. 찰스는 사격을 하자고 했고. 아주 기뻐하는 거 같아 보여서 그러기로 정해진 거려니 생각했어. 그런데 글쎄 화요일 밤이 되니 '사격을 해본 적이 없다'는 둥, '오해가 있었다'는 둥, 이런저런 약속이 있다는 둥 궁색한 변명을 늘어놓더라고. 결국 올 생각이 아니었던 거야. 여기 와서 지루할까봐 그런 거지 뭐. 난 정말이지, 코티지 정도면 벤윅 대령처럼 상심한 사람이 지내기엔 적당하게 활기찬 곳이라고 생각했단 말이야."

찰스는 다시 웃으면서 말했다. "메리, 사실 어떻게 된 일인지 잘 알잖소." 그러고는 앤을 향해 몸을 돌리며 이렇게 말했다. "바로 앤 당신 때문이었지요. 그는 우리와 함께 오면 당신을 가까이서 볼 거라고 생각했던 겁니다. 다들 어퍼크로스에 살고 있다고 착각했겠지요. 레이디 러셀이 5킬로미터 떨어진 곳에 산다는 것을 알았을 때 상심해서 여기 올 용기를 잃은 거구요. 단언컨대 그게 사실입니다. 메리도 그렇다는 걸 알고 있지요."

하지만 메리는 쉽사리 인정하지 않았다. 벤윅 대령의 출생과 지위상 엘리엇 가의 여자를 사랑할 자격이 없다고 생각해서인지, 아니면 자기가 아니라 앤 때문에 어퍼크로스에 오고 싶어했다는 걸 믿고 싶지 않아서인지는 추측에 맡겨야 했다. 그런 말을 들었다고 해서 앤이 그에게 가졌던 호의가 줄어든 것은 아니었다. 듣기 좋은 칭찬이라고 과감히 인정하고서 앤은 계속 안부를 물었다.

"아! 그 사람이 어찌나 당신 칭찬을 하던지……"

찰스가 외치자 메리가 그의 말을 막으며 말했다.

"찰스, 그곳에 있는 내내 그 사람이 앤 얘기를 꺼낸 건 두 번도 안돼요. 앤, 정말 그 사람이 언니 얘기는 전혀 하지 않았다니까."

"그렇지." 찰스도 인정했다. "통상적인 의미에서는 얘길 한다고 볼 수 없지만, 당신을 매우 존경하는 것은 정말 확실해요. 당신에게 추천

받아 읽고 있는 책 생각으로 머릿속이 꽉 차서 당신과 책 얘기를 하고 싶어한답니다. 읽던 책에서 뭔가를 찾아내고는…… 이런! 기억이 안 나네, 뭔가 아주 멋진 내용이었는데. 헨리에타에게 말하는 걸 우연히 들었거든요. 그러고는 '엘리엇 양에 대해 극찬을 했어요! 메리, 맹세코 이건 정말이고, 내가 직접 들은 거요. 그때 당신은 다른 방에 있었소. '우아하고 상냥하고 아름답고……' 아! 엘리엇 양의 매력을 줄줄이 읊어대더군요."

메리가 흥분해서 외쳤다. "그건 자기를 깎아먹는 행동이지. 하빌 양이 죽은 게 고작 작년 6월의 일인데, 그런 마음이라면 별로 가치가 없잖아. 그렇죠, 레이디 러셀? 당신도 같은 생각일 거라고 믿어요."

"벤윅 대령을 만나본 다음에 결정을 내려야 할 것 같은데." 레이디 러셀은 웃으면서 말했다.

"곧 만나게 되실 겁니다." 찰스가 말했다. "우리와 함께 떠나온 다음 또 여기까지 찾아올 용기는 없었던 건지도 모르죠. 하지만 언젠 가는 제 발로 켈린치를 찾아올 겁니다. 제 말이 맞을 거예요. 그 친구 한테 여기까지 얼마나 걸리는지 어떤 길로 오는지도 알려주었고, 교 회도 볼 만하다고 말해주었답니다. 그 사람이 그런 것에 관심이 있으 니 좋은 구실이 될 거라고 생각했죠. 정말이지 열중해서 제 얘기를 듣 더군요. 그런 태도로 보아 분명 곧 방문할 겁니다. 그러니 제가 이렇 게 예고를 드리는 거지요, 레이디 러셀."

"앤이 아는 사람이라면 언제라도 환영이지." 레이디 러셀이 친절하 게 답했다.

"아! 앤이 아는 사람이라," 메리가 말했다. "그보다는 내가 아는 사람이 맞다고 생각하는데, 지난 이 주 동안 매일 봤으니까요."

"글쎄, 그럼 두 사람이 함께 아는 사람으로서 벤윅 대령을 만나면 나는 매우 기쁠 거야."

"그 사람한테서 유쾌한 점이라곤 찾아보지 못하실 게 분명해요. 이 세상에서 제일 재미없는 젊은이 중 하나예요. 가끔 저랑 함께 모래톱을 산책할 때도, 이쪽 끝에서 저쪽 끝까지 가는 동안 한마디도 안 했다니까요. 가정교육을 잘 받은 사람이 아니에요. 좋아하지 않으실 거라 확신해요."

"내 생각은 다른걸, 메리." 앤이 말했다. "난 레이디 러셀이 그 사람을 좋아하실 거라 생각해. 그의 인격이 아주 마음에 들어서 행동거지의 부족함은 보이지 않으실 거야."

"제 생각도 그래요, 앤." 찰스가 말했다. "분명 좋아하실 겁니다. 딱 레이디 러셀이 좋아할 부류지요. 그에게 책 한 권을 주면 하루 종일 그것만 읽고 있을 겁니다."

"맞아, 그 사람 그럴 거야!"라고 메리가 비웃듯이 외쳤다. "앉아서 책만 파고 있을 거야. 누가 자기한테 말을 거는지, 가위를 떨어뜨리는지, 무슨 일이 벌어지는지도 모르는 채 말이야. 당신, 레이디 러셀이 그런 걸 좋아할 거라고 생각해요?"

레이디 러셀은 웃지 않을 수 없었다. "나는 한결같고 꾸밈없는 사람이라서, 정말이지 어떤 사람에 대한 내 의견에 그렇게나 다른 추측이 나올 줄 몰랐는걸. 그토록 상반되는 견해를 내놓게 하는 사람이라니 정말 보고 싶구나. 그가 이곳을 방문하면 좋겠어. 그때 내 의견을 말해줄게, 메리. 하지만 미리 판단하지는 않을 작정이야."

"좋아하지 않으실 거예요. 장담해요."

레이디 러셀은 다른 얘기를 하기 시작했다. 메리는 예사롭지 않게 엘리엇 씨와 마주쳤던, 아니 그를 놓쳤던 일을 신이 나서 늘어놓았다.

"그 사람이라면," 레이디 러셀이 말했다. "만나고 싶지 않구나. 집 안의 어른과 친분 맺길 거절한 일이 내게 아주 나쁜 인상을 남겼어."

이렇듯 단호한 말에 메리도 흥미를 잃었는지, 엘리엇 씨의 생김새에 대해 한창 얘기하던 것도 그만둬버렸다.

앤은 차마 웬트워스 대령의 안부를 묻지 못했지만, 물어보지 않아도 될 만큼 알아서들 그의 얘기를 했다. 예상했던 대로 그는 최근에 활기를 되찾았다. 루이자의 상태가 나아지면서 그도 좋아져서, 첫 주와는 사뭇 다른 모습이라는 것이었다. 그 동안 그는 루이자를 한 번도 보지 않았다고 했다. 혹시나 좋지 않은 영향을 줄까 우려하여 만나겠다고 조르지도 않는다고 했다. 오히려 그녀의 상태가 더 좋아질 때까지 한 주나 열흘간 떠나 있을 계획인 듯했다. 한 주간 플리머스에 내려가 있겠다고 하면서 그는 벤윅 대령도 같이 갔으면 했다. 하지만 찰스가 끝까지 주장했듯이 벤윅 대령은 켈린치로 오고 싶어하는 눈치였다는 것이다.

이때부터 레이디 러셀과 앤 모두 이따금씩 벤윅 대령 생각을 하게 되는 것은 명약관화한 일이었다. 레이디 러셀은 현관벨이 울릴 때마다 혹시 그가 온 게 아닐까 생각지 않을 수 없었다. 앤 또한 아버지 영지에서 혼자 하릴없이 산책하다 돌아올 때나 마을의 자선방문에서 돌아올 때면 그를 만나거나 그의 소식을 듣지 않을까 생각했다. 그러나 벤윅 대령은 오지 않았다. 찰스가 상상했던 것만큼은 마음이 없었거나, 아니면 너무나 수줍었던 게다. 레이디 러셀은 슬슬 그에게 흥미를 느끼고 있었기에 한 주 정도 너그럽게 기다렸지만, 이후론 그가 관심을 가질 만한 사람이 아니라고 결론지었다.

머스그로브 부부는 학교에서 들떠서 돌아올 아이들을 맞이하러 집으로 내려왔다. 하빌 부인의 아이들도 데려온 탓에 어퍼크로스는 더더욱 시끌벅적해졌고, 덕분에 라임은 아주 조용해졌다. 루이자 곁에 남기로 한 헨리에타를 빼고 가족들 모두 평소의 제자리로 돌아온 셈이었다.

레이디 러셀과 한 번 인사차 들렀을 때 앤은 어퍼크로스가 이미 활기를 되찾았다고 느끼지 않을 수 없었다. 헨리에타와 루이자도 없고 찰스 헤이터도 웬트워스 대령도 없었지만, 거실은 그녀가 마지막 보았을 때와는 전혀 달라 보였다.

머스그로브 부인은 하빌 가의 아이들을 양쪽에 꼭 끼고 있었다. 그 아이들과 놀아준다는 명목으로 코티지에서 건너온 두 손자가 못되게 굴지는 않을까 노심초사 지켜보는 중이었다. 방 한쪽 탁자에서는 소녀들이 수다를 떨며 비단과 금박종이를 자르고 있었고, 다른 한쪽에서는 소년들이 쟁반에 담긴 머릿고기와 차가운 파이의 무게로 다리가 휠 듯한 상 옆에 서서 왁자지껄 먹고 마셔대고 있었다. 이 모든 소음 속에서 자기 존재를 알리려 작정한 듯 맹렬히 타오르는 크리스마스 장작불이 전체 그림을 마무리 지었다. 그들이 방문한 동안 물론 찰스와 메리도 본가로 건너왔다. 머스그로브 씨는 레이디 러셀에게 경의를 표하느라 십 분간 옆에 앉아서 목청 높여 이야기를 했지만, 그의 무릎에 앉은 시끌벅적한 아이들 소리에 묻혀 제대로 들리지도 않았다. 참으로 멋진 한 폭의 그림 같은 가족이었다.

앤 자신의 성향에 비추어보건대, 이처럼 태풍이 몰아치듯 정신없는 집에 있으면 루이자의 병 때문에 과민해진 신경을 회복하는 데 그다지 도움이 될 것 같지 않았다. 머스그로브 부인은 앤을 곁으로 불러 연거푸 그녀의 배려에 진심 어린 감사의 말을 하고 나서 힘들었던 지난 일들을 짤막하게 되새겼다. 그러더니 행복한 얼굴로 방을 둘러보며, 그 모든 일을 겪은 뒤 집에서 잠시나마 조용히 유쾌한 시간을 보내는 것만큼 도움이 되는 일은 없다고 말을 맺었다.

루이자는 이제 급속히 회복되고 있었다. 동생들이 학교에 가기 전에 집으로 돌아올 수 있지 않을까 하고 머스그로브 부인이 생각할 정도였다. 언제가 되든 루이자가 돌아올 때 하빌 부부도 함께 어퍼크로스에 와서 지내기로 약속이 되어 있었다. 웬트워스 대령은 슈롭셔에 사는 형을 만나러 가고 없었다.

그들이 마차에 앉자마자 레이디 러셀이 말했다. "크리스마스 휴가 기간에 어퍼크로스 방문을 삼가야 한다는 걸 나중에 기억할 수 있다면 좋겠구나."

다른 문제와 마찬가지로 소음에도 사람마다 나름의 취향이 있게 마련이다. 소리는 크기보다도 종류에 따라 아무렇지 않게도 들리고 아주 거슬리게도 들리니 말이다. 그로부터 얼마 지나지 않은 어느 비 내리는 오후, 레이디 러셀이 바스에 도착했을 때였다. 그녀가 탄 마차는 올드 브리지에서 캠든 플레이스까지 길게 이어진 거리를 지나가고 있었다. 다른 마차들이 돌진하는 소리에다 이륜과 사륜 짐마차가 덜커덩거리며 내는 육중한 소리, 신문팔이와 머핀장수와 우유배달부가 호객하는 소리, 그리고 나막신이 찰박거리는 소리가 끊이지 않았지만 그녀는 아무런 불평도 없었다. 아니, 오히려 이 소음들은 겨울철에 누릴 수 있는 여흥의 일부였으므로 기분도 덩달아 고조되었다. 말로 표현하지는 않았지만 그녀 역시 머스그로브 부인과 다를 바 없는 감흥에 젖어 있었다. 오랜 시골생활 뒤 편안히 유쾌한 시간을 보내는 것만큼 좋은 일은 없다고 느꼈던 것이다.

앤은 그런 감정을 느낄 수 없었다. 내색은 하지 않았지만, 바스에 가는 것이 영 내키지 않았다. 빗속에 연기를 뿜으면서 죽 늘어선 건물들이 흐릿하니 처음 눈에 들어왔을 때도 딱히 자세히 보고 싶은 마음이 들지 않았다. 하지만 그곳이 마음에 들지 않는데도 불구하고 마차가 너무 빨리 지나가고 있다는 기분이 들었다. 그녀가 도착했을 때 반가이 맞아줄 사람이 있을지 의구심이 생긴 탓이었다. 앤은 회한 섞인 그리움으로 어퍼크로스의 소란스러움과 켈린치의 한적함을 떠올렸다.

엘리자베스는 마지막으로 보낸 편지에서 흥미로운 소식을 알려왔다. 엘리엇 씨가 바스에 있으며 캠든 플레이스에 찾아왔다는 것이었다. 그의 방문은 두 번 세 번 계속되었는데, 티가 나게 정중한 태도였다고 했다. 엘리자베스와 아버지가 스스로를 속이고 있는 게 아니라면, 그는 전에 일부러 무시하려고 애를 썼던 만큼이나 이제는 그들과 알고 지내려 애를 썼다. 그뿐 아니라 그런 관계가 얼마나 소중한지 널리 알리고 다닌다는 것이었다. 그것이 사실이라면 아주 놀라운 일이었다. 레이디 러셀은 엘리엇 씨에 대해 의아해하면서도 아주 유쾌한 호기심을 느끼고 있었다. 얼마 전 메리에게 그를 '만나고 싶지 않은 사람'이라고 표현했지만, 벌써부터 마음을 바꿔 먹는 중이었다. 그를 어서 만나고 싶은 마음이었다. 가문의 충직한 일원으로 되돌아오고자 하는 그의 마음이 진심이라면, 족보에서 스스로를 잘라냈던 지난 일은 용서받아야 마땅했다.

얘기를 듣고 레이디 러셀만큼 신이 난 건 아니었지만 앤도 엘리엇 씨라면 만나보고 싶다는 마음이 들었다. 바스의 다른 사람들에 대해서는 그런 마음조차 내키지 않았다. 레이디 러셀은 그녀를 캠든 플레이스에 내려준 후 리버스 스트리트의 자기 숙소로 향했다.

15

월터 경은 고상하고 격조 높은 캠든 플레이스에다 집을 얻었다. 지체 있는 사람에게 어울릴 법한 그럴싸한 집이었다. 그와 엘리자베스 모두 정착한 곳이 아주 맘에 들었다.

집으로 들어서는 앤의 마음은 무거웠다. 몇 달간 감옥 같은 생활을 할 생각에 걱정스러워 이렇게 중얼거릴 정도였다. '아! 언제 다시 떠날 수 있으려나?' 그러나 기대하지 않았던 환대를 받고 그녀의 기분도 나아졌다. 아버지와 언니는 집과 가구를 보여줄 생각에 들떠서 그녀를 친절히 맞아주었다. 저녁식탁에 앉았을 땐 그녀가 네번째 자리를 채우는 것도 좋은 일이란 얘기까지 했다.

클레이 부인은 연신 미소를 지으며 무척 상냥하게 그녀를 대했다. 그녀의 친절과 미소는 예상한 대로였다. 자신이 도착하면 그녀가 예의를 차리는 시늉을 할 거라는 건 늘 생각했던 바이지만 아버지와 언니의 친절은 기대 밖이었다. 그들은 기분이 아주 좋은 게 분명했는데, 앤은 곧 그 이유를 듣게 되었다. 그들은 앤의 얘기는 조금도 들어줄 의향이 없었고, 전에 살던 곳에서 자기들이 떠난 걸 몹시 아쉬워하더라는 찬사라도 들을까 싶어 슬쩍 운을 떼었다. 앤은 아무런 얘기도 해줄 수 없었다. 그러자 몇 마디 성의 없는 안부나 물은 뒤 온통 자기들 얘기만 하는 것이었다. 어퍼크로스에는 아무런 관심도 없었고 켈린치에도 그다지 흥미가 없었으니, 오로지 바스에 대한 얘기뿐이었다.

그들은 바스가 모든 면에서 기대 이상이라고 확언했다. 그들의 집이 캠든 플레이스에서 최고라는 데는 의심의 여지가 없었다. 거실은 이제껏 보고 들은 다른 어떤 집보다 단연 뛰어났으며, 거실을 꾸민 모양새나 가구의 취향도 월등했다. 또한 그들과 친분을 터보려는 사람들이 넘쳐났고, 모든 사람이 방문하고 싶어 안달이었다. 소개받는 일을 여러 번 사양했음에도 불구하고 전혀 알지 못하는 이들이 계속해서 방문카드를 남겼다.

이곳엔 여흥거리가 무궁무진했다! 아버지와 언니가 행복한 것을 보고 앤이 놀랄 이유가 있었을까? 놀라지는 않는다 하더라도 자신의 변화에 아무런 수치심도 못 느끼는 아버지를 보니 한숨이 나오지 않을 수 없었다. 주재 지주의 임무와 명예에 대해 아무런 회한도 없이 도시의 하찮은 것들에 저토록 우쭐대다니. 엘리자베스는 접이문을 활짝 열어젖히고 이 방 저 방 들뜬 모습으로 걸어다니며 응접실 공간을 자랑했다. 그 모습에 앤은 한숨을 쉬다가 실소를 짓고 말았다. 켈린치 홀의 안주인이었던 사람이 기껏 구 미터 남짓 떨어진 벽 사이를 오가며 자랑스러워할 수 있다니 그저 놀라울 따름이었다.

그들을 행복하게 만든 건 이뿐만이 아니었다. 그들에겐 엘리엇 씨도 있었다. 앤은 그에 대해 많은 얘기를 들을 수 있었다. 엘리엇 씨는 용서를 받았을 뿐 아니라 그들의 마음을 흡족하게 했다. 그가 바스에 온 지는 한 이 주쯤 되었다고 했다. 11월에 런던으로 가는 길에 들른 터라 바스에는 하루밖에 머물지 않았지만 그사이 월터 경이 이곳에 정착했다는 소식을 들었으며, 하지만 시간이 없어 방문할 수는 없었다고 했다. 하지만 이번에는 바스에서 이 주째 머무는 중이었기에, 도착 즉시 제일 먼저 캠든 플레이스로 찾아와 명함을 남긴 후 어떻게든 만남을 가지려고 안간힘을 썼다. 마침내 만남이 이루어졌을 때는 스스럼없이 과거의 일을 즉각 사과하고 다시 친척으로 받아들여주기를 간청했다. 그리하여 이전의 우호적인 관계가 완전히 회복되었던 것이다.

엘리엇 씨는 흠잡을 데 없는 인물이었다. 그간 관계에 소홀한 듯이 보였던 이유도 모두 해명했는데, 전적으로 오해에서 비롯되었다는 것이었다. 인연을 끊을 생각은 한 번도 한 적이 없었다. 인연이 끊긴 게 아닐까 우려했지만 이유를 몰랐고 신중을 기하기 위해 가만히 있었다고 했다. 가문과 가문의 명예에 대해 무례하게, 혹은 경솔하게 말한 적이 없는지 넌지시 묻자 그는 분개해 마지않았다. 엘리엇 가의 사람이라는 사실을 언제나 자랑해왔고, 친척관계에 대해서라면 요즘 시대의 반봉건적인 풍조에 어울리지 않을 정도로 엄격한 자신이 아닌가! 실로 깜짝 놀랄 일이었다! 그러나 자신의 성품과 전반적인 품행이 틀림없이 그런 소문을 불식시킬 것이고, 월터 경이 자신을 아는 모든 이에게 사실을 확인해볼 수도 있을 것이라 했다. 화해할 기회가 생기자

만사 제치고 친척으로서, 그리고 상속 예정자로서 지위를 되찾고자 애썼다는 사실만으로도 그의 이 같은 소신은 증명되는 셈이었다.

그의 결혼을 둘러싼 정황 또한 정상참작의 여지가 많았다. 본인이 직접 얘기하기 어려운 문제였으므로 그와 아주 가까운 친구 하나가 결혼에 얽힌 얘기 한두 가지를 귀띔해주었다. 이후로 그 결혼을 탐탁지 않아하던 그들의 생각은 크게 바뀌었다. 존경할 만한 사람인 데다 완벽한 신사인(용모도 나쁘지 않다고 월터 경은 덧붙였다) 이 친구는 말버러 단지에서 남부럽지 않게 살고 있는 육군 대령 윌리스라는 사람이었다. 그는 엘리엇 씨를 통해 특별히 부탁을 해서 그들과 알고 지내게 되었다.

엘리엇 씨와 오래 친분이 있던 윌리스 대령은 그의 아내와도 잘 아는 사이였으므로 이야기의 전모를 소상히 알고 있었다. 그녀는 분명 좋은 집안 출신은 아니었다. 하지만 교육을 잘 받아 교양도 있었고 부자인 데다, 그의 친구를 열렬히 사랑했다. 거기에 매력이 있었다. 그녀가 먼저 구애했던 것이다. 그런 이끌림 없이 그녀의 돈만으로 엘리엇을 유혹할 수는 없었을 거라는 얘기였다. 더구나 월터 경은 그녀가 매우 아름다운 여인이었다는 사실도 확인했다. 여기에 사정을 참작할 여지가 있었다. 상당한 재산을 가진 아주 아름다운 여인이 그를 사랑하게 되었다는데! 월터 경은 이것으로 완벽히 해명이 된다고 여기는 것 같았다. 엘리자베스는 그렇게까지 호의적으로 볼 수는 없을지라도 크게 참작할 만한 일임을 인정했다.

엘리엇 씨는 거듭 그들을 방문했고 한 번은 식사를 같이하기도 했다. 보통 식사초대를 하지 않는 그들이 식사를 하고 갈 것을 청하자 그는 여간 기뻐하지 않았다. 한마디로 사촌으로서 특별대접을 한다는 징표에 기뻐했던 것이다. 그는 캠든 플레이스에서 친밀한 관계를 유지하는 데 그의 모든 행복이 달려 있는 듯 행동했다.

앤은 이야기를 들으면서 그다지 납득이 가지 않았다. 말하는 사람의 생각을 아주 많이 감안해야 한다는 건 알고 있었다. 과장이 많으리라 짐작하며 이야기를 들었다. 화해의 과정에서 터무니없거나 말이 안 된다고 느껴진 부분은 모두 말하는 사람의 표현 때문일 것이었다. 그렇다 해도 수년간 아무 연락도 없다가 이제 와서 그토록 환대받고 싶어하다니 겉으로 보이지 않는 뭔가가 있다는 느낌이 들었다. 세상의 눈으로 보자면 그는 월터 경과 친분을 맺어서 얻을 것이 없지만, 관계가 소원해서 잃을 것도 없었다. 십중팔구 이미 월터 경보다 재산도 많았고, 작위뿐 아니라 켈린치 영지도 장차 그의 것이 될 게 분명했다. 사리에 밝은 사람인데! 그리고 정말로 사리에 밝은 사람처럼 보였는데, 무엇 때문에 굳이 친분을 가지려 한단 말인가? 앤이 생각할 수 있는 답은 오직 한 가지밖에 없었다. 아마도 엘리자베스 때문일 것이다. 이전에 정말로 호감을 가졌는지도 모른다. 비록 형편상 우여곡절 끝에 다른 길을 갔지만, 이제 자신이 하고 싶은 대로 할 수 있는 여유가 생기니 그녀에게 구애하려는 것이 아닐까. 엘리자베스는 품위 있고 우아한 자태를 지녔으며 분명 매우 아름다웠다. 엘리엇 씨는 공적인 자리에서만 그녀를 보았고, 그 자신 매우 젊었기에 그녀의 성품을 꿰뚫어보지 못했는지도 모른다. 이제 나이 들어 더 예리해진 그의 눈에 그녀의 기질과 분별력이 어떻게 비칠지 걱정스럽고 두렵기도 했다. 엘리자베스가 목적이라면 그가 너무 까다롭거나 세심하지 않기를 앤은 간절히 빌었다. 엘리엇 씨가 자주 방문한다는 얘기가 나왔을 때 엘리자베스와 클레이 부인 사이에 오가는 시선을 보니, 그녀 자신은 물론이고 그녀의 친구도 그러한 생각을 부추기고 있는 게 분명해 보였다.

라임에서 그를 얼핏 본 적이 있다는 앤의 말은 그다지 관심을 끌지 못했다. "아! 그래, 아마 엘리엇 씨였을 거야. 우리도 몰랐지만 그 사람일 수 있지." 그들은 앤의 설명을 듣고만 있을 수 없었다. 급기야 자신들이 나서서 그의 생김새를 묘사하고 있었다. 특히 월터 경은 그의 아주 신사다운 외모와 우아하고 세련된 풍채, 잘생긴 얼굴, 총명한 눈을 인정해주었다. "하지만 툭 튀어나온 아래턱은 참 안타까워. 나이를 먹으면서 더 심해진 결함인 것 같더구나. 지난 십 년 새 다른 얼굴 부분도 예전보단 못해졌는데, 그걸 아니라고 말할 수도 없는 노릇이지. 엘리엇 씨는 내가 지난번 봤을 때랑 똑같아 보인다고 생각하는 것 같더라만. 불평하려는 건 아니지만 그 칭찬을 고스란히 돌려줄 수 없어서 당혹스럽더군. 그래도 대부분의 남자들보다는 봐줄 만하니까 어디서든 그와 함께 있는 걸 보이더라도 싫지는 않구나."

저녁 내내 엘리엇 씨와 말버러 단지에 사는 그의 친구들에 대한 얘기가 오갔다. "월리스 대령은 우리에게 소개받고 싶어서 안달이 났고, 엘리엇 씨도 애타게 친구를 소개시켜주고 싶어했지!" 월리스 부인은 해산이 오늘내일하는 관계로 아직껏 얘기만 전해들은 상태였다. 엘리엇 씨의 말에 따르면 그녀는 '아주 매력 있는 여성으로, 캠든 플레이스에서 알고 지낼 만한 사람'이었다. 그녀가 몸을 추스르는 대로 인사를 나눌 예정이었다. 월리스 부인이 뛰어난 미모의 여성이라는 말을 들고 월터 경은 기대가 컸다. "부인을 만나보고 싶구나. 길거리에서 끊임없이 마주치는 그 수많은 평범한 얼굴들을 보상해주면 좋으련만. 바스의 최대 단점은 평범하게 생긴 여자들이 많다는 거야. 예쁜 여자들이 없다는 게 아니라, 평범한 여자들이 압도적으로 많다는 거지. 길을 걷다보면 자주 보게 되는데, 예쁜 얼굴 하나 뒤로 끔찍한 얼굴이 서른이나 서른다섯쯤 지나가거든. 한번은 본드 스트리트의 한 상점에서 지나가는 여자들을 세어봤는데, 여든일곱이 되도록 괜찮은 얼굴 하나가 없더구나. 아주 쌀쌀한 아침이었으니 분명 천 명이 지나간대도 내 눈에 드는 사람 하나 찾기가 어려웠겠지. 그렇다 해도 바스에 못생긴 여자들이 끔찍하게 많은 건 분명해. 남자들은 또 어떻고! 몇백 배 더 끔찍하지. 길거리엔 온통 허수아비같이 생긴 작자들뿐이야. 여자들이 좀 봐줄 만한 외모를 가진 남자한테 정신을 못 차리는 걸 보면 괜찮은 외모가 얼마나 희귀한지 알 수 있다니까. 월리스 대령이랑(머리가 모랫빛이긴 하지만 군인다운 멋진 풍채를 가진 사람이지) 나란히 걷다보면 여자들 시선이 전부 그 사람한테 향하는 게 보이더군. 아무렴, 모든 여자들이 쳐다보는 건 분명 월리스 대령인 게지." 월터 경의 겸손함이라니! 그러나 그렇게 넘어가도록 다른 사람들이 놔둘 리 없었다. 월리스 대령과 동행한 월터 경도 대령 못지않게 풍채가 좋아 보였을지도 모르고, 그의 머리는 확실히 모랫빛이 아니라며 엘리자베스와 클레이 부인이 입을 모아 말해주었다.

"메리는 요즘 어때 보이더냐?" 기분이 좋아진 월터 경이 물었다. "지난번 봤을 때 코가 빨갰는데, 매일 그런 건 아니겠지?"

"아! 네, 어쩌다 그런 거지요. 미카엘 축일 이후론 대체로 건강도 아주 좋고 얼굴도 좋은걸요."

"새 모자와 외투를 보내려다 말았지. 그애가 괜히 밖에 나가 찬바람에 얼굴을 상하지나 않을까 싶더구나."

앤이 가운이나 모자를 보낸다고 그렇게 되지는 않을 거라고 말을 할까 망설이는데, 문 두드리는 소리에 얘기가 뚝 끊겨버렸다.

"문 두드리는 소리예요!"

"이렇게 늦은 시간에!"

"열시나 됐는데, 엘리엇 씨일까요?"

그들은 그가 랜스다운 크레슨트에서 식사하기로 한 사실을 알고 있었다. 하지만 집에 가는 길에 그들에게 안부인사를 하려고 들른 것일 지도 모른다. 다른 사람은 아무도 생각나지 않았다.

"분명 엘리엇 씨가 두드리는 소리예요." 클레이 부인의 말이 맞았 다. 집사와 사환이 한껏 위엄을 갖춰 방으로 안내한 사람은 엘리엇 씨 였다.

바로 그 남자, 옷 말고는 모든 것이 똑같은 그때 그 남자였다. 그가 다른 사람들에게 정중히 인사하고 엘리자베스에게 너무 늦은 시간에 방문했다며 사과하는 동안 앤은 약간 뒤로 물러나 있었다. "그렇게 가까운 곳에 있으면서 당신과 친구분의 안부를 묻지 않을 수 없었답니다. 요전날 감기에 걸리지나 않으셨는지요." 그는 아주 정중하게 이런 저런 말을 늘어놓았고 엘리자베스도 최대한 정중하게 응대했다. 월터 경은 막내딸 얘기를 꺼냈다. "제 막내딸을 소개해드리겠습니다." (메리는 까맣게 잊어버린 모양이었다.) 앤이 미소를 띤 채 얼굴을 붉히며 앞으로 나왔다. 엘리엇 씨가 결코 잊지 못했던 그 예쁜 얼굴에 꼭 어울리는 모습이었다. 그는 놀란 듯 움찔했다. 그녀가 누구인지 전혀 모르고 있었던 모양이었다. 앤은 그러한 사실을 바로 알아채고 웃음지었다. 그는 깜짝 놀란 눈치였지만, 놀란 만큼 기뻐하는 듯 보였다. 눈을 빛내면서 재빨리 그리고 기꺼이 그녀와의 관계를 받아들였고, 지난번 일을 암시하고는 원래 알고 지내던 사람처럼 대해달라고 부탁했다. 라임에서 보았던 대로 그는 꽤 잘생긴 편이었는데, 말하는 모습은 더 근사했다. 세련되고 여유 있으며 지극히 호감 가는 행동거지는 나무랄 데가 없었다. 그렇게 훌륭한 몸가짐이라면 비교할 만한 이는 오직 한 사람밖에 없을 터였다. 똑같지는 않지만 어느 쪽이 더 낫다고 할 수 없을 만큼 훌륭했다.

엘리엇 씨가 자리를 함께하자 그들의 대화는 훨씬 활발해졌다. 그가 양식을 갖춘 사람이라는 것에는 의심의 여지가 없었다. 이를 확인하는 데 십 분이 채 걸리지 않았다. 그의 어조나 표정, 화제 선택, 그리고 말을 멈추어야 할 때를 아는 것까지 모든 것이 양식 있고 분별력 있는 마음의 소산이었다. 기회가 나자마자 그는 앤에게 라임 얘기를 꺼냈다. 그곳에 대한 의견을 나누고 싶어했고, 특히나 서로가 어떤 경로를 거쳐 같은 날 같은 여관에 묵게 된 것인지 사연을 알고 싶어했다. 그녀에게 멋지게 인사할 기회를 놓쳤던 것이 아쉬운 모양이었다. 앤은 일행이 누구였는지, 라임엔 무슨 일로 갔는지 간단하게 이야기해주었다. 앤의 말을 들으면서 그는 더욱 아쉬워했다. 그들 옆방에 묵었던 그는 저녁 내내 혼자 지냈다. 끊임없이 들려오는 말소리와 웃음소리에 아주 유쾌한 사람들일 거라고 생각했고, 자리를 함께하고 싶은 마음이 굴뚝같았다. 물론 그때는 자신을 소개할 자격이 있다는 걸

꿈에도 몰랐다. 일행이 누구인지 물어보기만 했더라도! 머스그로브라는 이름만 들었어도 충분했을 것이다. "젊었을 때 남의 일에 호기심을 갖는 게 예의에 어긋난다는 원칙을 갖게 되었죠. 그래서 여관에서절대 질문을 하지 않았던 것인데, 이번 일로 저의 그 어리석은 습관을고치게 될 것 같습니다."

"근사한 존재가 되려면 갖춰야 하는 예절에 대해 스물한두 살 먹은젊은이가 가진 생각이란," 그가 말을 이어갔다. "이 세상 그 어떤 무리가 가진 생각보다도 어리석은 것이니까요. 그들의 목표는 물론이고사용하는 수단도, 어리석기가 둘째가라면 서러울 정도랍니다."

그러나 앤하고만 담소를 나눌 수는 없는 자리였다. 그것을 알기에엘리엇 씨는 곧 다른 이들에게도 두루 말을 건네었고, 간간이 라임 얘기로 돌아올 수 있을 뿐이었다.

하지만 이런저런 질문 끝에 그가 떠난 직후 벌어진 사건 얘기가 나오게 되었다. '사건'이라는 말이 나온 이상 그는 전말을 들어야 했다.그가 질문하자 월터 경과 엘리자베스도 이것저것 묻기 시작했다. 하지만 물어보는 태도 자체가 다르다고 느끼지 않을 수 없었다. 엘리엇씨는 무슨 일이 있었는지 진심으로 알고 싶어하는 한편, 앤이 그 일을목격하면서 충격을 받지는 않았는지 염려했다. 그런 태도는 레이디러셀에나 견줄 만한 것이었다.

엘리엇 씨는 한 시간가량 머물렀다. 벽난로 위의 우아한 작은 시계가 '은빛 소리로 11시'를 알렸고, 멀리서 야경꾼이 시간을 알리는 소리가 들리기 시작했다. 엘리엇 씨뿐 아니라 어느 누구도 그의 방문이이렇게 길어졌다는 걸 느끼지 못한 듯했다.

캠든 플레이스에서의 첫날밤을 이토록 잘 보낼 수 있었다니! 앤으로선 생각도 못 한 일이었다.

16

가족들과 다시 만났을 때, 앤은 엘리엇 씨가 엘리자베스를 좋아하는지 알아보는 것보다 더 급하게 확인할 일이 있었다. 바로 아버지가 클레이 부인을 좋아하게 되진 않았나 하는 것이었다. 그런데 집에 온지 몇 시간이 되도록 마음을 놓을 수 없는 형편이었다. 다음날 아침식사를 하러 내려갔을 때 앤은 클레이 부인이 떠나야겠다고 말하며 짐짓 예의를 차리고 있는 중임을 알아차렸다. "이제 앤 양이 왔으니 제가 여기 머무를 이유가 없어요"라고 클레이 부인이 말했다는 것도 짐작이 갔다. 엘리자베스가 속삭이는 목소리로 이렇게 대답하고 있었기 때문이다. "정말이지 그건 이유가 될 수 없어요. 분명히 말씀드리지만 이유가 안 돼요. 당신과 비교하면 그애는 저한테 아무것도 아니에요." 아버지가 말하는 소리도 다 들렸다. "친애하는 부인, 그럴 순 없지요.

아직 바스를 제대로 보지 못했잖소. 이곳에 있으면서 도움을 주기만 했는데 이제 와서 가버리겠다니, 안 될 말씀이지요. 윌리스 부인, 그 아름다운 윌리스 부인을 만날 때까지는 머물러야 합니다. 아름다운 모습이 당신의 고상한 심성에 진정한 만족을 준다는 걸 제가 잘 알지요."

너무도 열성적인 그의 말과 표정에 클레이 부인이 엘리자베스와 자신을 슬쩍 훔쳐보았지만 앤은 놀라지 않았다. 아마 그녀의 얼굴에는 경계하는 빛이 서렸을 것이다. 하지만 고상한 심성이라는 칭찬이 언니에게는 아무렇지도 않은 듯했다. 클레이 부인은 두 사람의 간청에 못 이기는 척 머물기로 약속할 수밖에 없었다.

같은 날 아침 앤이 아버지와 단둘이 있게 되었을 때 아버지는 그녀의 용모가 나아졌다고 칭찬하기 시작했다. 앤의 '몸과 볼에 살이 좀 붙었고 안색도 훨씬 더 맑고 깨끗해졌다'고 했다.

"뭔가 특별히 사용하는 게 있는 거냐?"

"아니요. 아무것도 안 쓰는데요."

"그래봐야 가울랜드* 겠지."

"전혀 아닌데요."

"허, 놀랍구나." 그는 이어서 말했다. "지금보다 더 좋아지는 건 무리겠지. 그 이상 좋아질 순 없을 테니. 아니면 가울랜드를 써봐라. 봄에 꾸준히 쓰면 좋지. 클레이 부인도 내가 권해서 쓰고 있는데 네 눈에도 그 효과가 보이지 않던. 그 덕에 주근깨가 많이 없어졌단다."

---

* 피부 질환을 치료하기 위해 바르던 로션의 상표명.

엘리자베스가 이 말을 들었더라면! 그런 개인적인 칭찬을 들었다면 그녀도 놀랐을 것이다. 더구나 앤이 보기에 주근깨는 전혀 줄어들지 않은 터였다. 그러나 모든 것을 운에 맡길 도리밖에 없었다. 엘리자베스 또한 결혼하면 아버지의 결혼도 그렇게 나쁜 일은 아니리라. 앤 자신이야 언제든 레이디 러셀과 함께 지낼 수 있을 것이다.

캠든 플레이스를 방문한 레이디 러셀은 이 문제에 대해 평정심과 예의를 지키느라 안간힘을 써야 했다. 클레이 부인이 그렇게나 총애를 받고 앤은 홀대받다니, 볼 때마다 속이 끓어올랐다. 캠든 플레이스를 떠나 바스에 있는 동안에도, 온천수를 마시고 신간 서적을 모두 읽고 또 무수한 지인을 만나는 짬짬이 시간 나는 대로 이 일을 생각하며 언짢아했다.

엘리엇 씨를 알게 되면서 레이디 러셀은 다른 이들에게 좀더 관대해졌다. 아니, 무관심해졌다고나 할까. 그의 예의 바른 태도는 즉각 그녀의 마음에 들었다. 그와 대화를 나누어보니, 겉으로 보이는 것만이 아니라 속까지 여문 사람이라는 것을 알 수 있었다. 앤에게 말하기를 "이 사람이 정말 엘리엇 씨 맞아?" 하고 외칠 뻔했고, 곰곰이 생각해봐도 그만큼 호감 가고 근사한 남자가 없다는 것이었다. 엘리엇 씨는 훌륭한 안목, 올바른 견해, 세상에 대한 식견, 그리고 따뜻한 마음까지 모든 것을 갖추고 있었다. 가문에 대한 강한 애착과 명예심을 가졌지만 오만하거나 나약해진 않았다. 재산 있는 사람으로서 넉넉하게 살지만 과시하려 들지는 않았다. 중요한 일은 모두 스스로 판단하지만 세속의 예법에 대한 사람들의 견해를 거스르지 않았다. 엘리엇 씨는 견실하고 주의 깊으며, 절도 있고 공정했다. 풍부한 감수성으로 착각하기 일쑤인 일시적 기분이나 이기심 따위에 휘둘린 적도 결코 없었다. 게다가 온후하고 사랑스러운 것에 대한 감성이 풍부하고, 가정생활의 모든 행복을 소중히 할 줄 알았다. 이는 근거 없는 열정과 격한 흥분에 휘둘리는 성품에서는 진정 찾아볼 수 없는 점이었다. 그녀는 그의 결혼생활이 행복하지 않았을 거라고 확신했다. 윌리스 대령이 말해주었고, 레이디 러셀도 감지한 사실이었다. 그렇다고 환멸을 느끼거나 (그녀가 곧바로 의심하기 시작했듯이) 두번째 선택을 생각하지 못할 만큼 불행한 결혼은 아니었다. 레이디 러셀은 엘리엇 씨가 마음에 든 덕에 클레이 부인으로 인한 모든 심란함을 잊을 수 있었다.

요 몇 년간 앤은 훌륭한 친구인 레이디 러셀이 자신과는 생각이 다를 수도 있다는 것을 알게 되었다. 그렇기에 간절히 화해를 바라는 엘리엇 씨의 태도에서 레이디 러셀이 모순되거나 의심스러운 점을 보지 못한다는 사실도 놀랍진 않았다. 레이디 러셀은 뭔가 겉으로 보이는 이상의 동기가 있을 거라는 생각은 전혀 하지 못했다. 그녀가 보기에 원숙한 나이가 된 엘리엇 씨가 화해를 간절히 원하게 된 것은 지극히 당연한 일이었다. 가문의 최고 어른과 원만한 관계를 유지한다면 양식 있는 사람들 모두 그를 높이 평가할 것이다. 한창 젊은 시절 실수를 했던 것일 뿐, 본래 명석한 머리를 가진 사람이 나이 들면서 세상물정을 알아가는 단순하기 짝이 없는 과정이었다. 그러나 앤은 여전히 미소만 짓고 있다가 마침내 엘리자베스 얘기를 꺼냈다. 그 말을 듣고 그녀를 쳐다보더니 레이디 러셀은 신중하게 대답했다. "엘리자베스! 글쎄다. 시간이 말해주겠지."

좀더 관찰해본 뒤, 앤 역시 두고볼 일이라는 것을 인정할 수밖에 없었다. 현재로선 아무것도 결론지을 수 없었다. 집안에서 엘리자베스는 우선적인 존재였고 누구에게나 '엘리엇 양'이라고 불리는 데 익숙해서 그녀에 대한 어떤 관심도 특별해 보이긴 힘들었다. 엘리엇 씨의 경우도 상처한 지 칠 개월이 채 안 되었다는 사실을 기억할 필요가 있었다. 그가 시간을 조금 끈다 해도 이해할 만한 일이었다. 사실 앤은 그의 모자에 둘린 상장(喪章)을 볼 때마다 마음이 불편했다. 그를 두고 그런 생각을 하는 자신이야말로 용서받지 못할 사람이 아닌지 두려웠던 것이다. 썩 행복하지는 않았다 하더라도 적지 않은 세월을 보낸 결혼생활인데, 어느 날 물거품처럼 사라져버리고 없다면 끔찍했으리라. 그런 기분에서 너무 빨리 회복된다면 오히려 이해하기 어려울 터였다.

나중 일이 어떻게 되든 그가 바스에서 가장 마음에 드는 친지라는 데는 의심의 여지가 없었다. 앤의 눈에도 그만한 이가 없었다. 이따금 그와 라임 얘기를 하는 것은 큰 즐거움이었다. 엘리엇 씨도 그녀만큼이나 라임에 다시 가서 더 많은 것을 보고 싶은 생각이 간절한 듯했다. 그들은 첫 만남을 세세한 점까지 몇 번이나 되새겨보았다. 그는 자신이 앤을 유심히 쳐다보았다는 것을 인정했다. 그녀도 잘 알고 있던 사실이었다. 문득 앤은 자신을 바라보던 또다른 사람의 시선을 떠올렸다.

두 사람의 생각이 항상 일치했던 것은 아니었다. 엘리엇 씨는 그녀보다 지위와 친족관계에 훨씬 더 가치를 두었다. 관심을 쏟을 가치도 없어 보이는 주제를 놓고 아버지와 언니가 열을 올릴 때도 그는 열렬히 말을 거들곤 했다. 단순히 예의를 차리려고 그러는 것이 아니라 정말로 그 주제에 공감하는 것이 분명했다. 어느 날 아침 바스의 신문에 달림플 자작의 미망인과 영애 카트릿 양의 도착을 알리는 기사가 실렸다. 캠든 집의 평온은 며칠간 완전히 사라졌다. 달림플 가는 (앤에게는 아주 유감스러운 일이었지만) 엘리엇 가의 사촌뻘 되었다. 어떻게 법도에 맞게 자신들을 소개할 것인가, 그것이 그들의 고민이었다.

아버지와 언니가 귀족들과 교제하는 것을 한 번도 본 적이 없었던 앤은 이번 일로 실망하지 않을 수 없었다. 자신들의 지위에 그토록 대단한 자부심을 가진 사람들이라면 이보다는 더 당당하리라 기대했던 것이다. "우리 사촌 레이디 달림플과 카트릿 양"이라든지 "우리 사촌 달림플 일가"라는 말이 종일 귀에 울려대자, 그녀는 이전엔 전혀 생각지도 못했던 소망까지 품게 되었다. '그들이 좀더 자부심을 가지면 좋을 텐데……'

월터 경은 작고한 자작과는 한 번 자리를 함께한 적이 있었지만, 다른 가족 중엔 아무도 만난 적이 없었다. 그런데 상황이 난감해져버렸다. 자작이 작고한 이후 경조사의 편지 교환이 모두 끊긴 것이다. 하필이면 바로 그때 월터 경이 중병에 걸려 불행히도 아일랜드로 조문 편지를 보내지 못한 탓이었다. 월터 경은 소홀했던 죗값을 치렀다. 가엾은 레이디 엘리엇이 세상을 떴을 때 아무런 조문 편지를 받지 못했던 것이다. 따라서 달림플 가에서 그들의 관계가 끝났다고 생각하는 게 아닐까 우려할 만한 이유는 충분했다. 어떻게 이 근심스러운 일을 바로잡아 다시 사촌지간으로 인정받을 것인가, 그것이 문제였다. 레이디 러셀과 엘리엇 씨 역시 이 문제를 중요하게 여겼는데, 그들의 입장은 좀더 합리적이었다. "친척관계는 언제나 지킬 만한 가치가 있고,

좋은 사람과의 교제는 언제나 추구할 가치가 있지요. 레이디 달림플은 로라 플레이스에 석 달간 집을 얻어 격조 높은 생활을 하실 겁니다. 작년에도 바스에 계셨는데, 매력 있는 여성이라더군요. 가능하다면 엘리엇 가의 품위를 손상시키는 일 없이 관계가 다시 회복되면 좋겠네요."

그러나 월터 경은 자기 방식대로 하길 원했고, 마침내 존경하는 사촌 앞으로 장황한 설명과 후회, 호소를 담은 매우 근사한 편지를 작성했다. 레이디 러셀도 엘리엇 씨도 그 편지가 맘에 들지 않았다. 하지만 편지는 제 목적을 달성했고, 자작 미망인으로부터 세 줄로 갈겨쓴 회신이 왔다. "편지에 감사드리고, 알게 되어 기쁘게 생각합니다."고생은 끝이 나고 즐거운 일만 남았다. 그들은 로라 플레이스를 방문했고, 달림플 자작 미망인과 영애 카트릿 양의 명함을 가장 눈에 띄는 곳에 전시해두었다. 그러고는 만나는 사람마다 붙잡고 "로라 플레이스에 사는 우리 사촌" "우리 사촌 레이디 달림플과 카트릿 양" 얘기를 했다.

앤은 부끄러웠다. 레이디 달림플과 딸이 아주 마음에 들었다 해도 여전히 그들로 인한 소란이 부끄러웠을 텐데, 두 사람은 너무도 보잘 것 없었다. 몸가짐이나 교양, 이해력, 어느 하나 뛰어난 데가 없었다. 레이디 달림플이 '매력 있는 여성'이란 호칭을 얻은 것은 그녀가 누구에게든 웃으며 정중하게 대하기 때문이었다. 카트릿 양에 대해서는 더더욱 할 말이 없었다. 너무나 평범하고 몸가짐도 어색해서, 혈통만 아니었다면 절대 캠든 플레이스에서 참아줄 만한 인물이 아니었다.

레이디 러셀도 그들이 자신의 기대에 미치지 못했다고 고백했지만,

그래도 "알고 지낼 만한 가치가 있다"고 덧붙였다. 앤이 과감히 자신의 견해를 엘리엇 씨에게 피력했을 때 그는 그들이 보잘것없는 사람들이라는 데 동의했다. 하지만 그래도 친척관계로서, 좋은 교분으로서, 주변에 좋은 사람들을 모으는 존재로서 가치가 있다고 주장했다. 앤은 웃으면서 말했다.

"제 생각에 좋은 교분이란 재치 있고 식견이 넓으며 대화 거리가 풍부한 사람들과의 교제랍니다. 엘리엇 씨. 저는 그런 걸 좋은 교분이라 부르지요."

"잘못 생각하시는 겁니다." 그는 점잖게 말했다. "그건 좋은 교제가 아니라 최고의 교제입니다. 좋은 교제는 혈통, 교육 그리고 예절만 있으면 됩니다. 게다가 교육에 그리 까다로울 필요는 없어도 혈통과 좋은 예절은 필수적이지요. 좋은 교제에서 학식이 짧은 것은 결코 위험하지 않습니다. 도리어 아주 도움이 되지요. 우리 사촌 앤 양이 고개를 젓고 있군요. 납득이 안 된다구요. 까다로우시군요. 친애하는 사촌," (그녀 옆에 앉으면서) "당신은 제가 아는 어떤 여성보다도 까다로울 권리가 있습니다. 하지만 그걸로 충분할까요? 그렇게 해야 만족하시겠습니까? 로라 플레이스 귀부인들과의 교제를 받아들이고, 가능한 한 그 관계의 이익을 누리는 것이 더 현명하지 않을까요? 그들은 이번 겨울 바스의 최상류층 인사들과 어울릴 겁니다. 지위는 어디까지나 지위니까, 그들과 친척이라는 게 알려지면 당신 가족들(아니 우리 가족이라고 하지요) 모두가 바라 마지않던 대우를 받게 될 겁니다."

"네," 앤이 한숨을 쉬며 말했다. "정말 그들과 친척이라는 게 알려지겠지요!" 그러고는 마음을 가다듬고, 그가 아무 대답도 하지 않기를 바라며 덧붙였다. "지금까지 그분들과 교제를 트려고 지나치게 소란을 떨었다고 생각해요. 아마도," 앤은 미소를 지으며 말했다. "제가 우리 중에 가장 자존심이 센가봐요. 솔직히 말하면 우리가 그 관계를 인정받고 싶어 그토록 안달해야 한다는 게 속상하답니다. 그분들은 전혀 관심도 없는 게 분명한데요."

"실례합니다만 친애하는 사촌, 당신네는 그럴 자격이 있는 집안인데 그건 부당한 말씀입니다. 아마 런던에서 예전처럼 한적하게 산다면 당신 말이 맞을지도 모르지요. 하지만 바스에서라면 월터 경과 그 가족은 언제든 알 만한 가치가 있고, 언제든 친지로 환영받을 겁니다."

"글쎄요," 앤이 말했다. "확실히 제 자존심이 너무 센가봐요. 그렇게 장소에 따라 완전히 달라지는 환영이라면 달갑지 않으니까요."

"분개하시는 모습이 좋습니다." 엘리엇 씨가 말했다. "그러시는 것도 당연합니다. 하지만 당신은 여기 바스에 계십니다. 목적은 월터 엘리엇 경이 응당 받아야 할 모든 영예와 품위를 누리면서 이곳에 자리 잡아야 한다는 것이지요. 자존심이 세다고 하셨죠. 제가 알기론 저도 자존심이 강하다고들 하고, 저 자신도 딱히 부정하고 싶은 마음이 없습니다. 따져보면, 우리의 자존심은 종류는 조금 달라 보일지 몰라도 목적은 같다고 생각합니다. 한 가지 점에서 확신하건대, 친애하는 사촌," 그는 방에 아무도 없는데도 목소릴 낮추어 말을 이었다. "한 가지 점에선 우리의 생각이 같다고 확신합니다. 당신 아버님이 동급이나 상급의 사람들과 교류하시게 되면, 하급의 사람들을 멀리하시는

데 도움이 될지도 모른다는 생각 말입니다."

말을 하면서 그는 클레이 부인이 좀전까지 앉아 있던 자리를 흘끗 쳐다보았다. 그가 무슨 뜻으로 한 말인지 충분히 알 만했다. 앤은 자신이 그와 같은 종류의 자존심을 가졌다고 생각하진 않았지만, 그가 클레이 부인을 좋아하지 않는다는 사실이 기뻤다. 아버지가 지체 높은 사람들과 어울리도록 장려하려는 그의 생각도 클레이 부인을 물리친다는 관점에서 보면 양해하고도 남을 만하다고 인정하지 않을 수 없었다.

17

월터 경과 엘리자베스가 로라 플레이스에서 잡은 행운을 끈기 있게 밀어붙이는 동안, 앤은 전혀 다른 부류의 사람과 다시 교분을 나누고 있었다.

그녀는 전에 다녔던 학교의 선생님을 방문했다가 옛 동창이 바스에 있다는 말을 들었다. 지난날 자신에게 친절을 베풀었던 그 친구가 현재 고통을 겪고 있다는 소식에 앤은 각별한 관심을 가질 수밖에 없었다. 앤이 삶에서 가장 힘들었던 한때 해밀턴 양, 지금은 스미스 부인인 그 친구가 친절하게 대해주었다. 학교에 들어갔을 당시 앤은 불행했다. 너무도 사랑했던 엄마를 잃은 슬픔에 잠겨 있었고, 또한 가족과 떨어진 단절감으로 괴로웠던 것이다. 감수성 예민하고 내성적인 열네 살 소녀가 그런 상황에서 겪을 법한 마음앓이를 하던 시기였다. 앤보다 세 살이 많은 해밀턴 양은 가까운 친척도, 정해진 집도 없어 일 년 더 학교에 남아 있는 중이었다. 그녀가 자상하게 보살펴주어 참담했던 마음에 큰 위로가 되었던 기억을 앤은 결코 무심하게 떠올릴 수 없었다.

해밀턴 양은 학교를 떠난 뒤 얼마 지나지 않아 결혼했는데, 돈 많은 남자를 만났다는 얘기가 들렸다. 이것이 앤이 이제까지 알고 있던 전부였다. 선생님은 더 자세한 근황을 전해주었는데 전에 들은 것과는 전혀 다른 얘기였다.

그녀는 과부였고 가난했다. 낭비벽이 심한 남편이 이 년 전 세상을 떴을 때 집안 사정은 엉망이었고, 그로 인해 그녀는 온갖 고난에 맞서 싸워야 했다. 형편이 어려워진 것도 모자라 류머티즘열까지 심하게 앓게 되었다. 열병이 급기야 다리 쪽으로 옮겨가 일시적으로 절름발이 신세가 되었고, 그 때문에 바스로 와서 지금은 온천 근처 숙소에 머물며 아주 초라하게 살고 있었다. 하인을 둘 만한 여유도 없어 바깥세상과는 거의 단절된 채 지냈다.

찾아가면 스미스 부인이 좋아할 거라는 선생님의 말에 앤은 즉시 길을 나섰다. 무슨 얘기를 들었는지, 어떻게 하려는 것인지 집에는 아무 말도 하지 않았다. 그래봤자 제대로 관심을 가져줄 리 만무했다. 그녀가 유일하게 상의를 한 레이디 러셀은 앤의 마음을 십분 헤아려 웨스트게이트 단지에 있는 스미스 부인의 숙소 근처, 앤이 원하는 곳까지 기꺼이 데려다주었다.

방문은 보람이 있었다. 다시 인사를 나누자 서로에 대한 관심이 새로이 샘솟았다. 처음 십 분간은 어색하면서도 만감이 교차했다. 헤어진 지 십이 년 만이다보니 서로 생각하던 것과는 다른 모습이었다. 그 당시 한창 피어오르는 열다섯 살의 말없고 앳된 소녀였던 앤은 십이 년의 세월이 흐른 뒤 풋풋하진 않지만 아름답고 늘 온화하며 예의를 갖출 줄 아는 스물일곱 살의 우아한 숙녀로 변모했다. 건강미와 자신감 넘치는 모습에 인상 좋고 성숙했던 해밀턴 양은 가난하고 쇠약하며 힘없는 과부가 되어, 예전에 자신이 보살피던 사람의 방문을 은총으로 받아들이는 입장이 되었다. 하지만 얼마 지나지 않아 재회의 어색함은 모두 사라졌다. 그러자 예전에 좋아하던 것들을 기억하며 지난 일을 되새기는 유쾌하고 마법 같은 시간이 찾아왔다.

스미스 부인은 앤이 의지해도 되겠다고 느낄 만큼 양식 있고 호감 가는 태도를 지녔다. 그녀는 기대 이상으로 명랑했으며 이야기하는 것을 즐겼다. 무척 화려하게 살았던 과거의 방탕했던 생활도, 현재 감당해야 할 궁색함과 질병, 슬픔, 그 어떤 것도 그녀의 마음문을 닫아걸거나 씩씩한 기상을 꺾지 못했던 것이다.

두번째 방문에서 그녀가 흉금을 터놓고 말하기 시작하자 앤의 놀라움은 더욱 커졌다. 스미스 부인의 처지보다 더 암울한 상황은 상상할 수도 없었다. 몹시 사랑했던 남편은 땅에 묻혔다. 한때는 풍족했던 재산도 사라지고 없었다. 다시 삶과 행복으로 이끌어줄 아이도, 복잡한 상황을 정리하도록 도와줄 친척도, 더구나 다른 모든 것을 견딜 만하게 해줄 건강조차도 없었다. 그녀의 숙소는 소음 가득한 거실과 그 뒤쪽의 어두운 침실이 전부였다. 그나마 도움을 받지 않고는 침실에서 거실로 옮겨다닐 수도 없는데 집에는 하인이 한 명밖에 없었다. 누군가 온천에 데려다줄 때 말고는 집 밖으로 나갈 수도 없었다. 하나 이 모든 것에도 불구하고 잠깐씩 무기력해지거나 울적해질 때는 잠깐뿐이었고, 하루의 대부분을 일에 몰두하면서 즐거움을 찾는다는 것을 짐작할 수 있었다. 어떻게 그럴 수 있을까? 지켜보고 관찰하고 생각해본 끝에, 앤은 이것이 단순히 투지나 혹은 체념만을 보여주는 사례가 아니라고 결론지었다. 순종적인 정신의 소유자는 참을성이 많고, 강한 이성을 가진 자는 의지가 확고한 법이다. 하지만 이 경우엔 그 이상의 뭔가가 있었다. 유연한 마음, 위안을 구하는 성향, 흔쾌히 악에서 선으로 돌아서서 자신을 잊게 해줄 일거리를 찾는 힘은 오로지 천성에서 비롯되는 것이었다. 그것은 하늘이 내린 최고의 선물이었다. 앤이 보기에 자신의 친구는 자비로운 은총을 받아 그 선물이 부족한 다른 모든 것을 상쇄해주는 경우였다.

정신을 놓을 뻔한 때도 있었다고 스미스 부인은 말했다. 처음 바스에 도착했을 당시와 비교하면 지금은 환자라고 할 수도 없다는 것이었다. 그때 그녀는 정말 목불인견이었다. 오는 도중 감기에 걸렸고, 숙소를 잡자마자 다시 침대에 꼼짝 못하고 누워 계속해서 격심한 고통에 시달렸다. 아무도 아는 이 없는 낯선 곳에서 벌어진 일이었다. 정식 간호사가 절대적으로 필요했지만 그때의 재정상태로는 어떤 특별 지출도 감당할 수 없는 형편이었다. 그녀는 그 모든 상황을 견뎌냈고, 이젠 자신에게 유익한 경험이었다고 진심으로 말할 수 있었다. 좋은 사람들의 보살핌을 받고 있다는 걸 깨닫게 되면서 마음도 한결 편해졌다. 이미 세상을 너무 많이 겪었기에 어디서든 이해관계를 떠나 뜻밖의 애정을 얻으리란 기대는 없었다. 그런데 병이 든 덕에 집주인 여자가 둘도 없는 사람이고, 그녀를 홀대하지 않으리란 걸 알게 되었다. 특히 간호사 문제에서 운이 좋았다. 집주인의 여동생이 간호사였던 것이다. 일이 없을 때면 항상 그 집에 머물던 그 여동생이 마침 쉬고 있던 참이라 그녀를 돌봐주었다.

"그리고 그녀는," 스미스 부인이 말했다. "나를 더없이 훌륭하게 간호해줬을 뿐 아니라 정말 둘도 없는 친구가 되어줬어요. 내가 손을 쓸수 있게 되자마자 뜨개질하는 법을 가르쳐줘서 훌륭한 소일거리가 되었지요. 여기 이 작은 실통이며 바늘꽂이, 명함꽂이를 만들 수 있게 해줘서 보다시피 쉴 틈이 없어요. 내 처지에도 아주 가난한 이웃의 한두 가족에게 작은 도움이나마 줄 수 있게 되었고요. 그녀의 직업상 당연히 물건을 사줄 만한 여유가 있는 사람들을 많이 알고 있어서 내가 만든 걸 팔아주기도 해요. 항상 때를 잘 맞춰서 물건을 내놓는 모양이에요. 심한 고통에서 막 벗어났을 때나 건강의 축복을 되찾을 즈음엔 누구나 마음이 열리는 법이잖아요. 루크 간호사는 언제 얘기를 꺼내야 할지 잘 알고 있어요. 영리하고 똑똑하고 분별 있을 뿐 아니라 사람의 본성을 알아보는 눈이 있지요. 사리분별과 관찰력을 밑천으로 가진 사람이라 좋은 말동무가 되어준답니다. 그저 '세상에서 최고의 교육'을 받았을 뿐, 귀담아들을 말이라곤 못 하는 사람들보다 훨씬 낫지요. 남의 험담이나 한다고 해도 좋아요. 하지만 루크 간호사가 삼십분 정도 짬이 날 때 해주는 이야기들은 언제나 흥미롭고 유익한걸요. 세상 사람들에 대해 배우는 것도 많아요. 누구든 요즘은 무슨 일이 있는지, 최근에는 어떤 사소하고 어리석은 것들이 유행하는지 속속들이 알고 싶어하잖아요. 나처럼 이렇게 혼자 사는 사람한테 그녀의 대화는 정말 가뭄의 단비 같아요."

앤은 그런 즐거움을 트집 잡고 싶은 마음이 전혀 없었으므로 이렇게 대답했다. "그럼요, 저도 그렇게 생각해요. 그 직업의 사람들에겐 좋은 경험이 많고, 더구나 그중 똑똑한 사람이라면 귀 기울여 들을 만하지요. 얼마나 다양한 인간의 본성을 목격하며 살아갈는지! 그저 인간의 어리석은 모습에만 정통한 게 아니죠. 이따금씩 아주 흥미롭고 감동적인 상황에서 드러나는 인간의 본성을 보기도 하니까요. 열렬하고 사심 없고 헌신적인 사랑, 영웅적인 행동, 강인함, 인내심, 체념 등, 인간을 가장 숭고하게 만드는 모든 갈등과 희생의 드라마가 눈앞에 펼쳐질 테죠. 여러 권의 책에 맞먹는 경험을 병실에서 얻는 경우도 많겠지요."

"네, 때로는 그럴 수도 있지요." 스미스 부인은 의심스럽다는 듯이 말했다. "하지만 그 교훈이 당신이 묘사하는 것처럼 숭고한 경우는 드물어요. 고난의 시기에 인간 본성의 위대함을 보게 되는 경우도 더러 있지요. 하지만 대체로 병실에선 장점보다는 약점이 드러나고, 관대함과 용기보다는 이기심과 성급함에 대한 얘기를 듣게 되니까요. 세상에는 진정한 우정이 참 드물지요! 그리고 불행히도," 그녀는 나직하고 떨리는 목소리로 말했다. "많은 사람들이 진지하게 생각하는 걸 잊고 살다가 뒤늦게야 정신을 차리니까요."

앤은 그녀가 느끼는 비참한 심정을 알 수 있었다. 남편은 도리에 맞게 살지 못했고, 아내는 그에게 이끌려 만난 사람들 때문에 기대했던 것보다 세상이 더 험악하다고 생각하게 된 것이다. 그러나 그것은 스쳐지나가는 감정일 뿐이었다. 스미스 부인은 곧 그런 감정을 떨쳐버리고 어조를 바꾸어 덧붙였다.

"내 친구 루크 부인이 요즘 맡은 일은 그다지 흥미롭지도 않고 도움도 안 될 것 같아요. 지금은 말버러 단지의 월리스 부인을 간호하는 중인데, 예쁘지만 바보 같고 사치스러운 상류층 여자인 모양이에요. 당연히 레이스와 장식품 따위 말고는 전할 얘기가 없지요. 하지만 월리스 부인을 잘 이용해볼까 해요. 돈이 많은 사람이니까 지금 내가 가지고 있는 값비싼 물건들을 팔아볼 생각이에요."

앤이 친구를 여러 번 방문하고 난 뒤, 그녀에게 그런 친구가 있다는 사실을 캠든 플레이스에서도 알게 되었다. 결국 스미스 부인 얘기를 하지 않을 수 없게 되고 말았다. 어느 날 아침 월터 경과 엘리자베스, 클레이 부인이 레이디 달림플을 방문했다가 갑작스레 만찬 초대장을 받아들고 돌아왔다. 앤은 그날 저녁을 웨스트게이트 단지에서 보내기로 이미 약속한 상태였다. 그녀는 양해를 구해야 한다는 사실이 유감스럽지 않았다. 레이디 달림플이 독감으로 집에서 꼼짝 못하게 되자, 그토록 졸라대던 친척을 이용할 마음이 들어 초대한 거라는 확신이 들었기 때문이다. 앤은 주저 없이 초대를 거절했다. "저녁에 옛날 학교 친구와 약속이 있어요." 앤에 관한 일이면 무엇이든 별관심이 없는 그들이었다. 그래도 이 옛 학교 친구가 어떤 사람인지 알아낼 만큼은 질문을 던졌다. 그러고 나자 엘리자베스는 경멸스럽다는 반응을 보였고, 월터 경은 모질게 나왔다.

"웨스트게이트 단지라니!" 그가 말했다. "앤 엘리엇 양이 웨스트게이트 단지에 사는 누구를 방문한다고? 스미스 부인인가 하는 과부를? 그녀의 남편이 누구였다고? 세상 어디에나 널린 그 많은 스미스 씨 중 하나라구? 그녀의 매력이 뭐? 나이 먹고 병든 거라구? 앤 엘리엇 양, 취향도 참 별나구나! 다른 사람들은 다 꺼려하는 저속한 상대, 보잘것없는 방, 더러운 공기, 역겨운 교우관계 따위에 끌리다니. 그 늙은 부인과 만나는 일은 내일로 미루거라. 보아하니 아직 죽을 때는 아니어서 당장 어찌 되지도 않을 거 같은데. 나이가 몇이라고 했지? 마흔?"

"아니요, 서른한 살이 채 안 된걸요. 약속을 미룰 순 없어요. 스미스 부인이나 저나 오늘 저녁밖에는 시간이 맞지 않아요. 그녀는 내일 온천으로 가고, 우리는 이번주 내내 약속이 있다는 걸 아시잖아요."

"레이디 러셀은 그 친구에 대해 어떻게 생각하시지?" 엘리자베스가 물었다.

"문제될 일은 없다고 보시던데." 앤이 대답했다. "오히려 좋은 일이라 하시면서, 내가 스미스 부인을 방문할 때 웬만하면 마차로 데려다주시는걸."

"웨스트게이트 단지 사람들은 마차가 길가에 멈춰서는 걸 보고 기절초풍하겠구나!" 월터 경이 말했다. "헨리 러셀 경의 미망인에게는 문장(紋章)을 돋보이게 할 작위가 없긴 하다만, 멋진 마차인 데다 엘리엇 양을 태우고 있다는 사실을 분명 모르는 사람이 없을 테니. 웨스트게이트 단지에 하숙하는 과부 스미스 부인이라! 앤 엘리엇 양이 영국과 아일랜드의 귀족 친척보다 좋다고 선택한 친구가, 간신히 먹고 사는 삼십대의 가난한 과부란 말이지. 그 많은 사람들과 이름들 중 고작 세상에 흔해빠진 스미스 부인이라니! 스미스 부인, 참 이름하고는!"

이런 일이 벌어지는 동안 함께 있던 클레이 부인은 이제 자리를 뜨는 것이 낫겠다는 듯 슬그머니 사라졌다. 자신의 친구도 그들의 친구 못지않게 자격이 있다고 강변할 수도 있었고 또 그러고 싶은 마음도 간절했지만, 아버지에 대한 도리상 그럴 수가 없었다. 앤은 아무런 대꾸도 하지 않았다. 삼십대의 나이에 먹고살 것도, 품위 있는 성도 갖지 못한 과부가 바스에서 스미스 부인 하나만은 아니었다. 하지만 앤은 그 사실을 아버지가 알아서 기억해내도록 내버려두기로 했다.

앤과 나머지 가족들은 각자의 약속을 지켰다. 물론 다음날 아침 앤은 그들이 얼마나 즐거운 저녁을 보냈는지 얘기를 들었다. 모임에 빠진 사람은 그녀뿐이었다. 월터 경과 엘리자베스는 경애하는 자작부인의 부름에 응할 태세가 되어 있었다. 게다가 다른 사람들을 불러오는 임무를 부여받자 레이디 러셀과 엘리엇 씨까지 초대하는 수고도 마다하지 않았던 것이다. 엘리엇 씨는 특별히 일찍부터 월리스 대령의 집을 나섰고, 레이디 러셀은 이 문안인사를 위해 저녁약속을 전부 변경했다. 레이디 러셀은 그러한 저녁시간에 생길 수 있는 모든 일들을 앤에게 시시콜콜 전해주었다. 가장 관심을 끈 것은 레이디 러셀과 엘리엇 씨가 그녀에 관해 많은 얘기를 나누었다는 사실이었다. 두 사람은 그녀가 참석하기를 바랐지만 오지 못하게 되자 유감스러워한 동시에, 오지 못한 이유에 대해서는 경의를 표했다고 했다. 병들어 쇠약해진 옛 학교 친구를 방문하는 앤의 상냥하고 인정 많은 모습이 엘리엇 씨를 몹시 기쁘게 한 것 같았다. 그는 그녀가 보기 드문 젊은 여성이며, 성품과 예절, 성정이 뛰어나 뭇여성의 귀감이 될 만하다고 생각했다. 앤의 장점을 놓고 설전을 벌인다면 레이디 러셀과도 맞먹을 수 있을 정도였다. 레이디 러셀의 얘기를 들으면서 자신이 분별 있는 남성에게 그토록 높이 평가받고 있다는 사실을 알게 되자, 앤은 자신의 친구가 의도한 대로 흐뭇한 기분에 젖지 않을 수 없었다.

레이디 러셀은 이제 엘리엇 씨에 대해 확고한 의견을 갖게 되었다. 그에게 앤의 상대가 될 자격이 있을 뿐 아니라, 그가 언젠가 앤과 결혼할 생각이라는 확신도 생겼다. 심지어 몇 주가 더 지나야 그가 상처 후의 애도 기간을 벗어나서, 앤의 호감을 얻기 위해 맘껏 자신의 매력을 발휘할 수 있을지 날짜를 헤아리기 시작했다. 그녀는 틀림없이 일이 그렇게 될 거라고 확신했지만 앤에게 그런 마음을 다 보이고 싶지는 않았다. 앞으로 일어날지도 모르는 일이며, 그가 앤에게 마음이 있을지 모른다는 가능성을 넌지시 암시할 생각이었다. 그의 마음이 정말로 그렇고 앤도 그에게 마음이 있을 경우, 두 사람의 결합이 얼마나 바람직할지 귀띔해주려고 했다. 그녀의 말을 들은 앤은 거세게 부인하지는 않았다. 단지 얼굴을 붉히며 미소를 짓고 약하게 고개를 저을 뿐이었다.

"너도 잘 알다시피 나는 중매쟁이가 못 되잖니." 레이디 러셀이 말했다. "사람 일이란 게 뜻대로 되지 않는다는 걸 너무 잘 알고 있으니까. 엘리엇 씨가 언젠가 네게 구애를 하고 너도 그를 받아들일 마음이 있다면, 두 사람이 행복하게 되지 못할 이유가 없다고 생각한다는 거지. 더할 나위 없이 잘 어울리는 결합이라고 모두들 생각할 테지만, 나로선 그뿐만 아니라 아주 행복한 결혼이 되지 않을까 싶구나."

"엘리엇 씨는 굉장히 호감 가는 사람이고, 저도 그분을 여러모로 좋은 사람이라고 생각해요." 앤이 말했다. "하지만 우리는 어울리지 않아요."

레이디 러셀은 못 들은 척 이렇게 응수할 뿐이었다. "네가 언젠가 레이디 엘리엇이 되어 켈린치의 안주인으로 네 엄마의 자리를 차지하고, 네 엄마가 가졌던 모든 미덕은 물론 권리와 사랑까지 전부 이어받을 날을 생각하면 더 바랄 것이 없는 심정이구나. 네 용모와 성품은 네 엄마 그대로잖니. 네가 엄마와 같은 자리에서 같은 지위와 이름, 집을 갖고 모든 일을 관장하며 시혜를 베풀게 된다면, 그리고 네 엄마보다 더 큰 칭송을 받게 될 날이 온다면, 상상만 해도! 사랑하는 앤, 내 인생에 그보다 더한 기쁨은 없을 거야!"

앤은 몸을 돌리고 일어나서 멀리 떨어진 테이블까지 걸어갔다. 그러고는 거기에 뭔가 용무라도 있는 듯 몸을 기대고 서 있었다. 레이디 러셀이 그려낸 미래의 모습이 불러일으킨 감흥을 진정시켜야 했다. 순간 그녀의 상상력과 마음이 마법에 홀린 듯했다. 예전의 엄마처럼 되다니. '레이디 엘리엇'이라는 소중한 이름이 자신을 통해 되살아나고, 켈린치로 되돌아가 그곳을 다시 집으로 부른다니. 이 모든 것은 곧바로 떨쳐버릴 수 없을 만큼 매혹적인 생각이었다. 레이디 러셀은 더이상 아무 말 하지 않고 일이 흘러가는 대로 두고볼 작정이었다. 그 순간 엘리엇 씨가 적절히 자신을 대변할 수만 있었더라면! 한마디로, 그녀는 앤이 믿지 않는 것을 믿었다. 엘리엇 씨가 자신을 대변하는 바로 그 모습을 상상해본 덕분에 앤은 오히려 평정을 되찾을 수 있었다. 켈린치와 '레이디 엘리엇'이라는 호칭의 매력도 모두 사라져버렸다. 그녀는 결코 그를 받아들일 수 없을 것이었다. 그녀의 마음이 여전히 한 남자를 향해 있기 때문만은 아니었다. 그리될 가능성을 진지하게 생각해볼 때, 엘리엇 씨는 아니라는 판단이 섰던 것이다.

이제 서로를 안 지 한 달이 되었지만, 앤은 자신이 정말로 그의 성품을 안다고 말할 수 없었다. 그는 분별 있고 호감이 가는 인물이었다. 달변에 바른 생각을 지녔으며, 원칙 있고 제대로 된 판단력을 갖춘 듯 보였다. 이 모든 것이 분명한 사실이었다. 확실히 무엇이 옳은지를 아는 사람이었고, 특별히 어떤 도덕적 의무를 어겼다고 꼬집어 말할 수도 없었다. 그렇지만 그의 품행에 대해 장담하기에는 뭔가 꺼림칙하다는 느낌이 들었다. 현재는 몰라도 과거에 대해서는 믿음이 가지 않았다. 전에 어울려 지내던 사람들의 이름이 이따금씩 튀어나오거나 예전 행실과 하던 일이 넌지시 언급될 때면, 과거에 그가 어떤 사람이었는지 의구심이 생겨났다. 과거 그에게 좋지 않은 생활습관이 있었음을 짐작할 수 있었다. 일요일에 여행 다니는 일이 다반사였고, 한때(아마도 짧지 않은 시기 동안) 모든 진지한 문제에 대해 좋게 말해 무관심했던 시기가 있었다. 지금은 생각이 아주 달라졌을지도 모른다. 하지만 올바른 성품의 중요성을 알 만큼 나이를 먹은 이 영리하고 신중한 남자가 정말 무슨 생각을 하는지 누가 장담할 수 있을까? 그의 생각이 진정 바로잡혔다는 걸 어떻게 확인할 수 있단 말인가?

엘리엇 씨는 합리적이고 신중하며 세련되었지만 마음을 열어 보이는 사람은 아니었다. 다른 사람들의 좋은 점이나 나쁜 점에 대해 감정을 터뜨린 적도, 격렬하게 분노하거나 기뻐한 적도 없었다. 앤이 보기에 이것은 결정적인 흠이었다. 처음에 받은 인상은 바뀔 수 없었다. 앤은 개방적이고 솔직하고 열성적인 성품을 다른 무엇보다 높이 평가했다. 그녀의 마음은 여전히 따뜻함과 열정에 끌렸다. 늘 평정심을 유지하여 단 한 번의 말실수조차 하지 않는 사람보다는, 이따금 경솔하거나 성급하게 말하고 행동하는 사람의 진실성이 더 믿을 만하다고 생각했다.

엘리엇 씨는 지나칠 정도로 누구에게나 상냥했다. 그는 아버지 집에 모여 있는 다양한 기질의 사람들 모두에게 호감을 샀다. 지나치게 잘 참았고, 지나치다 싶을 정도로 모든 사람과 잘 지냈다. 그가 다소 솔직하게 클레이 부인 얘기를 한 적이 있었는데, 그녀가 무엇을 노리는지 다 간파하고 경멸하는 듯이 보였다. 하지만 클레이 부인은 그를 어느 누구보다도 마음에 들어했다.

레이디 러셀이 뭔가 미심쩍은 점을 발견하지 못한 걸 보면, 앤보다 더 많은 걸 보았거나 그녀만큼 알아보지 못한 것이 분명했다. 레이디 러셀은 엘리엇 씨보다 더 완벽한 남자를 상상할 수 없었다. 다가오는 가을 켈린치 교회에서 그가 사랑스러운 앤의 손을 건네받는 모습을 그리며, 레이디 러셀은 달콤한 기대에 한껏 부풀어 있었다.

18

때는 2월 초순에 접어들었다. 바스에 온 지 한 달이 지나자 어퍼크로스와 라임의 소식을 기다리는 앤의 마음은 점점 초조해져갔다. 메리가 전해주는 것으로는 성에 차지 않았다. 소식을 들은 지 삼 주나 지났던 것이다. 그녀가 아는 건 헨리에타가 집에 돌아왔고 루이자는 빠르게 회복중이지만 아직 라임에 있다는 정도였다. 어느 날 저녁 앤이 그들 모두의 생각으로 골똘해 있을 때, 평상시보다 두툼한 메리의 편지가 배달되었다. 그 안에 크로프트 제독 부부의 안부인사도 들어 있는 것을 보고, 앤은 놀라운 한편 반갑기도 했다.

크로프트 부부가 바스에 있는 것이 분명했다! 관심이 가는 상황이었다. 그들은 아주 자연스레 그녀의 마음을 끌어당기는 사람들이었다.

"아니, 뭐라구?" 월터 경이 소리쳤다. "크로프트 부부가 바스에 와 있단 말이지? 켈린치를 빌려 살고 있는 크로프트 부부가? 그 사람들이 너한테 뭘 전해준 게냐?"

"어퍼크로스 코티지에서 보낸 편지요."

"아! 편지란 참 편리한 통행증이구나. 인사 나눌 구실을 만들어주니. 어찌 됐든 크로프트 제독을 방문해야겠군. 내 집에 세 든 사람에 대한 예의는 지켜야겠지."

앤은 더이상 듣고 있을 수 없었다. 편지에 온통 정신이 팔려서 월터 경이 가엾은 제독의 안색 얘기를 어쩌다 빼먹었는지 알 수 없을 정도였다. 편지가 시작된 것은 며칠 전이었다.

2월 1일, ─.

사랑하는 앤,

바스 같은 곳에서는 편지 따위에 별로 신경 쓰지 않는다는 걸 아니까 소식 전하지 못해 미안하다는 말은 안 할게. 너무나 행복해서 어퍼크로스를 생각할 틈도 없겠지. 언니도 알다시피 여기는 별로 쓸 얘기도 없는 곳이잖아. 크리스마스는 아주 지루했어. 머스그로브 부부는 휴가 내내 한 번도 만찬을 열지 않았거든. 나는 헤이터가 사람들은 열외로 치니까. 하지만 드디어 휴가도 끝났어. 애들도 그렇게 긴 휴가를 보낸 적이 없을 거야. 나로선 정말 그런 적이 없었어. 하빌 씨네 아이들을 제외하곤 어제 다들 떠났어. 그애들이 한 번도 집에 간 적이 없다는 말을 들으면 언니도 놀랄 거야. 그렇게 오랫동안 애들을 떼어놓다니, 하빌 부인은 이상한 엄마임에 틀림없어. 나로서는 이해가 안 돼. 내 생각에는 전혀 착한 애들이 아닌데, 머스그로브 부인은 그 집 애들을 자기 손주들만큼 좋아하시는 것 같아. 더 좋아하시는 건 아닌가 몰라. 날씨가 얼마나 끔찍했는지! 바스엔 멋진 포장도로가 있어서 실감을 못 하겠지만 시골에서는 큰 일이지. 1월 둘째 주 이후로 찰스 헤이터 말고는 날 보러 온 사람이 아무도 없었어. 그 사람은 너무 자주 찾아와서 반갑지도 않을 정도야. 우리끼리 얘기지만, 헨리에타가 루이자처럼 라임에 오래 머물지 않은 건 정말 안타까운 일이지. 그랬다면 헤이터 씨한테서 좀 벗어날 수도 있었을 텐데. 오늘 라임으로 마차를 보냈으니 내일이면 루이자와 하빌 부부가 도착할 거야. 하지만 그 다음날이나 되어야 저녁 초대를 받을 수 있을 테지. 머스그로브 부인이 루이자가 여행으로 지치지 않을까 워낙 걱정이 많으시거든. 그분들이 쏟는 정성을 생각하면 그럴 법하지 않은데도 말이야. 내일 거기서 저녁식사를 하는 게 나한테는 훨씬 더 편할 텐데. 엘리엇 씨가 마음에 든다니 기뻐. 나도 그분을 알게 되면 좋으련만. 내 팔자가 그렇지 뭐. 뭔가 좋은 일이 있을 때마다 나는 그 자리에 없잖아. 가족 중에서도 언제나 제일 뒷전이고. 클레이 부인은 밤낮으로 엘리자베스와 붙어 있겠군! 떠날 생각이 전혀 없는 걸까? 하긴 그 여자가 떠나고 방이 빈다고 해도 우리를 초대하란 법도 없고. 언니 생각은 어떤지 알려줘. 애들까지 초대받을 거라고는 기대도 안 한다는 거 언니도 알지? 애들은 한 달이나 육 주 정도 본가에 맡길 수 있어. 크로프트 부부가 지금이라도 당장 바스에 가시려 한다는 얘길 방금 들었어.

제독님이 통풍기가 있으신가봐. 찰스가 아주 우연히 들었다는데, 예의 없게도 나한테는 알리지도 않았고, 뭐 전할 게 없는지 물어보지도 않았어. 그분들은 이웃인데 나아지는 게 없어. 얼굴 보기도 어렵고, 아무리 무심해도 이렇게까지 심할 순 없을 거야. 찰스가 안부랑 기타 등등 인사말 전해달래.

언니의 사랑하는 동생,

메리 M──.

유감스럽게도 몸이 그다지 좋지 않아. 방금 제마이머가 그러는데, 독한 후두염이 한창 나돌고 있다고 푸줏간 주인한테 들었대. 분명히 나도 걸릴 거야. 언니도 알지만 내 후두염은 언제나 다른 사람들보다 심하지.

이렇게 편지의 첫부분이 끝났다. 하지만 나중에 막상 봉투에 넣을 때쯤에는 이미 써놓은 것만큼 내용이 추가되었다.

루이자의 여행길이 어땠는지 전해주려고 편지를 봉하지 않고 뒀거든. 그러길 정말 잘했던 것 같아. 덧붙일 말이 아주 많아. 우선 어제 크로프트 부인에게서 기별이 왔는데, 언니한테 보낼 게 있으면 뭐든 전해주겠다는 거야. 정말 아주 친절하고 다정한 쪽지를 예법에 맞게 내 앞으로 보내셨어. 그러니까 내 맘껏 편지를 길게 써도 되겠지. 제독님의 병세는 아주 심하지는 않은가봐. 진심으로 바스에서 원하는 효과를 보시길 바라고 있어. 그분들이 다시 돌아오시면 정말 기쁠 거야. 그렇게 맘에 드는 가족이 우리 동네에 없어서는 안 되니까. 각설하고, 루이자 얘길 할게. 언니가 깜짝 놀랄 얘기가 있어. 화요일에 루이자와 하빌 부부가 별탈 없이 도착해서 저녁에 우리가 안부를 물으러 갔는데, 벤윅 대령이 없어서 좀 놀랐어. 그 사람도 하빌 부부와 함께 초대를 받았거든. 언니는 그 이유가 뭐였을 거 같아? 더도 덜도 아니고, 바로 그 사람이 루이자와 사랑하는 사이가 되었다는 거야. 그래서 머스그로브 씨의 대답을 듣기 전에는 어퍼크로스로 오지 않겠다고 했대. 루이자가 떠나기 전에 두 사람 사이에서는 모든 게 결정되었고, 하빌 대령을 통해 아버님께 편지를 보냈다고 해. 맹세코 사실이야. 놀랍지 않아? 언니가 조금이라도 낌새를 알아챘다고 하면 나로서는 놀랄 일인걸. 난 전혀 몰랐으니까. 머스그로브 부인도 엄숙히 맹세하길 전혀 눈치채지 못했다고 하셔. 하지만 우리 모두 아주 기뻐하고 있어. 웬트워스 대령과 결혼하는 것만은 못해도, 찰스 헤이터보다는 몇십 배 나으니까. 머스그로브 씨는 승낙 편지를 보내셨고, 벤윅 대령은 오늘 오기로 되어 있어. 하빌 부인 말에 따르면 남편분이 죽은 여동생 생각으로 마음 아파하신대. 하지만 두 사람 모두 루이자를 많이 아끼셔. 하빌 부인과 난 정말이지 루이자를 간호하면서 그애를 더 좋아하게 되었어. 찰스는 웬트워스 대령이 무슨 말을 할지 궁금하대. 언니가 기억하는지 모르겠지만 나는 한 번도 대령이 루이자를 좋아한다고 생각한 적이 없었어. 그런 기미는 보이지 않던걸. 그리고 보다시피, 벤윅 대령이 언니의 추종자라는 얘기도 이걸로 끝이야. 어떻게 찰스가 그런 생각을 할 수 있었는지 나로서는 늘 이해가 안 됐어. 대령이 이제 좀더 싹싹해지면 좋겠어. 루이자 머스그로브에게 대단한 혼처가 아닌 건 분명해. 그래도 헤이터 집안사람이랑 결혼하는 것에 비하면 백만 배 잘된 일이야.

메리는 언니가 어느 정도 이 소식을 예감하지 않았을까 걱정할 필요가 없었다. 앤은 살면서 이번만큼 놀란 적이 없었다. 벤윅 대령과 루이자 머스그로브라니! 너무 근사한 일이라 믿을 수 없을 정도였다. 그녀는 방에 그대로 남아 침착한 태도를 유지하면서, 그런 상황에서 흔히 나올 법한 질문에 대답하려고 안간힘을 써야 했다. 다행히도 질문은 많지 않았다. 월터 경은 크로프트 부부가 사두마차로 여행을 했는지, 바스에서 엘리엇 양과 자신이 방문해도 좋을 만한 동네에 자리를 잡았는지 알고 싶어했다. 그 이상은 궁금해하지 않았다.

"메리는 어떻게 지낸대?"라고 물은 뒤 엘리자베스는 대답을 기다리지 않고 말을 이었다. "크로프트 부부는 무슨 일로 바스에 오신 거래?"

"제독님 때문에 오신대. 통풍기가 있으신가봐."

"늘그막에 통풍기라!" 월터 경이 말했다. "불쌍한 노인네."

"여기 아는 사람이 계신가?" 엘리자베스가 물었다.

"모르겠어. 하지만 크로프트 제독의 직업에다 그 연배라면 이런 곳에 아는 사람이 적을 리가 없지."

"내 짐작엔," 월터 경이 차갑게 말했다. "크로프트 제독은 바스에서 켈린치 홀을 세낸 사람으로 통할 게야. 엘리자베스, 제독 부부를 로라 플레이스에 한 번 소개해야 하지 않겠니?"

"아! 안 돼요. 우리가 레이디 달림플과 사촌지간이니 더욱 조심해야죠. 마음에 안 드실지도 모르는 사람을 소개해서 당황해하시면 어떡해요. 우리가 친척이 아니라면 상관없겠지요. 하지만 사촌지간이니 우리가 제안하는 일이면 무엇이든 신경을 쓰실 거예요. 크로프트 부부가 자기들 신분에 맞는 사람들을 찾아내도록 내버려두는 게 좋겠어요. 주변에 이상하게 생긴 사람들이 어슬렁거리던데, 선원이라고 하더군요. 크로프트 부부는 그 사람들과 어울리겠죠!"

월터 경과 엘리자베스가 편지에 보인 관심은 고작 이 정도였다. 클레이 부인은 좀더 경우 바르게 관심을 보이며 메리와 아이들의 안부를 물었다. 그러고 나서야 앤은 자기만의 시간을 가질 수 있었다.

자기 방에서 앤은 편지 내용을 이해하려고 애를 썼다. 웬트워스 대령이 어떤 기분일지 찰스가 궁금해하는 것도 당연했다! 아마도 그는 자신이 루이자를 사랑하지 않는다는 사실을 깨닫게 되었거나, 마음을 접고 그녀를 포기하고 떠났으리라. 그와 친구 사이에 배신이나 경솔한 행동, 혹은 상처를 주는 일 따위가 있었을지 모른다고는 생각하고 싶지 않았다. 그러한 친구관계가 부당하게 깨어진다는 건 생각만 해도 견디기 힘들었다.

벤윅 대령과 루이자 머스그로브라니! 명랑쾌활하고 수다스러운 루이자 머스그로브와 침울하고 사색적인 데다 다감하며 책벌레인 벤윅 대령은 극과 극처럼 서로 어울리지 않는 듯이 보였다. 기질이 전혀 다른데! 어디에 끌린 것일까? 곧 해답이 나왔다. 상황 탓이었다. 그들은 단출한 가족 사이에서 몇 주나 함께 지냈다. 분명 헨리에타가 떠난 후로는 거의 전적으로 서로에게 의지했을 터이다. 이제 막 회복단계에 접어든 루이자는 흥미로운 상태였고, 벤윅 대령은 위로를 받을 마음의 준비가 되어 있었던 것이다. 벤윅 대령의 상태는 전에도 어렴풋이 짐작되던 바였다. 상황이 이렇게 되었다고 해서 앤은 메리와 같은 결론을 내리지는 않았다. 오히려 그의 마음에 자신을 향한 애틋한 감정이 싹트고 있었다는 생각이 확고해졌다. 하지만 자신의 허영심을 채우려고 메리가 전해준 얘기 이상으로 억측을 할 마음은 없었다. 누구든지 웬만큼 호감 가는 젊은 여자가 그의 말에 귀 기울이고 공감하는 듯 보였다면, 그녀와 똑같은 찬사를 받았을 것이다. 벤윅 대령은 다정다감해서 누군가를 사랑해야 하는 사람이었다.

그들이 행복하지 못할 거라고 생각할 이유는 전혀 없었다. 무엇보다 루이자는 열렬한 해군 신봉자였고, 그들은 곧 서로를 닮아갈 것이다. 벤윅 대령은 좀더 쾌활해질 테고 루이자는 스콧과 바이런 경의 애독자가 되는 법을 배우겠지. 아니, 어쩌면 벌써 그렇게 되었는지도 모른다. 당연히 그들은 시를 읽으며 사랑에 빠졌을 것이다. 루이자 머스그로브가 문학적 취향을 갖고 감상적인 사색을 하는 사람이 되었다고 생각하니 웃음이 나긴 했다. 하지만 그럴 거라는 데는 추호의 의심도 없었다. 라임을 둘러보던 그날 콥에서 추락한 것이 그녀의 운명을 완전히 바꿔놓은 것처럼, 그녀의 건강과 기질, 용기, 성격도 평생 그렇게 뒤바뀌게 될지도 모를 일이었다.

앤은 이 모든 일에 대해 결론을 내렸다. 한때 웬트워스 대령의 매력을 알아볼 수 있었던 여인이 다른 남자를 더 좋아할 수도 있다는 사실을 받아들이고 나면, 이 약혼에 더이상 놀랄 일은 없었다. 이 일로 인해 웬트워스 대령이 친구를 잃는 일만 없다면 사실 안타까울 것도 없었다. 아니, 웬트워스 대령이 족쇄에서 풀려나 자유로워졌다고 생각하자 무심결에 앤의 가슴이 뛰고 뺨이 달아오른 것은 안타까움 때문이 아니었다. 부끄러워 차마 자세히 들여다보지 못한 그녀의 감정은 바로 기쁨, 주체할 수 없는 기쁨에 가까웠다.

그녀는 크로프트 부부를 만나길 고대했다. 하지만 막상 만나보니 그들은 아직 소식을 전해듣지 못한 게 분명했다. 의례적인 방문을 주고받으면서 루이자 머스그로브나 벤윅 대령 얘기가 나왔을 때 그들은 미소를 머금는 기미조차 없었다.

크로프트 부부가 게이 스트리트에 정한 거처는 월터 경의 마음에 쏙 들었다. 그들과 아는 사이라는 것 역시 조금도 수치스러울 게 없었다. 사실 그가 상대에 대해 생각하거나 얘기하는 횟수가 제독 쪽에 비해 훨씬 더 많았다.

바스에는 크로프트 부부가 아는 사람이 아쉽지 않을 만큼 있었다. 그들은 엘리엇 집안과의 왕래를 그저 형식적인 것으로 생각했을 뿐, 거기서 별다른 즐거움을 얻을 거라고는 전혀 기대하지 않았다. 그들은 시골에서 거의 언제나 함께 다니던 습관을 여기서도 고수했다. 제독은 산책을 해서 통풍을 예방하라는 처방을 받았다. 그의 일이라면 언제나 함께하는 크로프트 부인 역시 남편과 자신의 건강을 위해 산책을 다니는 것 같았다. 앤은 어디를 가나 그들과 만났다. 레이디 러셀이 거의 매일 아침 그녀를 마차에 태워 데리고 나갈 때마다 앤은 그들을 떠올렸고, 영락없이 크로프트 부부를 만나곤 했다. 서로를 아끼는 두 사람의 마음을 익히 알고 있는 그녀의 눈에, 그들의 모습은 더없이 매력적인 행복의 초상이었다. 앤은 항상 부부의 모습이 보이지 않을 때까지 지켜보았다. 앤은 자신들만의 행복에 젖어 걸어가는 그들이 무슨 얘기를 나눌지 다 아는 것처럼 상상하며 흐뭇해했다. 옛 친구를 만난 제독이 진심에서 우러난 악수를 하는 모습을 보기도 했다. 이따금씩 해군 몇몇과 무리 지어 이야기에 열중할 때, 크로프트 부인이 그중 어느 장교 못지않게 총명하고 열성적으로 대화하는 모습 또한 앤의 마음을 흐뭇하게 했다.

레이디 러셀과 함께 다니는 탓에 앤이 혼자 산책을 나가는 일은 거의 없었다. 그런데 크로프트 부부가 도착한 지 일주일이나 열흘쯤 지난 어느 날 아침, 중심가 아래쪽에서 친구의 마차를 내려 앤 혼자 캠든 플레이스로 돌아가야 할 일이 생겼다. 밀섬 스트리트를 따라 걷던 그녀는 운 좋게도 제독과 맞닥뜨렸다. 그는 혼자 판화상점의 창문 옆에 뒷짐을 지고 서서, 어떤 그림을 뚫어져라 바라보고 있었다. 하마터면 그를 못 보고 지나칠 뻔했던 앤은 그의 주의를 끌기 위해 툭 치며 말을 건네야 했다. 그제야 그녀를 알아본 제독은 예의 소탈하고 털털한 투로 인사를 했다.

"허! 당신이었군요. 고마워요, 고마워. 나를 친구처럼 대해주시는구면. 보다시피 여기서 그림을 보고 있던 참이오. 이 가게를 그냥 지나쳐가진 못하지. 한데 여기 이 배 비스무레하게 생긴 걸 한번 봐요. 이런 걸 본 적이 있소? 저런 볼품없는 낡은 조개껍데기에 목숨을 맡길 사람이 있다고 생각하다니, 화가란 얼마나 어이없는 사람들인지. 하지만 여기 꼼짝없이 배에 갇힌 두 신사는 유유자적 산과 바위를 둘러보고 있구면. 분명 다음 순간 배가 뒤집힐 텐데, 아무 일 없을 것처럼. 저런 배를 어디서 만들었는지 궁금하군!" 그는 껄껄 웃으면서 "나라면 저 배를 타고 말을 씻기는 구덩이도 건너지 않을 거요"라고 말하더니 그녀를 향해 돌아섰다. "그런데, 어디로 가던 참인가? 당신을 위해서라면 어디든 같이 가줄 수 있는데…… 뭐 내가 도울 일이 없을까요?"

"없어요, 감사합니다. 가시는 길까지만 제 동무가 되어주신다면 모를까요. 집으로 가는 길이거든요."

"기꺼이 가다마다. 더 멀리 가도 괜찮고. 좋아요, 좋아, 편안하게 같이 거닐어봅시다. 걸으면서 당신에게 할 말이 있다오. 자, 내 팔을 잡아요. 옳지. 그쪽에 여인네가 없으면 마음이 편치 않아서 말이오. 맙소사! 저런 걸 배라고!" 마지막으로 그림을 한 번 더 들여다본 뒤, 그들은 걷기 시작했다.

"뭔가 하실 말씀이 있으시다고요?"

"그래요, 지금 당장. 그런데 저기 친구인 브리그던 대령이 오는군. 하지만 멈춰 서지 않고 지나가면서 그냥 잘 지내냐는 인사만 해야겠소. 브리그던이 내가 아내를 놔두고 누구랑 같이 있나 하고 쳐다보는구면. 가엾게도 집사람은 다리 때문에 꼼짝 못하고 있다오. 뒤꿈치에 삼 실링 동전 크기만 한 물집이 생겼지요. 길 건너편에 브랜드 제독이 동생과 함께 이리로 오는 게 보이는군. 둘 다 비열한 작자들이지요. 이쪽 길이 아니라서 다행이군. 소피는 저들을 아주 싫어해요. 나한테 치사한 술책을 부려서 최고의 부하들을 빼간 적이 있었거든. 다음번에 자초지종을 말해주겠소. 저기 아치볼드 드루 경과 손자가 오는구면. 봐요, 우리를 보고 있소. 당신에게 손키스를 보내네. 당신이 내 아내라고 생각한 거요. 아! 저 젊은이를 생각하면 전쟁이 너무 빨리 끝나버린 셈이지. 불쌍한 아치볼드 경! 바스가 마음에 들어요, 엘리엇 양? 우리한테는 아주 제격이라오. 옛 친구 한둘은 꼭 만나게 되거든. 매일 아침 거리에 친구들로 넘쳐나 할 얘기도 많고. 그러고는 주변을 물리고 숙소로 돌아와 두문불출하지요. 의자를 당겨 앉아 마치 켈린치에 있는 양, 아니 노스 야머스와 딜에 있던 때마냥 아늑한 기분을 만끽한다오. 우리 숙소가 노스 야머스에서 처음 살았던 곳을 연상시킨다고 해서 싫다는 얘기는 아니지만, 바람이 찬장 틈새로 들어오는 것이 정말 똑같다니까."

앤은 길을 조금 더 가서야 그가 하려던 얘기가 무엇인지 다시 채근할 엄두를 냈다. 밀섬 스트리트를 벗어날 무렵엔 궁금증이 풀리기를 바라고 있었지만, 더 기다려야만 했다. 탁 트이고 조용한 벨몬트에 당도할 때까지 제독이 얘기를 꺼내지 않기로 작정했던 때문이었다. 자신이 정말 크로프트 부인인 것도 아니었으니, 그녀로서는 그가 하고 싶은 대로 따라주는 수밖에 없었다. 이윽고 벨몬트의 비탈길을 어지간히 올라왔다 싶을 때 그가 말을 꺼냈다.

"그럼 이제 당신이 놀랄 만한 소식을 전해드리지요. 하지만 우선 내가 얘기하려고 하는 그 젊은 아가씨 이름을 말해줘요. 그 왜, 우리 모두 그렇게나 걱정하던 아가씨, 사고가 났던 머스그로브 양 있잖소. 그 아가씨 이름이 뭐더라, 항상 이름을 잊어버린다오."

앤은 금방 누구 얘기인지 눈치챘다. 전에는 그렇게 보이는 것이 부끄러웠지만, 지금은 별 염려 없이 '루이자'란 이름을 댈 수 있었다.

"아, 그렇지, 루이자 머스그로브 양이었지. 근사한 젊은 아가씨들의 이름이 그렇게 많지 않으면 좋을 텐데. 모두가 소피라거나 그 비슷한 이름이라면 절대 잊어버리지 않을 거요. 어쨌든 우리 모두 그 루이자 양이 프레더릭과 결혼할 거라고 생각했었지. 몇 주 동안이나 그 아가씨를 따라다녔으니까. 의아한 점이 있다면 뭘 기다리는 건가 하는 거였지요. 적어도 라임에서 일이 터질 때까지는 말이오. 그다음엔 분명 그 아가씨 머리가 다 나을 때까지 기다려야 했고. 그렇다 해도 두 사람 사이는 뭔가 이상했어요. 프레더릭이 라임에 머물지 않고 플리머스로 떠났고, 그다음엔 에드워드를 보러 가버렸으니까. 우리가 마인헤드에서 돌아왔을 때 에드워드 집에 갔다고 했는데 아직까지도 거기서 지내고 있소. 11월 이후로 코빼기도 보질 못했으니, 소피조차 이해가 안 간다더군. 그런데 이제 일이 아주 엉뚱하게 흘러가버렸지. 그 아가씨, 바로 머스그로브 양이 프레더릭과 결혼하는 대신 제임스 벤윅과 결혼한다는구먼. 당신도 제임스 벤윅을 알죠."

"조금요. 벤윅 대령과는 조금 아는 사이예요."

"글쎄, 그와 결혼을 한다네. 아니, 어쩌면 벌써 결혼했을지도 모르지. 기다릴 일이 뭐가 있겠소."

"벤윅 대령은 꽤 호감 가는 사람이라고 생각했어요." 앤이 말했다. "성품이 뛰어나 보이더군요."

"아! 그럼, 그렇고말고, 제임스 벤윅에 대해 흠잡을 건 없지요. 지난여름 승진했지만 아직 부함장인 게 사실이고, 요즘은 승진하기 좋은 때가 아니긴 하지요. 하지만 다른 결점은 없소. 마음씨 좋은 뛰어난 친구고, 아주 활동적이고 매사에 열심인 선원이란 건 내가 보장하지요. 그가 워낙 부드러워 보이니 앤 양은 의외라고 생각할지도 모르겠소만."

"그건 잘못 생각하신 겁니다. 저는 한 번도 벤윅 대령이 기백이 부족하다고 느낀 적이 없어요. 제게는 아주 호감 가는 분이고, 일반적으로도 그럴 거라고 생각하는데요."

"그래요, 여자들이 더 잘 알겠지. 하지만 내 눈엔 제임스 벤윅이 지나치게 유약해 보이거든. 그게 다 우리가 편파적인 탓이겠지만, 소피와 나는 프레더릭의 행동거지가 더 낫다고 생각할 수밖에 없지요. 프레더릭한테는 뭔가 우리 취향에 더 맞는 점이 있거든."

앤은 난감했다. 단지 부드러움과 기백이 양립할 수 없다는 흔해빠진 생각에 반대하고 싶었을 뿐, 벤윅 대령의 행동거지가 최고라고 대변하려던 것은 아니었다. "두 친구를 비교하려던 건 아니랍니다." 잠시 망설인 뒤 말을 시작하려 하자 제독이 그녀의 말을 가로막았다.

"그런데 그건 사실이라오. 단순한 소문이 아니지. 프레더릭한테 직접 들었으니까. 처남이 보낸 편지를 아내가 어제 받았는데, 거기에 그 얘기가 있었소. 하빌이 어퍼크로스에서 곧바로 써보낸 편지를 막 받은 참이었던 모양이오."

그냥 넘어가기 어려운 기회를 얻은 앤은 이렇게 말했다. "제독님, 웬트워스 대령의 편지에 제독님과 크로프트 부인이 심려하실 만한 얘기가 없기를 바라는 마음이에요. 확실히 지난가을 대령과 루이자 머스그로브는 서로 호감이 있는 듯 보였지요. 하지만 두 사람 모두 똑같이 상처받지 않고 마음이 정리된 거라고 생각되면 좋겠어요. 그 편지에서 배신당한 남자의 기운이 느껴지지 않으면 좋겠네요."

"전혀. 처음부터 끝까지 격한 말도 불평도 없었소."

앤은 미소를 감추려고 고개를 숙였다.

"아니, 아니지. 프레더릭은 투정하고 불평할 사람이 아니라오. 그러기엔 너무 당당하지요. 여자가 다른 남자를 더 좋아하면 그 남자한테 가는 게 맞는 거지."

"그럼요. 하지만 제 말은, 만약 웬트워스 대령이 친구에게 배신을 당했다고 생각한다면 편지에 뭔가 그런 인상을 줄 만한 것이 있지 않았을까 하는 거예요. 확실하게 말로 하지 않아도 드러날 수 있는 거잖아요. 그와 벤윅 대령의 우정이 이런 상황 때문에 깨지거나 금이 간다면 정말 안타까울 겁니다."

"응, 그래, 무슨 말을 하려는지 알겠소. 하지만 편지에는 전혀 그런 구석이 없었다오. 조금이라도 벤윅을 헐뜯는 소리는 없던걸. '믿을 수 없어요, 믿지 못할 내 나름의 이유가 있어요'라는 정도의 표현조차 없었으니까. 아니, 글 쓴 걸 보면—이름이 뭐였더라?—그 아가씨를 마음에 둔 적이 있다고 짐작도 못 할 정도라오. 아주 너그럽게 두 사람이 함께 행복하기를 바란다고 썼는데, 마음에 큰 응어리가 있을 리 없지. 내 생각에는 그렇소."

제독이 의도한 만큼 확신이 들지는 않았지만 더이상 캐묻는 것도 소용이 없을 듯했다. 그래서 앤은 상투적인 대꾸를 하거나 말없이 귀를 기울였고, 제독은 자기 생각을 고수했다.

"가엾은 프레더릭!" 그가 마침내 이렇게 말했다. "이제 다른 여자와 처음부터 다시 시작해야 하다니. 바스로 오라고 해야겠어. 소피가 편지를 써서 간곡하게 바스로 오라고 해야 한다니까. 여기는 정말 어여쁜 아가씨들이 넘치잖소. 다시 어퍼크로스로 가봐야 헛수고일 뿐이지. 다른 머스그로브 양도 사촌인 젊은 목사와 결혼약속이 되어 있다고 하던걸. 엘리엇 양, 프레더릭을 바스로 데려와야 한다고 생각하지 않소?"

19

크로프트 제독이 앤과 산책하며 웬트워스 대령을 바스로 데려오고 싶다고 얘기하는 동안, 웬트워스 대령은 이미 그곳으로 오는 중이었다. 그는 크로프트 부인이 채 편지를 쓰기도 전에 도착했고, 앤은 다음번 외출했을 때 그를 보았다.

엘리엇 씨가 밀섬 스트리트에서 두 사촌과 클레이 부인을 수행하는 중에 비가 오기 시작했다. 많이 내리는 건 아니었지만 여자들로선 비를 피할 곳이 있으면 좋겠다고 바랄 정도였다. 엘리엇 양의 생각엔 저만치 서 있는 레이디 달림플의 마차를 타고 집까지 가는 혜택을 꼭 좀 받았으면 싶었다. 그래서 엘리엇 씨가 도움을 요청하러 레이디 달림플에게 간 사이 엘리엇 양과 앤, 클레이 부인은 몰랜드의 제과점에 들어갔다. 그는 당연히 승낙을 받고 곧 돌아왔다. 레이디 달림플이 아주 기꺼이 그들을 집으로 데려다주겠다며, 몇 분 안에 부르겠다고 했다는 것이다.

레이디 달림플의 마차는 덮개 있는 사륜마차여서 네 명 이상 타기에는 자리가 충분치 않았다. 카트릿 양이 어머니와 동행했으므로 캠든 플레이스의 세 여인을 모두 태울 수 있으리라 기대하는 것은 무리였다. 누가 불편을 감당하든 자신은 그럴 수 없다고 생각하는 엘리자베스였으니, 그녀가 타야 한다는 데는 의문의 여지가 없었다. 하지만 나머지 두 사람 중 누가 양보할지 정하는 일은 좀더 시간이 걸렸다. 앤은 비가 조금밖에 내리지 않으니 엘리엇 씨와 걸어가는 게 더 좋겠다고 간곡히 말했다. 그러나 비가 얼마 내리지 않는 건 클레이 부인도 마찬가지였다. 그녀는 비가 한 방울도 내리지 않는다고 할 기세였다. 자신의 장화가 매우 두껍다고, 앤 양의 것보다 훨씬 더 두껍다고 고집을 부리기도 했다. 한마디로, 예의 바른 그녀는 앤 못지않게 간절히 마차를 양보하고 엘리엇 씨와 같이 걸어가기를 원했다. 그들이 너무나도 정중하고 단호하게 아량을 베풀며 논의를 하는 바람에, 결국 다른 사람들이 나서서 결정을 내려야 했다. 엘리엇 양은 클레이 부인이 벌써 약간 감기 기운을 보인다고 주장했다. 엘리엇 씨는 앤의 항변에 손을 들어주며, 사촌인 앤의 장화가 더 두꺼워 보인다고 말했다. 이렇게 해서 클레이 부인이 마차를 타기로 확정되었다. 그들이 막 결정을 내렸을 즈음, 창가에 앉아 있던 앤은 마침 길을 걸어오고 있던 웬트워스 대령을 분명하고 또렷하게 알아보았다.

다른 사람들은 그녀가 흠칫 놀라는 것을 눈치채지 못했다. 하지만 곧 앤은 자신이 세상에서 가장 터무니없고 어리석은 바보라는 생각이

들었다. 잠시 눈앞에 아무것도 보이지 않았고, 그저 혼란스러울 뿐 어찌할 바를 몰랐다. 간신히 자신을 다그쳐 정신을 차려보니 다른 사람들은 여전히 마차를 기다리고 있었다. (언제나 친절한) 엘리엇 씨는 뭔가 클레이 부인이 부탁한 일을 처리하러 유니언 스트리트를 향해 나서는 참이었다.

앤은 이제 바깥문 쪽으로 가고 싶은 충동을 느꼈다. 비가 오는지 보고 싶어서였다. 왜 자신에게 다른 동기가 있는 건 아닌지 의심해야 하는 걸까? 웬트워스 대령은 가버리고 없을 텐데. 그녀는 자리에서 일어섰다. 가고 싶었다. 두 갈래로 나뉜 그녀의 마음 중 한쪽이 다른쪽보다 항상 더 지혜로운 것도 아니고, 다른쪽이 실제보다 못났다고 의심할 필요도 없지 않은가. 다만 비가 오는지 보려는 것뿐이니까. 하지만 다음 순간 앤은 웬트워스 대령이 가게로 들어서는 것을 보고 도로 주저앉고 말았다. 그는 한 무리의 신사숙녀들과 함께였다. 밀섬 스트리트 바로 아래쪽에서 지인들을 만나 합류한 게 분명했다. 그녀를 발견하자 웬트워스 대령은 전에 본 적이 없을 만큼 역력히 놀라고 당황하는 듯했다. 그의 얼굴이 벌겋게 달아올라 있었다. 그들이 다시 만난 이후 처음으로, 그가 자신보다 더 감정을 드러내고 있다는 것이 느껴졌다. 그런 그에 비하면 앤은 몇 분 앞서 마음의 준비를 했으므로 좀 더 침착할 수 있었다. 너무 놀란 탓에 맥을 놓고 눈앞이 캄캄해지며 혼란스러워지는 감정의 물결은 지나간 뒤였다. 그래도 여전히 남아 있는 감정들이 있었으니! 떨림과 고통, 즐거움, 그리고 기쁨도 슬픔도 아닌 무언가를 느끼지 않을 수 없었다.

웬트워스 대령은 그녀에게 인사를 건네고 돌아섰다. 행동에서 곤혹스러움이 묻어났다. 차갑다고도 친근하다고도 할 수 없고, 당황했다고도 확실하게 말하기 어려운 태도였다.

하지만 잠시 후 그는 다시 앤에게 와서 말을 건넸다. 평범한 화제를 놓고 서로 질문을 주고받았지만, 둘 중 어느 쪽도 서로가 하는 말을 제대로 알아들은 것 같지는 않았다. 앤은 아직도 그가 전보다 불편해한다는 걸 또렷이 느낄 수 있었다. 한자리에 있어야 할 일이 많았던 덕분에 두 사람은 그럭저럭 무심함과 평정을 가장하며 얘기를 나눌 수 있게 되었다. 그런데 지금 그는 전혀 그렇지 못했다. 시간이 그를 변화시켰거나, 아니면 루이자가 그를 변화시켰던 것이다. 뭔가를 의식하고 있는 태도였다. 그는 아주 건강해 보였고 몸도 마음도 힘든 것 같진 않았다. 어퍼크로스와 머스그로브가 사람들, 아니 심지어는 루이자 얘기도 했고, 그녀의 이름을 말할 땐 순간적으로 아주 의미심장한 표정을 짓기도 했다. 그러나 웬트워스 대령은 여전히 뭔가 편치 않은 듯 부자연스러워했고 편한 척하지도 못했다.

엘리자베스는 그를 아는 체하지 않았다. 앤은 새삼 놀라지는 않았지만 속이 상했다. 두 사람의 눈길이 마주쳤고, 두 사람 모두 속으로는 상대방을 알아본 것이 분명했다. 그는 아는 체할 것을 예상하며 기꺼이 인사를 받을 태세인 듯했다. 하지만 언니는 변함없이 냉담한 표정으로 고개를 돌려버려, 지켜보는 앤의 마음을 아프게 했다.

엘리엇 양이 몹시도 초조하게 기다리던 레이디 달림플의 마차가 멈춰 섰다. 하인이 가게로 들어와 도착을 알렸다. 다시 비가 내리기 시작해서 잠시 지체되는 가운데, 일행은 어수선하게 법석을 떨며 얘기를 나누었다. 그러자 가게에 있던 사람들은 레이디 달림플이 엘리엇 양을 태워주려고 왔다는 것을 알게 되었다. 마침내 엘리엇 양과 그녀의 친구는 (사촌이 돌아오지 않았으므로) 수행하는 사람 없이 하인만 데리고 걸어나갔다. 그들을 지켜보던 웬트워스 대령이 다시 앤에게로 돌아서더니, 아무 말 없이 몸짓으로 앤을 수행하겠다는 뜻을 보였다.

"호의는 정말 고맙습니다만." 앤이 대답했다. "전 같이 안 가요. 마차에 저까지 탈 자리가 없어서요. 전 걸어가요, 걷는 게 더 좋고요."

"하지만 비가 오는데요."

"아! 아주 조금 내리는걸요. 제겐 아무것도 아니죠."

잠시 머뭇거리다 그가 말했다. "어제 도착하긴 했지만 이미 바스의 날씨에 제대로 준비를 해두었죠. 자, 보세요." 그는 새 우산을 가리켰다. "걸어가겠다면 이걸 쓰세요. 가마를 부르도록 허락해주시는 게 더 현명한 처사라 생각되지만요."

앤은 정말 감사하지만 비가 곧 잦아들 거라면서 거듭 그의 제안을 거절했다. 그러고는 이렇게 덧붙였다. "저는 단지 엘리엇 씨를 기다리는 중이었답니다. 곧 오실 거예요."

앤이 그 말을 하자마자 엘리엇 씨가 들어섰다. 웬트워스 대령은 그를 뚜렷하게 기억했다. 라임에서 계단에 서 있던 그 남자였다. 이제는 각별한 친척이자 친구라는 분위기와 태도를 보인다는 점 말고는, 스쳐지나가는 앤을 감탄하듯 쳐다보던 그 모습 그대로였다. 다급한 표정으로 들어선 엘리엇 씨는 마치 그녀만 눈에 보이고 그녀만 생각하는 듯이 보였다. 일이 늦어지는 바람에 기다리게 했다고 사과한 뒤, 그는 빗줄기가 거세지기 전에 얼른 앤을 데리고 나가려 했다. 다음 순간 두 사람은 이미 팔짱을 낀 채 걸어나가고 있었다. 앤은 대령을 지나쳐가면서, 다정하지만 난처한 듯한 눈빛으로 '좋은 아침 되세요'라고 인사할 여유밖에 없었다.

그들이 보이지 않게 되자, 웬트워스 대령의 일행 중 여자들이 두 사람 얘기를 하기 시작했다.

"엘리엇 씨가 사촌을 싫어하진 않는 눈치지요?"

"아! 그럼요, 눈에 보이잖아요. 일이 어떻게 될지 짐작이 가지요. 엘리엇 씨는 항상 그 사람들이랑 같이 있는걸요. 그 집에서 반은 살다시피 한다니까요. 정말 잘생긴 남자죠!"

"그래요. 앳킨슨 양이 월리스 대령 집에서 함께 저녁식사를 한 적이 있는데, 이제껏 자리를 같이한 남자 중에 그렇게 호감 가는 사람은 처음이라고 하더군요."

"앤 엘리엇도 예쁘다고 생각해요. 자세히 보면 아주 예뻐요. 이런 말 하는 게 요즘 풍조에는 맞지 않겠지만, 솔직히 저는 언니보다 그녀가 낫다고 생각해요."

"아! 저도 그렇게 생각해요."

"저도요. 비교가 안 되지요. 하지만 남자들은 모두 엘리자베스한테 열광하던걸요. 그 사람들 취향엔 앤이 너무 섬세한가봐요."

엘리엇 씨가 캠든 플레이스까지 걸어가는 내내 곁에서 아무 말도 하지 않았더라면 앤은 정말 고마웠을 터이다. 더할 나위 없는 염려와 배려에도 불구하고 그녀는 그의 말에 귀를 기울이는 게 너무도 힘들었다. 그는 늘 앤의 관심을 끌던 화제를 꺼냈다. 따뜻하고 공정하며 분별 있게 레이디 러셀을 칭찬하는가 하면, 아주 사리에 맞게 넌지시 클레이 부인 얘기를 했다. 하지만 지금 앤은 온통 웬트워스 대령 생각뿐이었다. 정말로 그가 실연 때문에 많이 힘들어하는지 어떤지 그의 현재 감정을 알 수 없었다. 그 점이 확실해질 때까지 그녀는 본래의 자신으로 돌아올 수 없을 것이었다.

앤은 나이를 먹으면 현명하고 이성적이 되기를 바랐다. 그러나 아! 슬프게도 아직 현명하지 못함을 스스로 인정하지 않을 수 없었다.

그녀가 꼭 알고 싶은 것이 하나 더 있었다. 그가 얼마나 바스에 머물 예정인가 하는 것이었다. 그가 언급하지 않았거나, 혹은 했다 하더라도 기억이 나지 않았다. 지나는 길에 잠시 들렀는지도 모르지만 체류할 가능성이 더 높아 보였다. 바스에서는 누구나 서로 만나게 되니까, 그렇다면 레이디 러셀도 틀림없이 어디선가 그를 만나게 될 텐데. 그녀는 그를 기억할까? 만나면 어떻게 될까?

앤은 레이디 러셀에게 루이자 머스그로브와 벤윅 대령의 결혼 소식을 이미 전한 뒤였다. 레이디 러셀이 놀라는 모습을 마주하는 것은 쉽지 않은 일이었다. 그런 상황에서 레이디 러셀이 우연히 웬트워스 대령과 한자리에 있게 된다면, 앞뒤 사정을 잘 모르기에 또다른 편견을 가질 수도 있었다.

다음날 아침 앤은 레이디 러셀과 외출을 했다. 처음 한 시간 내내 혹시라도 웬트워스 대령이 보이지 않을까 마음을 졸였으나 허사였다. 그런데 펄트니 스트리트를 따라 돌아오는 길에, 그들의 오른쪽 보도에 서 있는 그가 마침내 눈에 띄었다. 멀찌감치 떨어져 있어 거리를 걷는 한참 동안 눈에 보이는 위치였다. 주변에 다른 남자들도 많았고 여러 무리의 사람들이 그쪽 보도를 걸어가고 있었지만, 그를 잘못 볼 리는 없었다. 앤은 본능적으로 레이디 러셀을 쳐다보았다. 그녀가 자신처럼 즉각 그를 알아보리라는 말도 안 되는 생각을 한 것은 아니었다. 아니, 레이디 러셀은 바로 맞은편에 다다를 때까지 그를 알아보지 못할 거라 생각해두는 편이 나았다. 하지만 앤은 이따금씩 조마조마한 마음으로 그녀를 쳐다보았다. 그리고 그를 알아보게 될 순간이 다가왔다. 앤은 (침착한 표정으로 있을 자신이 없어서) 다시 바라볼 수가 없었다. 하지만 레이디 러셀이 정확히 그가 서 있는 방향으로 눈길을 주고 있다는 것을, 아니 한마디로 뚫어져라 그를 보고 있다는 것을 분명히 알 수 있었다. 레이디 러셀이 어떤 기분일지 훤히 짐작이 갔다. 그의 매력에 압도되고, 그에게서 눈을 떼기 힘든 것이 분명했다. 팔구 년의 세월이 흐르는 동안 외국의 풍토에서 현역 근무를 했는데도, 수려한 용모가 하나도 변하지 않았다니! 그녀가 놀라워하는 게 느껴졌다.

마침내 레이디 러셀이 고개를 돌렸다. '이제 그에 대해 뭐라고 할까?'

"궁금하겠지," 그녀가 말했다. "내가 뭘 그렇게 오랫동안 뚫어져라 쳐다봤는지. 레이디 얼리셔와 프랭클랜드 부인이 지난밤 얘기한 창문 커튼을 보고 있었단다. 거리 이쪽편 어디쯤에 바스에서 거실 창문 커튼이 제일 근사하고 좋은 집이 있다더구나. 근데 정확한 번지수는 기억이 안 난다고 해서, 어떤 집인가 찾고 있었지. 하지만 이 근처엔 그분들이 말한 그런 커튼은 보이지 않는걸."

앤은 안도의 숨을 쉬고 얼굴을 붉히며 미소를 지었고, 자신에게인지 레이디 러셀에게인지 모를 연민과 경멸감을 느꼈다. 앤을 가장 속상하게 했던 일은 쓸데없는 예측과 조바심에 온통 정신이 팔려 그가 그들을 보았는지 확인할 순간을 놓쳤다는 것이었다.

아무 일 없이 하루 이틀이 지났다. 그가 갈 법한 극장이나 사교장은 엘리엇 집안 사람들에게는 격이 떨어지는 장소였다. 그들의 저녁 여흥거리는 우아하지만 한심한 개인 연회뿐이었고, 참석해야 하는 연회도 점점 늘어가고 있었다. 앤은 그렇게 아무런 변화가 없는 생활에 지쳤고, 아무 소식도 모르는 상태에 진저리가 났다. 그녀는 자신이 강해졌다고 생각했지만, 실제로는 자신이 얼마나 강한지 확인해보지 못한 상태로 음악회가 열리는 밤을 초조하게 기다리고 있었다. 연주회는 레이디 달림플이 후원하는 사람을 위한 것이었다. 따라서 그들의 참석은 당연한 일이었다. 실로 근사한 연주회가 될 전망이었고, 웬트워스 대령은 음악을 아주 좋아했다. 앤은 그와 단 몇 분이라도 다시 대화를 나눌 수 있다면 그걸로 족하다고 생각했다. 기회만 되면 그에게 말을 건네야겠다고 생각하자 온몸에 용기가 불끈 솟는 느낌이었다. 엘리자베스는 그를 외면했고, 레이디 러셀은 그를 보지 못했다. 상황이 이러하니 그녀는 더욱 담대해졌다. 자신이 그에게 관심을 보여줘야 한다고 느꼈던 것이다.

앤은 스미스 부인에게 그날 저녁을 함께 보낼 수 있을 거라고 반쯤 약속을 해놓은 터였다. 그녀는 급하게 잠시 들러 부인에게 양해를 구하며 약속을 미루고, 다음날 방문해 더 오래 머물겠노라고 좀더 분명히 약속을 했다. 스미스 부인은 아주 흔쾌히 응했다.

"좋고말고요." 그녀가 말했다. "내일 와서 오늘 일을 전부 얘기해주기만 하면 돼요. 일행이 누구누구인가요?"

앤은 그들의 이름을 전부 말해주었다. 아무런 대꾸가 없던 스미스 부인은 앤이 자리를 뜨려고 하자 진지하면서도 의미심장한 표정으로 이렇게 말했다. "그럼 기대에 부합하는 즐거운 연주회가 되길 진심으로 바랄게요. 올 수 있으면 내일 꼭 방문해줘요. 당신이 나를 방문해줄 날도 얼마 남지 않았다는 예감이 드는군요."

앤은 놀라고 당황했지만, 잠시 멈칫했다가 서둘러 떠나야 했다. 이제는 미안해할 이유도 없이 가뿐한 마음이었다.

20

월터 경과 그의 두 딸, 그리고 클레이 부인은 그날 저녁 일행 중 가장 일찍 연주회장에 도착했다. 레이디 달림플을 기다려야 했으므로 그들은 팔각방의 벽난로 옆에 자리를 잡았다. 그런데 대충 자리를 잡자마자 다시 문이 열리더니, 웬트워스 대령이 혼자 걸어들어왔다. 앤은 원래도 가장 가까이 있었지만 좀더 다가가서 그에게 곧장 말을 걸었다. 고개를 숙여 인사만 하고 지나가려던 대령은, "안녕하세요?" 하는 그녀의 상냥한 말소리에 발걸음을 돌려 가까이 다가왔다. 그는 위압감을 풍기며 뒷자리에 앉아 있는 아버지와 언니를 아랑곳하지 않고 안부를 물었다. 그들이 뒤쪽에 있다는 것이 앤에게는 힘이 되었다. 그들의 표정이 보이지 않으니, 그녀는 스스로 옳다고 믿는 일은 무엇이든 할 수 있을 듯한 기분이 되었다.

두 사람이 얘기를 나누는 동안 아버지와 엘리자베스가 속삭이는 소리가 들렸다. 앤은 무슨 말인지 알아들을 수 없어서 대화 내용을 추측해야 했다. 웬트워스 대령이 뒤쪽을 향해 목례를 하는 것을 보고, 앤은 아버지가 경우에 맞게 알은 체를 했다는 것을 깨달았다. 옆을 흘긋 보니 때마침 엘리자베스가 살짝 무릎을 굽혀 인사하는 모습이 눈에 들어왔다. 뒤늦게 마지못해서 하는 불친절한 인사일지라도 안 하는 것보다는 나았으므로 앤의 기분도 좋아졌다.

하지만 날씨와 바스와 연주회에 대해 얘기를 하고 난 뒤 대화는 맥이 빠지기 시작했다. 마침내 할 얘기가 없어지자 그녀는 순간순간 그가 가버리지나 않을까 하는 생각이 들었다. 하지만 그는 떠나지 않았다. 서둘러 그녀에게서 떠날 생각은 없는 듯했다. 그때 생기를 되찾아 홍조 띤 얼굴에 미소를 지으며 그가 말했다.

"라임에서의 그날 이후로 거의 뵙질 못했군요. 놀라서 많이 힘드셨을 겁니다. 놀랐지만 맥을 놓지 않으려 애쓰셨으니 더더욱 그랬겠지요."

앤은 그렇지 않았다고 그를 안심시켰다.

"끔찍한 시간이었어요." 그가 말했다. "끔찍한 하루였죠!" 아직도 그 기억이 너무나 고통스럽다는 듯이 그는 손으로 눈을 쓸어내렸다. 하지만 곧 다시 애써 웃음 지으며 말을 이었다. "그래도 그날 일어난 일이 다 끔찍한 결과를 낳았던 건 아니었어요. 오히려 정반대의 결과를 낳기도 했지요. 벤윅이 의사를 부르러 가야 한다고 당신이 침착하게 제안했을 때, 결국 그가 그녀의 회복을 위해 가장 애쓴 사람 중 하나가 되리라고는 생각도 못 했겠지요."

"전혀 알 수 없었죠. 하지만 제가 보기엔 아주 행복한 한 쌍이고, 또 그렇기를 바랍니다. 두 사람 다 생각이 바르고 성격도 좋으니까요."

"그렇지요." 딱히 기대가 크지는 않다는 어조로 그가 말했다. "하지만 서로 닮은 점은 그것뿐이지요. 정말 진심으로 두 사람이 행복하기를 바라고, 또 모든 상황이 그렇게 흘러가니 저도 기쁩니다. 그들은 집안과 부딪혀 넘어야 할 그 어떤 난관도, 반대도, 변덕도, 지체할 이유도 없어요. 머스그로브 부부는 그분들답게 더없이 훌륭하고 자상하게 행동하시고, 진정한 부모의 마음으로 딸의 평안을 위해 노심초사하실 뿐이지요. 이 모든 것이 두 사람의 행복을 크게 도와주고 있는 셈이죠. 어쩌면 분에 넘치게……"

웬트워스 대령은 말을 멈췄다. 퍼뜩 정신이 들면서, 앤이 어째서 얼굴을 붉히며 바닥을 보고 있는지 조금은 눈치를 챈 것 같았다. 하지만 그는 헛기침을 한 후 다시 말을 이었다.

"제 생각을 고백하자면, 두 사람이 달라도 너무 다르다는 겁니다. 그것도 사고방식이라는 본질적인 면에서 말입니다. 루이자 머스그로브는 아주 사랑스럽고 다정한 성격을 가진 아가씨이고, 이해력에서도 빠지지 않는다고 생각합니다. 하지만 벤윅은 그 이상의 사람이지요. 똑똑하고 책읽기를 좋아하는 남자니까요. 그래서 솔직히 그가 루이자를 좋아하게 되었다니 좀 놀라웠지요. 그녀가 자신을 좋아한다는 걸 알고 감사한 마음으로 사랑하게 되었다면 그건 또다른 문제일 겁니다. 하지만 그렇게 생각할 근거가 없어요. 오히려 놀랍게도 그의 편에서 완전히 자발적으로, 자연스럽게 감정이 싹텄던 것 같아요. 그와 같은 상황에 있는 남자가! 가슴이 찢기고 상처받아 거의 무너지다시피 했던 그가! 패니 하빌은 아주 훌륭한 여자였답니다. 그는 그녀에게 진정 깊은 애정을 품었었지요. 그런 여자에게 그토록 마음을 바쳤던 남자라면 쉽게 헤어나오지 못할 겁니다! 그래서는 안 되지요. 그러지 못합니다."

그러나 그의 친구가 실제로 헤어나왔다는 것을 의식했는지, 혹은 다른 뭔가를 의식했는지 그는 더이상 말을 잇지 않았다. 마지막에 말을 쏟아내던 격앙된 목소리에도 불구하고, 또한 방 안의 잡다한 소음과 끊임없이 문이 닫히는 소리, 지나가는 사람들의 끊임없는 웅성거림에도 불구하고, 앤은 그의 말 한 마디 한 마디를 다 알아들을 수 있었다. 놀랍고 만족스럽고 혼란스러운 나머지 숨이 가빠지기 시작했고, 한순간에 오만 가지 감정이 몰려들었다. 그런 주제에 대해 그녀가 뭐라 말을 하는 건 불가능했다. 잠시 침묵이 흐른 뒤, 그녀는 뭔가 말을 해야 한다고 생각하면서도 화제를 완전히 바꾸고 싶지는 않아서 이렇게 슬쩍 말을 돌렸다.

"라임에서 한참을 머무셨죠?"

"한 이 주 정도였습니다. 루이자의 병세가 나아지는 것을 확인하지 않고는 떠날 수 없었으니까요. 저로 인해 그런 화를 당했으니 마음 편히 있을 수 없었지요. 그건 제가 한 일이었어요, 전적으로 제 책임이었지요. 제가 우유부단하지 않았다면 그녀가 그렇게 고집을 부리진 않았을 겁니다. 라임 주변의 경치가 좋아 자주 산보도 하고 말을 타기도 했어요. 보면 볼수록 감탄할 것이 많더군요."

"라임에 꼭 다시 가보고 싶어요." 앤이 말했다.

"그렇군요! 그런 생각을 할 만큼 라임이 마음에 들었을 줄은 몰랐어요. 당신이 겪었을 공포와 고통이란! 안간힘을 다해 정신줄을 잡고 기력을 쏟으셨으니! 라임의 마지막 인상은 틀림없이 강한 혐오감이 었으리라 생각했습니다."

"마지막 몇 시간은 확실히 아주 고통스러웠어요." 앤이 대답했다. "하지만 고통은 지나고 나면 종종 즐거운 기억이 되기도 하잖아요. 어떤 곳에서 힘든 일을 겪었다고 해서 그곳을 싫어하게 되지는 않아요. 거기서 힘든 일만 있었다면 모를까. 라임에서는 결코 그렇지 않았어요. 우리가 근심걱정에 빠진 것은 마지막 두 시간에 불과했고, 그전에는 즐거운 일이 많았으니까요. 새롭고 아름다운 것들이 어찌나 많던지! 여행을 많이 다니지 않아서 새로운 곳은 어디나 흥미롭긴 하지만, 라임은 정말 아름다웠어요. 간단히 말해," 앤은 뭔가를 회상한 듯 얼굴에 엷은 홍조를 띠고는 말했다. "전체적으로 라임의 인상은 아주 좋답니다."

앤이 말을 마치자 출입문이 다시 열리며 그들이 기다리던 일행이 모습을 나타냈다. "레이디 달림플, 레이디 달림플" 하고 환성이 터졌다. 다급한 태도로 그러나 우아함을 유지하려 애쓰며, 월터 경과 그가 대동한 두 여인이 앞으로 나가 그녀를 맞이했다. 레이디 달림플과 카트릿 양은 우연히 같은 시간에 도착한 엘리엇 씨와 윌리스 대령의 호위를 받으며 방으로 들어서고 있었다. 나머지 사람들도 그들과 합류했으므로, 앤 또한 어쩔 수 없이 그 무리에 끼어 있어야만 했다. 그녀는 웬트워스 대령과 떨어지게 되었고 그들이 나눴던 흥미로운, 너무도 흥미로운 대화는 한동안 중단될 수밖에 없었다. 하지만 그녀가 느낀 행복감에 비하면 아쉬운 마음은 아무것도 아니었다! 루이자에 대한 그의 마음을 비롯하여 그의 모든 감정에 대해 지난 십 분간 알게된 내용은 그녀가 감히 생각지도 못했던 것이었다! 일행의 요구와 이런 상황에서 갖춰야 할 예의를 따르면서도 그녀의 마음은 날아갈 듯 흥분한 상태였다. 앤은 일행 모두에게 상냥하게 대했다. 모두에게 공손하고 다정하고픈 마음이 들었고, 자신만큼 행복하지 않은 모든 사람들이 측은하게 여겨졌다.

앤은 웬트워스 대령에게 돌아가려고 일행에게서 떨어져나왔다. 그러나 그가 가버리고 없는 것을 발견하자 즐거웠던 기분도 조금은 사그라졌다. 그때 막 연주실로 들어가는 그가 보였다. 그는 가버렸다. 눈앞에서 사라져버린 것이다. 한순간 아쉬움이 스쳐갔지만 앤은 이렇게 생각했다. '우린 다시 보게 될 거야. 그가 나를 찾을 테지. 저녁시간이 지나기 전에 나를 찾아낼 거야. 지금은 떨어져 있는 게 좋을지도 몰라. 잠시 마음을 진정시킬 시간이 필요하니까.'

곧이어 레이디 러셀의 등장으로 일행이 전부 모이게 되었다. 이제 남은 일은 자신들의 막강한 신분을 과시하듯 줄을 지어 연주실로 들어가면서, 되도록 많은 사람들의 시선을 끌고 수군거림을 자아내어 할 수 있는 한 많은 사람들을 술렁이게 하는 것이었다.

안으로 들어서는 엘리자베스와 앤 엘리엇은 둘 다 매우매우 행복했다. 카트릿 양과 팔짱을 끼고 걸으며, 앞서가는 달림플 자작 미망인의 넓은 등을 바라보면서, 엘리자베스는 무슨 소원이든 이루어질 것 같은 기분이었다. 그리고 앤은…… 아니, 언니의 행복과 비교를 한다는 자체가 앤이 느끼는 깊은 행복의 성격을 모욕하는 일일 것이다. 한쪽의 행복이 이기적인 허영심에서 비롯되었다면, 다른 쪽의 행복은 넘쳐나는 애정에서 비롯되었으니 말이다.

앤의 눈엔 아무것도 보이지 않았고, 화려한 연주실 또한 안중에도 없었다. 그녀의 행복은 내면에서 우러나는 것이었다. 눈이 빛나고 뺨이 달아올랐지만 그녀 자신은 알지 못했다. 앤은 오로지 지난 삼십 분간 일어난 일만을 생각하고 있었다. 자리로 가면서 마음속으로 재빨리 그 시간을 되새겨보았다. 그가 선택한 화제, 그의 얼굴 표정, 그리고 그의 태도와 눈빛은 한 가지 의미로 볼 수밖에 없는 것이었다. 루이자 머스그로브가 상대보다 못하다는 의견, 그러한 자신의 의견을 꼭 알려주고 싶어하는 듯한 태도, 벤윅 대령에 대한 놀라움과 강렬한 첫사랑에 대한 그의 감정, 시작은 했으나 끝을 맺을 수 없던 문장들, 반쯤 외면한 눈과 의미심장한 시선, 이 모두가 그의 마음이 적어도 다시 그녀에게로 향하고 있음을 말하고 있었다. 더이상 분노나 원망, 기피하는 태도는 없었다. 대신에 우정과 관심, 나아가 지난날의 다정함을 엿볼 수 있었다. 그래, 지난날 다정한 마음의 일부가 되살아난 것이리라. 그의 변화에 담긴 의미가 그보다 못하다고는 생각할 수 없었다. 그는 분명 그녀를 사랑하는 것이다.

이러한 생각과 그에 따른 상상에 사로잡혀 마음이 산란해진 바람에, 앤은 주위를 관찰할 여유가 없었다. 방 안을 걸어가면서 그의 모습을 보지도 못했고, 찾아볼 생각조차 하지 못했다. 다들 자리를 잡고 앉았을 때야 비로소 주위를 돌아보며, 그가 혹시 같은 쪽에 있는지 찾아보았다. 하지만 눈길 닿는 곳 어디에도 그는 없었다. 연주회가 막 시작되었으므로 그녀는 욕심 부리지 않고 지금 느끼는 행복에 만족하는 수밖에 없었다.

일행은 나란히 놓인 두 개의 긴 의자에 나누어 앉았다. 앤은 앞자리에 있었는데, 엘리엇 씨는 친구인 월리스 대령의 도움을 받아 교묘하게 앤 옆자리에 앉는 데 성공했다. 사촌들에 둘러싸이고 월리스 대령의 친절을 독차지한 엘리자베스는 아주 흐뭇한 기분이었다.

앤의 마음은 그날 저녁의 여흥을 즐기기에 가장 좋은 상태에 있었다. 그것은 딱 적당한 소일거리였다. 그녀는 감미로움에 빠지고, 즐거움에 취하며, 정교함에 관심을 기울이고, 지루함을 참아낼 만반의 준비가 되어 있었다. 적어도 1막이 진행되는 동안에는 이보다 더 연주회를 즐긴 적이 없었다는 기분이었다. 1막이 끝나갈 무렵 이탈리아 가곡이 나온 뒤 잠시 쉬는 시간에, 그녀는 엘리엇 씨에게 가사를 설명해주느라 연주회 프로그램을 같이 보고 있었다.

"이게," 앤이 말했다. "가사의 의미예요. 아니 그냥 가사의 내용이라고 해야겠죠. 이탈리아 연가의 의미를 말로 전할 순 없지만 가사 내용은 대충 설명해드릴 수 있어요. 감히 이탈리아어를 이해한다고는 못 한답니다. 제 이탈리아어는 형편없거든요."

"네, 네, 알아요. 당신이 전혀 모른다는 걸 알겠군요. 이렇게 도치되고 환치되고 생략된 이탈리아어 가사를, 한눈에 명확하게 알기 쉽고 우아한 영어로 번역할 수 있을 정도밖에는 모르신다는 거죠. 당신의 무지함에 대해 더이상 아무 말씀 안 하셔도 됩니다. 여기 완벽한 증거가 있으니까요."

"그토록 친절하게 말씀해주시니 반박하지 않을게요. 하지만 정말 능숙한 사람이 보면 난감해질 거예요."

"꽤 오래 캠든 플레이스를 방문했지만," 엘리엇 씨가 대답했다. "매

번 앤 엘리엇 양의 새로운 면을 알게 됩니다. 제가 보기에 앤 양은 너무도 겸손한 나머지 자신이 가진 능력의 반도 세상에 보여주지 않았고, 너무도 재능이 뛰어나서 다른 여성의 겸손을 무색하게 만들어버리지요."

"지나친 말씀이세요! 칭찬이 과하셔서 다음 차례가 뭐였는지 잊어버렸네요." 프로그램을 보며 앤이 말했다.

"어쩌면," 엘리엇 씨가 목소리를 낮추며 말했다. "당신이 알고 계신 것보다 더 오래전부터 당신의 인품에 대해 알고 있었을지도 모르지요."

"정말요! 어떻게 그런 일이? 제가 바스에 온 이후에나 알게 되셨을 텐데요. 그전에 제 가족이 하는 얘기를 들으신 게 아니라면."

"당신이 바스에 오기 한참 전부터 얘기를 들어 당신을 알고 있었어요. 당신과 가까운 사람들로부터 얘기를 들었지요. 당신의 인품에 대해 알게 된 지 오래되었다는 말씀입니다. 당신의 외모, 당신의 성품, 재능, 몸가짐 모두 생생하게 그려볼 수 있을 정도였답니다."

그가 바란 대로 엘리엇 씨는 앤의 관심을 끄는 데 성공했다. 그런 수수께끼의 매력을 뿌리칠 수 있는 사람은 없을 것이다. 최근에야 알게된 사람이 오래전에 누군가로부터 자신의 얘기를 들었다니 흥미진진한 일이었다. 호기심이 생긴 앤은 궁금해하며 열심히 물어보았지만 헛일이었다. 그는 질문을 받는 걸 즐기면서도 아무 말도 해주지 않았다.

"안 돼요, 다음번이라면 모를까, 지금은 안 됩니다. 지금은 그 사람들의 이름을 말할 수 없어요. 하지만 그게 사실이라는 건 맞아요. 여러 해 전 앤 엘리엇 양에 대한 얘기를 듣고 그보다 더 훌륭한 여성은 없을 거라고 생각했고, 알고 싶다는 강한 호기심을 갖게 되었지요."

앤이 생각하기에 여러 해 전 그녀에 대해 그토록 호의를 가지고 말했을 법한 사람은 웬트워스 대령의 형인 몽크포드의 웬트워스 씨밖에 없었다. 그가 엘리엇 씨를 만난 적이 있을지도 모르지만, 차마 물어볼 용기는 없었다.

"앤 엘리엇은," 그가 말했다. "오랫동안 제게 흥미로운 이름이었어요. 그 이름엔 꽤 오랫동안 제 상상을 사로잡는 매력이 있었지요. 용기를 내서 말하자면, 그 이름이 결코 바뀌지 않기를 바라는 제 마음을 전하고 싶습니다."

그가 이렇게 말한 듯했지만, 그 말이 똑똑히 귀에 들어오기도 전에 앤은 바로 뒤에서 나는 다른 말소리에 주의를 빼앗겼다. 다른 모든 것들이 하찮게 느껴질 만한 얘기였다. 아버지와 레이디 달림플이 이렇게 말하고 있었던 것이다.

"잘생긴 남자군요." 월터 경이 말했다. "아주 잘생긴 남자입니다."

"정말 아주 멋있는 젊은이네요!" 레이디 달림플이 말했다. "바스에서 보기 드문 풍채인데, 아일랜드계가 아닐까 싶군요."

"아닙니다. 제가 이름 정도는 아는 사람이니까요. 목례를 나누는 사이랄까요. 웬트워스, 해군의 웬트워스 대령입니다. 그의 누이가 서머싯셔의 제 저택 켈린치를 세낸 크로프트의 부인입니다."

월터 경이 말을 마치기 전에 이미 앤의 눈은 그리로 향하고 있었고, 조금 떨어진 한 무리의 사람들 속에 서 있는 웬트워스 대령을 알아봤다. 그녀의 눈길이 닿는 순간, 그가 막 그녀를 보던 시선을 돌린 것 같았다. 그런 듯이 보였다. 앤이 한발 늦은 셈이었다. 그녀는 할 수 있는 한 계속해서 쳐다보았지만 웬트워스 대령은 다시 돌아보지 않았다.

그러다 공연이 다시 시작되어 앤은 오케스트라로 시선을 돌려 앞을 보는 척해야 했다.

앤이 다시 시선을 돌릴 수 있었을 때 그는 이미 자리를 옮기고 없었다. 그가 원한다 해도 사람들로 완전히 둘러싸여 있는 그녀 곁으로 가까이 올 수 없었을 것이다. 하지만 그녀는 그와 눈이라도 마주치기를 바랐다.

엘리엇 씨가 말을 건네는 것도 괴롭기만 했다. 그녀는 더이상 그와 얘기하고 싶지 않았다. 그가 그렇게 가까이 있지 않았으면 하고 바라는 마음뿐이었다.

1막이 끝났다. 앤은 이제 뭔가 상황을 호전시키는 변화가 있기를 빌었다. 잠시 말없이 있던 일행 중 몇 명이 차를 마시러 가기로 했다. 앤은 가지 않겠다고 한 사람들에 끼어 자리에 남아 있었고 레이디 러셀도 마찬가지였다. 하지만 기쁘게도 엘리엇 씨를 떼어버렸으니, 레이디 러셀의 눈치가 보이더라도 기회만 주어진다면 웬트워스 대령과 대화를 하리라 마음을 먹었다. 레이디 러셀의 안색을 보니 그녀도 이미 그를 보았다는 것을 알 수 있었다.

하지만 웬트워스 대령은 오지 않았다. 몇 번 먼발치로 언뜻 모습이 보이는 듯했지만, 그는 결코 오지 않았다. 휴식 시간은 초조하게 아무 결실 없이 지나가버렸다. 나갔던 사람들도 돌아와 연주실은 다시 제자리로 가 앉는 사람들로 꽉 찼다. 다시 즐거움, 아니 고행의 한 시간이 시작되려는 참이었다. 음악을 진정 좋아하는 사람은 다시 기쁘게 한 시간을 보내겠지만, 그런 척만 하는 사람은 연신 하품만 해대는 시간이 될 터였다. 앤으로서는 주로 마음의 동요를 겪는 한 시간이 될 전망이었다. 웬트워스 대령을 다시 한 번 더 보고 다정한 눈길이라도 나누지 않는다면 연주회장을 맘 편히 떠날 수 없을 것 같았다.

다시 자리를 잡고 앉는 과정에서 많은 변화가 있었는데, 그 결과 앤이 원하던 대로 배치가 이루어졌다. 월리스 대령은 본래의 자리에 앉기를 거부했고, 엘리엇 씨는 엘리자베스와 카트릿 양에게 거절할 수 없는 초대를 받아 두 사람 사이에 앉을 수밖에 없었다. 다른 몇몇의 자리 변경과 자신의 잔꾀 덕분에, 앤은 의자 끝 쪽으로 자리를 옮겨 통로 가까이 앉을 수 있었다. 그러다보니 자신이 래롤스 양,* 타의 추종을 불허하는 래롤스 양 같다는 생각을 하지 않을 수 없었다. 그렇게까지 과감히 행동했지만 결과는 썩 만족스럽지 않았다. 그런데 운 좋게도 옆에 있던 사람들이 일찍 자리를 뜨는 바람에, 연주회가 끝나기 전 의자의 맨끝까지 갈 수 있었다.

앤 옆의 빈 자리 너머로 웬트워스 대령이 다시 눈에 들어왔다. 멀지 않은 곳에 있었다. 그도 그녀를 보았지만 얼굴이 어두워 보였다. 그는 망설이는 듯 아주 천천히 다가오더니, 마침내 앤에게 말을 건넬 수 있을 만큼 가까이 왔다. 앤은 뭔가 이상하다고 느꼈다. 분명히 달라졌다. 지금 그의 분위기는 아까 팔각방에서 봤을 때와는 현저히 달랐다. 왜 그럴까? 그녀는 아버지를, 레이디 러셀을 생각해보았다. 불쾌한 시선이라도 받은 걸까? 그는 엄숙하게 연주회에 대한 얘기로 입을 열었다. 어퍼크로스에서 본 웬트워스 대령으로 돌아간 듯했다. 그는 기

---

* 프랜시스 버니의 소설 『시실리아: 혹은, 어느 여상속인의 회고록』에 등장하는 여성 인물. 입담 좋은 그녀는 매사에 관심 없는 메도 씨에게 자신의 언변을 과시하기 위해 일부러 의자 끝 쪽으로 자리를 옮겨 말을 건넨다.

대했던 것보다 노래가 미흡해서 연주회에 실망했다면서, 한마디로 연주회가 끝나도 유감스럽지 않을 거라고 했다. 앤이 아주 세련되게 공연을 옹호하면서도 상냥하게 그의 기분도 고려하는 대답을 하자 그의 안색이 밝아졌다. 그는 다시 설핏 미소를 띠며 대답했다. 몇 분 더 이야기를 나누고 표정이 한층 밝아진 그는 앉을지 생각해보는 것처럼 의자의 빈 자리를 내려다보기까지 했다. 그런데 바로 그 순간 어깨에 손길이 닿는 것이 느껴져 앤은 뒤를 돌아보았다. 엘리엇 씨였다. 그는 양해를 구하면서, 다시 이탈리아어를 풀이해달라고 부탁했다. 카트릿 양이 다음에 나올 노래가 대략 어떤 내용인지 알고 싶어한다는 것이었다. 앤은 거절할 수 없었다. 그러나 예의를 지키기 위해 희생을 감수하면서 지금보다 더 고통스러운 심정이었던 적이 없었다.

앤은 최대한 서둘렀지만 어쩔 수 없이 몇 분이 흘렀다. 그녀가 다시 자유의 몸이 되어 좀전처럼 몸을 돌려 웬트워스 대령을 볼 수 있게 되었을 때, 그는 말을 삼가며 서두르듯 작별인사를 고했다. "좋은 밤 보내시길. 가봐야 해요. 가능한 빨리 집에 돌아가야 합니다."

"이 노래는 남아서 들을 만하지 않나요?" 갑자기 어떤 생각이 머리에 스친 앤은 의도했던 것보다 더 절박한 말투로 그를 설득하려 했다.

"아니요!" 그가 단호히 말했다. "남아서 볼 만한 게 없는걸요." 그러고서 그는 바로 가버렸다.

엘리엇 씨에 대한 질투였다! 납득할 수 있는 이유는 그것뿐이었다. 웬트워스 대령이 나의 애정을 놓고 질투하다니! 일주일 전, 아니 세 시간 전이라면 그걸 믿을 수 있었을까! 앤은 잠시 이루 말할 수 없는 만족감에 젖었다. 하지만 아아! 뒤이어 전혀 다른 생각이 떠올랐다.

어떻게 하면 그의 질투를 진정시킬 수 있을까? 어떻게 하면 그에게 진실을 알릴 수 있을까? 각자의 상황이 묘하게 꼬여버리고 말았는데, 어떻게 그에게 자신의 진심을 알릴 것인가? 엘리엇 씨의 관심을 생각하니 암담했다. 그로 인한 해악은 가늠하기조차 힘들었다.

21

다음날 아침, 앤은 스미스 부인을 방문하기로 한 약속을 생각해내고 기분이 좋아졌다. 엘리엇 씨가 올 법한 시간에 집에서 나갈 일이 있는 셈이었다. 사실 엘리엇 씨를 피하는 것이 주목적이나 다름없었다.

앤은 그에게 큰 호의를 가지고 있었다. 그의 관심으로 난처한 일이 생기기는 했지만 그에게 감사와 존경, 어쩌면 연민의 감정을 품고 있었다. 그와의 인연에 얽힌 예사롭지 않은 일들에 대해 많은 생각을 하지 않을 수 없었다. 모든 조건뿐 아니라, 현재의 감정이나 그녀를 만나기 전부터 품어온 호감을 생각해보면, 엘리엇 씨는 그녀가 흥미를 느낄 만한 자격이 있는 인물로 보였다. 어느 모로 보나 아주 남다른 인연이었다. 앤은 기분이 좋으면서도 마음이 아팠다. 아쉬운 것도 많았다. 이 상황에서 만약 웬트워스 대령이란 사람이 없었다면 그녀의 마음이 어땠을까 하는 것은 생각할 가치도 없었다. 웬트워스 대령은 엄연히 존재하는 인물이었으니까. 어찌 될지 모르는 현 상태의 결말이 좋은 쪽으로 나든 나쁜 쪽으로 나든 그녀의 마음은 영원히 그의 것이었다. 그들이 끝내 이루어지지 못하더라도, 앤은 그들이 결합할 때와 다름없이 다른 남자들을 멀리하리라.

이렇듯 숭고한 사랑과 영원한 절개에 대해 생각하며 앤은 캠든 플레이스에서 웨스트게이트 단지로 가고 있었다. 바스의 거리를 지나쳐간 그 누구의 상념도 이보다 근사하지는 못했을 것이다. 그녀가 걸어가는 내내 정화된 공기와 향기로운 내음이 흩뿌려질 것만 같았다.

앤은 스미스 부인이 반가이 맞아주리라 확신했다. 그런데 친구는 오늘 아침따라 유난히 그녀의 방문에 감사하는 듯 보였다. 약속은 받았지만 올 거라고 기대하진 않은 모양이었다.

스미스 부인은 즉각 연주회 얘기를 해달라고 했다. 연주회에 대한 즐거운 기억으로 앤의 얼굴에는 생기가 돌았다. 그녀는 기쁜 마음으로 얘기해줄 수 있는 모든 것을 흔쾌하게 전했다. 하지만 얘기를 다 한다고 했어도 그 자리에 참석했던 사람으로선 마음에 차지 않았고, 스미스 부인처럼 궁금한 게 많은 사람을 만족시킬 수도 없었다. 부인은 빠른 소식통인 세탁부와 시중꾼으로부터 그날 저녁의 대체적인 성공과 결과를 이미 전해들은 뒤였다. 앤이 전해줄 수 있는 것보다 더 많은 얘기를 알고 있는 셈이었다. 이번엔 참석한 사람들의 세세한 소식을 알고 싶어 여러 가지 질문을 했지만, 앤의 대답은 시원치 않았다. 스미스 부인은 바스에서 사회적 지위가 있거나 악명이 높은 사람의 이름을 모두 꿰고 있었다.

"듀랜드 가의 아이들도 있었을 게 분명해요." 그녀가 말했다. "털도 안 난 참새 새끼가 먹이를 받아먹는 것처럼 음악에 열중해서 입을 헤 벌리고 있었겠죠. 그 아이들은 연주회라면 꼭 참석하니까요."

"네. 저는 보지 못했지만 엘리엇 씨가 연주회장에서 봤다고 하더군 요."

"이벗슨 가 사람들은요, 그들도 있었나요? 못 보던 미인 두 명이 키 큰 아일랜드 장교와 함께 있지 않았나요? 둘 중 하나와 염문이 도는 남자라던데."

"모르겠어요. 오지 않은 것 같은데요."

"레이디 메리 매클린은요? 물어볼 필요도 없겠지요. 절대 연주회에 빠질 분이 아니니까요. 당신도 봤을 거예요. 당신 일행과 함께 있었을 텐데요. 당신도 레이디 달림플과 함께 갔으니 당연히 오케스트라 앞 의 귀빈석에 앉았겠지요."

"아니에요, 그렇게 될까봐 저도 걱정했는걸요. 만약 그랬다면 모든 점에서 불편하기 짝이 없었을 거예요. 다행히도 레이디 달림플은 언 제나 떨어져 앉는 걸 좋아하셔서, 우리는 정말 음악 감상하기 좋은 자 리에 앉았어요. 하지만 구경하기에 좋은 자리는 아니었나봐요. 제가 본 건 거의 없는 것 같으니까요."

"아! 자신에게 즐거운 시간이 될 만큼은 봤잖아요. 이해할 수 있어 요. 혹자는 사람들이 많이 모인 곳에서도 가정에서 누리는 즐거움을 느낄 수 있다는데, 당신네가 바로 그랬던 거죠. 당신들만으로도 일행 이 많았으니 그 이상 아쉬울 것이 없었겠지요."

"그렇지만 주위를 더 살펴볼 걸 그랬나봐요." 이렇게 말하면서도 앤은 사실 주위를 둘러볼 필요가 없었음을 알고 있었다. 자신이 찾는 대상은 그 자리에 없었으니까.

"아니, 아니요, 당신은 더 좋은 일이 있었잖아요. 즐거운 저녁을 보냈다고 굳이 말하지 않아도 돼요. 당신 눈에 씌어 있는걸요. 어떻게 시간을 보냈는지 다 보여요. 저녁 내내 귀가 즐거웠겠지요. 연주회 휴식시간에는 즐거운 대화를 나누었을 테고요."

앤은 슬며시 웃으면서 말했다. "그게 제 눈에 씌어 있어요?"

"네. 표정이 다 말해주는걸요. 지난밤 당신이 세상에서 가장 호감가는 사람, 지금 이 순간에도 온 세상 사람을 다 합한 것보다 더 당신의 관심을 끄는 사람과 같이 있었다는 걸."

앤의 뺨이 확 붉어졌다. 그녀는 아무 말도 할 수 없었다.

"사정이 그런데도," 잠시 멈췄다가 스미스 부인은 말을 이었다. "친절하게도 오늘 아침 내게 와줘서 얼마나 감사한지 몰라요. 정말 더 즐겁게 시간을 보낼 수도 있을 텐데 이렇게 찾아와서 자리를 함께하다니, 마음이 곱기도 하지."

앤에게는 이 말이 들리지 않았다. 웬트워스 대령의 얘기가 어떻게 그녀의 귀에까지 들어갔는지 상상도 할 수 없었다. 부인이 자신의 속을 꿰뚫어본 것에 여전히 놀라고 당황한 상태였다. 잠시 침묵이 흐른 뒤에 스미스 부인이 말했다.

"제발 말해주세요. 엘리엇 씨는 당신과 내가 친분이 있다는 걸 아시나요? 내가 바스에 있다는 걸 알고 있어요?"

"엘리엇 씨요!" 앤은 놀라서 그녀를 쳐다보며 되풀이해 외쳤다. 잠시 생각해보니 그녀가 오해를 한 모양이었다. 곧바로 이를 깨닫고 안

심한 앤은 다시금 용기를 내어 침착하게 덧붙였다. "엘리엇 씨를 아나봐요?"

"알다마다요." 스미스 부인이 침통하게 대답했다. "하지만 이젠 다 지나간 일이겠죠. 만나뵌 지 한참 됐거든요."

"전혀 모르고 있었네요. 전에 한 번도 얘길 안 하셔서. 알았다면 그분께 당신에 대해 말씀을 드렸을 텐데."

"사실을 고백하자면," 스미스 부인은 평소의 쾌활한 태도로 돌아가 말했다. "그게 바로 내가 부탁하려는 거예요. 엘리엇 씨에게 내 얘길 해줬으면 해요. 당신의 영향력이 필요해요. 그분은 나에게 꼭 필요한 도움을 주실 수 있거든요. 친애하는 엘리엇 양, 고맙게도 당신이 애써 준다면 당연히 성사될 일이지요."

"기꺼이 도와드려야지요. 당신에게 조금이라도 도움이 되고자 하는 제 마음을 알아주셨으면 해요." 앤이 대답했다. "하지만 저와 엘리엇 씨의 관계를 실제보다 더 깊게, 그러니까 영향력을 행사할 만한 관계로 보시는 게 아닐까 염려스럽네요. 왜 그런 생각을 하게 되었는지 알 것도 같아요. 하지만 저를 엘리엇 씨의 친척 정도로만 생각하셔야 해요. 제가 친척으로서, 그의 사촌으로서, 온당하게 부탁할 만한 일이라면 주저하지 말고 말씀해주세요."

스미스 부인은 그녀를 뚫어져라 바라보더니 미소 지으며 말했다.

"내가 좀 성급했나보네요. 죄송해요. 정식 발표를 기다렸어야 했는데. 하지만 친애하는 엘리엇 양, 옛정을 생각해서 내가 언제쯤 얘길 해도 될지 언질을 줘요. 다음주? 분명 다음주면 모든 게 확정된다고 생각해도 되겠지요. 그렇게 되면 엘리엇 씨의 행운에 기대어 내 욕심

대로 일을 꾸며볼 수 있을 테구요."

"아니에요." 앤이 대답했다. "다음주에도, 그 다음주에도, 또 그 다음주에도 당신이 생각하는 그런 일은 절대 없을 거예요. 저는 엘리엇 씨와 결혼하지 않아요. 왜 그렇게 생각하는지 모르겠네요."

스미스 부인은 그녀를 다시 유심히 바라보고는, 미소를 짓고 고개를 저으며 이렇게 외쳤다.

"정말 당신 속마음을 알았으면 좋겠어요! 당신 생각을 알 수 있다면! 적당한 때가 되면 그때야 마음을 보여줄 계획이겠죠. 우리 여자들은 그때까지 어느 누구도 받아들이지 않으니까요. 청혼하기 전에는 모든 남자를 거절하는 것이 우리들 사이에선 당연한 일이지요. 하지만 당신이 왜 그렇게 잔인해야 하나요? 지금은 아니지만, 예전에 친구였던 그 사람을 위해 간청할게요. 어디에서 그보다 더 잘 어울리는 짝을 찾을 수 있겠어요? 그보다 더 호감이 가는 신사다운 남자를 어디에서 만날 수 있을까요? 내가 엘리엇 씨를 추천해드리죠. 월리스 대령도 그분에 대해 좋은 얘기만 하셨을 거예요. 월리스 대령보다 그분을 더 잘 아는 사람이 누가 있을까요?"

"스미스 부인, 엘리엇 씨의 부인이 세상을 떠난 지 반년밖에 되지 않았어요. 그분이 누군가에게 구애를 할 때는 아니라고 생각하는데요."

"아! 그게 망설이는 이유라면," 스미스 부인은 짓궂게 말했다. "엘리엇 씨는 걱정이 없군요. 나도 그분을 위해 더는 애쓰지 않을게요. 당신이 결혼할 때 나를 잊지만 말아주세요, 그걸로 족해요. 내가 당신의 친구라고 하면 그분도 그 정도 수고쯤은 아무렇지 않게 여기시겠죠. 지금은 자신의 일과 약속이 너무 많아, 가능한 다른 일은 피하고 맡지 않으려는 게 지극히 당연하지만요. 아마 당연한 일이겠죠. 십중팔구는 다들 그럴 테지요. 그 일이 내게 얼마나 중요한지 그분은 당연히 모르시겠지요. 아무튼 엘리엇 양, 나는 당신이 행복하기를 바라고, 또 그러리라 믿어요. 엘리엇 씨는 당신 같은 여자의 가치를 알아볼 만한 분별력이 있어요. 당신의 평온한 삶이 나처럼 깨지지는 않을 거예요. 당신은 그분 인품을 믿고 모든 세상사에 대해 안심해도 된답니다. 그분이 남들한테 잘못 이끌려 타락하거나 파멸하는 일은 없을 테니까요."

"그럼요," 앤이 말했다. "저도 제 사촌에 관한 그 모든 말을 기꺼이 믿을 수 있어요. 그분은 차분하고 결단력 있는 성격이어서, 위험한 감정에 빠질 것처럼은 안 보여요. 아주 존경할 만한 분이라 생각해요. 이제껏 제가 본 바로는 달리 생각할 이유가 없거든요. 그렇지만 그분을 안 지 얼마 되지 않았고, 쉽게 가까워질 수 있는 분도 아닌걸요. 스미스 부인, 이렇게 말하는데도 그분이 제게 특별한 사람이 아니라는 걸 믿지 못하세요? 이 정도면 제가 그분에게 아무 감정이 없다는 것이 분명하지 않나요. 결단코 그분은 제게 아무 의미 없는 사람이에요. 그분이 청혼을 하신다 해도—그분에게 그럴 의도가 있다고 생각할 이유도 전혀 없지만—저는 받아들이지 않을 거예요. 분명히 말하지만 그러지 않을 겁니다. 제가 지난밤 연주회에서 어떤 기쁨을 얻었건, 그건 당신이 생각하듯 엘리엇 씨 때문은 아니었어요. 엘리엇 씨가 아니라 그건……"

앤은 너무 많은 암시를 주었나 싶어 얼굴을 붉히며 말을 멈췄다. 하지만 그만큼 말하지 않으면 안 되었을 것이다. 다른 사람이 있다는 것을 알지 못하면, 그녀가 엘리엇 씨에게 마음이 없다는 사실을 스미스 부인이 그렇게 빨리 믿으려 하지 않았을 것이다. 스미스 부인은 바로 수궁을 했고, 그 이상의 뭔가를 알아차린 눈치는 아니었다. 더이상의 관심을 피하고 싶었던 앤은 왜 자신이 엘리엇 씨와 결혼할 거라고 생각했는지, 어디서 그런 인상을 받은 건지, 아니면 누구한테서 그런 얘기를 들었는지 조급하게 캐물었다.

"어떻게 그런 생각을 하게 된 건지 말해주세요."

"맨처음 그렇게 생각한 건," 스미스 부인이 대답했다. "두 사람이 함께 지내는 시간이 얼마나 많은지 알게 되었을 때였어요. 주변의 모든 친지들이 바라 마지않을, 세상에서 가장 그럴듯한 일이라는 생각이 들더군요. 당신을 아는 모든 사람들이 바라는 일이라고 보면 될 거예요. 하지만 그런 얘기를 들은 건 이틀 전이었어요."

"정말 얘기를 들었어요?"

"어제 들렀을 때 문을 열어준 여자를 보았나요?"

"아니요. 평소처럼 스피드 부인이나 하녀가 아니었나요? 특별히 눈여겨보지 않았어요."

"내 친구인 루크 부인이었어요. 간호사 루크요. 그녀는 당신을 몹시 보고 싶어하던 참이었는데, 마침 문을 열어드릴 수 있게 돼서 아주 기뻐했어요. 일요일에 그녀가 말버러 단지의 일을 마치고 돌아왔어요. 당신이 엘리엇 씨와 결혼할 거라고 말해준 사람이 바로 그녀였지요. 월리스 부인에게 직접 들었다는데, 믿을 만한 소식통 아닌가요. 월요일 저녁에 한 시간 동안 저와 있으면서 자초지종을 다 얘기해줬어요."

"자초지종을 다요!" 앤이 웃으면서 말했다. "근거 없는 작은 소식 하나에 대한 자초지종이라면 그다지 길지는 않았겠군요."

스미스 부인은 아무 말도 하지 않았다.

"그렇지만," 앤은 곧 말을 이었다. "제가 엘리엇 씨와 그런 관계가 아니라 하더라도, 할 수 있다면 어떤 방식으로든 당신에게 도움이 되고 싶어요. 당신이 바스에 있다는 걸 그분에게 말씀드릴까요? 무슨 말이라도 전해드릴까요?"

"고맙지만 괜찮아요. 아니요, 절대 아니에요. 순간 흥분해서, 잘못 안 걸 가지고 어떤 상황에 당신 관심을 끌어보려고 했나봐요. 하지만 이제는 아니에요. 고맙지만 당신에게 폐를 끼칠 일은 없어요."

"엘리엇 씨를 안 지 꽤 오래되었다고요?"

"그래요."

"그분이 결혼하기 전에는 모르셨죠?"

"아니요. 그분이 미혼일 때 처음 알게 되었어요."

"그럼, 잘 아는 사이였나요?"

"친했지요."

"정말요! 그럼 그 당시 어떤 분이었는지 말해주세요. 젊었을 때 엘리엇 씨가 어떤 분이었는지 굉장히 궁금해요. 지금 보이는 모습 그대로였나요?"

"최근 삼 년간은 엘리엇 씨를 만나지 못했어요." 스미스 부인이 너무도 침울하게 대답해서 더이상 얘기를 계속할 수 없었다. 앤은 자신의 호기심만 더 커져버렸다고 생각했다. 두 사람 모두 말이 없었고,

스미스 부인은 생각에 잠겨 있었다. 마침내 부인이 말했다.

"엘리엇 양, 미안해요." 그녀가 예의 진심 어린 어조로 외쳤다. "당신에게 짤막한 대답만 한 걸 용서해줘요. 하지만 내가 어떻게 해야 할지 확신이 서지 않았어요. 무슨 얘길 해야 할지 망설이며 생각하고 있었답니다. 따져봐야 할 게 많았어요. 괜히 참견해서 나쁜 인상을 주며 문제를 일으키고 싶지 않으니까요. 겉만 번지르르하고 들여다보면 오래가지 못할 가족 간의 화합일지라도 지킬 가치는 있어 보이지요. 하지만 결심했어요. 내가 옳다고 생각해요. 당신이 엘리엇 씨의 진짜 모습을 알아야 한다고 생각합니다. 비록 지금은 당신이 그를 받아들일 의사가 조금도 없다는 것을 믿어 의심치 않지만, 무슨 일이 생길지 장담할 수 없으니까요. 언제든 그에게 다른 감정이 생길 수도 있잖아요. 그러니 아무런 선입견도 없는 지금 진실을 들어야 해요. 엘리엇 씨는 마음도 양심도 없는 사람이고, 자기만 생각하는 야심가에다 주도면밀한 냉혈한이에요. 자신의 이익과 안락을 위해서라면 그 어떤 잔인한 행위나 배신도 서슴지 않을 사람이지요. 자신의 평판을 해치지 않으면서요. 그 사람에게는 다른 이에 대한 연민 따위는 없어요. 자신이 파멸로 이끌었던 사람을 일말의 가책도 없이 무시하고 버릴 수 있지요. 정의나 동정이란 감정과는 완전히 담을 쌓은 사람이니까요. 아! 그는 속이 검은, 속마음이 텅 비고 시커먼 사람이에요!"

앤이 경악하는 표정으로 비명을 지르자, 그녀는 잠시 말을 멈추었다가 좀더 차분하게 덧붙였다.

"내 표현에 놀랐군요. 상처받고 분노한 여자의 심정을 감안해주세요. 그래도 내 감정을 다스려보도록 할게요. 그 사람을 욕하지는 않겠어요. 다만, 그에 대해 내가 알고 있는 것을 말할 게요. 사실이 웅변해 줄 테니까요. 엘리엇 씨는 내 남편의 절친한 친구였어요. 남편은 그를 믿고 사랑했으며 자기처럼 좋은 사람이라고 생각했지요. 두 사람의 친분은 우리가 결혼하기 전부터 시작되었고, 내가 만났을 때 그들은 둘도 없이 가까운 친구 사이였어요. 나 또한 엘리엇 씨가 아주 마음에 들었고 누구보다도 좋은 사람이라고 생각했지요. 열아홉 살에는 아주 진지하게 생각하지 않잖아요. 그래도 엘리엇 씨는 웬만한 사람만큼은 선량해 보였고, 대부분의 사람들보다 훨씬 호감이 갔어요. 우리는 항상 같이 지내다시피 했지요. 주로 도심에 머물면서 꽤 호사스럽게 지냈어요. 그 당시 그는 형편이 우리보다 못한 가난뱅이였지요. 템플 법학원에 사무실이 있었는데, 그게 신사 체면을 유지하기 위해 지출할 수 있는 전부였어요. 그는 원할 때면 언제든지 우리 집에 와서 제집처럼 지냈어요. 언제나 그를 환영했고 형제처럼 지냈지요. 가엾은 찰스는 세상에서 가장 고상하고 관대한 마음을 가진 사람이어서 마지막 한 푼까지 그와 함께 나누려고 했을 거예요. 남편이 그에게 기꺼이 지갑을 열었다는 사실을 나는 알고 있어요. 종종 도움을 주었지요."

"그때가 바로 엘리엇 씨의 삶에서 제가 늘 궁금해하던 시기임에 틀림없네요." 앤이 말했다. "바로 그무렵에 그 사람이 아버지와 언니를 알게 되었거든요. 제가 직접 만난 건 아니고 얘기만 들었지만, 그 당시 아버지와 언니에게 보인 행동이나 이후에 결혼을 둘러싼 상황을 보면 뭔가 지금의 모습하고는 들어맞지 않는 게 있었어요. 지금과는 다른 사람임을 알려주는 뭔가가 있는 듯했죠."

"알고 있어요. 전부 다 알고 있어요." 스미스 부인이 외쳤다. "그 사람이 월터 경과 당신의 언니를 알고 지낸 건 나와 만나기 전이었지만, 끊임없이 두 분 얘기를 하더군요. 초대를 받고 오라는 재촉을 받았다는 것도, 하지만 일부러 가지 않았다는 것도 알아요. 아마 당신은 짐작도 못 할 얘기를 내가 알려줄 수 있을 거예요. 그의 결혼에 대해서도 그때 다 알고 있었지요. 뭐가 좋고 싫은지 속내도 다 들었어요. 그가 자신의 희망과 계획을 털어놓은 친구였으니까요. 그전에 그의 부인을 알지는 못했지만(그녀의 사회적 신분이 낮아서 그런 일은 불가능했으니까) 이후로 내내, 적어도 세상을 뜨기 이 년 전까지는 그녀를 알고 지냈으니, 당신이 궁금해하는 건 뭐든 대답해줄 수 있답니다."

"아니요." 앤이 말했다. "그 사람 부인에 대해 특별히 알고 싶은 것은 없어요. 그들이 행복한 부부는 아니었다고 늘 짐작하고 있었어요. 하지만 그 사람이 왜 그때 아버지와의 친분을 그렇게 소홀히 했는지 알고 싶어요. 아버지는 분명 그를 친근하고 도리에 맞게 대우하시려고 했거든요. 왜 엘리엇 씨가 몸을 사렸던 거지요?"

"엘리엇 씨는," 스미스 부인이 대답했다. "그 당시 한 가지 목적밖에 없었어요. 재산을 모으는 것이었죠. 그것도 변호사 일이 아닌 더 빠른 방법으로요. 그는 결혼으로 부자가 되기로 결심했던 거예요. 적어도 경솔한 결혼으로 출세를 망치지는 않겠다고 결심했지요. 당신 아버지와 언니가 예의니 초대니 하면서 작위 계승자와의 결혼을 추진하려는 꿍꿍이가 있다고 믿었어요(물론 근거 있는 얘긴지 아닌지는 제가 판단할 수 있는 문제가 아니겠지만요). 그런 결혼으로는 자신이 원하는 재산과 독립을 얻을 수 없었죠. 그래서 몸을 사리게 된 게 확실해요. 얘기를 다 들었거든요. 그는 내게 아무것도 숨기지 않았어요.

당신을 버스에 남겨두고 떠나 결혼을 한 뒤, 내가 맨처음 알게 되고 가깝게 지낸 사람이 당신의 사촌이라는 사실이 신기했어요. 또 그를 통해 당신 아버지와 언니의 소식을 계속해서 듣게 되었다는 것도요. 그가 엘리엇 양에 대한 얘기를 하면 나는 다른 엘리엇 양을 생각하며 그리워했지요."

"혹시," 불현듯 어떤 생각이 떠올라 앤이 소리쳤다. "때때로 엘리엇 씨에게 제 얘기를 했나요?"

"그럼요. 자주 했지요. 내 친구 앤 엘리엇의 자랑을 늘어놓으며 큰소리치곤 했지요. 당신은 아주 딴판이라고……"

그녀는 바로 자제하며 말을 멈추었다.

"그래서 간밤에 엘리엇 씨가 그런 말을 했군요." 앤이 외쳤다. "이제 알겠어요. 그 사람이 전에 제 얘기를 많이 들었다고 했는데, 어떻게 그럴 수 있었는지 의아했거든요. 자기 자신에 관한 얘기가 나오면 거침없는 상상을 하게 되는 법이지요! 그러다가 터무니없는 생각을 하기 십상이고. 미안해요. 제가 말을 끊었네요. 엘리엇 씨가 순전히 돈 때문에 결혼을 했다고요? 아마도 그걸 보고 처음으로 그의 사람됨에 눈을 뜨게 되었겠군요."

스미스 부인은 이 말에 잠시 머뭇거렸다. "아! 그런 일들은 너무도 흔한걸요. 요즘 세상에 살다보면, 남자든 여자든 돈 때문에 결혼하는 일이 너무 흔해서 잘못되었다는 생각을 하기가 힘들지요. 나는 나이도 아주 어렸고, 젊은 사람들하고만 어울렸어요. 우리는 품행에 대한 엄격한 원칙도, 생각도 없이 인생을 즐기며 사는 무리였지요. 즐거움만 좇으며 살았던 거죠. 지금 생각은 다르지만요. 세월과 병과 슬픔이

내 생각을 변화시켰으니까요. 하지만 인정해야겠지요, 그 당시에는 엘리엇 씨의 행동에서 비난할 만한 점을 보지 못했답니다. '자신에게 가장 좋은 일을 한다'는 게 무슨 의무처럼 통용되었으니까요."

"하지만 그의 부인은 신분이 아주 낮은 여자가 아니었나요?"

"네, 맞아요. 그래서 나도 반대했지만 그는 상관하지 않았어요. 돈이었죠, 돈이 원하는 전부였어요. 그녀의 아버지는 목축업자였고 할아버지는 푸줏간 주인이었지만 그런 건 전혀 문제되지 않았어요. 그녀는 교육을 잘 받은 괜찮은 여자였고, 사촌들에 이끌려 엘리엇 씨와 우연히 함께 어울렸다가 그와 사랑에 빠졌지요. 그녀의 출신에 대해 그는 아무런 고민도 주저도 없었어요. 다만 태도를 분명히 하기 전에 그녀의 실제 재산이 어느 정도인가를 파악하는 데 골몰했지요. 엘리엇 씨가 지금 자신의 사회적 지위를 어떻게 평가하는지 몰라도, 젊었을 때는 거기에 털끝만큼도 가치를 두지 않았어요. 켈린치 홀을 얻을 기회는 탐낼 만한 것이었지만 가문의 영광은 그에게 하찮은 것에 불과했지요. 그가 준남작의 지위를 팔 수만 있다면 문장과 명문(銘文), 이름과 예장까지 포함해서 오십 파운드에 넘기겠다고 호언장담하는 걸 종종 들었을 정도니까요. 하지만 그 문제에 관해선 그가 했던 말을 반도 옮기지 못한 거랍니다. 어림도 없어요. 하지만 당신은 증거를 원하겠지요. 이 모든 것이 내 주장에 불과한 것 아니냐? 그렇다면 당신에게 증거를 보여드리지요."

"증거가 필요하지는 않아요, 스미스 부인." 앤이 외쳤다. "몇 년 전 엘리엇 씨가 보여준 모습과 당신 주장이 전혀 어긋나지 않으니까요. 우리가 듣고 믿었던 것을 모두 확인해주셨을 뿐이에요. 저는 그가 왜 지금은 그렇게 달라졌는지 그게 더 궁금해요."

"하지만 내 원껏 이야기를 하고 싶으니 벨을 눌러 메리를 불러줄래요? 잠깐만요. 직접 내 침실로 가서서 벽장 위쪽 선반에 있는 작은 상감무늬 상자를 가져다주면 더 고맙겠어요."

스미스 부인의 간절한 표정을 보고 앤은 그녀가 바라는 대로 했다. 상자를 가져다 앞에 놓자, 그녀는 상자를 열며 한숨을 쉬더니 이렇게 말했다.

"이게 다 남편 소유의 서류랍니다. 그이가 세상을 떠났을 때 내가 훑어봐야 했던 것에 비하면 일부에 불과하지요. 내가 찾는 편지는 엘리엇 씨가 우리 결혼 전에 남편에게 보낸 건데, 이유는 모르겠지만 우연히 보관하고 있었어요. 남편도 다른 남자들처럼 이런 건 신경 안 쓰고 정리도 안 하는 사람이었죠. 내가 그의 서류를 검토하게 되었을 때 이곳저곳의 여러 사람이 보낸 사소한 편지들 틈에서 이걸 발견했어요. 하지만 정말 중요한 편지와 메모는 없어져버렸지요. 여기 있네요. 내가 이 편지를 태워버리지 않은 건, 그때 이미 엘리엇 씨에게 불만이 많았기에 과거의 친분을 보여주는 모든 기록을 남겨두리라 결심했기 때문이에요. 그걸 이렇게 내놓을 수 있어서 기뻐요."

편지는 런던에서 1803년 7월, '향사 찰스 스미스 귀하' 앞으로 보낸 것이었다.

친애하는 스미스,

자네 편지를 받았네. 자네의 친절함에 몸 둘 바를 모르겠어. 자네와 같은 마음씨를 가진 사람이 더 많으면 좋으련만, 이십삼 년을 살아오면서 세상에서 그런 사람을 본 적이 없어. 다시 돈이 좀 생겨서 현재로서는 자네의 도움이 필요하지 않다는 걸 믿어주게나. 축하해 주게. 월터 경과 그 딸을 떼어버렸어. 그들은 켈린치로 돌아갔는데 이번 여름에 방문해달라고 성화였다네. 하지만 내 첫 방문은 감정인과 함께일 거야. 어떻게 켈린치를 경매에 부쳐야 최고의 수익을 뽑아낼지 알아볼 생각이니까. 그런데 준남작은 재혼을 할 수도 있을 것 같아. 그럴 정도로 바보이지. 하지만 재혼하면 나를 성가시게 하지 않을 테니, 상속권을 도로 내줘야 한다 해도 밑질 건 없지. 준남작은 작년보다 더 형편없더군.

엘리엇이란 이름만 아니면 좋겠네. 그 이름에 신물이 날 정도야. 정말이지 고맙게도, 월터라는 이름은 버릴 수 있지! 다시는 내 두 번째 이름의 'W'자로 나를 모욕하지 말아주게나.

영원토록 자네의 벗이 되고픈,
Wm. 엘리엇.

편지를 읽으면서 앤은 얼굴을 붉히지 않을 수 없었다. 스미스 부인은 그녀의 얼굴이 상기된 것을 보면서 말했다.

"표현이 많이 무례하지요. 어떤 말을 썼는지 정확히 기억나진 않지만 대략적인 뜻은 똑똑히 기억하고 있어요. 이 편지로 그가 어떤 사람인지 알겠지요? 내 가엾은 남편에게 한 맹세를 눈여겨봐요. 그보다 더 독한 표현이 있을까요?"

앤은 그가 아버지에게 대놓고 그런 말을 했다는 충격과 치욕감을 곧바로 떨쳐버릴 수 없었다. 그녀는 자신이 이 편지를 본 것이 명예의 법칙에 위배되는 일이고, 그런 증거물로 사람을 판단하거나 규정해서는 안 되며, 본래는 사적인 편지를 다른 사람이 읽을 수 없다는 사실을 상기해야 했다. 그러고 나서야 비로소 마음의 평정을 되찾을 수 있었다. 골똘히 들여다보던 편지를 돌려주면서 그녀가 말했다.

"감사해요. 분명 이 편지는 당신 얘기를 모두 뒷받침하기에 충분한 증거로군요. 그런데 왜 이제 와서 우리와 가깝게 지내려는 걸까요?"

"그것도 설명할 수 있어요." 스미스 부인이 웃으며 외쳤다.

"정말요?"

"네. 십이 년 전의 엘리엇 씨 얘기를 했으니 이제 현재의 그 사람에 대해 말할게요. 이번엔 글로 된 증거를 내놓을 수 없어요. 하지만 그 사람이 지금 뭘 원하는지, 뭘 하고 있는지, 당신이 믿을 만한 증언을 원하는 만큼 해줄 수 있어요. 지금 그 사람은 위선자가 아니에요. 정말로 당신과 결혼하길 원해요. 현재 당신 가족에게 보이는 관심도 마음에서 우러난 진실한 거랍니다. 이건 월리스 대령에게 들었으니까 믿을 만한 얘기지요."

"월리스 대령요! 그분을 알아요?"

"아니요. 정확하게는 직접 들은 건 아니에요. 두어 다리를 거쳐서 온 얘기지요. 하지만 문제될 건 없어요. 그래도 직접 들은 거나 진배없고, 전달되면서 덧붙여진 쭉정이는 쉽게 가려낼 수 있으니까요. 엘리엇 씨는 월리스 대령에게 당신에 대한 생각을 숨기지 않고 말한답니다. 그런 점으로 미루어 짐작건대, 월리스 대령 자신은 양식 있고 신중하며 분별 있는 사람이겠지요. 하지만 그에겐 아주 예쁘고 어리석은 부인이 있는데, 그녀에게 하지 않아도 좋을 얘기를 다 한다는군요. 산후조리하면서 원기가 넘쳤던 부인은 간호사한테 그걸 모조리 얘기해줬고, 내가 당신과 친분이 있음을 아는 간호사는 당연히 들은 얘기를 다 전해주었던 거죠. 그렇게 해서 월요일 저녁, 내 좋은 친구인 루크 부인이 말버러 단지의 비밀을 속속들이 알려주었어요. 내가 자초지종을 다 말하겠다고 한 것도 당신 생각만큼 허풍은 아니랍니다."

"스미스 부인, 설득력이 부족한걸요. 그건 말이 안 돼요. 엘리엇 씨가 저한테 마음이 있다는 걸로는 그가 아버지와 화해하려고 기울인 노력이 설명되지 않아요. 그건 모두 제가 바스에 오기 전이었으니까요. 제가 도착했을 때 이미 두 사람은 더할 나위 없이 친한 사이가 되어 있었어요."

"나도 알아요. 전부 잘 알고 있어요. 하지만……"

"스미스 부인, 그런 경로로 진실한 정보를 얻으리라 기대해서는 안 돼요. 여러 사람의 손을 거쳐 전해진 사실이나 의견은 이 사람 저 사람의 어리석음과 무지로 인해 왜곡돼서 진실이라곤 남아 있지 않을 수 있으니까요."

"내 얘기를 들어봐요. 맞는 말인지 아닌지 즉시 가름할 수 있을 만큼 상세한 정황을 들으면, 믿을 만한 얘기인지 금방 판단할 수 있을 거예요. 그가 바스에 온 첫번째 동기가 당신이라고 생각할 사람은 없어요. 바스에 오기 전에 당신을 보고 흠모하긴 했지만, 그 사람이 당신이라는 걸 알지는 못했죠. 적어도 내게 얘기를 해준 사람은 그렇게 말하더군요. 그 말이 맞나요? 지난여름이나 가을에 당신이 누군지 모르고 그가 당신을 본 적이 있지 않나요? 얘기해준 사람의 말을 빌리면 '서쪽 어디에선가'였다죠."

"네, 그랬어요. 지금까지는 사실이에요. 라임에서요, 제가 라임에 머물 때였어요."

"그럼," 스미스 부인이 의기양양하게 말을 이었다. "내 친구의 첫번째 주장이 성립된다는 것을 인정해야겠네요. 그는 라임에서 당신을 보고 반해서, 캠든 플레이스에서 앤 엘리엇 양으로 다시 만난 게 너무도 기뻤던 거예요. 그리고 분명 그때부터 캠든 플레이스를 방문하는 목적이 두 가지가 된 거죠. 하지만 그전에 또다른 목적이 있었어요. 그걸 이제부터 설명할 게요. 내 얘기에서 당신이 보기에 거짓이라거나 말이 안 된다고 생각되는 부분이 있으면 나를 제지해줘요. 들은 얘기에 따르면 당신이 언급한 적 있는 언니의 친구, 지금 당신네와 함께 지내고 있는 그 부인이 엘리엇 양이랑 월터 경과 함께 지난 9월 무렵 바스에 왔다면서요. 그러곤―간단히 말해, 세 사람이 처음 이곳에 온―그 이후로 계속 같이 머물고 있구요. 그녀는 영리하며 교묘히 환심을 사는 데 능하고 생김새도 단정하고, 가난하지만 말재주가 좋다던데요. 게다가 처지와 거동으로 보아 레이디 엘리엇 자리를 노리는 것이라고, 월터 경의 지인들 사이에서는 의견이 모아졌다지요. 엘리엇 양이 이런 위험을 전혀 눈치채지 못해서 다들 놀라워하고 있고요."

여기서 스미스 부인은 잠시 멈췄지만, 앤이 아무 대답을 않자 말을 이었다.

"이게 당신이 오기 한참 전, 당신 가족을 아는 사람들 눈에 비친 상황이었어요. 월리스 대령도 캠든 플레이스를 방문하지는 않았지만, 그 정도는 알 만큼 당신 아버지를 지켜봤나봐요. 대령은 엘리엇 씨를 생각해 댁에서 일어나는 모든 일을 관심 있게 지켜본 거죠. 그러다가 크리스마스 즈음에 마침 엘리엇 씨가 하루 이틀 정도 머물 요량으로 바스에 왔을 때, 돌아가는 사정을 알려주었죠. 그러고는 소문이 돌기 시작했어요. 자, 이제 당신도 세월이 지나면서 준남작 지위의 가치에 대한 엘리엇 씨의 생각이 크게 바뀌었다는 사실을 알아야 해요. 혈통과 연줄에 관한 한 그는 전혀 다른 사람이 된 거예요. 맘껏 쓸 수 있는 돈이 생긴 지도 오래되었고, 더이상 재물이나 도락에 대한 욕심도 없었을 테죠. 그러니 점차 자신이 상속받을 사회적 지위에서 행복을 찾게 되었겠지요. 우리의 관계가 끊기기 전부터 그런 조짐이 있다는 생각을 했었는데, 이제 확실하게 알 것 같아요. 그는 윌리엄 경이 되지 못한다는 생각을 견딜 수 없는 거예요. 그러니 그가 친구한테 소식을 듣고 기분이 과히 좋지 않았으리란 걸 짐작하겠지요. 그다음 벌어진 일들도 짐작하실 테고요. 그는 가능한 한 빨리 바스로 되돌아와 한동안 꼼짝 않고 머물면서 과거의 친분을 되살리고 가족 내 입지를 회복해야겠다고 결심한 겁니다. 그렇게 해서 위험이 어느 정도인지 파악하고, 실제로 심각하다 싶으면 클레이 부인을 막아보려는 생각을 한 거죠. 두 친구 사이에 그것만이 최선이라고 합의가 되었고, 월리스 대령은 할 수 있는 모든 방법으로 돕기로 했고요. 그와 월리스 부인을 비롯해서 모든 사람을 당신 집에 인사시키기로 한 거죠. 그 계획에 따라 엘리엇 씨는 돌아왔고, 당신도 알다시피 용서를 빌고 용서받고 가족의 일원으로 다시 받아들여졌지요. 오로지 월터 경과 클레이 부인을 계속 지켜보려는 목적이었어요. (당신이 바스에 오셔서 또다른 동기가 생기기 전까지는요.) 그는 그들과 함께 있을 기회라면 절대 놓치지 않았고, 둘 사이를 가로막으려고 시도 때도 없이 방문을 했어요. 하지만 시시콜콜 말씀드리진 않을게요. 교활한 사람이 어떤 식으로 행동할지 짐작할 수 있겠지요. 아마 이 정도 실마리라면, 당신이 이제까지 지켜본 그 사람의 행동을 다시 생각해볼 수 있을 거예요."

"네," 앤이 말했다. "당신 얘기는 제가 알고 있거나 짐작할 수 있는 것과 어긋나지 않아요. 교활함이란 자세히 들여다보면 언제나 뭔가 불쾌한 것이 있어요. 이기적이고 표리부동한 술책은 항상 혐오스럽기 마련이지만, 당신 얘기에서 정말 놀라운 점은 없었어요. 엘리엇 씨가 그런 사람이라는 얘길 들으면 충격을 받고 믿기 힘들어할 사람들을 알아요. 하지만 저는 늘 뭔가 석연치 않았어요. 그 사람 행동에 보이는 것과는 다른 동기가 있을 거라고 줄곧 생각했지요. 그런데 그가 두려워하는 그 일이 일어날 가능성에 대해 지금은 어떻게 생각하는지 알고 싶네요. 위험이 줄어들고 있다고 생각하는지 아닌지."

"내가 알기로는, 줄어들고 있다고 생각할걸요." 스미스 부인이 대답했다. "그는 클레이 부인이 자기를 두려워하고, 속마음을 들킨 것을 알고 있기 때문에 감히 자기가 없었을 때처럼 하진 못할 거라고 생각해요. 하지만 항상 당신 집에 붙어 있을 수도 없는 노릇이니, 부인이 지금처럼 세력을 쥐고 있는 동안 어떻게 안심할 수 있는지 모르겠어요. 월리스 부인이 재미있는 안을 내놓았다고 간호사가 얘기해주었답니다. 당신과 엘리엇 씨가 결혼할 때, 당신 아버지가 클레이 부인과 결혼해서는 안 된다는 조항을 결혼계약서에 넣으라는 거예요. 얘길 들어보니 월리스 부인 머리에서 나올 법한 계책인데, 우리 똑똑한 루크 간호사는 말도 안 되는 생각이라는 걸 알아보더군요. '글쎄요, 분명한 건 그분이 또다른 누군가와 결혼하는 일을 막지는 못한다는 거지요'라고 했거든요. 진실을 말씀드리자면 루크는 마음속으로 월터 경의 재혼을 완강히 반대하지는 않아요. 그녀가 결혼 옹호자라는 것도 인정해주어야 하고요(자기 생각을 안 할 수 없을 테니). 월리스 부인의 추천을 받아 차기 레이디 엘리엇을 간호한다는 야심 찬 기대를 가질 수도 있는 것 아니겠어요?"

"이 모든 사실을 알게 돼서 정말 기뻐요." 잠시 생각에 잠겼다가 앤이 말했다. "그와 자리를 함께하는 일이 여러모로 더 고통스러워졌지만 앞으로 어떻게 해야 할지 알게 되었으니까요. 전 좀더 노골적으로 행동할 거예요. 엘리엇 씨는 분명 이기심 말고는 원칙이 없는, 표리부동하고 진실하지 못하고 세속적인 사람이에요."

하지만 엘리엇 씨 얘기는 아직 끝나지 않았다. 스미스 부인은 자기 이야기에 휩쓸려 처음 하려던 얘기의 방향에서 벗어났고, 앤도 자기 가족 문제에 대한 관심 때문에 부인이 애초에 하려던 얘기를 잊고 있었다. 이제 그녀의 관심은 스미스 부인이 처음에 암시한 일들로 옮겨갔다. 부인의 지난 사연을 들어보니 그녀의 무조건적인 원한이 모두 정당하다는 생각은 들지 않았지만, 그가 인정머리 없게 행동했고 정의와 동정이라곤 찾아볼 수 없는 사람이라는 점은 확실했다.

(엘리엇 씨가 결혼한 뒤에도 그들은 계속 친분을 쌓아갔으므로) 그들은 전과 마찬가지로 항상 함께 어울렸고, 엘리엇 씨는 그의 친구가 감당 못할 지출을 하도록 유도했다. 스미스 부인은 자책하는 마음이

없었고 남편을 탓하기도 싫었다. 하지만 그들의 수입으로는 그런 생활방식을 감당할 수 없었고, 앤은 누구의 탓이라 할 것도 없이 처음부터 다들 사치스러운 생활을 했음을 추측할 수 있었다. 남편에 대한 부인의 설명을 들으면서 앤은 스미스 씨가 정 많고 태평한 기질에 방만한 생활습관을 가졌고, 분별력은 없지만 친구인 엘리엇 씨보다는 훨씬 더 온화한 사람이었다는 것을 알 수 있었다. 엘리엇 씨와는 아주 딴판으로, 친구에게 휘둘리고 아마 멸시도 받았을 성격의 인물 같았다. 엘리엇 씨는 결혼으로 아주 호사스러운 생활을 누리게 되었고, (방종한 생활에도 불구하고 신중한 사람이 되었기에) 자신의 부담 없이 누릴 수 있는 모든 쾌락과 허영심을 채우려 들었다. 그 자신은 부자가 되어가는 반면, 친구는 궁핍한 지경에 이르렀다. 하지만 그는 친구의 재정상태를 짐작하면서도 개의치 않았을뿐더러, 오히려 지출을 부추기고 권하면서 파멸의 길로 이끌었다. 그렇게 해서 스미스 부부는 결국 파산하고 말았다.

남편은 그 사실을 미처 다 알지 못한 채 세상을 떠났다. 전에도 친구들의 우정에 호소해야 할 만큼 곤란에 빠진 적이 있었으므로, 그들은 엘리엇 씨에게 아무것도 기대하지 않는 게 낫다는 걸 알고 있었다. 하지만 그녀가 남편의 비참한 재정상태를 속속들이 알게 된 것은 그가 세상을 뜨고 난 뒤였다. 스미스 씨는 엘리엇 씨를 유언 집행인으로 지정했다. 엘리엇 씨의 판단력보다는 마음에서 우러나는 호의에 한 가닥 믿음을 가졌던 것이다. 하지만 엘리엇 씨는 손 하나 까딱하려 들지 않았다. 상황으로 인한 어쩔 수 없는 고통과, 그가 도와주기를 거절해서 첩첩이 쌓인 곤란과 근심은 이루 말로 다할 수 없었다. 이야기를 하는 사람은 억장이 무너지고, 듣는 사람도 함께 분노하지 않을 수 없었다.

스미스 부인은 엘리엇 씨가 보낸 몇 통의 편지를 앤에게 보여주었다. 부인의 다급한 부탁에 대한 답변으로 보낸 편지였다. 하나같이 무익한 골칫거리에는 개입하지 않겠다는 야멸찬 결의를 내보였고, 동시에 차가운 정중함 아래 그녀에게 닥칠 불행을 나 몰라라 하는 무정함이 담겨 있었다. 은혜를 모르는 몰인정함을 섬뜩하리만치 그대로 보여주는 내용이었다. 어떤 순간에는 공공연하게 저질러진 극악한 범죄도 이보다 더 나쁠 수 없으리란 생각이 들 정도였다. 얘기는 끝이 없었다. 부인은 이제 전에 나눈 대화에서 얼핏 암시만 했던 과거의 슬픈 일들과 고난에 대해 거리낌 없이 맘껏 털어놓았다. 앤은 부인이 느끼는 속 시원한 후련함을 이해할 수 있었고, 그렇기에 더욱 그녀가 평상시에 어떻게 마음의 평정을 유지했는지 놀랍기만 했다.

그녀의 하소연 중에 특히나 화날 만한 사정이 하나 있었다. 서인도제도에 남편 명의의 부동산이 있는데, 수년간 저당금 지불 때문에 압류된 상태였다. 하지만 적절한 조치를 취하면 되찾을 수 있으리라 믿을 만한 이유가 충분히 있었다. 비록 크지는 않지만 그녀의 형편을 지금보다는 여유 있게 만들어줄 재산이었다. 그런데 손을 써줄 사람이 없었다. 엘리엇 씨는 꿈쩍도 하지 않으려 했다. 그녀는 쇠약해진 몸 상태로 직접 나설 수도 없는 데다, 다른 사람을 고용할 돈도 없었다. 조언을 해줄 친척도 없었고 법적인 도움을 구할 돈도 없었다. 이렇게 되자, 안 그래도 어려운 형편은 가혹하게도 더욱 참담해졌다. 자신의 상황이 더 나아져야 마땅하고 적절한 곳에서 약간의 수고만 하면 그럴 수 있다고 생각하면서도, 이렇게 지체하다간 권리를 찾기 어려워지는 것이 아닐까 두려운 마음이 들었다. 참으로 견디기 어려운 상황이었다!

앤이 엘리엇 씨에게 주선해주었으면 하고 그녀가 바란 것도 이 문제에 대해서였다. 그들이 결혼할 거라고 생각한 그녀는, 처음에는 그로 인해 친구를 잃게 되지 않을까 몹시 두려웠다. 하지만 자신이 바스에 있다는 사실조차 모르는 그가 그런 일을 할 순 없으리라는 확신이 들었다. 그러자 곧 그가 사랑하는 여자의 힘을 빌려 뭔가 도움을 받을 수 있지 않을까 하는 생각이 떠올랐다. 그녀가 엘리엇 씨의 성품 얘기를 꺼낸 것도, 조급한 마음에 앤의 마음을 동하게 하려고 포석을 간 것이었다. 그런데 앤이 약혼의 가능성을 반박하면서 사정이 완전히 달라져버렸다. 애초에 원하던 목적을 이루지 못해 새로이 품었던 희망을 잃었지만, 그 대신에 적어도 자초지종을 속 시원히 털어놓는 위안을 얻었다.

엘리엇 씨의 전모를 듣고 난 뒤, 앤은 스미스 부인이 대화 초반에는 그를 그토록 좋게 얘기했던 것이 다소 놀랍다는 말을 하지 않을 수 없었다. "그 사람을 추천하고 칭찬하는 듯 보였어요!"

"사랑하는 앤," 스미스 부인이 대답했다. "다른 도리가 없었어요. 아직 청혼하지는 않았을지 몰라도 두 사람의 결혼이 정해진 사실이라고 생각했으니까요. 당신에게 남편이나 진배없는 사람인데 진실을 밝힐 수는 없잖아요. 행복 운운하면서도 당신 생각에 내 가슴은 찢어지는 듯했어요. 그렇지만 그는 분별 있고 다정한 사람이니, 당신 같은 여자와 함께라면 그 결혼에 아주 가망이 없는 건 아니었어요. 그는 첫번째 부인을 아주 몰인정하게 대했어요. 서로를 불행하게 했지요. 그녀는 너무 무지하고 경솔해서 존중을 받지 못했고, 그는 그녀를 한 번도 사랑한 적이 없었어요. 하지만 당신은 그녀보다는 잘살 거라고 믿고 싶었답니다."

앤은 그와 결혼하도록 설득당할 수도 있었다고 마음속으로 생각할 따름이었다. 그랬더라면 틀림없이 불행이 뒤따랐을 거라 생각하니 몸서리가 쳐졌다. 어쩌면 레이디 러셀에게 설득당했을지도 모르는 일이었다! 그랬다면 시간이 지나 뒤늦게 모든 것이 밝혀졌을 때, 어느 쪽이 더 비참했을까?

레이디 러셀도 더는 속고 있어서는 안 되는 일이었다. 아침 한나절 나눈 중요한 담화를 마무리지으면서 합의를 본 것 중 하나는, 스미스 부인과 관련해 엘리엇 씨가 어떻게 처신했는지 앤이 자신의 친구에게 다 알려주어도 좋다는 것이었다.

22

앤은 집에 돌아와서 들은 이야기를 전부 되새겨보았다. 한 가지 점에서는 엘리엇 씨 일을 알게 된 게 다행이라는 생각이 들었다. 더이상 그에게 상냥하게 대할 필요가 없다는 것이었다. 달갑지 않게 나서는 그의 모습은 웬트워스 대령과 대비되었다. 지난밤 그가 보인 관심으로 돌이킬 수 없이 일이 어긋났을지도 모른다는 생각을 하면서도 그녀의 마음은 지극히 담담할 뿐이었다. 그를 동정하는 마음은 깨끗이 사라졌다. 하지만 위안이 되는 점은 그뿐이었다. 주위를 둘러보거나 앞일을 내다볼 때, 그 밖의 모든 점에서 의심스럽고 두려운 일투성이였다. 레이디 러셀이 느낄 실망과 아픔, 그녀의 아버지와 언니가 받을 굴욕감이 걱정스러웠고, 앞으로 일어날 나쁜 일들을 예상하면서도 어떻게 피해야 하는지 알지 못해 괴로웠다. 앤은 무엇보다도 그가 어떤 사람인지 알게 되었다는 사실에 감사했다. 스미스 부인과 같은 옛 친구를 무시하지 않았으니 보답을 받을 자격이 있다라는 생각은 한 번도 해본 적 없지만 이번 일이야말로 그런 것에 대한 보답이 아닐까! 스미스 부인은 그녀에게 다른 어느 누구도 알지 못했던 사실을 얘기해줄 수 있었다. 이 얘기를 가족 모두에게 할 수 있다면! 하지만 그것은 헛된 소망이었다. 레이디 러셀을 만나 얘기하고 조언을 구해야 할 것이다. 최선을 다한 뒤에는 가능한 한 침착하게 사태를 지켜보아야 하리라. 그럼에도 불구하고 레이디 러셀에게 내보일 수 없는 마음 한 구석으로는 걱정과 두려움이 밀려들 테고, 그녀는 불안한 마음으로 그 모든 것을 오롯이 감당해야 할 것이다.

집에 도착했을 때 앤은 자신이 의도한 대로 엘리엇 씨를 피하는 데 성공했음을 알았다. 아침에 방문한 그는 오전 내내 머물다 돌아갔다고 했다. 그녀가 성공을 자축하며 내일까지는 안전하겠지 생각하려는데, 그가 저녁에 다시 온다는 말이 들렸다.

"초대할 의도는 전혀 없었어." 엘리자베스가 무심한 척 말했다. "하지만 그분이 여러 번 초대받고 싶다는 암시를 주셨다는 거야. 적어도 클레이 부인 말에 따르면."

"정말이에요. 초대받고 싶다는 뜻을 그렇게 강력히 표시하는 사람을 본 적이 없었다니까요. 가엾은 양반! 정말 그분이 안쓰러웠어요. 앤 양, 당신의 무자비한 언니는 잔인하게 굴기로 작정한 것 같아요."

"하!" 엘리자베스가 외쳤다. "신사가 암시를 준다고 금방 넘어가기에는 그런 밀고 당김을 너무 잘 알거든. 하지만 그분이 오늘 아침 아버지를 만나지 못했다며 어찌나 섭섭해하던지 곧 양보를 했어. 그분과 월터 경이 자리를 함께하도록 해드릴 기회를 놓치고 싶지 않기도 하고. 두 사람은 함께 있으면 정말 서로를 돋보이게 한다니까! 두 사람 다 어찌나 기분 좋게 예의 바른 행동을 하는지 몰라! 엘리엇 씨는 존경의 눈으로 아버지를 우러러보고!"

"어찌나 보기 좋던지!" 클레이 부인은 감히 앤을 향해 눈을 돌리지 못하면서 소리쳤다. "정말 부자지간 같아요! 엘리엇 양, 부자지간이라고 하면 안 되나요?"

"하! 나는 누구 말이든 못 하게 막진 않아요. 당신이 그런 생각을 한다면야! 하지만 그분이 다른 남자들 이상으로 나한테 관심이 많은지는 잘 모르겠어요."

"저런, 엘리엇 양!" 클레이 부인은 소리치면서 양손을 올리고 눈을 치켜뜨고는, 놀란 마음을 편리하게 침묵으로 감추었다.

"나의 페넬로페,* 그분을 그렇게 경계하실 필요는 없어요. 제가 그분을 초대했다는 걸 아시잖아요. 그분이 웃으면서 가실 수 있도록 해드린 거지요. 내일 온종일 손베리 파크에 사는 친구들과 지내신다기에 그만 안쓰러운 마음이 들었거든요."

앤은 부인의 그럴싸한 연기에 감탄했다. 자신의 중대한 목표를 방해하는 사람이 오는 걸 기다릴 때, 그리고 그가 실제로 도착했을 때 그녀가 그토록 기뻐하는 표정을 지을 수 있다는 것이 놀라웠다. 클레이 부인은 엘리엇 씨가 오는 것을 싫어할 수밖에 없을 터였다. 월터

---

* 호메로스의 『오디세이아』에 등장하는 이타카의 왕 오디세우스의 아내. 오디세우스가 오래 집을 떠나 있는 동안 정절을 지키고 끊임없이 몰려드는 구혼자들을 재치 있게 따돌렸다.

경의 마음을 얻기 위해 자기가 원하는 만큼 전력을 기울이지 못하게 되었는데도, 그녀는 너무도 정중하고 침착한 표정을 지으며 더 바랄 것이 없는 사람처럼 보일 수 있었다.

방으로 들어오는 엘리엇 씨를 보면서 앤은 아주 심란해졌고, 그가 다가와 말을 걸 때는 고통스럽기까지 했다. 전에도 한결같이 진실한 사람은 아닐지도 모른다고 생각하곤 했는데 이제는 모든 것이 위선으로 보였다. 아버지에게 주의 깊게 경의를 표하는 그의 모습은 과거에 했던 말과 대비되어 혐오스러웠다. 그가 스미스 부인에게 했던 잔인한 행동을 생각하면, 눈앞에서 웃으며 상냥하게 구는 모습이나 가식적인 말을 참아내기 힘들었다. 앤은 자신의 태도가 달라지면 그가 뭐라고 하지 않을까 싶어 조심스럽게 행동했다. 우선은 일체의 질문이나 소란을 피할 생각이었다. 그러나 그들의 관계가 허용하는 한도 내에서는 확실히 쌀쌀하게 대해, 이제까지 조금씩 쌓인 불필요한 친밀감을 가능한 한 말썽 없이 줄이고자 했다. 따라서 그녀는 전날 밤보다 더 조심스럽고 냉정하게 굴었다.

엘리엇 씨는 전에 앤의 칭찬을 들었다는 얘기를 다시 꺼냈다. 어디서 어떻게 칭찬을 들은 것인지 알고 싶다고 그녀가 졸라대기를 몹시 바라는 눈치였다. 하지만 마법은 깨졌다. 그는 정숙한 사촌의 허영심에 불을 지피려면 공공장소의 열기와 활기가 필요하다는 것을 깨달았다. 적어도 다른 사람들까지 신경 써야 하는 상황에서 감히 이런저런 시도를 해본다고 될 일이 아니었다. 지금 그 얘기를 들으면 앤은 변명의 여지조차 없는 그의 과거 행동을 즉각 떠올리게 되었으므로, 그것이야말로 자신에게 가장 불리한 화제라는 사실을 그는 짐작도 하지 못했다.

엘리엇 씨는 다음날 아침 일찍 바스를 떠나 거의 이틀간 다른 데서 머물 예정이었다. 이 사실을 알아내자 앤은 그나마 안심이 되었다. 그는 돌아오는 날 저녁에 다시 캠든 플레이스를 방문해달라는 초대를 받았다. 그래도 목요일에서 토요일 저녁까지는 그의 부재가 확실했다. 클레이 부인 같은 사람이 항상 눈앞에 있다는 것만으로도 마음이 불편한데, 그보다 더 음흉한 위선자까지 더해지니 모든 평화와 안락이 깨져버린 것 같았다. 아버지와 엘리자베스가 계속해서 기만을 당해온 일이며, 앞으로 일어날 여러 가지 굴욕적인 일들을 생각하니 속상하기 짝이 없었다! 클레이 부인의 이기심은 그에 비하면 그다지 복잡하지도 혐오스럽지도 않았다. 아버지와 그녀의 결혼을 막으려고 엘리엇 씨가 짜고 있는 교묘한 계책에서 벗어나기 위해서라면, 앤은 온갖 문제에도 불구하고 즉각 그 결혼에 동의했을 것이다.

앤은 금요일 아침 일찍 레이디 러셀에게 가서 이야기를 하리라 마음먹었다. 아침식사를 마친 후 곧바로 집을 나서려는데, 때마침 클레이 부인 또한 뭔가 엘리자베스의 일을 대신해주겠다며 외출할 준비를 하고 있었다. 그 때문에 앤은 클레이 부인의 길동무가 되지 않으려고 잠시 기다리기로 했다. 클레이 부인이 길을 나선 지 한참이 되어서야 비로소 그녀는 리버스 스트리트에서 오전을 보낼 거라는 말을 꺼냈다.

"그래," 엘리자베스가 말했다. "안부인사밖에는 전할 말이 없어. 참! 부인이 빌려준 저 따분한 책은 돌려드리는 게 좋겠지. 내가 다 읽었다고 해. 정말이지, 새로 출간되는 모든 시와 국가정세에 언제까지고 시달릴 수는 없어. 레이디 러셀이 들고 오는 신간에는 질려버렸어. 그분께 이런 얘기까지 전할 필요는 없지만, 지난번에 그분이 입은 드레스는 보기 흉했어. 전에는 옷 입는 취향이 있다고 생각했는데 연주회에선 내가 다 창피하더라. 그렇게 뻣뻣하고 꾸민 듯한 태도라니! 어찌나 꼿꼿하게 앉아 계시던지! 물론 내 안부인사는 전해줘."

"내 인사도 전해라," 월터 경이 말했다. "곧 부인을 방문하고 싶다고 말씀드리고. 정중하게 말씀을 전해. 내 방문이래봤자 그저 명함만 남기고 오는 거겠지만. 화장을 거의 안 하는 그 나이대 여성들에게 아침 방문은 공정하지 못한 일이니까 말이야. 입술연지라도 바르면 얼굴 보이는 걸 두려워하지 않아도 될 텐데. 지난번 방문했을 땐 바로 차양이 내려지는 걸 봤지."

아버지가 말하는 동안 문 두드리는 소리가 났다. 누구일까? 엘리엇 씨가 아무 때나 예고 없이 방문하던 생각이 났지만 십일 킬로미터 떨어진 곳에 약속이 있다고 했으니 그일 리가 없었다. 여느 때처럼 누구일까 하는 긴장된 시간이 지나고 인기척이 들리더니, '찰스 머스그로브 부부'가 방으로 안내되었다.

그들의 출현으로 모두들 크게 놀랐다. 하지만 앤은 그들을 정말로 반갑게 맞았고, 다른 식구들은 점잖게 환영하는 시늉도 못할 만큼 유감스럽지는 않은 눈치였다. 가장 가까운 친족인 그들이 이 집에 묵어갈 생각으로 오지 않았다는 게 분명해지자마자, 월터 경과 엘리자베스는 좀더 진심 어린 태도로 그들을 반길 수 있었다. 그들은 머스그로브 부인과 함께 며칠간 바스에 지내러 왔고 화이트 하트 여관에 숙소를 정했다고 했다. 곧장 알게 된 얘기는 그 정도였다. 그들이 오게 된 자세한 경위는 월터 경과 엘리자베스가 메리를 옆 응접실로 데려간 뒤에야 들을 수 있었다. 아버지와 언니가 메리의 감탄에 흡족해하는 동안, 앤은 일행이 누구냐는 질문에 그들이 왜 그리도 당황했는지, 그리고 메리가 미소 지으며 뽐내듯 암시한 특별한 용건이 무엇인지 찰스로부터 설명을 들을 수 있었다.

이 두 사람 이외의 일행은 머스그로브 부인과 헨리에타, 그리고 하빌 대령이라는 사실이 밝혀졌다. 그는 말을 꾸미지 않고 조리 있게 자초지종을 전해주었다. 이야기를 듣고 앤은 이번에도 여느 때처럼 일이 진행되었다는 것을 알 수 있었다. 계획의 발단은 하빌 대령에게 용무차 바스에 올 일이 생긴 것이었다. 일주일 전 그가 이 얘기를 꺼내자, 사냥철이 끝나고 뭔가 할 일을 찾던 찰스는 함께 갈 것을 제안했다. 하빌 부인도 남편에게 잘된 일이라며 좋아하는 듯했다. 하지만 메리는 혼자 남겨지는 것이 못마땅해 불평하기 시작했고, 한 이틀 동안은 모든 일이 불확실하여 계획이 틀어질 것처럼 보였다. 바로 그때 머스그로브 부부가 나섰다. 머스그로브 부인은 바스에 보고 싶은 옛 친구들 몇이 있었고, 헨리에타로서는 함께 가서 자신과 언니를 위한 결혼 예복을 사기에 좋은 기회였다. 간단히 말해 하빌 대령에게 상황이 편하고 수월해지도록 다들 부인의 일행이 되는 것으로 만사가 해결되었다. 찰스와 메리도 모두의 편의를 위해 부인 일행에 끼게 되었다. 그들은 전날 밤늦게 도착했고, 하빌 부인과 아이들 그리고 벤윅 대령은 머스그로브 씨, 루이자와 함께 어퍼크로스에 남았다.

앤이 유일하게 놀란 것은 헨리에타의 결혼 예복 얘기가 나올 만큼 일이 진척되었다는 점이었다. 재정적인 어려움 때문에 그들이 가까운 시일 안에 결혼하기는 힘들 거라고 생각했었다. 하지만 찰스가 알려준 바에 따르면 찰스 헤이터는 아주 최근에(메리가 앤에게 마지막 편지를 보낸 이후에) 친구의 부탁을 받아, 법정 연령이 되려면 몇 년을 기다려야 하는 한 청년 대신 성직을 맡게 되었다는 것이었다. 현재 수입이 생긴 데다 계약기간이 끝나기 전 좀더 영구적인 자리를 얻을 것이 거의 확실하니, 양가는 젊은 두 사람의 소원을 들어주기로 했다. 그들의 결혼은 몇 달 후 루이자의 결혼에 바로 이어 거행될 예정이었다. "아주 좋은 자리지요." 찰스가 덧붙였다. "어퍼크로스에서 사십 킬로미터밖에 안 되는 아주 멋진 곳이에요. 도셋셔의 노른자 땅이지요. 영국에서 제일 좋은 사냥터의 한가운데 위치해 세 명의 대지주가 둘러싸고 있는데, 서로가 질세라 정성을 들인답니다. 찰스 헤이터는 셋 중 적어도 두 곳에서 특별 추천장을 받을 수 있을 겁니다. 찰스가 그 가치를 알아줘야 할 텐데. 그는 수렵에는 관심이 없어요. 그게 찰스의 가장 큰 단점이지요."

"정말 너무 기뻐요." 앤은 소리쳤다. "서로에게 항상 좋은 친구였고 똑같이 잘될 자격이 있는 두 자매인데 한쪽은 전망이 창창하고 다른 한쪽은 기우는 일이 생기지 않아서 더더욱 기뻐요. 둘 다 똑같이 잘 풀리고 안락하게 살게 되어서요. 부모님도 두 사람 일로 행복하시면 좋겠어요."

"아! 그럼요. 아버지는 상대가 더 부자라면 좋아하실 테지만 다른 불만은 없으십니다. 돈 문제가 있어서, 아시겠지만 두 딸을 한꺼번에 결혼시키느라 드는 비용을 생각하면 아주 신나는 일만은 아니니까 여러 가지로 힘드시겠지요. 하지만 그애들이 그럴 권리가 없다는 말은 아닙니다. 당연히 딸로서 받을 몫을 가져야지요. 아버지는 제게 언제나 아주 자상하고 후한 분이셨어요. 메리는 헨리에타의 결혼상대를 영 못마땅해하죠. 아시겠지만 한 번도 마음에 들어하지 않았어요. 그 사람을 제대로 평가해주지 않고 윈스럽도 알아주질 않아요. 아무리 말해도 그 땅의 가치를 보질 못한답니다. 지금 형편을 보면 두 사람은 아주 잘 어울리는 한 쌍입니다. 저는 언제나 찰스 헤이터를 좋아했고 지금도 마찬가지죠."

"머스그로브 어른들같이 훌륭하신 부모님은," 앤이 말했다. "자식의 결혼을 기뻐하실 거예요. 그들의 행복을 위해 무슨 일이든 하실 거라고 믿어요. 그런 부모님 슬하에 있다는 것이 젊은 사람들에게 얼마나 큰 축복인지요! 젊은 사람이건 나이 든 사람이건 허황한 야심에 사로잡혔다가 잘못된 길로 빠져 비참하게 되기 십상인데, 그분들께서는 그런 생각이 전혀 없으신 것 같아요! 루이자는 이제 완전히 회복되었겠지요?"

그는 다소 머뭇거리며 대답했다. "네, 그렇다고 믿습니다. 아주 좋아졌어요. 하지만 그애는 달라졌어요. 뛰거나 까불지도 않고, 웃거나 춤을 추지도 않아요. 아주 다른 사람이 되었지요. 문을 조금 세게 닫기만 해도 놀라서 물에 빠진 어린 병아리처럼 몸부림을 치네요. 벤윅은 하루종일 그애 곁에 앉아 시를 읽어주고 속삭이듯 얘길 하고 있지요."

앤은 웃지 않을 수 없었다. "그게 당신 취향에 맞지 않는다는 걸 알아요. 하지만 전 그분이 훌륭한 청년이라고 믿어요."

"그럼요. 아무도 그걸 의심하지 않습니다. 모든 사람이 저와 같은 목표와 취미를 갖고 살기를 바랄 만큼 제가 도량이 좁은 사람이라고 생각하지는 말아주세요. 저도 벤윅을 높이 평가합니다. 일단 얘길 걸면 할 말이 많은 친구지요. 책을 읽어서 문제될 것도 없었습니다. 책만 읽는 게 아니라 전쟁에 나가서도 잘 싸웠으니까요. 용감한 사람이지요. 지난 월요일에 그 사람을 전보다 더 잘 알게 되었거든요. 아침 내내 아버지의 큰 헛간에서 쥐를 잡느라 한바탕했지요. 벤윅이 맡은 일을 아주 잘해내서, 그 후로 더욱 좋아하게 되었어요."

여기에서 그들의 대화는 중단되었다. 찰스도 다른 사람들을 따라가 거울과 도자기를 보며 감탄해드리지 않으면 안 되었던 것이다. 하지만 앤은 어퍼크로스의 현재 상황이 어떤지 알 만큼 충분히 얘길 들었고 모두가 행복하다는 사실에 기뻐했다. 기뻐하면서 한숨을 쉬긴 했으나 시기 어린 악의는 전혀 없었다. 가능만 하다면 자신도 그들과 같은 축복을 누리고 싶었지만 그럴 수 없다고 해서 그들이 받은 축복을 깎아내릴 마음은 없었다.

그들의 방문은 아주 유쾌하게 흘러갔다. 메리는 화려함과 변화를 즐기느라 날아갈 듯한 기분이었다. 시어머니의 사두마차를 타고 여행을 한 데다 캠든 플레이스의 도움을 조금도 받지 않아도 되니 메리는 마음이 뿌듯했다. 그래서 도리에 맞게 모든 것에 감탄해주며 집의 자랑거리에 대해 설명을 듣는 대로 기꺼이 칭찬해줄 태세가 되어 있었다. 아버지나 언니에게 전혀 요구할 것도 없었고, 그들의 멋진 응접실은 그녀의 위상을 높여줄 뿐이었다.

잠시 동안 엘리자베스는 크게 고심했다. 그녀는 머스그로브 부인과 모든 일행을 저녁식사에 초대해야 한다고 느꼈다. 하지만 언제나 켈린치의 엘리엇 가보다 아랫급이었던 사람들에게, 자신들의 달라진 생활양식과 줄어든 하인수가 들통 날 것을 생각하니 견딜 수가 없었다. 그녀는 예의와 허영심 사이에서 고민했다. 결국 허영심이 승리했고, 엘리자베스는 다시 행복해졌다. 마음속으로 그녀는 이렇게 자신을 설득했다. '구식의 생각이야. 그런 건 시골 인심이라구. 우리는 저녁을 대접하지 않아. 바스에서는 드물지 않은 일이지. 레이디 얼리셔도 그랬는걸. 친자매의 가족이 여기서 한 달을 머물렀는데도 초대하지 않았으니까. 머스그로브 부인에겐 아주 불편한 일일 거야. 익숙한 자리가 아니라서 오고 싶지 않으실 게 틀림없어. 우리와 같은 자리에 있으면 편할 수가 없겠지. 저녁 모임을 열어서 일행을 전부 불러야겠어. 그게 훨씬 나을 거야. 그게 색다르고 제대로 된 대접이지. 전엔 이렇게 응접실 두 개가 있는 집을 본 적이 없을걸. 내일 저녁에 부르면 기뻐할 거야. 이제까지 해왔듯이 조촐하지만 아주 우아한 파티를 준비해야지.' 이렇게 생각하자 엘리자베스는 마음이 흡족해졌다. 집에 온 두 사람을 초대하면서 나머지 일행에게도 말을 전해달라고 하자 메리는 그야말로 신이 났다. 게다가 엘리엇 씨뿐 아니라 마침 운 좋게도 이미 방문할 약속을 잡아놓은 레이디 달림플과 카트릿 양에게도 소개시켜준다고 하니, 그녀는 이처럼 근사한 대우를 받아본 적이 없는 기분이었다. 엘리엇 양은 아침나절에 머스그로브 부인을 방문해 인사하기로 했고, 앤은 메리 부부와 함께 걸어가 곧바로 부인과 헨리에타를 만나기로 했다.

레이디 러셀과 얘기를 나누려던 계획은 일단 미뤄야 했다. 세 사람 모두 리버스 스트리트에 들러 잠시 인사를 했다. 하지만 앤은 하려던 얘기를 하루쯤 늦춰도 괜찮겠지 생각하면서 서둘러 화이트 하트 여관으로 향했다. 지난가을 많은 일을 함께 겪으며 호의를 갖게 된 친구이자 동료들을 다시 만나고 싶은 마음이 간절했다.

방에 단둘이 있던 머스그로브 부인과 헨리에타는 앤을 극진히 맞아주었다. 헨리에타는 이제 막 열리기 시작한 앞날의 전망에 설레고 풋풋한 행복감에 젖어, 전에 조금이라도 호감을 가졌던 사람이라면 모두 호의와 관심으로 충만한 상태였다. 머스그로브 부인 또한 라임에서 곤경에 빠졌을 때 도움을 줬던 앤에 대한 애정이 각별했다. 부인의 따뜻하고 진심에서 우러나는 환대는 슬프게도 집에서 느껴보지 못한 축복이었고, 그렇기에 더욱 앤의 마음을 기쁘게 했다. 그녀는 가능한 많은 시간을 그들과 함께 보내달라는 부탁을 받았다. 매일매일 와서 하루종일 있어달라는 얘기를 들었고, 가족의 일원이나 다름없다는 말도 들었다. 당연히 앤도 여느 때와 같이 상대방을 배려하며 뭔가 도움을 주려 열심이었다. 찰스가 그들을 남겨두고 자리를 뜨자 그녀는 머스그로브 부인이 들려주는 루이자 얘기와, 헨리에타가 하는 자기 얘기에 귀를 기울였다. 그들이 처리할 일에 대해 소견을 말해주고, 어떤 가게가 좋은지 추천을 하기도 했다. 또한 짬짬이 메리가 요구하는 일을 거들었다. 리본을 바꿔 다는 것부터 회계 정산하는 것까지, 열쇠를 찾고 장신구를 정리하는 것부터 어느 누구도 메리를 홀대하지 않는다고 달래는 것까지, 모든 일에 도움을 주었다. 메리는 광천욕장 입구가 내려다보이는 창가의 자기 자리가 아주 맘에 들었지만, 이따금씩 자신이 따돌림을 받는 건 아닌가 생각했던 것이다.

그야말로 혼란스러운 오전이 될 전망이었다. 호텔에 머무는 일행이 많다보니 정신없고 번잡하지 않을 수 없었다. 오 분 뒤 쪽지가 오고, 다시 오 분 뒤에 소포가 배달되는 식이었다. 게다가 앤이 머문 지 반 시간도 안 되어 아주 널따란 만찬실이 반 이상 채워진 듯했다. 한결같 은 옛 친구들 일행이 머스그로브 부인 주위를 둘러싸고 앉았고, 찰스 는 하빌 대령과 웬트워스 대령을 데리고 돌아왔다. 앤은 웬트워스 대 령의 등장으로 잠시 놀라긴 했지만 그뿐이었다. 두 사람 모두에게 친 구인 사람들이 바스에 왔으니 그를 다시 만나리라는 예상을 해두지 않을 수 없었다. 지난 만남은 그가 자신의 감정을 내보였다는 점에서 더없이 의미 깊은 시간이었고, 그녀는 기쁨에 찬 확신을 얻었다. 그런 데 그의 표정을 보니, 불행히도 연주회장을 서둘러 떠났을 때 가졌던 생각을 여전히 떨치지 못한 듯했다. 그는 대화를 할 수 있을 만큼 가 까이 오고 싶지 않은 눈치였다.

앤은 침착하게 일이 풀리는 대로 놓아두려고 애를 쓰면서 합리적 인 근거로 마음을 가다듬으려 했다. '서로의 애정이 한결같으면 분명 머지않아 마음이 통할 거야. 우리는 억지 쓰며 애를 태우고 매 순간 실수로 오해를 하고 변덕스럽게 행복을 가지고 장난하는 소년 소녀 가 아니야.' 하지만 몇 분이 지나자 앤은 마음이 불안해졌다. 지금 상황에서 함께 있다가는 도리어 뼈아픈 실수와 오해에 빠지는 게 아 닐까.

"앤," 메리가 창가에 앉아 있다가 소리쳤다. "저기 클레이 부인이 가로수 밑에 어떤 신사와 함께 서 있네. 지금 막 바스 스트리트에서 모퉁이를 돌아오는 걸 봤어. 이야기 삼매경에 빠져 있는데, 상대가 누 구지? 이리 와서 보고 말해줘. 저런! 기억났어. 엘리엇 씨잖아."

"그럴 리가." 앤이 재빨리 소리쳤다. "엘리엇 씨일 리가 없어. 그분은 오늘 아침 아홉시에 바스를 떠나서 내일까지 돌아오지 않으실 거야."

그녀는 말을 하면서 웬트워스 대령이 자기를 쳐다보고 있는 것을 느꼈다. 그걸 의식하자 앤은 속상하고 당황해서, 별말 아니지만 괜한 말을 했다고 후회가 되었다.

자기가 사촌도 몰라본다고 하는 말에 골이 난 메리는 자기들 집안의 특징적인 용모에 대해 열변을 토하며 엘리엇 씨가 분명하다고 주장했다. 그녀는 또한 앤을 부르며 직접 와서 보라고 성화를 부렸다. 하지만 앤은 꿈쩍도 하지 않을 작정을 하며, 냉담하고 무심해 보이려고 애썼다. 그렇지만 두세 명의 여자 방문객이 웃으며 뭔가 비밀을 아는 듯한 시선을 주고받는 것을 보자 다시 마음이 산란해졌다. 이미 그녀에 관한 소문이 퍼진 것이 분명했다. 이어진 짧은 정적은 이제 소문이 더 멀리 퍼져갈 것을 보증하는 것 같았다.

"앤, 이리로 와보라니까," 메리가 외쳤다. "와서 직접 봐. 서두르지 않으면 놓칠 거야. 지금 헤어지면서 악수를 하고 있어. 그가 돌아섰어. 내가 엘리엇 씨를 모른다니! 언니야말로 라임에서의 일을 다 잊어버린 거 아냐?"

메리를 진정시키기 위해, 그리고 어쩌면 자신이 당황한 모습을 보이지 않으려고 앤은 조용히 창가로 갔다. 그럴 리가 없다고 믿었는데 정말 엘리엇 씨가 분명했다. 그는 한쪽으로 사라지고 있었고 클레이 부인은 다른쪽으로 재빠르게 걸어가고 있었다. 이해관계가 완전히 상반되는 두 사람이 그토록 친밀하게 이야기를 나누었다는 것에 놀랐지만, 그녀는 마음을 다잡고 침착하게 말했다. "그래, 엘리엇 씨가 맞네. 출발시간을 변경하셨나봐. 아니면 내가 잘못 알았던지. 잘 듣지 않았던 걸 수도 있고." 앤은 오해가 풀렸기를 바라면서 차분하게 자기 자리로 돌아갔다.

방문객들이 돌아가려고 일어섰다. 찰스는 공손히 배웅을 하고 와서는 그들의 방문이 못마땅하다는 듯 얼굴을 찌푸리면서 말했다.

"어머니, 좋아하실 일이 있어요. 극장에 가서 내일 밤 칸막이 좌석을 예약해뒀어요. 잘했죠? 어머니가 연극 좋아하시는 걸 제가 알죠. 우리 모두 앉을 수 있어요. 아홉 명이 들어가는 자리니까요. 웬트워스 대령에겐 약속을 받아두었죠. 틀림없이 앤도 우리와 함께 갈 겁니다. 우리 모두 연극을 좋아하잖아요. 저 잘했죠, 어머니."

헨리에타를 비롯해서 모두가 좋다면 기꺼이 연극을 보러 가겠다고 머스그로브 부인이 흔쾌하게 얘기하려는데, 메리가 열을 내며 말을 가로막았다.

"뭐라구요, 찰스! 어떻게 그런 생각을 할 수 있어요? 내일 밤 좌석을 잡아두다니! 내일 밤 우리가 캠든 플레이스에 가기로 약속한 걸 잊었어요? 더구나 레이디 달림플과 그분의 영애, 그리고 엘리엇 씨 같은 중요한 친척들을 모두 만나 소개를 받도록 일부러 초대해주셨는데, 어떻게 그걸 잊어버릴 수가 있어요?"

"흥," 찰스가 대답했다. "저녁 모임이라니. 기억할 가치도 없지. 당신 아버님이 우릴 보고 싶으셨으면 만찬에 초대를 하셨을 거요. 당신은 좋을 대로 해. 나는 연극을 보러 갈 테니."

"아! 찰스, 당신 그러면 너무도 가증스러워요! 가기로 약속도 했으면서."

"아니, 난 약속한 적 없소. 단지 웃으면서 고개를 숙이고 '기쁘군 요'라고 말했을 뿐이지, 약속했던 건 아니오."

"그래도 가야 해요, 찰스. 안 가면 용서 못할 거예요. 일부러 소개해 주려고 초대를 하셨는데. 달림플 가하고 우리 가족은 언제나 좋은 친척지간이었어요. 한쪽에 일이 생기면 즉시 다른쪽에 알리는 사이였죠. 아주 가까운 친척인 건 당신도 알잖아요. 엘리엇 씨도 그래요. 당신이 꼭 알고 지내야 하는 분인데! 엘리엇 씨는 배려를 받아 마땅해요. 생각해봐요, 아버지의 후계자, 장차 우리 가족을 대표할 사람이잖아요."

"내게 후계자니 대표자니 하지 말아요." 찰스가 외쳤다. "난 현재 군림하는 권력자를 무시하고 떠오르는 태양에 고개 숙이는 사람이 아니오. 당신 아버지를 위해서도 가지 않으려는 판에 그 후계자를 위해 간다면 욕먹을 일이지. 엘리엇 씨가 나하고 무슨 상관이람?"

이때 앤에게는 무관심한 표정을 짓는 일이 생사가 달린 문제였다. 웬트워스 대령이 온통 집중해서 유심히 쳐다보며 귀 기울이고 있는 모습을 보았던 것이다. 찰스의 마지막 말을 듣고, 그는 고개를 돌려 탐색하듯이 앤을 보았다.

찰스와 메리는 여전히 같은 식으로 말을 주고받고 있었다. 그는 반쯤은 진지하게 반쯤은 농담 삼아 연극 보는 계획을 고집했고, 그녀는 줄곧 진지하게 핏대를 올리며 그 계획에 반대했다. 또한 자기는 캠든 플레이스에 꼭 갈 생각이지만, 그렇다고 자기만 빼놓고 모두들 연극을 보러 간다면 자기를 괄시하는 걸로 알겠다는 말도 빼놓지 않았다.

머스그로브 부인이 끼어들었다.

"계획을 연기하는 게 좋겠구나. 찰스, 돌아가서 좌석을 화요일 걸로 바꾸려무나. 둘로 갈리는 건 좋지 않아. 아버지 집에서 파티가 있으면 앤 양도 오지 못할 테고. 헨리에타도 나도 앤 양이 함께 갈 수 없다면 연극을 보고 싶지 않단다."

앤은 부인의 자상함에 진심으로 고마움을 느꼈고, 이걸 기회 삼아 단호하게 자신의 생각을 말했다.

"제 의향대로만 할 수 있다면요, 부인, 집에서 하는 파티는 (메리 때문이 아니라면) 전혀 문제되지 않을 거예요. 그런 종류의 모임을 좋아하지 않아서, 기꺼이 여러분들과 함께 연극을 보러 갔을 테니까요. 하지만 아마 그러지 않는 게 낫겠지요."

앤은 이렇게 말해버렸다. 하지만 말을 마치고, 대령이 자기 말을 들었다는 것을 의식하자 몸이 떨려왔다. 자신이 한 말의 효과를 확인할 엄두도 내지 못했다.

곧바로 모두가 화요일에 가는 데 동의했다. 찰스는 계속 메리를 놀리려는 생각에, 다들 가지 않으면 혼자서라도 내일 연극을 보러 가겠다고 고집했다.

웬트워스 대령은 자리에서 일어나 벽난로 쪽으로 걸어갔다. 아마도 바로 이어 그 자리를 떠나 앤 옆으로 오려는 걸 너무 티내지 않기 위해서인 듯했다.

"당신은 바스에 온 지 얼마 안 돼서," 그가 말했다. "이곳의 저녁 모임에 가보지 못하셨을 텐데요."

"네! 그렇긴 하지요. 보통 그런 모임이 저에게 맞지 않아서요. 저는 카드놀이도 할 줄 모르는걸요."

"예전엔 그랬었죠. 카드놀이를 좋아하지 않으셨지요. 하지만 시간이 지나면서 사람들은 변하게 마련입니다."

"저는 그렇게 많이 변하지 않은걸요." 앤은 큰 소리로 말하고 나서 곡해가 생기지 않을까 두려워 입을 다물었다. 잠시 기다렸다가 마치 순간의 감흥에 젖은 듯 그가 말했다. "정말 한 세월이 지났어요. 팔 년 반이면 한 세월이지요."

그가 무슨 말을 더 하려 했는지는 나중에 마음이 더 진정된 후에 두고두고 생각해볼 일로 남았다. 웬트워스 대령이 말을 채 마치기도 전에 헨리에타가 한가한 때를 이용해 외출하자고 안달을 했던 것이다. 그녀는 다른 방문객이 오기 전에 서두르자고 채근했다.

그들은 자리에서 일어나야 했다. 앤은 완벽하게 준비가 되었다고 말하고, 그렇게 보이려고 애썼다. 헨리에타 자신도 사촌 때문에 가슴 앓이를 하다가 결국 그의 애정을 확인하지 않았던가. 그러니 의자에서 일어나 방을 나설 준비를 하면서 앤의 마음이 얼마나 아쉽고 내키지 않았는지 알았다면 그녀를 가엾게 여겼을 것이다.

하지만 그들의 외출 준비는 곧 중단되었다. 우려하던 인기척이 들리고 다른 방문객이 다가왔다. 문이 활짝 열리더니 월터 경과 엘리엇 양이 들어왔고, 그 순간 방 전체에 냉기가 흐르는 것 같았다. 앤은 순간 짓눌리는 기분이 들었고, 주위를 둘러보니 다른 사람들도 그런 듯이 보였다. 아버지와 언니의 차가운 우아함에 눌려 방 안의 안락함과 자유로움, 쾌활함은 온데간데없이 사라졌다. 방 안에 있던 사람들도 냉랭한 태도로 입을 꼭 다물고 있거나 맥빠진 얘기만 꺼냈다. 그런 느낌이 앤에겐 어찌나 굴욕스러웠던지!

앤이 애가 타서 지켜보는데, 한 가지 마음에 드는 일이 있었다. 아버지와 언니가 웬트워스 대령을 다시 알은체했던 것이다. 엘리자베스는 전보다 더 호의적이었다. 심지어 한 번 말을 걸기도 했고, 그를 한 번 이상 쳐다보았다. 사실 엘리자베스의 태도는 정말로 달라졌다. 다음에 일어난 일을 보면 알 수 있었다. 몇 분간 예의를 차리느라 의미 없는 말을 한 뒤, 그녀는 초대의 뜻을 전하기 시작했다. 그걸로 머스그로브 가 사람들에게 베풀어야 할 예우의 남은 몫을 다 청산할 작정이었다. "내일 저녁입니다. 몇몇 친구들을 만나실 수 있을 거예요. 형식을 갖춘 모임은 아닙니다." 아주 우아하게 말을 전하고 모든 사람을 향해 정중한 미소를 지으며, 그녀는 '엘리엇 양의 집에서'라고 적은 초대장들을 탁자 위에 놓았다. 그러고는 미소를 띠며 그중 하나를 단호히 웬트워스 대령에게 내밀었다. 사실인즉슨, 엘리자베스도 바스에 체류하면서 그와 같은 풍채와 외모를 가진 사람의 중요성을 알게 되었던 것이다. 과거는 상관없었다. 웬트워스 대령이 그녀의 응접실에서 자리를 빛내줄 현재만이 의미가 있었다. 눈에 띄게 초대장을 그에게 전한 다음 월터 경과 엘리자베스는 일어나 가버렸다.

그들의 방해는 가혹했지만 짧았다. 문이 닫히자 대부분의 사람들이 편안하고 활기찬 기운을 되찾았으나 앤은 그럴 수 없었다. 방금 전 놀라며 지켜본 언니의 초대에 관한 생각을 떨쳐버릴 수 없었다. 초대장을 받을 때 그가 보인 모호한 태도는 만족이라기보다는 놀라움, 승낙이라기보다는 예의 바른 응대에 가까웠다. 그녀는 그를 알았다. 그의 눈에는 경멸이 담겨 있었다. 그가 과거의 무례함에 대한 보상으로 초대에 응낙하기로 마음먹었다고는 차마 믿을 수 없었다. 앤은 참담한 기분이 되었다. 그는 그들이 가버린 뒤에도 초대장을 손에 쥐고 있었다. 마치 초대받은 일로 깊은 생각에 잠긴 듯했다.

"엘리자베스 언니가 모든 사람을 초대한 걸 봐요!" 메리가 속삭이는 소리가 뚜렷이 들려왔다. "웬트워스 대령님이 기뻐하시는 게 놀라운 일이 아니지! 초대장을 손에서 놓지 못하시는 게 보이죠."

순간 앤과 그의 눈이 마주쳤다. 그의 뺨이 붉어지며 언뜻 입가에 경멸의 표정이 서리는 것을 보고, 그녀는 더이상 견딜 수 없어 고개를 돌렸다. 일행은 갈라졌다. 남자들은 남자들대로 여자들은 여자들대로 각자의 일을 하면서 앤이 머무는 동안은 더는 자리를 함께하지 않았다. 저녁에 다시 와서 식사를 하고 나머지 시간을 함께 보내자고 모두들 간곡히 청했다. 하지만 앤은 너무 오래 긴장했던 탓에 지금으로선 더이상 아무것도 하지 못할 기분이었다. 집에 가서 맘껏 조용히 있고 싶을 뿐이었다.

앤은 다음날 오전 내내 그들과 함께 보내겠다고 약속하며 긴장되고 힘들었던 시간을 마무리 지었다. 그러고는 캠든 플레이스까지 힘들게 걸어와서 엘리자베스와 클레이 부인이 분주히 다음날 파티를 준비하는 소리를 들으며 저녁을 보냈다. 그들은 몇 번씩이나 초대한 사람들의 수를 세고, 바스에서 가장 우아한 모임으로 만들기 위해 어떻게 하면 더 멋지게 장식을 할지 고민했다. 반면 앤은 웬트워스 대령이 과연 올 것인가 안 올 것인가라는 끝없는 질문으로 남몰래 자신을 괴롭히고 있었다. 그들은 당연히 올 거라고 생각하고 있었지만 앤은 걱정으로 마음을 졸이며 오 분도 채 안심할 수 없었다. 일반적으로 생각하자면 그는 올 것이다. 일반적으로 보면 그가 와야 하는 자리이기 때문이었다. 하지만 이 경우엔, 그렇게 하는 것이 의무라거나 분별 있는 행동이라고는 딱히 말할 수가 없었다. 아니, 오히려 정반대로 생각할 여지도 있었다.

이처럼 요동치는 생각을 떨쳐버리고, 앤은 클레이 부인에게 세 시간 전에 바스를 떠났어야 할 엘리엇 씨가 그녀와 함께 있는 걸 봤다고 말했다. 부인 자신이 그 만남에 대해 넌지시 내비칠까 기다렸지만 아무 말이 없어서 그녀가 먼저 얘길 꺼내버렸다. 얘기를 듣는 동안 클레이 부인의 얼굴에 죄의식이 엿보였지만 언뜻 비치고는 사라졌다. 서로가 짠 책략이 꼬인 건지 아니면 그가 자신의 압도적인 권위를 이용한 건지 몰라도, 월터 경을 두고 그녀가 꾸민 일에 대해 (아마도 반시간 동안) 엘리엇 씨의 훈계를 듣고 견제를 받았을 것이다. 클레이 부인이 순간 그 일을 내색한 거라고 앤은 짐작할 수 있었다. 하지만 부인은 아주 그럴 듯하게 자연스러움을 가장하며 이렇게 큰 소리로 외쳤다.

"어머! 맞아요. 앤 양, 바스 스트리트에서 엘리엇 씨를 마주쳤을 때 제가 얼마나 놀랐을지 생각해보세요! 그렇게 놀란 적이 없었어요. 그분은 발길을 돌려 광천수터까지 저와 함께 해주셨답니다. 기억은 안 나지만 뭔가 사정이 생겨 손베리로 가는 게 늦춰졌다더군요. 제가 서두르느라 한 귀로 흘려들어서요. 하지만 지체하지 않고 돌아오시기로 했다는 건 확실해요. 내일 언제쯤 오면 되는지 물어보셨거든요. 그분 머릿속은 온통 '내일'에 대한 생각뿐이었어요. 보시다시피 저도 그렇구요. 집에 돌아와 계획보다 파티가 커진 걸 알게 되고, 또 이런저런

일이 생기고 하다보니 정신이 없었네요. 아니면 그분을 봤다는 걸 이
렇게 감쪽같이 잊어버리진 않았을 텐데."

23

앤이 스미스 부인과 대화를 나눈 지 하루가 지났을 뿐인데, 그보다 더 흥미로운 일이 뒤따랐다. 이제 엘리엇 씨의 행동은 그로 인해 영향을 받는 한 가지 면을 제외하면 그다지 신경이 쓰이지 않았다. 그러니 다음날 아침 리버스 스트리트를 방문해 레이디 러셀에게 상의하려던 계획을 다시 미루게 된 것은 당연한 일이었다. 아침부터 저녁식사까지 머스그로브 사람들과 함께하기로 약속이 되어 있었다. 꼭 가겠다고 단단히 약속을 했으므로, 엘리엇 씨의 겉모습도 셰에라자드 왕비* 처럼 하루 더 유지할 수 있게 되었다.

하지만 궂은 날씨 탓에 그녀는 제시간에 약속을 지킬 수 없었다. 친

---

* 『아라비안 나이트』의 등장인물로 새로 맞은 왕비를 다음 날이면 죽여버리는 왕에게 시집간 셰에라자드는 매일 밤 왕에게 재미있는 이야기를 들려줘 목숨을 하루씩 연장했다.

구들을 생각하며 내리는 비를 원망하다가 자신의 약속이 생각나 걱정을 하다보니, 어느새 길을 나서도 될 만큼 비가 잦아들었다. 화이트 하트 여관에 도착해 친구들 방으로 들어섰을 땐 시간이 이미 늦어버렸고 다른 사람들은 벌써 와 있었다. 먼저 자리한 일행을 보니 머스그로브 부인은 크로프트 부인과, 하빌 대령은 웬트워스 대령과 얘기를 나누고 있었다. 메리와 헨리에타는 조바심이 나서 기다리지 못하고 비가 그치자마자 외출했지만, 곧 다시 돌아올 거라고 했다. 자기들이 돌아올 때까지 앤을 잡아두라고 머스그로브 부인에게 신신당부를 했다는 것이다. 그녀는 순순히 자리에 앉았고 겉으로는 평온해 보이려 애썼다. 하지만 (오전이 다 지나갈 무렵에나 조금씩 맛보게 되리라 짐작했던) 온갖 마음의 동요에 곧바로 빠져들 수밖에 없었다. 그녀는 조금의 지체도, 조금의 시간낭비도 없이 즉각 그러한 불행이 주는 행복에, 아니 그런 행복이 주는 불행에 깊이 잠겨 있었다. 그녀가 방에 들어선 지 이 분이 채 지나지 않아 웬트워스 대령은 이렇게 말했다.

"하빌, 펜과 종이를 주게. 아까 얘기했던 편지를 지금 쓸까 하네."

편지지와 펜은 따로 떨어진 탁자 위에 있었다. 그는 그쪽으로 가서 모두에게 등을 돌리다시피 한 자세로 편지 쓰는 데 몰두했다.

머스그로브 부인은 크로프트 부인에게 큰딸의 약혼을 둘러싼 자초지종을 들려주고 있었다. 짐짓 낮게 속삭이는 척하지만 뚜렷이 들렸고, 신경이 쓰이는 어조였다. 앤은 자신이 끼어들 만한 얘기가 아니라고 생각했다. 그러나 하빌 대령 또한 깊은 생각에 잠긴 듯 얘기를 나누고 싶지 않은 눈치였으므로, 앤은 어쩔 수 없이 듣지 않아도 좋을 세세한 사정을 듣게 되었다. "남편과 헤이터 제부가 몇 번을 만나서 얘기를 했는지 몰라요. 제부가 하루는 이렇게 말하면, 다음날엔 남편이 다른 제안을 했죠. 제 동생이 생각해둔 게 있는데 젊은애들은 다른 걸 원하고, 저도 처음엔 절대 안 된다고 했다가 나중에는 괜찮을 것 같다는 생각이 들었어요." 그녀는 그렇게 흉금을 터놓고 온갖 얘기를 했다. 그런 시시콜콜한 일들이란 아무리 조심스럽고 격조 있게 말을 한다 해도 당사자에게나 흥미로운 법인데, 순박한 머스그로브 부인에게 그런 화술이 있을 리 없었다. 그러나 크로프트 부인은 기분 좋게 귀를 기울였고 뭔가 말을 하더라도 아주 사리에 맞게 대꾸하고 있었다. 앤은 남자들이 각자 자기 일에 열중하느라 듣고 있지 않기만을 바라는 마음이었다.

"그러니 부인, 이걸 다 생각해봤을 때," 머스그로브 부인이 그 힘찬 목소리로 속삭였다. "딱히 우리 마음에는 안 들어도, 더이상 반대하는 것도 옳지 않다는 생각이 들었어요. 찰스 헤이터가 아주 난리를 치고 헨리에타도 별로 나을 게 없는 상태였으니까요. 그래서 걔들이 하루빨리 결혼해서 다른 많은 이들이 그래왔듯이 잘 살아보려고 애쓰는 게 낫겠다 싶더라구요. 어쨌든 제가 그랬지요, 오래 끄는 약혼보다는 나을 거라고요."

"그게 바로 제가 말씀드리려는 거예요." 크로프트 부인이 큰 소리로 말했다. "젊은 사람들이 약혼기간을 길게 가지는 것보다는 수입이 적더라도 빨리 가정을 꾸려서 함께 어려움을 극복해나가는 게 낫다고 생각해요. 제가 늘 생각하는 건데 그 어떤 서로의……"

"그렇지요! 크로프트 부인," 말을 끝마치길 기다리지 못하고 머스그로브 부인이 소리쳤다. "젊은 사람들한테 긴 약혼기간보다 더 나쁜 것은 없어요. 우리 애들한테도 그래서는 안 된다고 누누이 말했답니다. 육 개월, 아니 십이 개월 안에라도 확실히 결혼할 수 있어야 약혼해도 좋다고 말하곤 했지요. 오래 끄는 약혼만은 안 돼요!"

"맞아요, 부인," 크로프트 부인이 말했다. "앞날이 불투명한 약혼도 그래요. 오래갈지도 모르는 약혼 말이에요. 언제 결혼할 만한 수입이 생길지 모르는 상태에서 시작하는 건 너무 위험하고 현명치 못한 일이지요. 부모라면 어떻게든 말려야 하는 일이고요."

이 대목이 예상치 못하게 앤의 관심을 끌었다. 그 말이 자신에게 해당된다고 느끼자 온몸에 신경이 곤두서는 것 같았고, 그와 동시에 그녀의 눈은 본능적으로 저쪽 탁자로 향했다. 웬트워스 대령은 펜을 멈추고 고개를 들어올리고는, 잠시 귀를 기울이고 있었다. 그러더니 다음 순간 몸을 돌려 그녀를 바라보았다. 짧지만 의미심장한 시선이었다.

두 부인의 대화는 계속되었다. 그들은 합의된 사실을 재차 강조했고, 그 반대로 했다가 잘못되었던 예들을 열거하며 자신들의 생각을 뒷받침했다. 하지만 앤에겐 아무것도 제대로 들리지 않았다. 귓속에 웅웅거리는 소리만 들리고 마음은 뒤죽박죽이었다.

정말로 두 부인의 얘기를 전혀 듣고 있지 않았던 하빌 대령은 이제 자리에서 일어나 창가로 갔다. 앤은 그를 지켜보는 것처럼 보였지만 사실 완전히 멍한 상태였다. 그런데 그가 자신이 서 있는 곳으로 오라고 신호를 보내고 있음을 서서히 알아차리게 되었다. 그는 미소를 띠고 그녀를 보면서, '이리로 와요, 할 말이 있어요'라고 말하는 듯 살짝 고갯짓을 했다. 실제로는 안 지 얼마 되지 않았지만, 마치 오래 알고 지낸 사람이 진심으로 청하는 듯한 꾸밈없고 친근한 태도여서 초대를 물리칠 수 없었다. 앤은 정신을 차리고 그에게 갔다. 하빌 대령이 선창가는 두 부인이 앉은 자리의 반대편 끝이었고, 웬트워스 대령의 탁자에 더 가깝긴 했으나 조금 떨어져 있었다. 그녀가 다가가자 하빌 대령의 얼굴은 아까처럼 진지하고 생각이 많은 표정으로 돌아갔다.

"여기를 보세요." 손에 들고 있던 꾸러미를 열어 조그만 초상화를 꺼내 보이면서 그가 말했다. "누군지 아시겠어요?"

"그럼요. 벤윅 대령이네요."

"네, 그럼 이게 누구를 위한 건지도 짐작하시겠지요. 하지만," 그는 낮고 굵은 어조로 말을 이었다. "이제 그애를 위한 그림이 아니게 되었군요. 엘리엇 양, 라임에서 함께 산책하면서 대령 때문에 슬퍼하던 일을 기억하세요? 그때는 생각도 못 했지요. 하지만 그건 중요하지 않아요. 이건 희망봉에서 그린 거랍니다. 그 친구가 희망봉에서 솜씨 좋은 독일 청년을 만났다고 해요. 내 여동생에게 한 약속을 지키기 위해 자기 그림을 부탁해서, 그애에게 주려고 집으로 가져왔지요. 그런데 이제 다른 사람을 위해 내가 이 그림의 액자를 맞추는 일을 맡아야 하다니! 그 일을 내게 맡겼지 뭡니까! 나 말고 다른 누구에게 부탁할 수 있었겠어요? 그의 사정도 헤아릴 수 있기를 바라지만, 이 일을 다른 사람에게 넘긴다 해도 애석할 건 없지요. 저 친구가 그 일을 맡아서," 그는 웬트워스 대령 쪽을 보며 말했다. "지금 편지를 쓰는 중입니다." 그러고는 떨리는 입술로 이렇게 덧붙이며 말을 맺었다. "불쌍한 패니! 그애라면 이렇게 빨리 그를 잊지 않았을 텐데."

"그래요." 낮고 다감한 목소리로 앤이 대답했다. "당연히 그러지 않앗을 거라고 믿어요."

"그애는 천성적으로 그럴 수 없었을 겁니다. 그 친구를 정말 사랑했으니까요."

"진실로 사랑을 한 여자라면 누구든 그럴 수 없을 거예요."

하빌 대령은 마치 '모든 여성이 그렇다고 주장하시는 건가요?'라고 말하는 듯 미소를 지었다. 그녀 역시 웃으며 대답했다. "네, 우리 여자들은 남자들처럼 그렇게 금방 잊어버리지 못한답니다. 아마도 그건 우리의 장점이라기보다는 운명일 테지만요. 어쩔 수 없으니까요. 우린 집에서 조용히 갇혀 지내니까 감정에서 헤어날 수가 없어요. 남자들은 어쩔 수 없이 기운을 내야 하잖아요. 언제나 곧장 세상으로 돌아가게 해줄 직업이 있고, 해야 할 일이 있고, 이런저런 업무가 있으니까요. 계속되는 일과 변화는 곧 기억을 흐릿하게 만드는 법이지요."

"세상일 덕분에 남자들이 그토록 빨리 이 모든 걸 잊을 수 있다는 당신 주장을 인정한다고 하더라도(저는 인정하지 않습니다만), 벤윅에게는 해당되지 않는 일이지요. 그가 억지로 기운을 차리게 된 건 아니었어요. 그 당시 바로 전쟁이 끝나서 육지로 돌아왔고, 그 후론 죽 우리 가족과 함께 지내왔으니까요."

"맞습니다." 앤이 말했다. "맞는 말씀이에요. 제가 기억을 못 했네요. 그렇다면 하빌 대령님, 이제 뭐라고 말을 할까요? 변화가 외부 상황에서 온 것이 아니라면 내부에서 온 것이겠지요. 벤윅 대령의 경우엔 본성, 남자의 본성인 거죠."

"아니, 아니에요, 그건 남자의 본성이 아니지요. 지조 없이 사랑하는, 혹은 사랑했던 사람을 잊는 것이 여자의 본성이 아니라 남자의 본성이라는 말에는 동의할 수 없습니다. 그 반대라고 믿어요. 우리의 신체적 구조와 정신적 구조엔 진정한 유사성이 있다고 믿으니까요. 남자의 신체가 더 강하듯이 감정도 더 강하니, 그만큼 고된 일도 견딜수 있고 거친 풍파도 헤쳐나갈 수 있는 것이지요."

"남자의 감정이 더 강할지도 모르죠." 앤이 대답했다. "하지만 바로그 유추의 관점에서 보자면 여자의 감정이 더 섬세하다고 주장해도무방하겠지요. 남자가 여자보다 강하기는 하지만, 그렇다고 더 오래살지는 않잖아요. 그게 바로 제가 보는 남자들 애정의 성격이에요. 아니, 그렇지 않다면 당신네에게 너무 힘든 일이겠지요. 당신들은 힘들고 궁핍하고 위험한 상황도 감당해야 하고, 항상 열심히 일하느라 고생하고 온갖 위험과 고난에 노출된 삶을 사니까요. 집과 친구, 고국을떠나서 지내는 데다, 시간도 건강도 목숨까지도 자신의 것이라고 할수 없지요." 앤은 떨리는 목소리로 이어 말했다. "이 모든 것에 여자같은 감정까지 더해지면 정말 너무 힘들 거예요."

"우린 절대 이 문제에 타협점을 찾을 수 없을 겁니다." 하빌 대령이말을 하려는데, 지금껏 쥐죽은 듯 조용하기만 하던 웬트워스 대령 쪽에서 뭔가 소리가 들려 그들의 시선을 끌었다. 그의 펜이 떨어지면서난 소리였을 뿐이지만, 앤은 그의 자리가 생각보다 더 가까이 있었다는 것을 알고 소스라치게 놀랐다. 두 사람에게 정신이 팔린 그가 무슨얘길 하는지 들으려고 하다가 펜이 떨어진 게 아닐까 싶었다. 하지만말소리를 알아듣지는 못했을 거라고 앤은 생각했다.

"편지는 다 썼나?"

"아직, 몇 줄만 더 쓰면 돼. 오 분이면 될 걸세."

"나 때문에 서두르지는 말게. 언제라도 자네가 준비되면 나도 된 거니까. 난 여기 아주 좋은 곳에 정박해 있거든." 그는 앤을 보고 웃으면서 말했다. "보급품도 넉넉하고, 부족한 게 없다네. 신호를 보내려 서두르지 말게나. 참, 엘리엇 양," 그는 목소리를 낮추며 말을 이었다. "제가 말했듯이, 우리는 결코 이 문제에서 합의를 볼 수 없을 거예요. 아마 어떤 남녀든 마찬가지겠지요. 하지만 역사를 봐도 그렇고, 산문이건 운문이건 모든 이야기들도 당신에게 불리하다는 말씀을 드리고 싶군요. 벤윅처럼 기억력이 좋다면 당장에라도 제 주장을 뒷받침해줄 인용구를 오십 개쯤은 댈 수 있을 텐데. 제 평생 여자의 변심을 거론하지 않는 책을 본 적이 없어요. 노래도 속담도 모두 여자의 변덕을 얘기하지요. 하지만 아마 당신은 이 모든 게 남자가 쓴 거라고 하시겠지요."

"아마도 그렇겠지요. 네, 그래요. 책에 나오는 예를 드는 일은 삼가해주셨으면 해요. 남자들은 자기들 얘기를 할 수 있어서 어느 모로 보나 우리보다 유리했던 거지요. 높은 수준의 교육도, 펜도 남자들의 전유물이었어요. 책으로 뭔가를 증명하려는 건 안 될 일이지요."

"그럼 어떻게 증명해야 하나요?"

"결코 증명할 수 없을 거예요. 그런 문제에 대해 뭔가 증명할 수 있다고 기대하시면 안 되죠. 증거로 판가름할 수 없는 견해의 차이니까요. 어쩌면 남녀 모두 처음부터 각자의 성에 대해 편향된 시각을 가지고 있는 게 아닐까요. 자신이 속한 곳에서 일어나는 모든 일을 그 편향된 견해에 끼워맞추며 사는지도 모르고요. 많은 경우에 아마도 우리에게 가장 강한 인상을 주는 그런 일들은 신의를 저버리거나, 해서는 안 되는 얘기를 하지 않고는 끄집어낼 수 없는 것들인지도 몰라요."

"아!" 하빌 대령이 감정이 격해진 어조로 외쳤다. "마지막으로 처자식을 일별하고서 그들을 태워보내는 배가 멀어져가는 것을 지켜봐야 할 때가 있지요. 그러고는 돌아서서 '우리가 다시 만날 수 있을지는 하느님만이 아시는 일!'이라고 말할 때 남자가 어떤 심정인지 당신이 알 수 있다면 좋으련만. 그걸 알 수 있다면, 다시 가족과 만날 때 그의 영혼에 차오르는 환한 빛을 전할 수 있을 텐데. 열두 달 정도 떠나 있다 돌아오는데 다른 항구에 정박하게 되기도 하지요. 그럴 때면 가족이 얼마나 빨리 그곳에 올 수 있을지 계산하다가, 일부러 자신을 속이면서 '그날까지는 올 수 없을 거야'라고 말한답니다. 사실은 열두 시간쯤 일찍 도착하기를 내내 바라고 있었으면서도요. 그러다 마침내 하늘에서 날개라도 달아준 것처럼, 예정보다 몇 시간이라도 일찍 도착한 가족을 보게 되는 거지요! 이 모든 것, 남자가 자기 삶의 보배인 존재를 위해 견뎌낼 수 있는 모든 일들, 성취해낼 수 있는 모든 위업을 당신에게 전할 수 있다면 좋으련만! 전 다만 심장을 가진 남자들만을 말하고 있는 겁니다!" 그는 감정에 복받쳐 자신의 가슴을 누르고 있었다.

"아!" 앤이 열렬한 목소리로 탄성을 내지르며 말했다. "당신이, 그리고 당신 같은 남자들이 느끼는 모든 것을 온당하게 대접할 수 있길 바랍니다. 다른 사람의 따뜻하고 신실한 감정을 하찮게 본다면 벌받을 일이겠지요. 제가 감히 진실한 애정과 절개는 오로지 여자들만의 것이라고 생각한다면 경멸받아 마땅할 겁니다. 아니, 저는 남자들이 결혼해 살면서 온갖 위대하고 선한 일을 할 수 있다고 믿어요. 꼭 필요한 일을 위해 애쓰고, 가정에서 참을성을 발휘할 수 있다고 믿는답니다. 다만, 이런 표현을 써도 되는지 모르겠지만, 대상이 있는 한 그렇다는 얘기지요. 제 말은 당신이 사랑하는 여자가 살아 있고, 그 여자가 당신을 위해 사는 동안에 한해서라는 거예요. 제가 여자들을 위해 주장하는 특권이란—별로 시기할 만한 게 아니니 탐내실 필요는 없어요—더이상 대상이 존재하지 않아도, 희망이 사라져버린 뒤에도, 여자는 남자보다 더 오래 사랑한다는 것입니다."

그녀는 곧바로 다음 말을 할 수 없었다. 가슴이 벅차 숨을 쉬기도 힘들었다.

"당신은 선한 영혼을 가지셨군요." 하빌 대령이 다정하게 앤의 팔에 손을 얹으면서 외쳤다. "당신과는 논쟁을 할 수가 없네요. 게다가 벤윅을 생각하면, 입이 열 개라도 할 말이 없답니다."

그들은 다른 사람들에게로 주의를 돌렸다. 크로프트 부인이 떠날 채비를 하고 있었다.

"프레더릭, 우린 여기서 헤어져야겠구나." 그녀가 말했다. "나는 집으로 가고, 넌 하빌 대령과 약속이 있다고 했지. 오늘밤에 다들 다시 만날 수 있을 테지요, 당신 집의 모임에서요." 그녀는 앤 쪽으로 돌아서며 말을 이었다. "어제 언니의 초대장을 받았어요. 직접 보진 못했지만 프레더릭도 초대장을 받았다고 알고 있어요. 프레더릭, 일을 다 마치지 않았니?"

무척 서둘러 편지를 접고 있던 웬트워스 대령은 제대로 대답할 수 없거나, 혹은 그러고 싶지 않은 모양이었다.

"그래요." 그가 말했다. "맞아, 여기서 헤어져야지요. 하지만 하빌 과 나도 곧 뒤따라갈게요. 하빌, 다 준비됐으면 삼십 초만 주게. 자네 도 그만 가야 한다는 거 알고 있네. 삼십 초면 자네 앞에 대령하지."

크로프트 부인이 떠나자 황급히 편지를 봉한 웬트워스 대령은 정말 곧바로 나갈 태세였고, 심지어 허둥대며 초조해하는 기색이 역력했 다. 그저 얼른 자리를 뜨고 싶어하는 모습이었다. 그의 행동을 어떻게 이해해야 할지 앤은 난감할 따름이었다. 하빌 대령이 너무도 친절하 게 "좋은 아침 보내세요"라며 인사를 건넨 반면 그는 말 한마디, 눈길 한 번 주지 않았다. 시선 한 번 주지 않고 방을 나가버리다니!

그러나 잠시 후 앤이 그가 편지를 쓰고 있던 탁자 가까이로 옮겨가 는데, 누군가 되돌아오는 발소리가 들렸다. 문이 열렸다. 바로 그였 다. 웬트워스 대령은 장갑을 잊었다며 양해를 구하고는 즉시 방을 가 로질러 탁자로 왔다. 머스그로브 부인을 등지고 서더니 흩어진 종이 밑에 있던 편지를 꺼내 앤 앞에 놓았다. 잠시 그녀를 쳐다본 그의 눈 에는 애원하는 듯한 강렬한 눈빛이 담겨 있었다. 그런 뒤 그가 돌아왔 다는 사실을 머스그로브 부인이 미처 알아차리기도 전에, 서둘러 장 갑을 집어들고 다시 방에서 나가버리고 말았다. 이 모든 것이 순식간 에 벌어진 일이었다!

그 순간 앤의 마음에 일어난 격변은 이루 말로 표현할 수 없는 것이 었다. 거의 알아보기 힘든 글씨로 'A. E. 양에게'라고 수신인 이름을 적어놓은 편지는 그가 그토록 황급히 접고 있던 것이 분명했다. 그가 벤윅 대령에게 편지를 쓰고 있는 줄로만 알았는데, 그녀에게도 편지 를 쓰고 있었다니! 앤이 원하는 세상 모든 것이 이 편지 내용에 달려 있었다! 무슨 일이든 가능했다. 무슨 일이든 알고 맞서는 것이 마음 졸이는 것보다는 나았다. 머스그로브 부인은 자신의 탁자에서 뭔가를 정리하고 있었으므로 이쪽을 보지 않으려니 믿어야 했다. 앤은 그가 앉아 있던 의자에 몸을 파묻으며, 그가 기대어 글을 쓰던 바로 그 자리에서 다음과 같은 내용을 삼켜버릴 듯 읽어내려갔다.

더는 침묵하며 들을 수가 없군요. 제가 지금 할 수 있는 방법으로 당신에게 얘기를 해야겠습니다. 당신의 말이 제 폐부를 찌릅니다. 고통스러운 한편 희망에 부풀기도 하는군요. 제가 너무 늦었다고, 그 소중한 감정이 영영 사라져버렸다고 하지 말아주세요. 당신에게 다시 제 마음을 드립니다. 팔 년 반 전 당신은 제 마음을 아프게 했지만 제 마음은 여전히, 아니 전보다도 더 당신의 것입니다. 남자는 여자보다 더 빨리 잊는다거나, 남자의 사랑이 더 빨리 식는다고 말하지 마세요. 제가 사랑한 여자는 당신뿐이었습니다. 제가 부당했는지도 모르지요. 나약하고 원망에 차 있었어요. 하지만 마음이 변하지는 않았답니다. 제가 바스에 온 건 오직 당신 때문입니다. 오로지 당신만을 생각하며 계획을 세웁니다. 눈치채지 못하셨나요? 제 소망을 알아보지 못하신 건가요? 당신이 제 마음을 꿰뚫어 보았듯이 제가 당신의 감정을 읽을 수 있었다면, 이렇게 열흘씩이나 기다리지는 않았을 겁니다. 글을 쓰기가 힘들군요. 순간순간 저를 감격케 하는 말이 들립니다. 목소리를 낮추어 얘기하셔서 다른 사람은 듣지 못하더라도, 저는 그 어조를 알아들을 수 있습니다. 너무도 선하고 너무나 뛰어난 사람! 당신은 정말 우리를 제대로 이해해주시는군요. 남자들에게도 진정한 애정과 절개가 있다는 걸 믿어주시니까요.

더없이 열렬하고 변함없는 제 마음을 믿어주길 소원하는,

F. W.

제 운명을 알지 못한 채 가야만 하는군요. 하지만 되도록 빨리 이곳으로 돌아오거나 당신 일행을 뒤쫓아가겠습니다. 한마디 말, 한 번의 시선이면 족합니다. 그것으로 오늘 저녁 당신 아버지 댁에 방문할지, 아니면 영영 못 가게 될지 결정될 것입니다.

이런 편지를 읽고 금방 평온을 되찾는 건 불가능한 일이었다. 반시간 정도 혼자서 생각을 정리하면 마음을 가라앉힐 수 있었을지도 모른다. 하지만 이렇게 온갖 제약을 받는 상황에서, 다른 사람들이 오기 전까지 십 분 남짓한 시간 안에 마음의 평온을 찾을 수 있을 턱이 없었다. 매 순간 새로운 흥분이 몰려왔다. 온몸이 행복감으로 휩싸였다. 그러나 그녀가 벅찬 감정을 채 수습하기도 전에 찰스와 메리, 헨리에타가 들어왔다.

어떻게든 평소처럼 보여야 했으므로 곧바로 안간힘을 썼지만 잠시 후 포기해버렸다. 그들이 하는 말을 한마디도 알아듣지 못하게 되자 그녀는 머리가 아프다는 핑계를 대고 자리를 모면해보려고 했다. 그러자 앤이 몹시 안색이 좋지 않다는 걸 알아차린 사람들이 놀라 걱정을 하며 그녀를 놔두고는 세상없어도 꿈쩍하지 않으려는 게 아닌가.

고약한 일이었다! 그녀가 혼자 조용히 있게끔 그들이 가준다면 금방 나아졌으리라. 하지만 다들 주위에 모여서 시중을 든다며 오히려 정신을 산란하게 했다. 결국 앤은 자포자기하는 심정으로 집으로 가야겠다고 말했다.

"그래요." 머스그로브 부인이 소리쳤다. "곧바로 집에 가서 쉬어요. 그래야 저녁모임에서는 기운을 차리죠. 세라가 여기 있으면 낫게 해줬을 텐데. 저는 그런 일에는 소질이 없어서요. 찰스, 벨을 울려 가마를 부르렴. 앤 양을 걷게 하면 안 되지."

가마는 절대 안 될 말이었다. 듣던 중 최악이 아닌가! 중심가 쪽으로 조용히 혼자 걸어가다가 (웬트워스 대령을 반드시 만날 수 있으리라 확신했으므로) 그에게 한두 마디 할 수 있는 가능성을 놓치다니, 있을 수 없는 일이었다. 그녀는 가마가 필요 없다며 열렬히 항변했다. 그러자 머릿속에 오로지 한 가지 병밖에 떠올리지 못하는 머스그로브 부인이 최근 추락사고가 있진 않았는지, 앤이 미끄러져 머리를 다친 적은 없었는지 근심스럽게 확인하는 것이었다. 절대 추락한 일이 없었다고 다짐을 받은 후에야, 그녀는 저녁때면 좋아질 거라 믿는다며 밝은 얼굴로 인사를 했다.

앤은 미연에 일을 방지하고자 노심초사하며 고심한 끝에 이렇게 말했다.

"얘기가 제대로 전해진 건지 모르겠어요. 오늘 저녁 여러분 일행 모두를 뵙기 바란다고 다른 두 분께 부디 전해주세요. 뭔가 실수가 있었을까 걱정이거든요. 하빌 대령과 웬트워스 대령 두 분 모두 뵙기를 바란다고 꼭 좀 전해주세요."

"아! 잘 알아들었어요. 약속할게요. 하빌 대령은 꼭 가시겠다던데요."

"그러세요? 그래도 걱정이 돼서요. 안 오시면 제가 많이 섭섭할 거예요. 그분들 다시 보면 말씀 전해주시겠다고 약속해주세요. 오늘 오전에 그분들을 다시 보게 되실 테니까요. 제게 약속해주세요."

"당신이 원한다면 그러다마다요. 찰스, 하빌 대령을 보면 잊지 말고 앤 양의 말을 전해주렴. 그렇지만 걱정할 필요는 없어요. 하빌 대령은 약속이 된 거라고 생각하니까요. 내가 책임질게요. 웬트워스 대령도 마찬가지고요."

더이상 할 수 있는 일은 없었다. 하지만 앤은 지금의 완벽한 행복을 망칠 불운을 예감하고 있었다. 그렇다 해도 오래가지는 않을 터였다. 그가 캠든 플레이스에 오지 않더라도, 하빌 대령 편에 그가 알아들을 만한 말을 전할 수 있을 테니까.

그런데 다음 순간 성가신 일이 또 생기고 말았다. 마음 착한 찰스가 정말 염려가 되는지 그녀를 집에 데려다주겠다고 나섰다. 그를 거절할 수는 없었다. 가혹하기 짝이 없는 일이었다! 그러나 달갑지 않은 감정은 오래가지 않았다. 그는 총포상에 잡은 약속을 취소하면서까지 그녀에게 도움을 주려고 했던 것이다. 앤은 고마운 감정만을 내색하며 그와 함께 길을 나섰다.

그들이 유니언 스트리트에 들어서자, 뒤에서 빠른 걸음으로 다가오는 친숙한 소리가 들렸다. 앤은 웬트워스 대령을 대면하기에 앞서 잠시나마 마음의 준비를 할 수 있었다. 그가 그들 옆으로 왔다. 하지만 합류해서 같이 갈지 아니면 그냥 지나쳐 갈지 마음을 정하지 못했다는 듯 아무 말도 하지 않고 바라보기만 했다. 앤은 마음을 가다듬은 뒤, 그 시선을 물리치지 않고 되받을 수 있었다. 내내 창백했던 그의 뺨에는 이제 홍조가 피어올랐고, 망설이는 듯하던 동작도 분명해졌다. 그는 그녀 옆에서 걷고 있었다. 곧이어 불현듯 생각이 난 듯 찰스가 말했다.

"웬트워스 대령, 어느 쪽으로 가시나요? 게이 스트리트로 가시나요, 아님 중심가 쪽으로 더 올라가시나요?"

"글쎄요." 웬트워스 대령이 놀라서 대답했다.

"벨몬트까지 가십니까? 캠든 플레이스 근처로 가시나요? 그러면 저 대신 처형에게 팔을 빌려주시고 집까지 바래다달라고 부탁드릴까 해서요. 처형은 오늘 아침 기운이 다 빠진 상태라 도움 없이 그렇게 먼 데까지 걸어가면 안 되거든요. 저는 상가에 만날 사람이 있어서요. 막 발송하려는 총이 있는데 보여주겠다고 약속을 받았어요. 저를 보여주려고 마지막 순간까지 포장하지 않고 놔두겠다고 했답니다. 지금 돌아가지 않으면 기회가 없어요. 그 사람의 설명으로는 제가 가진 중형 이연발과 비슷한 것 같아요. 지난번 윈스럽 근처에서 쏴보셨던 총 말입니다."

반대가 있을 리 만무했다. 그는 사람들이 보기에 가장 적절할 정도의 신속함과 정중함으로 기꺼이 청을 받아들였다. 두 사람은 넘실대는 미소를 간신히 눌렀고, 마음속은 은밀한 기쁨으로 춤추듯 너울거렸다. 눈 깜짝할 사이 찰스는 유니언 스트리트 끝으로 돌아갔고 남은 두 사람은 함께 걷기 시작했다. 몇 마디 말을 나눈 뒤, 그들은 곧바로 비교적 조용하고 한적한 자갈길 쪽으로 행선지를 정했다. 그 길에서 대화를 나누는 지금 이 순간은 진정 축복의 시간이 되고, 두 사람이 앞으로 살면서 만들어갈 너무도 행복한 추억들 속에서 영원히 기억될 것이다. 그 길에서 그들은 예전의 감정과 약속을 다시 나누었다. 한때는 모든 것이 보장된 것 같았지만, 그들은 그 후 헤어져 아주 오랜 세월 멀어져야만 했다. 그 길에서 그들은 지난날로 되돌아가, 다시 만났기에 처음보다 더 황홀한 행복감으로 충만했다. 서로의 성품과 진실, 애정을 알기에 더 아련했고, 더 믿을 만했으며, 더 굳건했다. 행동할 수 있는 역량을 키웠고, 더 확고한 명분도 얻었다. 그들은 완만한 오르막길을 천천히 걸으면서 주위의 그 누구도 신경 쓰지 않았다. 어슬렁거리는 모사꾼들도, 법석을 떠는 가정부들도, 시시덕거리는 아가씨들도, 그리고 아이를 돌보는 유모들도 눈에 들어오지 않았다. 그들은 그저 지난 일을 회상하고 인정하는 일에 열중했다. 특히, 바로 직전에 벌어졌던 가슴절절한 일을 놓고 얘기를 나누자니 흥미롭기 그지없었다. 지난주에 있었던 일을 작은 것까지 세세히 되새겼고, 어제와 오늘 일어난 일을 얘기하다보니 끝이 없을 정도였다.

앤이 잘못 본 것이 아니었다. 그가 무거운 마음으로 물러선 것도, 의심하고 괴로워한 것도 엘리엇 씨를 향한 질투심 때문이었다. 그 감정은 그녀를 버스에서 처음 봤을 때 시작되어 잠시 가라앉는 듯했다가 다시 불타올라 연주회를 망쳤던 것이다. 그 일은 지난 이십사 시간 동안 그가 했던, 혹은 하지 않았던 모든 말과 행동에 영향을 미쳤다. 그러다가 그녀의 표정이나 말, 행동에 힘입어 조금씩 희망을 품게 되었다. 마침내 하빌 대령과 대화를 나누는 그녀의 어조와 생각을 듣게 되었을 때 질투 따위는 봄눈 녹듯 사라져버렸다. 그 순간, 주체할 수 없는 기분에 그는 한 장의 종이를 움켜쥐고 자신의 감정을 쏟아냈다.

편지에 썼던 내용 중 취소하거나 바꿀 것은 하나도 없었다. 그는 그녀 말고 아무도 사랑한 적이 없다고 주장했다. 그 누구도 그녀를 대신할 수 없었고, 그녀만한 사람을 만날 수 있다고 생각해본 적도 없었다. 사실 그는 자신이 무의식적으로, 아니 자신이 의도한 바와 달리 절개를 지켜왔음을 시인해야만 했다. 그녀를 잊으려 했고 또 잊었다고 믿었던 그였다. 실은 화가 나 있었을 뿐인데, 그녀에게 관심이 없다고 생각했다. 그녀의 장점에 대해 공정하지 못했던 것도 바로 그로 인해 자신이 고통을 받았기 때문이었다. 이제 강인함과 부드러움이 사랑스럽게 조화를 이루는 그녀의 성품은 그의 마음속에 완벽 그 자체로 각인되어 있었다. 하지만 어퍼크로스에 머물 때 비로소 그녀를 제대로 보게 되었고, 라임에 가서야 자신의 마음을 알게 되었음을 인정해야 했다.

그가 라임에서 얻은 교훈은 한두 가지가 아니었다. 엘리엇 씨가 스쳐지나가며 앤에게 감탄하던 모습은 그를 자극했고, 콥에서의 사건과 하빌 대령의 집에서 있었던 일은 그녀의 우월함을 확인시켜주었다.

루이자 머스그로브에게 마음을 주려고도 해보았지만 상처입은 자존심에 그랬던 것일 뿐, 불가능한 시도임을 늘 알고 있었다고 항변했다. 그는 루이자를 딱히 좋아하지도 않았고 좋아할 수도 없었다. 하지만 사고가 났던 바로 그날까지, 그리고 그 이후 생각할 여유가 있을 때까지 그는 루이자와는 비교할 수 없을 만큼 고결하고 뛰어난 앤의 마음을 알아보지 못했다. 아니, 그런 그녀에게 자신의 마음이 완벽하게 사로잡혀 다른 사람에게 내줄 자리가 없다는 것을 미처 알지 못했다. 그곳에서 비로소 그는 변함없는 원칙과 완강한 외고집의 차이를, 그리고 부주의한 만용과 침착한 결단력의 차이를 구별할 수 있게 되었다. 그곳에서 그는 자신이 놓친 여인의 진가를 빛내주는 모든 것들을 눈으로 보았다. 그리고 자신의 자존심과 어리석음, 지나친 원망 때문에 눈앞에 나타난 그녀를 되찾으려 하지 않았던 것을 후회하기 시작했다.

그때부터 극심한 자책에 시달리게 되었다고 했다. 루이자의 사고 이후 며칠간 시달렸던 두려움과 회한에서 벗어나 되살아났다고 느끼자마자, 그는 자신이 살아 있기는 하지만 자유롭지는 못하다는 사실을 깨닫게 되었다.

"하빌이 저를 약혼한 사람으로 생각한다는 걸 알게 되었지요!" 그가 말했다. "하빌도 그의 부인도 그녀와 내가 서로 사랑한다는 걸 조금도 의심하지 않더군요. 저는 깜짝 놀라 충격에 빠졌죠. 어느 정도까지는 즉각 반박을 할 수 있었겠지요. 하지만 다른 사람들, 그녀의 가족, 어쩌면 그녀 자신도 그렇게 생각할지 모른다는 생각을 하자 더이상 제 맘대로 할 수 없는 상황이었습니다. 그녀가 원한다면 전 도의상 그녀의 것이었으니까요. 제가 부주의했던 겁니다. 전에는 이런 일에 대해 진지하게 생각해보지 않았어요. 지나친 친밀함이 여러 가지 문제를 일으킬 위험이 있다고는 생각하지 못했던 겁니다. 다른 나쁜 결과는 차치하고라도, 불쾌한 소문이 날 위험을 무릅쓰면서까지 두 자매 중 어느 쪽에 마음을 줄지 잴 권리가 없다는 생각을 하지 못했지요. 저는 크게 잘못했고, 그 결과를 감수해야만 했습니다."

간단히 말해 스스로 발목을 묶었다는 사실을 너무 늦게 깨달았던 것이다. 루이자에게 전혀 마음이 없다는 사실을 확신하게 된 바로 그 순간, 그는 루이자의 감정이 하빌 부부의 짐작과 같다면 자신은 그녀에게 매인 존재라고 생각할 수밖에 없게 되었다. 그녀가 완전히 회복할 때까지 라임을 떠나 다른 곳에서 기다리기로 결심한 것도 그 때문이었다. 자신과 관련된 감정이나 추측이 어떤 것이든, 그것을 희석시킬 수 있는 정당한 방법이 있다면 기꺼이 시도해볼 마음이었다. 그래서 형의 집에서 얼마간 머물다 켈린치로 돌아가서, 상황을 봐가며 행동할 생각이었다.

"에드워드와 6주를 함께 지냈어요." 그가 말했다. "형은 행복해 보였습니다. 제가 누릴 수 있는 기쁨은 그게 전부였죠. 다른 기쁨을 누릴 자격이 없었으니까요. 형이 당신의 안부를 세세하게 묻더군요. 제 눈에 당신은 전혀 달라질 수 없다는 걸 짐작도 못 하고 당신의 외모가 변했는지도 물었어요."

그 말에 앤은 미소를 짓고 아무 말 하지 않았다. 책망하기엔 너무나 즐거운 착각이었다. 스물여덟의 나이에 한창때의 매력을 하나도 잃지 않았다는 다짐을 받다니, 여자로서는 대단히 기쁜 일이 아닌가. 더욱이 그가 전에 했던 말을 생각해보면, 외모로 인해 그의 뜨거운 애정이 되살아난 것이 아니라 그 반대라는 것을 알 수 있었기에 그러한 찬사가 더더욱 소중하게 느껴졌다.

슈롭셔에 머무는 동안 그는 자존심에 눈이 멀어 제 발등을 찍었다며 한탄하고 있었다. 그러던 중 루이자가 벤윅과 약혼했다는 놀라운 낭보를 들었고, 그렇게 해서 그는 즉시 그녀에게서 풀려나게 되었다.

"여기서," 그가 말했다. "최악의 상태는 끝이 났지요. 그때야 행복을 얻기 위해 열심히 노력하고 무언가를 할 수 있게 되었으니까요. 그렇게 오랫동안 아무것도 하지 못한 채 기다리는 일, 더구나 불행한 결과를 기다리기만 하는 일은 끔찍했습니다. 반가운 소식을 듣고 오 분도 안 되어 이렇게 말했답니다. '수요일에는 바스에 가 있을 거야.' 그러고는 바스에 왔어요. 시도해볼 만한 일이라는 생각으로 어느 정도 희망을 품고 왔다면, 용서받을 수 없는 얘긴가요? 당신은 미혼이었지요. 저처럼 당신도 과거의 감정을 간직할 수도 있었구요. 그리고 저의 용기를 북돋워주는 사건이 있었답니다. 당신이 다른 남자들의 사랑을 받고 구애를 받으리란 것은 믿어 의심치 않았지요. 하지만 적어도 한 사람, 저보다 근사한 조건을 가진 남자를 거절했다는 것을 확실히 알게 되었던 겁니다. 나 때문이 아닐까 하고 자꾸 생각하지 않을 수 없더군요."

밀섬 스트리트에서 처음 만났던 일도 할 얘기가 많았지만 연주회 얘기는 무궁무진했다. 그날 저녁은 각별한 순간의 연속인 것만 같았다. 그녀가 팔각방에서 그에게 말을 건네려고 다가오던 순간, 엘리엇 씨가 나타나 그녀를 떼어내 데려가버린 순간, 그 뒤로 희망이 되살아나거나 절망이 더해졌던 순간, 이 모든 순간들을 두 사람은 열을 올리며 되새겼다.

"저를 편들 리 없는 사람들 사이에서 당신을 보고," 그가 외쳤다. "옆에 꼭 붙어 있는 사촌과 웃으며 대화하는 당신을 보면서, 두 사람이 서로에게 얼마나 잘 어울리고 적합한 상대인지 실감했을 때의 끔찍한 기분이란! 당신에게 영향을 미칠 수 있는 모든 사람들이 그 결합을 바라 마지않는다고 생각하는 기분이란! 당신 자신은 내키지 않거나 무관심할지 몰라도 그가 얼마나 강력한 지지를 받는지 생각해보는 기분이란! 이만하면 제가 바보처럼 행동할 만하지 않았나요? 어떻게 제가 고통 없이 바라볼 수 있었겠습니까? 당신 뒤에 앉은 친구분을 보자 지난 일이 생각나고 그분이 어떤 영향을 미쳤는지, 그분의 설득 때문에 어떤 일이 일어났는지, 지울 수도 움직일 수도 없는 기억이 되 살아나서 저를 짓누르지 않았겠어요?"

"당신은 차이점을 알아보셔야 했어요." 앤이 대답했다. "현재의 저를 의심하지 말아야 했어요. 사정이 달라졌고, 제 나이도 어리지 않은 걸요. 설사 한때 남의 설득을 따랐던 것이 잘못이었다 해도 모험이 아니라 안전을 권하는 설득에 따랐다는 점을 기억해주세요. 전 그분 뜻에 따르는 것이 의무라고 생각했어요. 하지만 지금 경우엔 그 어떤 의무감도 끼어들 여지가 없지요. 제게 애정이 없는 남자와 결혼한다면 그것이야말로 온갖 위험을 감수하는 일이고, 또 모든 의무를 저버리는 일일 거예요."

"아마도 그렇게 생각해야 했겠지요." 그가 대답했다. "하지만 그럴 수 없었습니다. 당신의 성품에 대해 새롭게 얻은 깨달음에서 교훈을 얻었어야 하는데 그렇게 하지 못했어요. 그건 지난 세월 내내 상처가 되었던 과거의 감정에 압도되고 파묻혀 사라졌지요. 당신을 다만 설득에 굴복했던 사람, 저를 포기했던 사람, 제가 아닌 다른 사람의 말을 들었던 사람으로만 생각했으니까요. 그 참담했던 해에 당신에게 조언을 했던 바로 그 사람이 당신과 함께 있는 것을 봤습니다. 그분에게 그때만큼의 힘이 없다고 생각할 이유가 없었어요. 습관의 힘까지 더해졌을 테고요."

"당신을 대하는 저의 태도가," 앤이 말했다. "그런 오해를 상당 부분, 아니 모두 불식했을 거라고 생각했어요."

"아니요! 당신의 태도는 단지 다른 남자와 약혼한 사람의 여유일 수도 있었지요. 그렇게 믿어서 그 자리를 떠났던 거죠. 하지만 당신을 다시 만나보기로 마음먹었습니다. 아침이 되자 다시 기운이 나서 아직 이곳에 남아 있을 이유가 있다고 느꼈지요."

마침내 집에 돌아온 앤은 가족들 중 어느 누구도 짐작할 수 없을 만큼 행복했다. 그와 나눈 대화는 아침나절의 놀라움과 걱정과 다른 고통스러웠던 일을 말끔히 날려버렸다. 앤은 너무나 행복한 기분으로 집 안에 다시 들어섰다가 순간, 그런 행복이 오래 지속될 수 없다는 예감이 떠올라 마음이 불안해졌다. 이렇듯 지극한 행복 속에 스며 있는 모든 불길한 예감을 다스리는 최선의 방법은 진지하게 감사하는 마음으로 명상의 시간을 갖는 것이었다. 그녀는 자기 방으로 가서 자신이 얻은 기쁨에 감사하는 시간을 가지며 점차 확신을 얻고 담대해졌다.

저녁이 되자 응접실에 불이 환히 켜지고 사람들이 모여들었다. 전에 한 번도 만난 적이 없는 사람들과 너무 자주 만나는 사람들이 섞여 있는, 카드놀이 모임에 불과한 자리였다. 친밀감을 느끼기에는 사람들이 너무 많고 다채로움을 즐기기에는 사람이 너무 적은 그렇고 그런 모임이었다. 하지만 앤에게는 저녁이 너무도 짧게 느껴졌다. 충만한 마음과 행복감으로 환히 빛나고 아름다워진 그녀는 생각지도 못한, 아니 바라지도 않은 찬사를 한 몸에 받았고, 주위의 모든 이들을 유쾌하고 관대한 마음으로 대했다. 그 자리에 있던 엘리엇 씨를 피하면서도 그가 가엾다는 생각을 품을 수 있었다. 역시 모임에 온 월리스 부부의 생각을 간파하고 웃음 짓기도 했다. 레이디 달림플과 카트릿 양을 보고 이 사촌들도 곧 괴롭지 않게 느껴지리라는 마음이 들었다. 클레이 부인은 안중에도 없었고, 사람들 앞에 나선 아버지와 언니의 행동에도 얼굴 붉힐 만한 점은 없었다. 머스그로브 사람들과는 지극히 편안한 마음으로 즐겁게 얘길 했고, 하빌 대령과는 남매지간처럼 정겨운 교감을 나누었다. 레이디 러셀과도 대화를 하려 했으나 웬트워스 대령과의 일이 떠올라 설레는 마음에 이야기를 이어나갈 수가 없었다. 크로프트 제독 부부에게는 각별한 친근함과 뜨거운 관심이 솟았지만, 역시 대령과의 일이 의식되어 그런 감정을 드러내지 않으려고 애썼다. 그리고 웬트워스 대령으로 말하자면, 잠깐씩 얘기 나눌 기회가 계속해서 생겼다. 그녀의 머릿속에는 내내 그와 더 많은 얘길 나눌 수 있으리라는 희망과, 그가 이곳에 있다는 생각이 떠나지 않았다!

잠시 대령과 만났을 때, 각자 멋지게 진열된 화초를 감상하는 시늉을 하면서 앤이 말했다.

"지난 일을 곰곰이 생각하면서 공정하게 잘잘못을 판단해보려고 노력했어요. 제 말은, 저 자신에 관해서요. 그로 인해 큰 고통을 겪긴 했지만 저는 제가 한 일이 옳았다고 믿을 수밖에 없어요. 당신이 앞으론 지금보다 더 사랑하게 될 제 친구의 충고에 따랐던 것이 전적으로 옳았다는 뜻이지요. 그분은 제게 부모와 다름없어요. 하지만 제 말을 오해하진 마세요. 그분의 충고가 옳았다는 건 아니니까요. 그건 아마도 결과에 따라 좋은 충고였는지 나쁜 충고였는지 가려지는 그런 경우였던 것 같아요. 물론 저라면 어떤 비슷한 상황에서도 그런 충고는 절대 하지 않을 거예요. 그렇지만 제가 하려는 말은, 그분의 말을 따른 것이 옳았다는 거지요. 그러지 않았다면 약혼은 유지했겠지만, 당신을 포기한 것보다 더 큰 고통을 겪었을 거예요. 양심의 가책을 느꼈을 테니까요. 인간 본성에 허용된 감정 안에서 이런 말을 해도 된다면, 저는 자책할 것이 없다고 느낍니다. 제 생각이 틀리지 않다면, 강한 의무감은 여성이 물려받을 만한 괜찮은 자질이니까요."

웬트워스 대령은 그녀와 레이디 러셀을 번갈아 보다가 차분하게 심사숙고하듯이 이렇게 대답했다.

"아직은 힘드네요. 하지만 시간이 지나면 그분을 용서할 수 있겠지요. 곧 그분에게 관대해질 겁니다. 저 역시 지난 일을 곰곰이 생각해봤는데, 한 가지 의문이 들더군요. 그분보다 더 큰 적이 한 명 있었던 게 아닐까 하구요. 바로 저 자신이지요. 1808년 제가 몇천 파운드를 벌어서 영국으로 돌아와 라코니아호의 함장으로 임명되었을 때 당신에게 편지를 썼다면 회답을 주셨을까요? 그랬다면, 한마디로 말해 저와 다시 약혼을 하셨을까요?"

"그렇게 했겠냐구요!"라는 말이 대답의 전부였다. 하지만 그 어조는 단호하기 그지없었다.

"세상에!" 그가 소리쳤다. "그리하셨겠군요! 제가 이룬 모든 성공의 정점으로 그것을 생각해보지 않았거나 소망하지 않았던 건 아닙니다. 하지만 제 자존심, 지나친 자존심 때문에 다시 청할 수 없었습니다. 저는 당신을 이해하지 못했어요. 눈을 질끈 감은 채 당신을 이해하려고도, 제대로 보려고도 하지 않았습니다. 이런 생각을 해보면, 모든 사람을 다 용서해도 저 자신만은 용서할 수 없게 된답니다. 육 년의 세월을 그렇게 떨어져 힘들게 보내지 않아도 되었겠지요. 그런 고통스러운 감정은 전에 느껴보지 못한 것이었어요. 제가 누렸던 축복은 모두 스스로 노력해서 얻은 것이라는 만족감에 익숙해져 있었으니까요. 명예로운 노고와 정당한 보상에 자부심을 느끼며 살아왔지요. 인생의 패배를 겪은 다른 위대한 인물들처럼," 그는 미소를 지으며 덧붙였다. "저도 제 의지를 누르고 운명을 따르도록 해야겠습니다. 마땅히 받아야 할 몫 이상의 행복을 받아들이는 법을 배워야 하겠지요."

24

그 뒤에 무슨 일이 있었는지 의심할 사람이 있을까? 두 젊은이가 결혼하겠다는 생각을 품으면 가난하든, 경솔하든, 혹은 서로가 궁극적인 안락에 도움이 되지 않을 법하든 끈기 있게 자신들의 뜻을 관철해낼 것이 분명하다. 이런 결론이 도덕적으로 건전하지 않을지도 모르지만 나는 그것이 진실이라고 믿는다. 그런 사람들도 성공할진대 웬트워스 대령과 앤 엘리엇처럼 성숙한 인격과 자신들이 옳다는 믿음, 그리고 자립할 수 있는 재산을 가진 사람들이 어찌 모든 반대를 이겨내지 못하겠는가? 사실 그들은 실제로 겪은 것보다 더 큰 시련도 이겨낼 각오가 되어 있었다. 그런데 막상 축복과 환호를 받지 못했다는 것 말고 별다른 어려움은 없었다. 월터 경은 아무런 반대도 하지 않았고, 엘리자베스는 기껏해야 냉정하고 무관심한 표정을 지었을 뿐이었다. 2만 5천 파운드의 재산을 가진 데다, 공로를 쌓아 자신의 직업에서도 높은 지위에 오른 웬트워스 대령은 더이상 하찮은 존재가 아니었다. 그는 이제 준남작의 딸에게 청혼할 만한 자격이 있는 인물이었다. 정작 어리석고 씀씀이가 헤픈 준남작 본인은 하늘이 내려준 지위를 유지할 만한 절조나 분별력도 없었다. 더구나 현재로선 딸의 몫이어야 할 1만 파운드에서 소액밖에 주지 못할 형편이었다.

월터 경은 이 결혼을 진실로 기뻐할 만큼 앤에게 애정이 있지도 않았고, 이 결혼으로 그의 허영심이 채워진 것도 아니었다. 그렇다고 그가 둘의 결합을 탐탁지 않아 한 것은 아니었다. 오히려 웬트워스 대령을 보면 볼수록, 그리고 밝은 대낮에 여러 번 찬찬히 살펴볼수록, 그의 뛰어난 외모라면 앤의 우월한 지위에 견준다 해도 부당하지 않다는 생각이 들었다. 거기다 듣기에 그럴싸한 그의 이름도 마음에 들었으므로, 마침내 월터 경은 작위 명부에 이 혼사를 적어 넣기 위해 흔쾌히 펜을 들 수 있게 되었다.

친지들 중 반대하고 나설 경우 심각하게 걱정스러울 만한 사람은 레이디 러셀뿐이었다. 엘리엇 씨의 정체를 알고 마음을 접으면서 레이디 러셀은 속이 상했을 것이 틀림없었다. 그러면서도 웬트워스 대령을 제대로 이해하고 공정하게 평가하려 애쓰고 있다는 것을 앤도 알고 있었다. 하지만 이제 그것은 레이디 러셀이 감당해야 할 일이었다. 그녀는 자신이 두 사람에 대해 잘못 생각했으며, 겉모습에 부당하게 영향을 받았다는 것을 인정해야 했다. 웬트워스 대령의 행동거지가 자신의 사고방식과 맞지 않는다는 이유로 너무나 빨리 그가 위험하리만치 성급한 성격을 가졌다고 의심해버렸다. 예법에 맞고 올바르며 정중하고 온화한 엘리엇 씨의 행동거지가 그녀 마음에 쏙 들자, 그 것이 더할 나위 없이 올바른 견해와 잘 절제된 정신의 산물이 분명하 다고 속단해버렸다. 따라서 이제 레이디 러셀이 해야 할 일은 자신이 하나부터 열까지 잘못했음을 인정하고, 새로운 생각과 희망을 받아들 이는 것이었다.

재빨리 사물을 인지하고 인물됨을 정확히 식별할 수 있는 사람들이 있게 마련이다. 한마디로 말해, 그런 사람들은 다른 사람들이 어떤 경 험으로도 얻을 수 없는 타고난 통찰력을 지니고 있다. 자신의 젊은 친 구에 비해 레이디 러셀은 바로 이러한 안목이 부족했다. 하지만 그녀 는 아주 선량한 사람이었고, 지각 있고 옳은 판단을 하는 것보다 앤이 행복한 모습을 보는 것이 우선이었다. 그녀는 자신의 능력보다도 앤 을 더 사랑했다. 그래서 처음의 어색함이 사라진 다음에는 자식과도 같은 앤의 행복을 보장해줄 남자에게 어머니처럼 대하는 것이 별로 어렵지 않았다.

가족들 중에서는 아마도 메리가 이 일을 듣자마자 가장 기뻐한 사 람이었을 것이다. 언니가 결혼한다는 것은 자기 평판에도 좋은 일이 었고, 자신이 가을에 앤을 붙잡아둬서 결혼이 성사되는 데 큰 역할을 했다고 우쭐댈 수도 있었다. 자신의 언니가 시누이들보다 잘되는 게 당연하므로, 웬트워스 대령이 벤윅 대령이나 찰스 헤이터보다 부자라 는 사실도 아주 마음에 들었다. 다시 만났을 때 앤이 윗사람의 자리를 되찾은 데다 아주 예쁜 소형마차의 주인이 된 것을 보고, 메리는 아마 기분이 썩 좋지 않았을지도 모른다. 하지만 메리에겐 큰 위안이 되어 주는 앞으로의 미래가 있었다. 앤은 미래에 어퍼크로스 저택도, 그에

딸린 영지도, 한 가문의 우두머리 지위도 가질 수 없었다. 웬트워스 대령이 준남작이 될 수 없는 한 그녀는 앤과 자리를 바꿀 마음이 없었다.

맏이인 엘리자베스도 마찬가지로 자신의 처지에 만족하는 게 좋을 것이다. 무슨 변화가 있을 것 같지 않기 때문이다. 얼마 지나지 않아 그녀는 굴욕스럽게도 엘리엇 씨가 물러나는 것을 봐야 했다. 그리고 그 후로는 조건이 맞는 어떤 사람도 나서지 않았으므로 근거 없는 희망조차 생길 일이 없었다. 그런 희망은 엘리엇 씨와 함께 사라지고 말았다.

사촌인 앤의 약혼은 엘리엇 씨에게 날벼락 같은 소식이었다. 행복한 가정생활을 위해 최고의 계획을 세워두었고, 사위의 권한으로 월터 경을 감시해 독신으로 남게 할 희망을 가졌건만 모두 어그러지고 말았다. 심기가 언짢고 실망스럽긴 했지만, 그에겐 자신의 이익과 향락을 위해 할 수 있는 일이 남아 있었다. 그는 곧 바스를 떠났다. 바로 뒤를 이어 클레이 부인 역시 바스를 떠났고, 다음엔 그의 보호 아래 런던에 자리를 잡았다는 소식이 들려왔다. 이로써 그가 이중의 계책을 꾸미고 있었으며, 한 교활한 여인 때문에 작위를 잃는 일만은 어떻게든 막을 작정이었다는 것이 분명해졌다.

클레이 부인은 자신의 이익보다 연정을 좇았다. 월터 경을 노리며 더 오래 계략을 밀고 나갈 가능성을 버리고, 그녀는 이 젊은 남자를 선택했다. 하지만 그녀에겐 연정뿐 아니라 책략도 있었다. 따라서 지금으로서는 과연 두 사람 중 누구의 꾀가 최종 승리를 거둘지 알 수 없는 일이다. 그녀가 월터 경의 부인이 되는 것은 막았지만, 결국엔 엘리엇 씨 본인이 어르고 달래는 말에 넘어가 그녀를 윌리엄 경의 부인으로 만들지도 모르는 것이다.

월터 경과 엘리자베스가 그들의 벗을 잃었을 뿐 아니라 그녀에게 속았다는 사실을 알고 충격과 굴욕감을 느꼈음은 두말할 필요도 없다. 물론 그들에겐 위안이 되어줄 대단하신 사촌들이 있었다. 그렇더라도 남에게 아첨하고 추종하면서 정작 자신들은 똑같이 대접받지 못하면 즐거움이 반으로 줄어든다는 사실을 오래도록 실감해야 했다.

레이디 러셀이 일찌감치 도리에 맞게 웬트워스 대령을 좋아하려는 뜻을 보여 앤은 기쁜 마음이었다. 이렇듯 행복한 앞날을 내다보는 앤의 마음에 한 가지 걸리는 일이 있었다. 바로 분별 있는 남자가 소중히 여길 만한 친척관계를 대령에게 줄 수 없다는 사실이었다. 그 점에서 그녀는 자신의 모자람을 뼈저리게 느꼈다. 조건의 차이는 아무것도 아니었다. 한순간도 그 문제로 아쉬운 마음이 든 적이 없었다. 하지만 그를 제대로 맞이하고 평가해줄 가족이 아무도 없다는 것이 늘 그녀의 마음에 생생한 아픔을 주었다. 그의 형제자매들은 그녀를 아끼고 기꺼이 환대해주었지만, 그 답례로 품격 있고 화목하며 호의어린 태도로 그를 맞아줄 가족이 그녀에겐 없었다. 그것만 아니라면 앤의 상황은 지극한 행복 그 자체였을 것이다. 그에게 소개해줄 친구는 세상에 단 두 사람, 레이디 러셀과 스미스 부인뿐이었다. 하지만 그는 이들과 가까워질 마음을 먹고 있었다. 레이디 러셀의 지난 과오에도 불구하고 그는 이제 그녀를 진심으로 존중했다. 애초에 두 사람을 갈라놓은 일이 옳았다고 선뜻 말할 수는 없어도, 그 외의 모든 일에서는 기꺼이 그녀의 의견을 존중했다. 스미스 부인으로 말하자면, 그녀는 여러 가지 면에서 금방 변치 않을 호감을 얻을 자격이 있는 사람이었다.

바로 얼마 전 그녀가 앤에게 해준 일만으로도 충분했으니, 그녀에게 그들의 결혼은 친구 하나를 잃는 것이 아니라 두 친구를 얻는 일이 되었다. 스미스 부인은 그들이 가정을 꾸리고 제일 처음 맞이한 손님이었다. 웬트워스 대령은 서인도제도에 남아 있는 남편의 재산을 되찾을 수 있도록 그녀를 위해 편지를 쓰고, 대리인이 되어주었으며, 소송의 모든 자질구레한 문제를 처리하는 데 도움을 주었다. 그는 담대한 남자이자 의연한 친구로서 노고를 마다하지 않고 힘을 써 스미스 부인이 자신의 아내에게 베풀었던, 혹은 베풀려고 했던 것까지 전부 보답을 했다.

건강이 웬만큼 좋아지고 종종 찾아와줄 친구를 얻은 데다 이렇게 수입까지 늘었지만, 삶의 기쁨을 찾는 스미스 부인의 마음은 변질되지 않았다. 유쾌한 성품과 모든 일을 기꺼이 받아들이는 자세를 잃지 않았기 때문이었다. 이러한 최상의 행복 공급원이 건재하는 한, 그보다 더한 세속적 성공이 찾아왔다 해도 맞설 수 있었을 것이다. 그녀라면, 절대적으로 부유하고 완벽하게 건강하면서도 여전히 행복할 수 있었을지도 모른다. 스미스 부인의 지극한 행복감이 활기찬 성격에서 비롯되었다면, 앤의 경우엔 따스한 마음에서 비롯되었다. 앤의 성품은 온유함 그 자체였고 그러한 성품은 웬트워스 대령의 사랑 안에서 진가를 드러냈다. 그의 직업만 아니었다면 그녀가 그토록 온유하고 섬세하지 않았으면 하고 친구들이 바랄 이유가 없었을 것이다. 언제 있을지 모를 전쟁의 두려움만으로도 햇살 같은 그녀의 얼굴이 어두워져버릴 수 있었다. 앤은 선원의 아내라는 사실을 자랑스러워했다. 그러나 국가적인 중요성보다 가정적인 미덕으로 더 돋보이기도 하는 직업에 속한 탓에, 그녀는 마치 세금을 지불하듯 만약의 일을 걱정하며 살아야 했던 것이다.

2인치 상아 세공의 미학과 역사성

  제인 오스틴은 문학비평이 제도권 학문으로 자리 잡은 이래 비평적 유행의 변전을 크게 겪지 않고 정전 작가의 지위를 굳건히 지켜온 작가인 동시에, '제인주의자들'과 '오스틴 컬트', 심지어 '오스틴 현상'이라는 용어를 낳으며 영어권 국가는 물론 전 세계적으로 대중적 사랑을 받아온 작가이다. 특히 1980년대 이후부터는 영화와 속편, 프리퀄을 망라하는 현대적 차용의 단골 작가이자, 인터넷 상의 수많은 애독자 사이트나 아카이브, 북클럽을 양산해온 대중적 오마주의 중심에 서 있는 문화 아이콘이기도 하다.

  이렇듯 비평가와 대중 독자의 사랑을 한 몸에 받아온 오스틴의 인생 족적은 그러나 지극히 평범했다. 그녀는 1775년 햄프셔, 스티븐슨의 목사였던 아버지 조지 오스틴과 어머니 커샌드라 오스틴 사이에서

8남매 중 일곱째로 태어나, 대가족을 거느린 시골 목사의 가정에서 흔히 볼 법한 삶을 살았다. 1817년 세상을 떠날 때까지 42년의 짧은 생애 동안 그녀의 인간관계는 가족과 친척, 그리고 몇 안 되는 지인들의 범위에 제한되어 있었고, 고향인 뉴햄프셔를 떠나 그녀가 가본 곳이라고는 바스와 림 정도가 고작이었다. 오빠들은 모두 옥스퍼드의 대학이나 왕립 해군사관학교에서 수학했으나 언니 커샌드라와 오스틴이 받은 제도권 교육은 어린 시절 다녔던 기숙학교가 전부였다. 다방면의 독서를 장려하고 가족 행사로 연극을 상연하기도 하는 집안 분위기 덕분에 오스틴은 10대 초반부터 시, 산문, 희곡 등 다양한 습작을 시작하여 가족과 가까운 친지들에게 선보이기도 했다. 하지만 막상 그녀의 소설이 처음 출판된 것은 10여 년이 지난 뒤, 그것도 몇 번이나 퇴짜를 맞고 개고를 거듭한 후에나 가능했던 일이었다.

오스틴의 평범하고 제한된 삶을 그대로 반영하듯 그녀의 소설 속에 그려진 세계는 프랑스 혁명과 나폴레옹 전쟁, 대규모 시위와 유혈 진압 사태 등, 굵직한 역사적 사건으로 점철된 당대 현실을 비껴가는 것처럼 보인다. 등장인물 대부분이 영국 젠트리 계급에 한정되어 있으며, 줄거리 역시 이들 젊은 남녀의 연애와 결혼에 이르는 과정을 중심으로 펼쳐지는 오스틴의 작품 세계를 두고 영국의 비평가 레이먼드 윌리엄스는 "편안한 인도를 따라 걸으며 울타리 밖에는 눈길을 주지 않는다"고 비유하기도 했다. 그렇다면 무도회에 입고 갈 드레스의 색깔을 고민하는 젊은 처자나 사냥개 이야기에 열을 올리는 젊은 향사, 당대 유행하던 낭만시에 심취하여 격정적인 시구를 읊조리는 해군 장교가 들려주는 연애와 결혼 이야기의 매력이 무엇이기에 그토록 많은 독자들의 한결같은 사랑을 받아온 것일까?

오스틴은 자신의 표현 그대로 "2인치의 상아"에 "섬세한 붓"으로 그림을 그리듯 정교한 필치로 그녀가 가장 잘 아는 세상사를 그려낸다. 그 속에는 거실 한담이나 이웃 나들이, 저녁 만찬 모임, 음악회 등 당대의 생활상과 풍습, 사고, 습관이 지극히 사실적으로 재현되어 있으며, 첫 무도회의 두근거림이나 동네 사교 모임의 무료함 같은 소소한 경험이 정밀하게 묘사되어 있는가 하면, 격식과 예의범절 뒤에 감추어진 졸렬함과 이기심, 허영과 시기, 질투, 편견 등이 적나라하게 포착되어 있다. 그리고 오스틴은 섬세하면서도 풍성하고, 사실적인 동시에 해학이 넘치는 '상아 세공' 속의 세상을 통해, 모슬린 옷감을 고르는 일로부터 남편감을 고르는 일에 이르는 모든 선택과 결정이 당대 영국 사회의 계급 변동이나 젠더 이데올로기, 식민지 경영 같은 사회적 경제적 문제와 단단히 맞물려 있음을 보여준다.

"역사책은 성직자들과 왕들의 다툼, 전쟁과 전염병으로 가득하죠. 남자들은 모두 별볼일 없는 데다, 여자는 아예 나오지도 않잖아요. 정말 지루하다니까요. 다 만들어낸 얘기인데도 어쩜 그렇게 재미가 없는지 참 이상해요"라는 『노생거 사원』의 여주인공 캐서린의 말이 단순한 투덜거림으로만 들리지 않는 것도 그 때문이다. 마치 그러한 불평에 화답이라도 하는 듯 오스틴은 성직자나 왕, 전쟁과 혁명 같은 '울타리 밖'의 이야기 대신, 식민지 무역을 통해 쏟아져 들어오는 물건들이 저녁 만찬의 식탁과 무도회 드레스의 모습을 바꾸고, 제국주의 전쟁으로 출세한 해군 장교들이 일등 신랑감 후보로 떠오르며, 대여 도서관에서 빌려온 신간 소설이 진열장 안에 보관된 값비싼 장정본 서적을 대신하여 일상의 화젯거리가 되었던 세상 이야기를 풀어놓는다. 이렇듯 당대의 삶을 현미경으로 들여다보는 듯한 오스틴 식 세상 읽기는 따라서 기존의 역사서나 전통적인 문학의 잣대를 들이대며 여성 작가의 '연애 소설'을 폄하하던 당대인들의 편협한 시각을 향해 던지는 오스틴 식 출사표라고 할 수 있다. 오스틴 특유의 날카로운 아이러니와 풍자, 그리고 넉넉한 유머를 통해 때로는 신랄하게, 때로는 우스꽝스럽게, 때로는 따뜻하게 그려진 작은 이야기들이야말로 근대 여명기의 격변을 살아가는 캐서린 같은 평범한 독자들의 또다른 '역사'이기 때문이다.

『오만과 편견』의 여주인공 엘리자베스는 신분 상승의 수단이나 경제적 방편으로 배우자감을 고르는 데 여념이 없는 결혼 시장에서 "돈을 목적으로 하는 것과 신중하게 생각하는 것"의 경계가 있기나 한 것인지 냉소에 가까운 질문을 던진다. 경제적 안정을 택하면서 '낭만적 사랑'을 가장하거나, '낭만적 사랑'을 좇느라 최소한의 경제적 안정을 포기하지 않으면서 '신중한' 결정을 내리기란 불가능한 일이 아닐까라는 의구심의 표현이다. 8년 만에 부자가 되어 나타난 남자가 여전히 첫사랑의 여인을 못 잊어 다시 찾아온다거나, 돈 많고 번듯한 집안의 후계자에 진중하기까지 한 남자가 지참금 한 푼 없는 여성을, 그것도 한 번 거절을 당한 후에도 사랑하는 '행운'이 따라주지 않는다면 말이다. 오스틴의 소설은 이렇게 '불가능한 행운'을 그려내면서도 그와 동시에 경제력이 없는 여성에게 결혼은 선택의 문제가 아니며, 결혼을 여성의 유일한 존재방식으로 규정하는 사회 현실과 개인의 성숙한 도덕적 결단은 충돌할 수밖에 없다고 말한다. 오스틴 소설의 가장 큰 호소력은 안이한 낭만적 환상을 철저하게 배제하면서도 그와 동시에 진정한 이해와 소통에 기초한 결혼을 가능하게 하는 것이 무엇인가에 대한 끈질긴 탐구를 보여주는 데 있다. 판타지가 가능하지 않은 세계에서 판타지를 실현 가능한 귀결로 주조해내는 힘, 그것은 판타지와 현실, 낭만과 탈낭만 사이에 팽팽하게 걸린 줄을 타는 치열한 외줄타기와도 같으며, 오스틴의 독자들은 그 속에서 자신들이 가진 환상의 허구성을 통찰하고 새로운 남녀관계의 가능성을 사유한다.

오스틴의 마지막 소설인 『설득』은 그녀의 다른 소설들과 마찬가지로 두 남녀가 우여곡절 끝에 행복한 결혼에 이르는 과정을 그리고 있다. 그러나 여기서도 오스틴은 예외 없이 그러한 '우여곡절'이 어디에서 기인하며 그 토대는 무엇인지, 나아가 '결혼'과 '행복'이 과연 양립 가능한 것인지를 집요하게, 그리고 이전과는 사뭇 다른 방식으로 묻는다. "어려서는 신중하게 행동하도록 강요받은" 여주인공 앤 엘리엇이 "나이 들면서 로맨스를 배워"가는 이 소설의 이야기를 오스틴은 "부자연스러운 시작에 따른 자연스러운 결과"라고 표현한다. 앤의 '연애사'를 한마디로 정리하는 이 문장은 상투화된 '로맨스 공식'을 향한 오스틴 특유의 질문을 담고 있다. 첫사랑이었던 웬트워스 대령과 헤어진 후 8년이 지난 시점에서 시작되는 앤의 이야기는 암울한 결혼시장에서 성공하기 위한 '신중함'과 '낭만적 사랑'의 판타지라는 상호 모순적인 개념이 빚어내는 온갖 '부자연스런' 현실을 보여주고 있기 때문이다.

앤 엘리엇은 스물일곱, "한창때의 모습을 잃어버린" 모습으로 소개된다. '로맨스'에 걸맞은 젊고 아름다운 여주인공에 익숙한 독자라면 시작부터 뭔가 부자연스럽다는 것을 느낄 만한 대목이다. 그러나 소설이 전개됨에 따라 그녀가 때를 놓치게 된 사연이 곧 밝혀진다. 열아홉 살에 첫사랑을 포기해야 했던 앤은 8년이란 긴 세월 동안 회한과, 슬픔, 고통을 감내하며 살아왔던 것이다. 따라서 8년 만에 재회한 웬트워스 대령과의 '로맨스'는 현재 그녀가 풀어야 할 문제인 동시에 '신중함'을 선택한 과거와 다시 대면하는 힘겨운 과정이기도 하다.

더욱이 이 소설이 정확한 시간적 배경을 제시하는 오스틴의 유일한 작품이기도 하다는 사실은 눈여겨볼 만하다. 이야기의 시작은 1814년 여름, 전 유럽을 휩쓸었던 나폴레옹 전쟁이 유럽 동맹국의 파리 입성과 나폴레옹의 폐위로 일단락된 해이며, 전승의 주역이었던 영국 해군이 승전보를 울리며 대규모 귀향을 시작한 시기였다. 이 같은 역사적 배경은 웬트워스 대령의 귀환을 설명하는 단순한 플롯 장치를 넘어, 두 남녀의 '로맨스'를 좌우하는 사회, 경제적 토대를 드러내주는 역할을 한다. 8년 전 불확실한 미래 때문에 파혼당했던 웬트워스 대령은 전쟁에서 공을 세우고 재산을 모아 금의환향한 뒤 사교계에서 탐낼 뿐 아니라 결혼 시장에서도 빠지지 않는 존재로 부상한다. 그런 그를 대하는 인물들의 태도 변화를 아이러니로 그려내는 오스틴의 붓끝은 예외없이 날카롭다. 이와 같이 8년의 세월이 흐른 뒤 달라진 웬트워스 대령의 위상을 통해 오스틴은 당대 신흥 계급의 부상과 그로 인한 사회, 경제적 변동뿐만 아니라, 그 속에서 놀라우리만치 일관된 방식으로 작동하고 있는 결혼 시장의 경제 논리를 깊은 통찰력으로 그려낸다. 8년 전 레이디 러셀이 첫사랑을 포기하도록 앤을 '설득'한 것도, 다시 돌아온 웬트워스가 '탐나는' 신랑감 후보가 된 것도, 양상은 바뀌었으되 본질은 그대로인 결혼 시장의 논리에 근거하고 있는 것이다.

『설득』을 여는 첫 문장이 작위 생성의 역사를 기록한 준남작 명부에 대한 언급이라는 사실도 의미심장하다. 월터 엘리엇 경의 책, 준남작 명부는 '왕'과 '전쟁'의 역사가 기록하는 시간과 개인의 기억과 경험 속에 담긴 시간을 상징적으로 대비한다. 월터 경의 "유일한 소일거리"이자 "위안"인 준남작 명부는 작위로 상징되는 사회적 신분에 대한 그의 집착과 허영을 풍자적으로 드러내준다. 반면, 월터 경이 행간에 손으로 써놓은 가족사는 엘리엇 가의 과거와 현재를 보여주는 장치이다. 하지만 아이러니하게도 월터 경의 가족사에 미래는 없다. 월터 경의 작위를 물려받을 아들이 없으므로 엘리엇 가문의 역사는 사촌인 엘리엇 씨에게로 계승되고, 엘리엇 가의 딸들은 결혼을 하지 않는 한 사망 기록만을 덧붙일 수 있을 뿐이다. 그런 의미에서 본다면, 준남작 명부로 시작되는 이 소설은 바로 준남작 명부에서 흔적 없이 사라져갈 이들의 이야기인 셈이다. 그리고 그것은 앞서 언급한 캐서린의 불평에 대한 화답으로서, 다음과 같은 앤 엘리엇의 생각을 한 권의 책으로 보여주는 것이기도 하다. "책에 나오는 예를 드는 일은 삼가해주셨으면 해요. 남자들은 자기들 얘기를 할 수 있어서 어느 모로 보나 우리 여자들보다 유리했지요. 높은 수준의 교육도, 펜도 남자들의 전유물이었으니까요. 책으로 뭔가를 증명하시는 건 안 될 일이랍니다."

『설득』은 '남성들의 펜'이 들려주지 않는 갖가지 이야기, 월터 경의 준남작 명부에 적힌 이름과 작위의 행간에서 사라진 이야기, 그리고 웬트워스 대령의 해군 명부에 기록된 전함의 이름과 장교들의 계급 뒤에 묻힌 이야기들을 들려준다. 무엇보다 그것은 "그냥 앤"에 불과했던 스물일곱 살 노처녀의 연애사이며, 나아가 월터 경에게는 경멸의 대상에 불과했던 "그냥 스미스 부인, 매일매일의 평범한 스미스 부인"과 약혼자를 기다리다 젊은 나이에 생을 마감한 패니 하빌, 또한 해군 제독인 남편과 동행하여 전 세계의 바다를 누비고 다닌 크로프트 부인의 이야기이다.

앤이 웬트워스 대령을 포기한 이유는 어머니 같은 존재였던 레이디 러셀에게 '설득'되었기 때문이다. 하지만 그러한 '설득'의 논리 뒤에 도사리고 있는 것은 신분과 경제력에 대한 당대인들의 생각과 결혼 시장의 암울한 현실, 전쟁으로 대변되는 급격한 사회 변화와 불안한 미래, 도덕적 혼란 등이다. 또한 기존의 수많은 책들은 젊은 남녀를 결혼 시장으로 내모는 현실을 바꾸지 않고도 '변하지 않는 사랑'이 가능하다거나 '사랑'은 판타지일 뿐이라고 '설득'한다. 그러나 기존 담론의 '설득'이 현실에서 발휘하는 힘이 강력한 만큼 "여성의 고난과 절개"에 빗대어 자신의 이야기를 들려주는 앤의 모습은 더욱더 감동적이다. 그녀의 이야기에는 현실에 대한 깊은 통찰력과 윤리적 자존이 담겨 있을 뿐 아니라, 여성이 감내해야 하는 암울한 현실을 '사랑'이라는 이름으로 미화해온 것들을 넘어 스스로를 대면하는 용기와 결단이 엿보인다. 또한 그녀의 이야기는 단순히 그녀의 본심을 전달한다는 차원을 넘어 그녀와 웬트워스 사이에 존재하는 물리적인 거리와 예의범절의 제한, 그리고 헤어져 지내는 동안 쌓인 오해의 벽을 허물고 새로운 소통으로 나아가려는 의지의 표현이기에 더욱 큰 힘으로 다가온다.

화이트 하트 여관의 소음과 바로 옆에서 들리는 다른 이들의 이야기 소리에 뒤섞여 나지막이 들리는 앤의 목소리는, 수시로 드나드는 사람들의 방해와 삐그덕거리는 문소리로 가득 찬 거실에 앉아 압지 뒤에 숨겨가며 소설을 쓰곤 했다는 오스틴의 실제 모습과 절묘하게 포개어진다. 앤의 이야기가 남성들의 펜이 기록하지 않은 고난과 일편단심의 여정을 들려줌으로써 새로운 소통의 길을 여는 행위라면, 오스틴의 '소설 쓰기'는 거실과 가정의 벽은 물론 여성작가와 소설 장르에 대한 당대의 편견을 넘어 그녀의 소설을 읽는 수많은 독자들에게 다가가는 소통의 행위였다. 웬트워스의 편지와 앤의 이야기가 만나 새로운 소통의 이야기를 만들어가듯이, 오스틴의 독자들은 오스틴이 들려주는 '연애 이야기'를 통해 200여 년의 긴 시간을 버티며 살아남은 '낭만적 판타지'와 새롭게 조우하는 법을 배우게 되는 것이다.

자유연애나 양성평등이 당연한 가치로 여겨진 지 오래고, 언제 어디서든 문자 메시지 하나면 하고 싶은 말을 전할 수 있는 세상에서 오스틴 소설의 여주인공들이 겪는 어려움은 먼 옛날 얘기로 보일 수 있다. 하지만 인간의 욕망을 팔고 사는 포스트모던 시대의 대중문화에도 여전히 '로맨스'가 넘쳐나는 것을 보면, '진정한 사랑'을 얻고 '행복한 결혼'에 이르는 일은 요즘 세상에도 여전히 흔치 않은 '행운'인 모양이다. 물론 변하지 않는 오스틴의 인기도 부분적으로는 그러한 대중적 욕망이 반영된 결과이겠지만, 뒤집어보면 그것은 오스틴이 그녀의 작품을 통해 끈질기게 묻는 물음들이 오늘날에도 여전히 유효하다는 뜻일 터이다. "더이상 존재하지 않아도, 희망이 사라져버린 뒤에도, 오래도록 사랑하는" 것이 시대에 뒤떨어진 얘기처럼 들린다면, 그러한 여성의 처지를 부러워할 필요는 없다는 앤의 말을 다시 한 번 생각해볼 일이다. '로맨스'의 판타지를 끊임없이 재생산함으로써 그것을 여성의 존재방식으로 규정하는 오늘날의 현실 역시 크게 달라 보이지는 않으니 말이다. 제인 오스틴의 소설을 읽는 일이 200여 년 전에는 가능했을지도 모를 '로맨스'의 향수를 즐기기 위함이 아니라 우리의 현주소를 치열하게 들여다보는 일인 것도 아마 그 때문일 것이다.

원영선

1775년   12월 16일 햄프셔 스티븐턴에서 목사인 아버지 조지 오스틴과
         어머니 커샌드라 오스틴 사이에서 팔남매 중 일곱번째이자 둘
         째 딸로 태어남.

1782년   가족이 함께 첫 아마추어극 〈머틸다 *Matilda*〉 상연.

1783년   언니 커샌드라, 사촌 제인 쿠퍼와 함께 옥스퍼드의 콜리 부인
         기숙학교에 입학. 같은 해 콜리 부인을 따라 사우샘프턴으로 옮
         겨갔으나, 모두 장티푸스에 걸려 학업을 중단하고 집으로 돌아
         옴. 셋째 오빠 에드워드가 먼 친척 토머스 나이트 2세 부부에게
         입양됨.

1784년   리처드 셰리든의 〈경쟁자들 *The Rivals*〉 가족 공연.

1785년   커샌드라와 함께 레딩의 애비 기숙학교 입학.

1786년   12월에 학업을 마치고 커샌드라와 함께 집으로 돌아옴. 다섯째
         오빠 프랜시스가 왕립 해군사관학교에 입학.

1787년   『초기습작모음집 *Juvenilia*』에 포함될 작품의 집필 시작. 수재나
         센틀리버의 〈기적 *The Wonder*〉 가족 공연.

1788년   〈우연 *The Chances*〉〈엄지소년 톰 *Tom Thumb*〉 가족 공연. 오
         빠 프랜시스는 동인도제도로 항해.

1789년   큰오빠 제임스와 넷째 오빠 헨리가 옥스퍼드에서 간행물 『소요
         자 *The Loiterer*』 발행.

1790년   6월에 초기 습작 중 하나인 「사랑과 우정 *Love and Friendship*」
         탈고.

1791년   동생 찰스가 왕립 해군사관학교에 입학.

1792년	초기 습작 「레슬리 캐슬 *Lesley Castle*」과 「이블린 *Evelyn*」 탈고 후 「캐서린 혹은 은신처 *Catharine, or the Bower*」 집필 시작.
1793년	「찰스 그랜디슨 경 혹은 행복한 사람 *Sir Charles Grandison, or the Happy Man*」이라는 짧은 희곡을 쓰기 시작하나 끝맺지 못하고 중단함.
1794년	서간체 중편소설 『레이디 수전 *Lady Susan*』 집필.
1795년	『이성과 감성 *Sense and Sensibility*』의 초고에 해당하는 첫 장편소설 「엘리너와 메리앤 *Elinor and Marianne*」 집필. '오스틴 연애설'의 주인공인 톰 르프로이를 만남.
1796년	10월에 『오만과 편견 *Pride and Prejudice*』의 초고, 「첫인상 *First Impressions*」의 집필 시작. 프랜시스 버니의 『카밀라 *Camilla*』 구독.
1797년	「첫인상」을 탈고하고, 「엘리너와 메리앤」 개고 시작. 「첫인상」을 출판업자에 보내나 거절당함.
1798년	『노생거 사원 *Northanger Abbey*』의 초고인 「수전 *Susan*」 집필 시작.
1799년	배스 방문. 「수전」 탈고.
1800년	「찰스 그랜디슨 경 혹은 행복한 사람」 탈고.
1801년	아버지의 은퇴로 배스로 이사.
1802년	해리스 빅위더의 청혼을 받고 응낙했으나 다음날 거절함. 「수전」 개고 시작.
1803년	「수전」을 크로스비 출판사에 10파운드를 받고 팔았으나 출판되지 못함.
1804년	「왓슨가 사람들 *The Watsons*」 집필 시작.
1805년	아버지 조지 오스틴 작고. 「왓슨가 사람들」 집필 중단.
1806년	어머니, 커샌드라와 함께 사우샘프턴에 있는 둘째 오빠 프랭크의 집에서 기거.

1809년	출판업자 크로스비에게 서신을 보내 「수전」의 출판을 독촉하지만 성사되지 못함. 햄프셔 초턴에 있는 오빠 에드워드 소유의 작은 집으로 이사.
1810년	출판업자 토머스 에거턴과 『이성과 감성』 출판 계약.
1811년	10월에 『이성과 감성』 출간. 『맨스필드 파크 *Mansfield Park*』 집필 시작. 「첫인상」을 『오만과 편견』으로 개고하는 작업 시작.
1812년	『오만과 편견』의 판권을 110파운드에 에거턴에게 넘김.
1813년	『오만과 편견』 출간. 『맨스필드 파크』 탈고. 『이성과 감성』 『오만과 편견』 2쇄 출간.
1814년	『에마 *Emma*』 집필 시작. 5월에 『맨스필드 파크』가 출간되어 육 개월 만에 매진.
1815년	『에마』 탈고. 『설득 *Persuasion*』의 초고인 「엘리엇가 사람들」 집필 시작. 섭정 왕자 Prince Regent의 사서로부터 『에마』를 왕자에게 헌정할 것을 권유받고 동의함. 12월에 출판업자 머리가 『에마』 출판.
1816년	「수전」의 판권을 다시 사들인 후 '캐서린 *Catherine*'으로 제목을 바꿔 개고. 『맨스필드 파크』 2쇄가 출간되나 판매는 기대에 미치지 못함. 헨리의 은행 사업 실패로 경제적 타격을 받음. 『설득』의 초고를 완성. 건강이 악화되기 시작.
1817년	「샌디튼 *Sanditon*」의 초고인 「형제들 *The Brothers*」을 쓰기 시작하나 건강 악화로 중단. 4월에 유서 작성. 5월에 언니 커샌드라와 함께 치료를 위해 윈체스터로 옮겨감. 7월 18일 이른 아침 영면. 윈체스터 성당에 안장됨. 12월 말에 머리가 『노생거 사원』과 『설득』을 묶어 출판. 책에 삽입된 작가 소개에서 헨리는 동생 제인 오스틴이 그동안 이름 없이 출판되었던 소설들의 작가임을 처음으로 밝힘.
1820년	머리가 『노생거 사원』과 『설득』의 남아 있던 판본을 폐기함.

1832년   리처드 벤틀리가 오스틴의 후손들로부터 판권을 사들여 절판된
        지 십사 년 만에 다섯 작품 『이성과 감성』 『맨스필드 파크』 『에
        마』 『노생거 사원』 『설득』 출간.
1833년   앞서 출판된 다섯 작품에 『오만과 편견』과 『레이디 수전』을 묶
        어 최초의 오스틴 전집 출간.

문학동네 세계문학전집 발간에 부쳐

세계문학은 국민문학 혹은 지역문학을 떠나 존재하는 문학이 아니지만 그것들의 총합도 아니다. 세계문학이라는 용어에는 그 나름의 언어와 전통을 갖고 있는 국민문학이나 지역문학의 존재를 인정하면서 그것을 넘어서는 문학의 보편적 질서에 대한 관념이 새겨져 있다. 그 용어를 처음 고안한 19세기 유럽인들은 유럽 문학을 중심으로 그 질서를 구축했지만 풍부한 국민문학의 전통을 가지고 있는 현대의 문학 강국들은 나름의 방식으로 세계문학을 이해하면서 정전(正典)의 목록을 작성하고 또 수정한다.

한국에서도 세계문학 관념은 우리 사회와 문화의 변화 속에서 거듭 수정돼왔다. 어느 시기에는 제국 일본의 교양주의를 반영한 세계문학 관념이, 어느 시기에는 제3세계 민족주의에 동조한 세계문학 관념이 출현했고, 그러한 관념을 실천한 전집물이 출판됐다. 21세기 한국에 새로운 세계문학전집이 필요하다는 것은 명백하다. 우리의 지성과 감성의 기준에 부합하는 세계문학을 다시 구상할 때가 되었다.

문학동네 세계문학전집은 범세계적으로 통용되는 고전에 대한 상식을 존중하면서도 지난 반세기 동안 해외 주요 언어권에서 창작과 연구의 진전에 따라 일어난 정전의 변동을 고려하여 편성되었다. 그래서 불멸의 명작은 물론 동시대 세계의 중요한 정치·문화적 실천에 영감을 준 새로운 작품들을 두루 포함시켰다.

창립 이후 지금까지 한국문학 및 번역문학 출판에서 가장 전문적이고 생산적인 그룹을 대표해온 문학동네가 그간 축적한 문학 출판 경험을 바탕으로 새로운 세계문학전집을 펴낸다. 인류가 무지와 몽매의 어둠 속을 방황하면서도 끝내 길을 잃지 않은 것은 세계문학사의 하늘에 떠 있는 빛나는 별들이 길잡이가 되어주었기 때문이다. 우리가 자부심과 사명감 속에서 그리게 될 이 새로운 별자리가 독자들의 관심과 애정에 힘입어 우리 모두의 뿌듯한 자산이 되기를 소망한다.

문학동네 세계문학전집 편집위원
민은경, 박유하, 변현태, 송병선, 이재룡, 홍길표, 남진우, 황종연

세계문학전집 044

설득

1판 1쇄   2010년 8월 23일
1판 15쇄   2025년 5월 15일

지은이 제인 오스틴 ｜ 옮긴이 원영선 전신화

책임편집 임선영 ｜ 편집 신소희 김현정 ｜ 독자모니터 이태균
디자인 송윤형 한충현 김민하 이주영 ｜ 저작권 박지영 형소진 오서영
마케팅 정민호 서지화 한민아 이민경 왕지경 정유진 정경주 김수인 김혜원 김예진 나현후 이서진
브랜딩 함유지 박민재 이송이 김희숙 박다솔 조다현 김하연 이준희
제작 강신은 김동욱 이순호 ｜ 제작처 영신사

펴낸곳 (주)문학동네 ｜ 펴낸이 김소영
출판등록 1993년 10월 22일 제2003-000045호
주소 10881 경기도 파주시 회동길 210
전자우편 editor@munhak.com
대표전화 031) 955-8888 ｜ 팩스 031) 955-8855
문학동네카페 http://cafe.naver.com/mhdn
인스타그램 @munhakdongne ｜ 트위터 @munhakdongne
북클럽문학동네 http://bookclubmunhak.com

ISBN 978-89-546-1184-8 04840
      978-89-546-0901-2 (세트)

www.munhak.com

● 문학동네 세계문학전집은 계속 출간됩니다